城堡

Das Schloss

〔奥地利〕卡夫卡/著
高年生/译

名著名译丛书

人民文学出版社

Franz Kafka
DAS SCHLOSS
Herausgegeben von Max Brod
据 S. Fischer Verlag, 1986 版译出

图书在版编目(CIP)数据

城堡/(奥)卡夫卡著;高年生译.—北京:人民文学出版社,2017(2025.9重印)
(名著名译丛书)
ISBN 978-7-02-012495-4

Ⅰ.①城… Ⅱ.①卡…②高… Ⅲ.①长篇小说—奥地利—现代 Ⅳ.①I521.45

中国版本图书馆 CIP 数据核字(2017)第 040361 号

责任编辑　欧阳韬
装帧设计　刘　静　陶　雷
责任印制　王重艺

出版发行　人民文学出版社
社　　址　北京市朝内大街 166 号
邮政编码　100705

印　　刷　三河市中晟雅豪印务有限公司
经　　销　全国新华书店等

字　　数　266 千字
开　　本　890 毫米×1290 毫米　1/32
印　　张　9.5　插页 3
印　　数　42001—44000
版　　次　1998 年 8 月北京第 1 版
印　　次　2025 年 9 月第 11 次印刷

书　　号　978-7-02-012495-4
定　　价　35.00 元

如有印装质量问题,请与本社图书销售中心调换。电话:010-59905336

弗兰茨·卡夫卡

弗兰茨·卡夫卡（1883—1924）

奥地利最伟大的作家之一，影响遍布全世界，被尊为现代派文学大师。出生于奥匈帝国时期的布拉格，曾为保险公司职员，业余从事创作。生前在德语文坛鲜为人知，死后引起世人广泛注意，成为美学、哲学、宗教和社会观念上激烈争论的焦点。先后出版《变形记》《在流放地》《乡村医生》《饥饿艺术家》四部中短篇小说集；此外著有三部未竟长篇小说《失踪的人》《审判》《城堡》，其中《城堡》最广为人知。

《城堡》不但是卡夫卡最重要的作品，而且也最具卡夫卡风格，被誉为"卡夫卡的《浮士德》"。小说写的是主人公 K 为进入城堡而徒然努力的故事。作品寓意深刻，内容荒诞离奇，展现了一个独特的世界；在这个世界里，现实与非现实、合理与悖谬、常人与非人并列在一起，因此有人称它是一部"迷宫似的令人晕头转向的小说"。

译　者

高年生（1932—　），北京外国语大学教授。1952 年毕业于复旦大学外文系德语专业。1962 年起在北京外国语学院任教。曾参加《毛泽东选集》和多次重大国务活动的笔译定稿工作。曾主编或参与主编《新汉德词典》《新编德汉词典》《德国儿童小说》《卡夫卡文集》等。已出版的译著有：《女士及众生相》《小丑之见》《亲和力》《三毛钱小说》《美丽的龙》《最底层》《费曼短篇小说集》《安妮日记》《俾斯麦传》《德意志史》《魏玛共和国史》等。

出版说明

人民文学出版社从上世纪五十年代建社之初即致力于外国文学名著出版，延请国内一流学者研究论证选题，翻译更是优选专长译者担纲，先后出版了"外国文学名著丛书""世界文学名著文库""二十世纪外国文学丛书""名著名译插图本"等大型丛书和外国著名作家的文集、选集等，这些作品得到了几代读者的喜爱。

为满足读者的阅读与收藏需求，我们优中选精，推出精装本"名著名译丛书"，收入脍炙人口的外国文学杰作。丰子恺、朱生豪、冰心、杨绛等翻译家优美传神的译文，更为这些不朽之作增添了色彩。多数作品配有精美原版插图。希望这套书能成为中国家庭的必备藏书。

为方便广大读者，出版社还为本丛书精心录制了朗读版。本丛书将分辑陆续出版。

人民文学出版社
2015 年 1 月

前　言

城堡——一个迷宫似的故事

卡夫卡是二十世纪最伟大的作家之一。早在一九四一年,著名英国作家奥登就说过:"就作家与其所处时代的关系而论,卡夫卡完全可以与但丁、莎士比亚和歌德等相提并论。"他在短暂的一生中在文学的田野上默默地耕耘,以自己独辟蹊径的创作广泛地影响了当代各国文学,在二十世纪世界文学史上留下了不朽的一页。他当之无愧地被尊称为现代派文学的鼻祖。

一八八三年七月三日,弗兰茨·卡夫卡生于奥匈帝国治下的波希米亚(今捷克西部地区)首府布拉格。他的父亲是一个白手起家的犹太商人,母亲是个气质忧郁、耽于冥想的家庭妇女。卡夫卡幼时受的是德语教育,一九〇一年进入布拉格大学攻读日耳曼语言文学,但不久便迫于父命改学法律,并于一九〇六年获得法学博士学位。自一九〇八年起,他供职于一家半官方的工人工伤事故保险公司,一九一七年患肺病,一九二二年因病离职,一九二四年六月三日病逝,只活了四十一岁。

卡夫卡短暂的一生中充满了不幸。他所处的时代、他的社会生活环境、他的家庭,都对他的思想和创作产生了深刻的影响。

卡夫卡生活的时代正是奥匈帝国哈布斯堡王朝统治的末期。当时在布拉格,民族矛盾、政治矛盾十分尖锐,帝国摇摇欲坠。作为犹太人,卡夫卡与斯拉夫人没有什么来往,而布拉格的多数居民是斯拉夫人;他受的是德语教育,这使他与周围的人没有共同的语言;他既不是完全的奥地利人,也不是捷克人。作为保险公司的雇员,他不属于资产者;作为资产者的儿子,他又不完全属于劳动者。他的父亲性情暴烈、作风专横,在家庭中有着绝对的权威。卡夫卡从小就感到来自父亲的压力,一生都生活在父亲的阴影下。他曾三次订婚,又三次主动解除婚约,始终未能建立自己的家庭。卡夫卡的生活环境以及内向的性格,使他把写作当做惟一的精神寄托。

卡夫卡自幼酷爱文学。早在学生时代,他就大量阅读世界名著,并涉猎斯宾诺莎、尼采、达尔文等人的学说,受丹麦存在主义哲学家克尔恺郭尔思想影响,也研究过中国的老庄哲学。一九〇八年开始发表作品。卡夫卡是一位勤奋的业余作家,在短暂的一生中创作了三部长篇小说和许多中短篇小说以及大量随笔、杂文、格言、书信、日记等。他对自己的作品要求十分严格,生前发表的作品屈指可数。卡夫卡去世前留下遗嘱,要求挚友布洛德焚毁他所有未发表的手稿,已发表的作品也不再版。后世的读者应感谢独具慧眼的布洛德没有执行这份遗嘱,在作家身后整理出版了亡友所有著作,使这位旷世奇才的不同凡响的作品得以保存下来,流播世间。世界上有不少国家曾禁止出版他的作品,然而他的作品仍以各种语言在世界各地出现。自五十年代起,欧美各国掀起了一股卡夫卡热,作家们纷纷模仿借鉴卡夫卡的创作手法,学术界也掀起研究卡夫卡的热潮,在文学研究领域形成了一门新的学科:卡夫卡学。时至今日,声势越来越大。本世纪以来活跃在世界文坛上令人眼花缭乱的现代文学流派如存在主义、超现实主义、荒诞派、黑色幽默、魔幻现实主义等等,都在卡夫卡的创作中找到自己创作方法某种特征的渊源。中国读者对卡夫卡的了解比较晚。六十年代中期,大陆曾翻译出版卡夫卡的少数作品,但仅供内部参考,广大读者无缘得见。"文革"后,改革开放的春风为外国文学翻译介绍工作带来了新的生机,卡夫卡也得到重新评价,引起广大读者的注意。卡夫卡也对中国作家产生影响,有一些作家已开始有意识模仿卡夫卡。随着时间的推移,卡夫卡的作品将会在我国赢得愈来愈多的读者的理解和赞赏。

卡夫卡的三部长篇都是未竟之作。在这三部作品中,《城堡》篇幅最大,也最富有卡夫卡特色,被公认为他最重要的一部作品。布洛德甚至称《城堡》是"卡夫卡的浮士德"。

小说写的是主人公K为进入城堡而徒然努力的故事。作品寓意深邃,内容怪诞离奇,展现了一个独特的世界,现实与非现实、合理与悖谬、常人与非人并列在一起。有人称它是一部"迷宫似的令人晕头转向的小说"。有一位外国评论家指出:"《城堡》的读者读了头几页往往会有如坠五里云雾之感,而这并不是因为书中的语言晦涩——卡夫卡的文风倒是明白晓畅的——,而是因为书中所描写的事情是如此离奇,人们间的对话是如此怪诞……"

小说中出现了许多极其离奇而荒诞的事情。城堡并没有聘请土地测量员,却认可了 K 的土地测量员的身份;K 早晨出门,大约只过了一两个钟头,夜幕就已降临;属于城堡管辖的村子并不算大,可是管理这个村子的却是一大群官员,他们的人数恐怕要比他们管辖下的村民多出好几倍,他们整日忙忙碌碌,办公室里一捆捆文件堆积如山,文件不断地掉到地上,只要发生一件微不足道的小事,只要收到一件无关紧要的申诉或无足轻重的申请,这个庞大的官僚机器就得成年累月地运转起来;巴纳巴斯自愿为城堡充当信差,日复一日,没完没了地在公事房等待任务,一等就是几年,也没有接到过一次差遣;城堡办公厅主任克拉姆给 K 发来两封信,对他的工作给予很高的评价,虽然他根本就没有动手工作,后来发现,这些信都是旧的,是从一堆发黄的旧档案里随便抽出来的;城堡秘书比格尔一天大部分时间都在床上度过,在床上处理公务,传讯当事人;K 千方百计想要进入城堡,城堡一步也没有离开他的视线,但他却无法接近城堡一步;城堡官员索提尼看上了村姑阿玛丽亚,而阿玛丽亚坚决拒绝了他的粗暴要求,从此厄运就降临到她的家庭,尽管城堡并没有对他们采取什么措施,可他们却发热病似地去恳求城堡宽恕,为了能找到索提尼的跟班,阿玛丽亚的姐姐奥尔加不惜跑到客栈去,委身于每一个下贱的仆役……

这些事情叫读者感到不可思议,可是叙述者和作品中的人物却丝毫也不觉得有什么反常。这种不带任何感情色彩的纯客观的叙述方式,构成了卡夫卡的独特的艺术风格。故事情节在外表的荒诞性之下具有深刻的寓意,促使人们去进一步思考。

卡夫卡的每部作品都具有绝非单纯的复杂涵义,《城堡》一书更是如此,它可以使人得出完全不同的结论。例如:

城堡是神和神的恩典的象征。K 寻求进入城堡之路,以求得灵魂的拯救,但他的努力是徒劳的,因为神的恩典是不可能强行取得的,最

后 K 离开人世时才得到补偿。因此,《城堡》是一则宗教寓言;

城堡是权力象征、国家统治机器的缩影。这个高高在上的衙门近在咫尺,但对广大人民来说却可望而不可即。《城堡》是为官僚制度描绘的滑稽讽刺画,是极权主义的预示;

卡夫卡生活的时代,欧洲盛行排犹主义。《城堡》是犹太人无家可归的写照;

K 的奋斗是为了寻求真理。人们所追求的真理,不管是自由、公正还是法律,都是存在的,但这个荒诞的世界给人们设置了种种障碍,无论你怎样努力,总是追求不到,最后只能以失败告终;

K 是被社会排斥在外的"局外人",不仅得不到上面的许可,也得不到下面的认可。他自始至终是一个"陌生人"。K 的这种处境是现代人命运的象征。人不能不生活在社会之中,但社会不允许、也不承认他是社会的真正成员;

《城堡》反映了卡夫卡和他父亲之间极其紧张的关系。城堡是父亲形象的象征。K 想进入城堡,而城堡将其拒之门外,这反映了父子对立和冲突……

凡此种种,不一而足。

当然,这些评说只是人们所作的诸多评说的几种可能性。未来世代还将不断地评说下去。每一种评说,即便正确,也可能只涉及到其中某一侧面,因为一部优秀的作品往往具有多义性和复杂性,很难加以单一的概括。卡夫卡作品的本质在于提出问题而不在于获得答案。意味深长的是,卡夫卡的三部长篇小说都没有写完。美国当代女作家乔伊斯·欧茨指出:"对许多读者来说,卡夫卡还是一个永恒的谜……要'解开'这个谜就意味着'解开'人生的真谛。应该如何解释卡夫卡,如何超越卡夫卡笔下典型主人公的立场,如何去认清《城堡》本身的秘密!——看来这一切都是难以做到的……"① 不过,从某个角度加以认识的可能性并非完全不存在。

---

① 引自欧茨《卡夫卡的天堂》,参见《论卡夫卡》第 678—679 页,中国社会科学出版社,1988 年。

卡夫卡是一个揭露旧世界的天才,他用荒诞、夸张的手法,写出了梦魇般的世界现实。布莱希特称卡夫卡是"一位先知式的作家"。R. D. 莱恩在《分裂的自我》一书中说:"如果比较莎士比亚和卡夫卡对人之痛苦及普遍异化的揭露(而不考虑他们各自的天才),那么当代读者会认为,是卡夫卡而不是莎士比亚作出了更为强烈和更为全面的揭露……卡夫卡关于恶的认识是完整的;他没有用关于健全而合理之自我的认识与之对立。"①卡夫卡自己也说过:"凡是我写过的事将真的发生。"(1922年7月5日给布洛德的信)希特勒法西斯的残暴统治,使不少人逐渐认识到卡夫卡作品中惊人的预言性:"卡夫卡的梦魇世界……实际上已成为现实。"欧洲战后的现实,也为人们重新评价卡夫卡提供了基础:"对战争和战后现实的失望,对过去空想的摈弃……命令主义、生产的自动化、受官僚全面控制的世界的景况,这一切在卡夫卡未卜先知的预言里似乎都可以找到。"在中国,经历过那一场史无前例的"文化大革命"之后,人们对卡夫卡作品中貌似荒诞不经的事情便有了新的领会。布洛德指出:"卡夫卡的小说《城堡》是世界的一个缩影;小说中关于某一类型的人对于世界做出的行为进行了详尽的描绘,其准确与细致达到无可比拟的程度。由于每个人都能觉察到自己身上也有这种类型的成分——正像他能在自己身上发现浮士德、堂吉诃德或于连·索黑尔也是他的'自我'的一个组成部分一样,所以卡夫卡的《城堡》超越了书中所写人物的个性,成为一部对每人都适合的认识自我的作品。"②正因为卡夫卡所揭示的东西在世界上具有如此的普遍性,所以他的作品才会流传如此广泛。有人说卡夫卡"归根结底是最可理解的作家",也就不足为奇了。

高年生

一九九七年七月二十四日

于北京外国语大学

---

① 参见 R. D. 莱恩《分裂的自我》第69页,贵州人民出版社,1987年。
② 引自布洛德《无家可归的异乡人》(1940),参见《论卡夫卡》第80页,中国社会科学出版社,1988年。

目 录

第 一 章 …………………………………………… 001
第 二 章 …………………………………………… 014
第 三 章 …………………………………………… 028
第 四 章 …………………………………………… 035
第 五 章 …………………………………………… 046
第 六 章 …………………………………………… 060
第 七 章 …………………………………………… 070
第 八 章 …………………………………………… 077
第 九 章 …………………………………………… 084
第 十 章 …………………………………………… 092
第十一章 …………………………………………… 097
第十二章 …………………………………………… 103
第十三章 …………………………………………… 108
第十四章 …………………………………………… 128
第十五章 …………………………………………… 135
第十六章 …………………………………………… 181
第十七章 …………………………………………… 186
第十八章 …………………………………………… 191
第十九章 …………………………………………… 210
第二十章 …………………………………………… 222

附录
  一　开篇的异文 …………………………………… 243

二　残章断篇 …………………………………………… 244

三　作者删除的文句和段落 …………………………… 248

四　第一版后记 ……………………… 马克斯·布洛德 276

五　第二版后记 ……………………… 马克斯·布洛德 284

六　第三版后记 ……………………… 马克斯·布洛德 284

第 一 章

K 抵达的时候,天已很晚了。村子被厚厚的积雪覆盖着。城堡山笼罩在雾霭和夜色中毫无踪影,也没有一丝灯光显示巨大城堡的存在。K 久久站立在由大路通向村子的木桥上,仰视着似乎虚无缥缈的空间。

之后,他去找住处。客栈里的人还没有睡,店主对晚来的客人深感意外和困惑,虽然没有空房,但他还是愿意让 K 睡在店堂里的草垫子上。K 同意了。有几个庄稼人还坐在那儿喝啤酒,但是 K 不想和任何人交谈,便自己到顶楼上拿来草垫子,在火炉旁边躺下。这里挺暖和,庄稼人不言不语,他用疲惫的眼光还打量他们一会,然后就睡着了。

可是,没过多久,他便被人叫醒了。一个年轻人,穿着像城里人,长着一张演员般的脸,细眼睛,浓眉毛,正和店主一起站在他的身边。庄稼人还在那里,有几个把椅子转过来,以便看得听得更清楚一些。年轻人因为叫醒 K 而彬彬有礼地表示歉意,自称是城堡总管的儿子,接着说:"本村隶属城堡,在此地居住或过夜就等于在城堡里居住或过夜。未经伯爵准许,谁也不得在此居住或过夜。可是您并没有获得伯爵的批准,至少您并未出示这样的证明。"

K 抬身半坐半躺,用手理理头发,抬头看着他们说:"我这是走错路闯进哪个村子了?这儿有一座城堡吗?"

"当然啰,"年轻人慢慢吞吞地说,这时店堂里的人都不以为然地对 K 摇头,"是西西伯爵老爷的城堡。"

"在这儿过夜一定要有许可证吗?"K 问道,仿佛想要肯定自己刚才听到的通知也许是做梦。

"一定要有许可证,"年轻人答道,并伸出胳膊向店主和客人问,"难道就可以不要许可证吗?"语气里含有对 K 的强烈讥讽。

"那么,我就得去弄一张来啰,"K 打着呵欠说,一边推开身上的毯子，像是想要起来的样子。

"向谁去申请呀？"年轻人问。

"向伯爵老爷呀，"K说，"只能这样做啦。"

"现在深更半夜去向伯爵老爷申请许可证？"年轻人倒退一步，喊道。

"这样做不行吗？"K冷静地问道，"那您干吗把我叫醒？"

这一来年轻人火了。"流氓习气！"他嚷道，"我要求您尊重伯爵的官府！我叫醒您，是通知您必须立即离开伯爵的领地。"

"别再做戏啦，"K说得非常轻，躺下盖上毯子，"您有点儿过分啦，年轻人，明天我还会提到您这种态度的。只要我需要证人，店主和那儿的几位先生都可以作证。不过，还是让我来告诉您吧，我是伯爵请来的土地测量员。我的助手明天带着仪器乘马车来。我不想放过在雪地里步行的机会，可惜走错了好几次路，所以才来得这么晚。在领教您的教训之前，我自己就知道现在去城堡报到已太迟了，因此我只好在这儿将就住一夜。可是您——说得婉转一些——却不客气地把我吵醒了。我的话完了。先生们，晚安。"说罢，K向火炉转过身去。"土地测量员？"他还听见背后有人犹豫不决地问，接着便是一片沉寂。但是那个年轻人一会儿就恢复了自信，把嗓门儿压低，表示顾及K在睡觉，不过声音还是高得能让他听清楚，他对店主说："我要打电话去问。"什么，这个乡下小客栈还有电话？真是一应俱全。个别的事情使K感到意外，不过总的说来并不出他所料。电话机几乎就在他的头顶上，刚才他昏昏欲睡，没有看到。现在年轻人要打电话，无论如何也不可能不惊动正在睡觉的K，问题仅仅是K是否让他打电话；K决定让他打。不过这样一来装睡也就没有意思了，于是他翻过身来仰卧着。他看见那几个庄稼人战战兢兢地靠拢在一起窃窃私语；来了一位土地测量员，这可不是一件小事。厨房门打开了，女店主站在门口，她那庞大的身躯把整个门洞都堵住了。店主踮着脚尖向她走去，告诉她发生了什么事情。现在电话中的对话开始了。城堡总管已经就寝，不过一位副总管——几位副总管之———弗利茨先生还在那儿。自称施瓦采的年轻人向他报告发现了K，一个三十多岁的男子，衣衫不整，正安静地睡在一个草垫子上，用一个小小的旅行背包当枕头,手边放着一根多节的手杖。他自然对此人产生怀疑,由于店主显然疏忽职守,他,施瓦采,就有责任来查究此事。他叫醒了这个人,盘问了他,并忠于职守地警告他要把他驱逐出伯爵领地,可是K对此却不以为然,最后情况表明,也许他有道理,因为他声称自己是伯爵老爷聘请的土地测量员。当然,核实这种说法至少是例行公事,因此施瓦采请求弗利茨先生问一问中央办公厅,是否真有这么一个土地测量员要来,并将查询结果立即用电话告知。

之后,屋子里静悄悄的,弗利茨在那边查询,年轻人在这边等候回音。K仍像刚才一样,甚至没有翻一下身,似乎满不在乎,只是睁大眼睛在发愣。施瓦采的报告混合着恶意和审慎,使K对城堡中甚至像施瓦采这种小人物也轻而易举地掌握的某种外交修养有所了解。而且他们那儿勤于职守;中央办公厅有人值夜班。显然很快就来了回音,因为弗利茨已经打电话来了。不过他的答复似乎非常简短,因此施瓦采马上气呼呼地扔下听筒。"我早就说过!"他叫道。"什么土地测量员!连个影子都没有。一个卑鄙的、撒谎的流浪汉,说不定还更糟。"有片刻之久,K以为所有人——施瓦采、庄稼人、店主和女店主——都会向他扑来。为了至少能躲过第一次冲击,他完全钻到被窝儿里去了。这时电话铃又响了,在K听来,铃声似乎特别响亮。他慢慢地又伸出头来。虽然这次电话不大可能又涉及到K,但是所有人都停顿下来,施瓦采又拿起听筒。对方说了一大通以后,他低声说:"是弄错了吗?我真为难。主任亲自打了电话?真稀奇,真稀奇。我该如何向土地测量员先生解释呢?"

K竖起耳朵听。如此说来,城堡已经任命他为土地测量员了。一方面这对他并不利,因为事实表明,城堡里的人已经掌握他的一切必要情况,权衡了力量对比,欣然开始这场斗争。可是另一方面对他也有利,因为这证明——按照他的看法——他们低估了他,他将会有更多的自由,超过他一开始所能希望的。如果他们以为用承认他的土地测量员身份这种确实棋高一着的做法就能永远使他惊慌失措,那他们就错了;这使他感到有一点不寒而栗,仅此而已。

K挥了挥手叫正怯生生地向他走来的施瓦采走开;大家敦促他搬

到店主的房间去住,他也拒绝了,只是从店主手里接受一杯安眠酒,从老板娘手里接过一只脸盆、一块肥皂和一条毛巾。他甚至根本不用提出让大家离开店堂的要求,因为所有的人都转过脸,争先恐后地跑出去了,生怕他第二天还能认出他们来。灯熄了,他终于得到安宁。他酣睡到第二天早晨,连老鼠在他身边一溜烟地跑过一两次也没有把他吵醒。

早餐后店主告诉他,早餐以及他的全部伙食费都由城堡支付。他本想马上进村,但店主——想到其昨天的表现,K到目前为止只限于跟他说最必要的话——含着默默的请求老是围着他转,他对店主产生了恻隐之心,便让他坐在自己身边一会儿。

"我还不认识伯爵,"K说,"据说他对活儿干得好的付给优厚的报酬,是不是?像我这样远离老婆孩子的人,都想挣些钱带回家去。"

"先生不必为这担心,没有人埋怨工钱挣得少的。"

"唔,"K说,"我并不是胆小怕事的人,就是对伯爵也会说出我的意见,不过和和气气地同老爷们把事情解决,当然就更好了。"

店主面对着K坐在窗台边上,不敢坐在比较舒适的地方,他那双棕色的大眼睛流露出焦虑的神色,自始至终盯着K。起初他挤到K的身边,而现在似乎又巴不得跑开。他是否害怕K向他打听伯爵的情况?他是害怕他认为是"老爷"的K不可靠吗?K必须转移他的注意力。他看了看钟,说道:"我的助手快要到了,你能给他们在这儿安排住处吗?"

"当然,先生,"他说,"不过他们难道不跟你一起住在城堡里吗?"

难道他这么乐意放走客人,特别是K,一定要把他送进城堡去住?

"这还没有定下来,"K说,"我得先了解人家要我干什么工作。如果比方说要我在这儿山下工作,那么住在这儿下面也就更好一些。我也怕山上城堡里的生活不合我心意。我总愿意自由自在。"

"你不了解城堡。"店主低声说。

"当然,"K说,"不应当过早下判断。目前我所知道的城堡情况仅仅是他们那儿懂得怎样挑选合适的土地测量员。也许那儿还有别的长处吧。"他站起来想摆脱正心神不定地咬着嘴唇的店主。要得到此人的信任并非易事。

K走出去时,墙上有一幅放在深色镜框里的黑不溜秋的人像引起他的注意。他在他的铺位上睡觉时就已看到,但由于距离远看不清是什么,以为木框里的原画已被取走,只看得见一块黑色底板。现在可以看清楚,这确实是一幅画像,是一个年约半百的男人的半身像。他的头低垂到胸前,低得连眼睛也几乎看不见,又高又大的前额和大鹰钩鼻子似乎重得使头抬不起来。由于脑袋的姿势,他脸上的大胡子被下巴压住了,再往下去才又分散开来,左手张开放在浓密的头发里,但是无法再把脑袋撑起来。"这是谁?"K问。"是伯爵吗?"K站在画像前,根本不回头看店主。"不,"店主说,"他是城堡总管。""城堡有一个漂亮的总管,千真万确,"K说,"可惜他生了一个那么没有教养的儿子。""不,"店主说,他把K拉近一点,悄悄地对他说,"施瓦采昨天言过其实,他的父亲只是个副总管,而且还是职位最低的一个。"此刻K觉得店主像个孩子。"这小子!"K笑道。但店主没有跟着笑,而是说:"他的父亲势力也不小呢。""滚开!"K说。"你认为谁都是有权有势的。我是不是也有权有势?""不,"他胆怯又认真地说,"我并不认为你有权有势。""你的眼力还真不错,"K说,"私下里说,我确实不是有势力的人,因此我尊重有势力的人或许并不亚于你,只是我没有你那么老实,不大愿意承认这一点而已。"说罢,K在店主的面颊上轻轻拍了一下,想安慰安慰他,让自己表现得更友善些。这时店主果真微微一笑。他其实还很年轻,娇嫩的脸蛋几乎没有胡子。他怎么会娶一个块头大、年纪大的老婆呢?从旁边一个窥视孔里能看到她正手忙脚乱地在厨房里干活。不过K现在不想再追问他了,不想把终究引出的微笑吓跑。因此,他就仅仅再向他示意,叫他把门打开,接着就走出屋去迎接冬天明朗的早晨。

现在他看得见山上的城堡了。衬着蓝天,城堡的轮廓很鲜明地显现出来,由于到处都覆盖着一层薄薄的积雪,银装素裹,千姿百态,使城堡显得分外明晰。此外,山上的积雪似乎比这儿村子里少得多,K在村子里行走并不比昨天在大路上好走一些。这儿,积雪一直堆到茅舍的窗口,再往上又沉重地压在低矮的屋顶上,可是,山上一切都轻松自在地屹立着,至少从这儿看是这样。

从远处看,城堡大体上符合K的预想。它既不是一座古老的骑士城堡,也不是一座新的豪华府邸,而是一个庞大的建筑群,由几幢两层楼房和许多鳞次栉比的低矮建筑物组成;如果不知道这是城堡,就会以为是一个市镇呢。K只看见一座尖塔,它属于一所住宅还是属于一座教堂,就无法断定了。一群群乌鸦正绕着尖塔飞翔。

K一面盯着城堡,一面向前走去,此外他什么也不关心。可是当他走近的时候,城堡却使他失望,原来它只是一个相当简陋的小市镇,由许多村舍汇集而成,惟一的特色就是也许一切都是用石头建造的,可是墙上的石灰早已剥落,石头似乎也摇摇欲坠。K一时想起自己的故乡小镇,它不见得比这座所谓的城堡差。如果K仅仅为了观光而来,那么,跑这么远的路就未免太冤枉了,还不如重访自己的故乡,他已有很久没有回故乡了。他在心里拿故乡教堂的尖塔同现在在那儿山上的尖塔作比较。家乡那座尖塔巍然矗立,线条挺拔,由下而上逐渐变细,大屋顶,铺着红瓦,那是一座人间的建筑——我们还能造出什么别的来呢?——但是比那些低矮的房屋有着更崇高的目的,比忙忙碌碌的日常生活表现得更加明朗。这儿山上的尖塔——惟一看得见的一座高塔——现在可以看出是一所住宅,也许是主宅的塔楼,它是一座单调的圆形建筑,有一部分优雅地爬满了常春藤,一扇扇小窗子在阳光下闪闪发光,这有点儿疯狂的模样,塔顶像个平台,上面的雉堞参差不齐,断断续续,支离破碎,在蔚蓝的天空里,仿佛是一只孩童的手胆战心惊或马马虎虎地画出来的。它就像是一个忧郁成疾的居民,本来应该被关在屋内最偏僻的房间里,却钻出屋顶,站直身子,向世人显示。

K又止步不前,似乎站住才能更好地判断。但他受到了干扰。他立停的地方靠近乡村教堂,这座教堂其实只是一座小教堂,为了能够容纳教区的全体教徒,被扩建成像座谷仓似的。教堂后面是学校。那是一座低矮的长方形建筑,看上去像是临时性的,可是奇怪的是年代却很久远。它坐落在现已成为一片雪地的围着篱笆的园子后面。孩子们正同教师一起走出来。他们把教师团团围住,所有的眼睛都看着他。他们唧唧喳喳说个没完,说得很快,K根本无法听懂。那位教师是一位窄肩膀的小个子青年,身子直挺挺的,不过并不显得可笑。他从远处就盯

城 堡

住K,因为周围除了他那一群人就再没有旁人了。作为外乡人,尤其因为对方是一个司令官似的小个子男人,因此K首先打招呼。"早上好,老师。"他说。孩子们一下子都静了下来,这种突然出现的寂静也许正合教师的心意,他可以准备他要说的话。"您在看城堡吗?"他问,语气比K所预料的温和,但是语调好像并不赞成K的所作所为。"是的,"K说,"我在这里人地生疏,昨天晚上才到此地。""您不喜欢城堡吗?"教师很快又问。"什么?"K反问道,他感到有点惊讶,并用缓和的口气又问了一遍:"我喜不喜欢城堡?您为什么认为我不喜欢城堡呢?""没有一个外乡人喜欢城堡。"教师说。为了避免说出什么不中听的话来,K便转换话题,问道:"您认识伯爵吧?""不。"教师说,并想转过身去,可是K紧追不舍,又问:"怎么,您不认识伯爵?""我怎么会认识他?"教师低声说,接着用法语高声补充一句:"请您注意有天真无邪的孩子在场。"K以此作为理由问道:"我能来看您吗,老师?我要在此地呆一些时候,现在就已感到有点寂寞了。我不是庄稼人,到城堡去怕也不大合适。""庄稼人和城堡没有太大区别。"教师说。"也许是吧,"K说,"这也不能改变我的处境。我能去看您吗?""我住在天鹅巷屠夫家里。"尽管这更像是告诉地址而不是发出邀请,但K还是说:"好,我一定去。"教师点点头,便领着立刻又大声叫嚷起来的孩子们走了。不一会他们就消失在一条十分陡峭的小巷之中。

可是K却心神恍惚,这次谈话使他恼火。来到这里以后,他第一次感到真正疲乏。长途跋涉来到此地,原先似乎并没有使他感到很累;在那些日子里,他是怎样从容不迫、一步一步走来的!可是现在却显出过度劳累的后果了,来得当然不是时候。他有一种不可遏制的渴望,想要结识一些新朋友,可是每结识一个新朋友只会增加他的疲劳。[1]① 不过在今天这种情况下,他强使自己往前走,至少走到城堡的入口,那就已是很不错的了。

于是他又向前走去,可是路很长。因为这条路即村子的主要街道并不直通城堡山,它只是通到城堡附近,接着像是故意似的,改变了方

---

① 这里原来有作者后来删掉的文句和段落。请见本书附录最后一部分。下同。

向,虽然并没有离城堡越来越远,但也没有靠近它。K始终期望这条路如今终于一定会转向城堡,只是因为他抱着这个希望,他才继续前行;显然由于感到疲劳,他犹豫不决,不愿离开这条路。这个村子长得没有尽头,这也使他感到惊异,老是一座座小房子、结冰的玻璃窗、白雪,阒无一人。最后他还是甩掉了这条走不完的大街,拐进一条小巷,那儿积雪更深,把脚从雪地里拔出来十分费劲,他直冒汗,突然停下来,再也走不动了。

好在他并不是孤零零的,左右两边全是农舍。他捏了一个雪球朝一扇窗子扔去。门立刻开了——这是他跑遍全村所遇到的第一扇打开的门。门口站着一个老农,穿着棕色皮袄,脑袋向一边歪着,态度和善,身体虚弱。"我可以到您家歇一会儿吗?"K问。"我很累。"他根本没有听见老人说什么,便感激地踏上一块向他推过来的木板。这块木板立即把他从雪中搭救出来,他走了几步就进了屋子。

屋子很大,里面光线暗淡。从外面进来,起先什么也看不见。K给一个洗衣桶绊了一下,一只女人的手把他扶住了。从一个角落里传来了孩子的哭叫声。从另一个角落里不断涌出水蒸气,使半明半暗的屋子变得黑黢黢的。K像是站在云海之中。"他准是喝醉了。"有人说。"您是谁?"一个盛气凌人的声音喊道,接着显然是对老者说,"你干吗让他进来?能把街上转悠的人都放进来吗?""我是伯爵的土地测量员。"K说,想要对那些他仍旧看不见的人为自己辩白。"哦,原来是土地测量员。"一个女人的声音说,接着便是一片沉寂。"你们知道我?"K问。"当然。"还是那个女人的声音简短地说。人家知道他,看来并没有因此便对他友善些。

水蒸气终于消散了一些,K渐渐看得清屋子里的情形了。这一天看来是一个大清洗的日子。靠近门口,有人在洗衣服。不过水蒸气是从另一个角落里冒出来的,那儿放着一只大木盆,K还从来没有见过这么大的木盆,约有两张床那么大,两个男人正在热气腾腾的水中洗澡。但更令人惊奇——说不清是什么令人惊奇的——是右边的角落。屋子后墙上有一个大洞——墙上仅有的一个洞,惨淡的雪光从那里射进来,显然是从院子里射进来的。白光映在一个女人身上,使她的衣服发出丝绸般的光泽。这个女人在角落深处懒洋洋地几乎躺在一张高背靠椅上,正抱着一个婴儿在喂奶,几个孩子围在她身边玩耍,看得出是庄稼人的孩子。可是这女人似乎不像是他们中的人,当然,庄稼人生病或疲倦时也会显得文雅的。

"坐吧!"两个男人中的一个说。他长着络腮胡子,唇上还蓄着小胡子,老是张着嘴呼哧呼哧地喘气,从澡盆边上伸手指了指——样子很滑稽——一个坐柜,把热水溅得K满脸都是。坐柜上已经坐着那个让K进来的老头,他正在打瞌睡。K对自己终于可以坐下心怀感激。现在谁也不再去理他了。在洗衣桶旁边的那个女人年纪很轻,长得丰满结实,一头浅黄头发,边洗边低声哼着歌儿。男人们在澡盆里踢腿蹬脚、翻来覆去。孩子们想走近他们,却总是被他们使劲泼水给赶了回来,水甚至泼到K的身上。那个靠椅上的女人一动也不动地躺着,甚至不低头看怀里的孩子一眼,而是茫然望着高处。

K大概看了她好久,这幅没有变化的美丽而忧伤的图画,后来他准是睡着了,因为当有人大声喊他,把他惊醒的时候,他的脑袋正靠在他身边老人的肩上。两个男人已洗完澡,现在正在澡盆里嬉闹的是孩子们,由那个金发女人照看。男人已穿好衣服站在K面前。看来那个爱嚷嚷的大胡子是两个男人中地位较低的一个。另一个是个沉默寡言、思想迟钝的人,个子并不比大胡子高,胡子也少得多,长得虎背熊腰、四方脸膛,老是低着头。"土地测量员先生,"他说,"您不能呆在这儿。请原谅我们的失礼。""我也并不想呆在这儿,"K说,"只想歇一会儿。我已经歇过啦,这就走。""我们这样不好客,您大概会感到奇怪吧,"那个男人说,"不过我们这儿没有好客的风俗,我们不需要客人。"由于小睡片刻,K精神恢复了一点,听觉比刚才更灵敏一点,对这些开诚布公的话感到高兴。他行动更自在了,拄着手杖走来走去,并走近那个靠椅上的女人。再者他也是这屋子里身材最高的。

"不错,"K说,"你们要客人有什么用?不过有时还是需要一个客人,比方说,需要我,土地测量员。""这我不知道。"那人慢腾腾地说,"既然请您来,就可能是需要您,那就又当别论了。而我们,我们小人物是照老规矩办事的,您别见怪。""不,"K说,"我对您,对您和这儿所有的人,只有感激的份儿。"谁也没有料到,K突然猛一转身,站到那个女人面前。她睁着困倦的蓝眼睛望着他,一条透明的丝头巾直披到前额,婴儿在她怀里睡着了。"你是谁?"K问。她轻蔑地——不清楚是瞧不起K呢,还是鄙视自己的回答——说:"从城堡里来的姑娘。"

这一切只是一瞬间的事,这时两个男人已经来到K的左右两边,一声不吭地使出全身力气把他推出门口,仿佛没有其他办法来与他沟通似的。那个老人不知对什么感到开心而拍起手来。洗衣服的女人也笑了,孩子们突然像发了疯似地大吵大闹起来。

但是,K很快就到了小巷里。那两个男人站在门口监视着他。现在又下雪了,尽管如此,天色却似乎亮了一点。那个大胡子怪不耐烦地喊道:"您要去哪儿?这条路是上城堡去的,那条路是到村子里去的。"K没有答理他。另一个虽然高傲,可是K觉得还是他更随和一些,便对他说:"您是谁?我该感谢谁接待了我?""我是制革匠拉泽曼,"他答道,"可您不用感谢谁。""好吧,"K说,"或许咱们后会有期。""我不信,"那人说。就在此时,大胡子抬手叫起来:"阿图尔,你好!杰里米亚,你好!"K掉过头去;这么说,在这个村子的小巷里还是有人露面啦!从城堡方向走过来两个年轻人,他们都是中等个儿,修长身材,穿着紧身衣服,两人的脸也很相像。他们脸部皮肤是深褐色的,但漆黑的山羊胡子却显得突出。他们行走在这种道路状况下速度快得惊人,迈着细长的腿合拍地走着。"你们有什么事?"大胡子喊道。他们走得如此之快,而且马不停蹄,因此只有大声叫喊才能和他们交谈。"公事!"他们笑着大声回答。"在哪儿?""客栈里。""我也去那儿。"K突然叫了起来,声音超过其他所有的人。他非常渴望与他们结伴同行;虽然在他看来认识他们并不会有很大用处,可是他们显然是令人愉快的好伴侣。他们听到了K的话,但只是点了点头,就跑过去了。

K还一直站在雪地里,不太乐意把脚从雪里拔出来,然后再把脚向前一步插入厚厚的雪中。制革匠和他的伙伴因为终于弄走了K而感到满意,慢慢吞吞地侧着身子穿过只开了一条缝的门走进屋去,边走边回过头来看K。K一人站在雪花纷飞的冰天雪地里。"假如我只是偶然而非有意地站在这儿,"他想起,"这倒是一次小小的绝望的机会。"

这时他左边的那所茅屋打开了一扇小窗户；也许是雪光反射的缘故，这扇窗子关着的时候看上去是深蓝色的，它非常小，现在打开以后，你都看不到朝外看的那个人的脸膛，只看得见两只眼睛，两只褐色的老年人的眼睛。"他站在那儿呢。"K听见一个女人颤抖的声音说。"那是土地测量员。"一个男人的声音说。接着，那个男人走到窗口，问道："您在等谁？"他问话的口气倒也并非不客气，但仍然像是他很关心在自家门前的街上一切都正常似的。"等一辆雪橇把我顺便带走。"K说。"这儿不会有雪橇经过，"那人说，"这儿没有车辆来往。""可这是上城堡去的大路呀。"K提出异议。"尽管如此，尽管如此，"那人以一种毫不退让的口气说，"这儿没有车辆来往。"接着两人都不说话了。但是那人显然在考虑什么，因为他一直还让那涌出蒸气的窗户开着。"这条路真差劲。"K说，想引他开口。

但那人仅仅说："是啊，不错。"

过了一会儿，那人还是开口了："您要是愿意，我就用我的雪橇送您走。""那就请您送我走吧，"K高兴地说，"您要多少钱？""分文不取。"那人说。K十分惊异。"您不是土地测量员嘛。"那人解释说，"您是城堡的人。您要到哪儿去呢？""到城堡去，"K赶紧说。"那我不去。"那人马上说。"可我是城堡的人呀。"K连忙说。"那我不去。"那人立刻说。"可我是城堡的人呀。"K重复那人自己的话。"也许是吧。"那人冷淡地说。"那就送我去客栈吧。"K说。"好吧，"那人说，"我这就去把雪橇拉来。"这一切并没有给人留下特别友好的印象，倒不如说是出于一种十分自私、恐惧、近乎谨小慎微的愿望：把K从自己家门口弄走。

院子的大门打开了，一匹瘦弱的小马拉着一辆轻便的小雪橇出来了。雪橇很简陋，没有坐位，那人弯腰曲背、软弱无力、一瘸一拐地跟在后面；他的脸又瘦又红，由于伤风鼻塞，头上紧紧裹着一条羊毛围巾，使他的脸显得特别小。显然他正在生病，只是为能送走K，这才勉为其难。K说自己很过意不去，但那人摆了摆手，示意他别说了。K仅仅得知他是马车夫盖斯泰克，他驾驶这辆不舒服的雪橇，是因为这辆雪橇正好是现成的，驾别的雪橇就得花过多时间。"坐上去吧。"他用鞭子指着雪橇后面说。"我可以坐在您旁边。"K 说。"我步行。"盖斯泰克说。"为什么?"K 问。"我步行。"盖斯泰克重复说了一遍,突然咳嗽起来,咳得身子直晃,不得不用双腿在雪地里支撑着并用双手抓住雪橇的边沿。K 不再说什么,便坐在雪橇后面。那人的咳嗽慢慢地平息下来,于是他们便赶着雪橇走了。

那儿山上的城堡——K 本想当天去那儿——已经奇怪地暗下来,又越来越远了。但是,犹如要给他一个暂时告别的信号,那儿响起了一阵轻快的钟声,这钟声至少有一刹那使他的心颤动起来,仿佛在向他预示——因为钟声也使人痛苦——他内心隐隐约约地渴望的东西有即将实现的危险。大钟声不久就停止了,继而响起一阵微弱单调的铃铛声,可能仍然来自城堡,但也可能就是从村里传来的。不过这丁零零声,同慢慢腾腾地行驶以及那个既可怜却又无情的车夫倒更相称。

"我说,"K 突然叫起来——他们已经走近教堂,离客栈已经不远了,因此 K 可以冒点险了——"我很奇怪,你竟敢自己做主用雪橇送我兜了一圈,你能这样做吗?"盖斯泰克没有理睬,在那匹小马旁边静静地继续走着。"嗨!"K 叫道,从雪橇上弄下一些雪,捏成一团向盖斯泰克扔去,击中了他的耳朵。他这才停下步子,转过身来;可是,当 K 如今看到他离自己这么近——雪橇又向前滑了几步——,看到他那弯腰曲背、可以说受过虐待的形状,又困又瘦的红脸膛,双颊不知怎么地不一样,一边平一边凹,张着只有几颗稀稀拉拉的牙齿的嘴巴在那儿听他说话的样子,他现在由于怜悯而不得不重说一遍自己刚才怀着恶意说的那句话,盖斯泰克会不会因为用雪橇送 K 而受到处罚。"你说什么呀!"盖斯泰克大惑不解地问,可是并不期望得到进一步的解释,就向小马吆喝一声,于是他们又向前驶去。

第 二 章

在一个转弯处,K认出他们快要到客栈了。这时天已完全黑了,这使他感到惊奇。难道他已外出这么久了?可是按他的估计,大约只有一两个钟头;他是早晨出门的,他没有感到肚子饿,一直到不久之前都是白昼,现在却已夜幕降临。"白天真短,白天真短!"他自言自语地从雪橇上滑下来,向客栈走去。

客栈老板站在屋子前的小台阶上迎候他,并举着一盏灯为他照亮。K顿时想起了车夫,便停下来,在黑暗中什么地方有咳嗽声,这是他,唔,不久就会再见到他的。当K在台阶上同谦恭地向他问候的客栈老板站在一起的时候,他才看到大门两边各有一人。他从店主手里拿过灯来照亮他们,原来就是他已碰见过的那两个人,他们名叫阿图尔和杰里米亚。现在他们向他行军礼。想起他过去从军的日子,想起那段幸福的时光,他笑了。"你们是谁?"他问,一边看看这个又看看那个。"您的助手。"他们答道。"是助手。"客栈老板低声证实。"什么?"K问。"你们是我正在期待的老助手吗?我让他们随后跟来。"他们作了肯定的回答。"好,"K停了一会儿说,"你们来了就好。""顺便提一下,"K过了一会儿又说,"你们来晚了,你们太松懈了。""路远。"一人说。"路远,"K重复了一遍,"可我碰见你们从城堡里来。""是的。"他们说,没有作进一步的解释。"你们的仪器呢?"K问。"我们没有仪器。"他们说。"我交给你们的仪器呢?"K说。"我们没有仪器。"他们反复说。"啊,你们究竟是什么人呀!"K说。"你们懂土地测量吗?""不懂。"他们说。"可是,既然你们是我的老助手,那就应该懂得土地测量。"K说,并把他们推进屋里。

之后,他们三人在店堂里围坐在一张小桌上喝啤酒,K坐在中间,两个助手坐在左右两边,都不怎么说话。同头一天晚上一样,此外就只有另一张桌子旁坐着几个庄稼人。"对你们还真难办,"K边说边比较他们的面孔,他已经比较过多次。"我怎样才能分辨你们?你们只有名字不同,此外全都一模一样,就像……"他顿住了,接着又不由自主地说下去:"此外,你们就像两条蛇那样一模一样。"他们微微一笑。"别人都能把我们分辨出来,"他们为自己辩解说。"我相信,"K说,"我自己就曾亲眼目睹,可我只用我自己的眼睛来看,而我用自己的眼睛就无法分辨你们。因此,我要把你们当做是一个人,把你们俩都叫阿图尔,这是你们俩中间一个人的名字。是你的?"他向一人问道。"不,"那人说,"我叫杰里米亚。""这无所谓,"K说,"我要把你俩都叫阿图尔。我派阿图尔去什么地方,你们俩就都去,我叫阿图尔办什么事,你们俩就都去办,这样做固然对我很不利,因为我不能用你们分头去办事,但是这样做的好处是,对于我交代你们去做的一切事情,你们俩都共同负有责任。至于你们之间如何分工,我就不管了,只是你们不要互相推托,在我眼里你们只是一个人。"他们想了想,说:"我们不喜欢这样。""怎么会喜欢呢,"K说,"你们当然不会喜欢这样,可是只能这样做。"K早就看到有个庄稼人蹑手蹑脚地在他们的桌子周围转悠,现在这人终于下定决心,走到一个助手面前,想悄悄地对他说什么。"对不起,"K一面说一面用手拍桌子,并站起来,"这两个人是我的助手,我们正在商量事情。谁也没有权利来打扰我们。""哦,请原谅,"那个庄稼人惶恐地说,并倒着向他的同伴们退回去。"你们必须首先注意这一条,"K接着重新坐下来说,"没有得到我的准许,你们不得同任何人交谈。我在这儿是个外乡人,既然你们是我的老助手,你们就也是外乡人。我们三个外乡人因此必须团结一致,伸出你们的手来向我保证这一点。"他们非常乐意地向K伸出手去。"把你们的大手放下吧,"他说,"不过我的命令是有效的。现在我要去睡觉了,我劝你们也去睡吧。今天我们耽误了一天的工作,明天一早就得开始干活。你们得搞一辆雪橇送我去城堡,明天早晨六点钟让雪橇在门外候命。""行。"一个助手说。可是另一个打断了他的话:"你说'行',可你知道那是办不到的。""请静一静,"K说,"你们大概想开始闹不团结吧。"可是这时第一个人说:"他说得对,那是办不到的,没有许可证,外乡人不得进入城堡。""得上哪儿去申请许可证呢?""我不知道,也许是向城堡总管申请吧。""那么,我们就打电话到那儿去申请,你们俩马上去给城堡总管打电话!"他们跑到电话机前,要求接通线路——他们干得多么起劲啊!表面上他们简直驯服得可笑——他们问,明天早晨K能不能跟他们一起到城堡去。电话里回答一声"不行!"连坐在桌子旁边的K都听到了。电话里的答复还更详细,对方是这么说的:"不论是明天或者其他什么时候都不行。""我要自己来打电话。"K说着便站起来。除了那一个庄稼人的事件以外,K和他的助手迄今为止几乎没有引起过别人的注意,但他最后说的那句话却引起了人们普遍的关注。他们也全都跟着K站了起来,虽然客栈老板想把他们轰回去,但他们还是挤到电话机旁边,围着K站成半圆形。他们普遍认为K根本就不会得到答复,K不得不请他们安静下来,说他并不想听取他们的意见。

听筒里传来一阵喊喊喳喳声,K以前打电话时从来没有听到过这种声音。它好像是无数孩子哼哼的声音——但又不是哼哼的声音,倒像是从非常非常遥远的地方传来的歌声——好像是这种哼哼声简直不可思议地混成了一种惟一高亢而洪亮的声音,在耳边震荡,仿佛不仅要叫人听见,而是想把耳膜刺穿。K把左臂搁在放电话机的小桌上听着,不打电话了,就这么听着。

他不知道站了多久,一直到客栈老板拉了拉他的上衣,通知他来了一个信差要见他。"滚开!"K怒冲冲地嚷道,也许他是对着电话筒叫的,因为这时有人答话了。接着便有了如下的对话:"我是奥斯瓦尔德,你是谁?"一个严厉而傲慢的声音喊道。K觉得这句话有个小小的发音缺陷,说话的人想以一种虚张声势的严厉口吻来弥补这个缺陷。K犹豫着要不要自报姓名,他对电话机毫无反抗能力,对方能够把他大声喝倒,把电话挂掉,而K就给自己堵塞了一条也许并非无关紧要的渠道。K的犹豫不决使那个人不耐烦了。"你是谁?"他重复地问道,接着又说:"我真希望那边别来那么多的电话,片刻之前刚来过电话。"K没有理会这句话,突然决定通报:"我是土地测量员先生的助手。""什么助手?哪一位先生?哪一位土地测量员?"K想起昨天的电话。"您去问弗利茨。"他简短地说。这句话起了作用,这使他自己都感到惊奇。可是更使他惊奇的还不是这句话起了作用,而是城堡办事机构的一元化。对方回答道:"我知道,那个没完没了的土地测量员。是的,是的。有什么事?是哪个助手?""约瑟夫。"K说。那些庄稼人在他背后嘀嘀咕咕使他有点恼火;他们显然不赞成他没有通报真名。但K没有工夫跟他们纠缠,因为他需要集中精力进行谈话。"约瑟夫?"对方反问。"那两个助手的名字叫……"说到这里停顿了片刻,显然是向另外一个人问他们的名字——"阿图尔和杰里米亚。""他们是新助手。"K说。"不,他们是老助手。""他们是新的,我才是老的,继土地测量员先生之后今天到的。""不!"对方大声嚷道。"那么,我又是谁呢?"K仍然冷静地问。停了一会儿,同样的声音带着同样的发音缺陷说话了,但是却像另一个更低沉更威严的声音:"你是老助手。"

K回味着这个声调,差一点没有听见对方的问话:"你有什么事?"[2]他真想把电话挂上。他再也不想从这次通话中有所收获。他只是迫不得已赶紧问道:"我的主人什么时候能到城堡去呢?"回答是:"任何时候都不行。""好吧。"K说完就挂上电话。

他后面的那些庄稼人已蹭到他面前。他的助手一面忙于不让他们靠近他,一面用眼瞟他。看来这只是一场滑稽戏。那些庄稼人对通话的结果感到满意,便慢慢往后退去。这时有一个人分开人群快步走来,在K的面前鞠了一躬,递给他一封信。K把信拿在手里,注视着这个人。眼下对他来说此人似乎更重要些。这个人跟那两个助手非常相似,他跟他们一样身材修长,穿了一身同样紧巴巴的衣服,也像他们那么身手灵活,但是他却与他们完全不同。K倒宁愿要他做助手!他使K隐隐约约地想起在制革匠家里看到的那个怀抱婴儿的女人。他穿得几乎一色白,衣服并不是绸子的,那是跟别人一样的冬装,却有丝绸衣服那样的柔软和庄重。他的面孔开朗而直爽,一双眼睛很大。他的笑容使人愉快;他用手摸了摸脸,似乎想把这种笑容驱散,但是没有做到。"你是谁?"K问。"我叫巴纳巴斯,"他说。"我是信差。"他说话时嘴唇一张一闭,颇有男子汉的气概,却也很温柔。"你喜欢这儿吗?"K指着那些庄稼人问。他们一直还没有减少对他的兴趣,站在那儿望着他,一张张极度痛苦的脸——他们的脑袋看起来好像顶上被打扁了似的,是因为挨了打而疼得难受的那种面部表情——张着嘴巴，噘起厚嘴唇，可又不是盯着他看，因为他们的目光常常转移开去，落在屋子里某一样无关紧要的东西上，然后再转回来。接着K又指给他看那两个助手，这两个家伙正搂抱在一起，脸贴着脸微笑着，这种微笑究竟是表示恭顺还是嘲讽，那就不得而知了。他指给他看所有这些人，仿佛是在介绍一群由于特殊情况而强加给他的随从，并指望——这是一种亲近的表示，而K很看重这一点——巴纳巴斯永远会把自己跟他们区别开来。可是巴纳巴斯——显而易见十分天真——毫不在意这个问题，犹如一个有教养的仆人听凭主人只是随便说什么而并不放在心上那样，只是顺着K的问话扫了一眼，向庄稼人中间的熟人招手致意，并同那两个助手交谈了几句，这一切都是独立自由进行的，并不和他们搅和在一起。K虽然没有得到答复，但并不感到羞辱，重新拿起手里的信打开来看。信里写道："尊敬的先生：如您所知，您已受聘为伯爵老爷效劳。您的顶头上司是本村村长，有关您的工作和工资待遇等一应事宜将由他通知您，您对他负责。尽管如此，我也将密切关注您。本函递送人巴纳巴斯将经常去向您了解您有何需求并向我报告。只要能办到，我将永远乐于为您效劳。我很重视使工作人员都感到满意。"下面的签名无法辨认，但签名旁边盖了一个图章：某办公厅主任。"等一等！"K对向他鞠躬的巴纳巴斯说，接着他叫店主领他到一个房间里去，说他想独自研究一下这封信的内容。同时他又想到巴纳巴斯虽说已博得自己的好感，但他终究不过是个信差，于是便给他要了一杯啤酒。他注意看巴纳巴斯会怎样接受这杯啤酒，巴纳巴斯显然很高兴地接受了它并立刻喝了起来。然后，K就跟着店主走了。客栈的房子很小，只能向K提供一间小阁楼，即使这样，也造成了一些困难，因为有两个女仆一直住在那儿，得让她们挪走。实际上并没有做什么，只是把那两个女仆撵走而已，屋子仍一如既往毫无变化，惟一的一张床上没有床单、枕套等床上用品，只有几个枕头和一条粗羊毛毯，仍旧像刚起床时一样胡乱地放在那儿。墙上有几张圣像和军人的照片。屋子甚至没有通通风，显而易见，人们希望新来的客人不会久留，因此并没有留他住的意思。K倒没有什么意见，用毯子裹住身子，便在桌旁坐下，在烛光下再读一遍那封信。

这封信前后不一致,有的地方把他当做自由人,承认他自己的意愿,如称呼的方式、涉及他的愿望的地方。但是有些地方却公然或转弯抹角地把他当做一个小工人,那个主任几乎并不把他放在眼里,他要尽力"密切关注他",他的上司只是村长,甚至还要对他负责,他惟一的同事也许是村警。这些毫无疑问都是前后矛盾的地方,这些矛盾是这样明显,因此一定是有意的。K 难以想象这是摇摆不定造成的;针对这样一个机构,这样想是荒唐透顶的。相反地,他把这些矛盾看做是坦率地提供给他的选择,让他从信里的安排选择他所喜欢的一种,是愿意做一名乡村工人,同城堡保持着总算是特殊的但只是表面的联系,还是做一个名义上的乡村工人,实际上他的全部雇佣关系却由巴纳巴斯传递的消息来决定。K 毫不犹豫地做出选择,即使没有经历过那些事情,他也不会犹豫。只有当一名乡村工人,尽可能远离城堡里那些老爷,他才能在城堡里有所收获。村里的这些人现在对他还疑神疑鬼,如果他成为他们的同村人,即使谈不上是他们的朋友,他们也会开始同他交谈,要是他一旦与盖斯泰克或拉泽曼难以区别——这一点必须很快做到,一切都取决于这一点——,那么,条条道路一下子都会向他敞开,如果仅仅依靠上面那些老爷和他们的恩典,所有的道路不仅会永远向他关闭,而且始终看不到。当然啰,这有危险,信里已充分强调这种危险,带着一定的喜悦心情描述了这种危险,似乎这是不可避免的。那就是当工人。效劳,上司,工作,工资待遇,负责,工作人员——信里大谈特谈这些,即使还谈到别的什么,谈到私人的事情,那也是从那种立场出发的。如果 K 愿意当工人,他就可以当工人,但是那就得完全当真,没有到别处去的任何希望。K 知道并没有真正的强制,他也不怕这种强制,在这儿就更不怕了,可是使人气馁的环境的威力,习惯于失望的威力,每时每刻觉察不到的影响的威力,这些倒使他害怕,但是他必须敢于同这种危险作斗争。信里也没有故意不提,如果要进行斗争,K 得有挺身而出的胆量;这一点说得很微妙,只有一颗焦躁的良心——焦躁而不是内疚——才能觉察,那就是提到他受聘为伯爵效劳时所用的"如您所知"这四个字。K 已经报到了,从此以后,正如信中所说的,他知道他已被录用了。

　　K 从墙上取下一幅画,把信挂在钉子上;他将住在这个房间里,这封信就应该挂在这儿。

　　然后,他下楼来到店堂里。巴纳巴斯和那两个助手坐在一张小桌旁边。"喔,你在这儿。"K 说,没有什么缘由,只是因为见到巴纳巴斯心里很高兴。巴纳巴斯立刻一跃而起。K 刚一进来,那些庄稼人就都站起来,向他靠拢;他们老是跟着他转,这已经成为他们的习惯了。"你们干吗老是跟着我?"K 嚷道。他们并不生气,慢慢吞吞地踅回去,重新坐到自己的坐位上。有一个在踅回去时,脸上露出难以解释的笑容——有几个人也露出这样的表情——,随口说了一句话进行解释:"总是有一些新闻可以听嘛。"边说边舔嘴唇,仿佛新闻是一道菜似的。K 没有说什么表示和解的话,他们对他有一点儿尊敬才对,可是他刚在巴纳巴斯旁边坐下,就感觉到有一个庄稼人在他身后喘气;那人说他是来拿盐瓶的,可是 K 却气得直跺脚,那个庄稼人也没有拿盐瓶就跑开了。要对付 K 确实很容易,比方说只消把这些庄稼人煽动起来反对他就行了,他们的胡搅蛮缠比别人的冷淡更使他觉得可恶,另一方面这种冷淡也真叫人烦恼,因为只要他坐到他们的桌子上去,他们肯定就不会留在那儿。只是因为巴纳巴斯在场,他才没有大吵大闹。但他还是转过身去怒视着他们,他们也转过身来望着他。他看到他们这样坐在那里,各人坐在自己的位子上,彼此并不交谈,也看不出有什么明显的联系,只不过全都盯着他看。他觉得他们老是跟着他并非出于恶意;也许他们真想从他那儿得到什么,只是说不出来,如果不是这样,那就也许只是天真,看来天真在这儿已司空见惯了。就说客栈老板吧,他双手捧着一杯应该给某一位顾客送去的啤酒,一动不动地站着看 K,没有听见从厨房的小窗口探出身来的老板娘的呼喊,难道他不是也很天真吗?

　　K 心情平静了些,转向巴纳巴斯;他很想把那两个助手支走,但找不到借口,再说他们正默默地啾着他们的啤酒呢。"这封信我已经看过了。"K 开始说。"你知道信的内容吗?""不知道。"巴纳巴斯说,他的眼神似乎比他的语言更能说明问题。也许 K 看错了巴纳巴斯的善良,就像看错庄稼人的恶意一样,可是见到巴纳巴斯总还是令人感到舒畅。

"信里也提到了你,由你有时传递我和主任之间的消息,所以我想你知道信的内容。""我只是奉命送信,"巴纳巴斯说,"等你看完以后,如果你认为有必要,就把口头或书面答复带回去。""好吧,"K 说,"不需要写信,请你向主任——他究竟叫什么名字?我看不清他的签名。""克拉姆。"巴纳巴斯说。"那就请你向克拉姆先生转达我的谢意,感谢他的录用和他的厚意。作为一个在这里还根本没有经受考验的人,我很珍视他这番厚意。我会完全按照他的意思去做。今天我没有什么特别的要求。"巴纳巴斯仔细听着,请 K 准许他把这口信复述一遍。K 同意了,于是巴纳巴斯便一字不差地复述了一遍,然后便起身告辞。

K 一直在端详他的脸,现在最后又打量一次。巴纳巴斯身高跟 K 差不多,可是他似乎居高临下地望着 K,但几乎含有一种谦恭的神情,说这个人会羞辱任何人,那是不可能的事。当然,他仅仅是个信差,不知道他所传递的信件的内容,但是他的眼神、笑容和走路的姿势似乎透露一种信息,尽管他自己对此一无所知。K 跟他握手道别,这显然出乎他意料之外,因为他本来只想鞠躬告退的。

他一走开——他在开门之前还把肩膀靠在门上呆了一会儿,向店堂里扫了一眼,并没有什么具体目标——K 就对他的助手说:"我到房间里去把笔记拿来,然后我们商量一下下一步工作。"他们想跟他一起去。"你们呆在这儿。"K 说。他们仍然想跟他一起去。K 不得不更严厉地重申了他的命令。巴纳巴斯已经不在走廊里了。可是他不过刚刚走出去。然而,在客栈门前——雪又在下了——K 也看不见他了。他大声呼喊:"巴纳巴斯!"没有回答。他是否还在客栈里?看来没有别的可能。尽管如此,K 仍然使出全部力气呼叫他的名字。喊声在黑夜里震响。现在,从远处传来了微弱的回答声。巴纳巴斯已经走远了。K 叫他回来,同时迎面向他走去;一直跑到客栈里的人看不见他们的地方,他们才碰上头。

"巴纳巴斯,"K 说,禁不住声音发抖,"我还有事要对你说呢。如果我需要城堡办什么事,仅仅靠你偶尔来一次,我觉得这种安排不很妥当。要不是我现在碰巧还赶上了你——你跑得真快,我以为你还在屋子里呢——谁知道我得等多久才能再见到你。""你可以请求主任,"巴纳巴斯说,"让我总是按照你指定的时间到你这儿来。""那也不够,"K说,"也许我一年没有什么要说的,但是正好在你离开一刻钟以后却有什么紧急的事。""那么,"巴纳巴斯说,"是不是要我报告主任,在他和你之间应建立另一种联络来代替我呢?""不,不,"K说,"完全不是这个意思,我只是顺便提一下这件事,这一次我还算运气好,追上了你。""我们是否回客栈去,"巴纳巴斯说,"你就可以在那儿把新的任务交给我?"说着,他已经朝客栈的方向迈了一步。"巴纳巴斯,"K说,"不用了,我陪你走一段。""为什么你不愿去客栈?"巴纳巴斯问道。"那儿的人妨碍我,"K说,"你亲眼看见那些庄稼人纠缠不休。""我们可以到你的房间里去。"巴纳巴斯说。"那是女仆的房间,"K说,"又脏又闷;就因为我不愿意呆在那儿,我想陪你走一会儿。"为了彻底打消他的犹豫,K又加了一句:"你只要让我挽着你的胳膊,因为你走得比我稳。"说着,K就挽起他的手臂。这时天已经很黑,K看不见他的脸,他的身影也模糊不清,K摸索了一会儿才摸到他的手臂。[3]

巴纳巴斯让步了,他们离客栈越来越远。可是K觉得,自己纵然使出吃奶的力气,也赶不上巴纳巴斯的步子,还妨碍他自由活动;在通常的情况下,这种小事就会使一切都落空,更不用说走上午那样的小巷了,他曾陷在那儿的雪地里,只有靠巴纳巴斯背着才能出来。但是他现在并不存在这种担心,巴纳巴斯的沉默也使他感到宽慰;既然他们默默地往前走,那么对巴纳巴斯来说,也只有继续往前走本身才是他们在一起的目的。

他们往前走,可是K不知道是往何处去;他什么都辨认不出来,连他们是否已走过教堂也不知道。光是赶路就已很费力,所以他无法控制自己的思想。他的思想不是始终对准目标,而是被弄乱了。他的心头不断涌现出故乡的情景,充满了对故乡的回忆。在故乡,中心广场上也有一座教堂,周围有一部分是一片古老的墓地,墓地四周围着一道高墙。只有很少几个男孩曾爬上去过,K还没有能爬上去过。他们想爬上去并不是出于好奇,墓地在他们面前已不再有什么神秘了,他们经常从它的小栅栏门里跑进去过,他们只想要征服那道又高又滑的围墙。一天上午——空旷静寂的广场上阳光灿烂,在这以前或以后,K又何曾见过这样的美景?——他出人意外地轻而易举爬上了围墙;有一处地方他曾经在那儿滑下过多次,这一回他用牙齿叼着一面小旗,第一次攀登就成功了。碎石还在他脚下轱辘轱辘往下滚,而他已经站在围墙顶上了。他把旗子插在墙上,旗子迎风飘扬,他低头往下看并四下张望,还掉转头去看那些插在地里的十字架;此时此地没有一个人比他更伟大了。后来老师恰巧从这儿经过,以恼怒的目光把K赶了下来。K跳下来的时候把膝盖碰伤了,费了好大的劲儿才走回家去,可是他登上了围墙。当时这种胜利的感觉仿佛使他终生受用,这倒并不是很傻,因为现在事隔多年,在雪夜里挽着巴纳巴斯的臂膀时,这种感觉给了他很大的力量。

他更紧地挽着巴纳巴斯的胳膊,巴纳巴斯几乎是在拖着他走,沉默没有打破。至于他们现在走的这条路,K从路面判断,只知道他们还没有拐进小巷。他发誓,不管路多么难走,甚至也不管自己对回去的路多么担心,他也决不停止前进。到头来能让别人拖着走的气力总还是足够的。难道路会没有尽头吗?白天城堡像是一个很容易达到的目标近在眼前,而且这个信差一定知道最近的捷径。

这时巴纳巴斯站住了。他们到了什么地方啦?前面已没有路了吗?巴纳巴斯要送走K吗?那他是做不到的。K把巴纳巴斯的胳膊抓得那么紧,几乎自己的手都疼起来了。要不就是发生了难以置信的事情,他们已经进了城堡或者到了城堡门口?但是,就K所知,他们并没有上坡呀。或者是巴纳巴斯领他走了一条觉察不到的上山之路?"我们这是到了哪儿啦?"K低声问道,更像是问自己,不像是问巴纳巴斯。"到家了。"巴纳巴斯同样低声说道。"到家了?""现在请留神,先生,不要滑倒。现在往下走。""往下走?""只有几步路了。"巴纳巴斯又说了一句,说罢就敲起一扇门来。

一个姑娘打开了门:他们站在一间大屋子的门口,屋里几乎是黑糊糊的,因为只有在左边后面一张桌子上方吊着一盏小油灯。"跟你一起来的是谁,巴纳巴斯?"姑娘问道。"土地测量员。"他说。"土地测量员。"姑娘提高嗓门儿向着桌子那儿重复了一遍。紧接着,那儿有两个老人,一男一女,站了起来,还有一个姑娘。他们向K问候。巴纳巴斯向他一一介绍,那是他的父母亲和两姐妹奥尔加和阿玛丽亚。K几乎看不清他们。他们取走了他湿漉漉的上衣,拿到火炉上去烤。K听之任之。

这么说,并不是他们到家了,而只是巴纳巴斯到家了。可是他们干吗要到这儿来呢?K把巴纳巴斯拉到一边,问道:"你干吗回家来?莫非你就住在城堡区不成?""城堡区?"巴纳巴斯重复了一遍,好像不懂K的意思。"巴纳巴斯,"K说,"你不是要离开客栈到城堡去吗?""不,先生,"巴纳巴斯说,"我是想回家;我清早才去城堡,我从不在那儿过夜。""哦,"K说,"原来你并不想去城堡,只想到这儿来。"——他觉得他的笑容似乎更淡漠,他本人也更不显眼了。——"为什么你不早告诉我呢?""你没有问过我呀,先生,"巴纳巴斯说,"你只是要再给我一个任务,可你既不愿意在客栈的店堂里又不愿意在你的房间里说,于是我想,你可以在这儿我的家里不受干扰地说给我听。要是你下命令,他们都可以马上走开;要是你更喜欢我们这儿,你也可以在这儿过夜。难道我做得不对吗?"K无言以对,原来这是一个误会,一个低级的小误会,而K却完全为它所左右。巴纳巴斯身上穿的那件丝绸般闪闪发光的紧身外套曾使他着迷,现在巴纳巴斯解开外套以后露出了一件又粗又脏、满是补丁的灰色衬衫,衬衫里面是一个仆人宽阔结实的胸脯。周围的一切不仅与此相称,而且有过之而无不及。那位患着痛风病的年迈父亲,走起路来与其说是用两条僵直的腿慢吞吞地移动,还不如说是靠两只手在摸索前进,那位母亲两手交叉着放在胸前,由于身体肥胖,也只能迈着极小的步子。打从K进屋以后,这老两口子就从他们的角落里迎了上来,可是直到现在离他还远着呢。两个金发姐妹长得相像,也很像巴纳巴斯,只是面容比巴纳巴斯更严厉,是两个高大结实的少女,她们站在两个刚来的人周围,期待K向她们说一句问候的话,但K什么也说不出来;他曾以为,这个村子里的每一个人对他来说都很重要,情况也的确如此,惟独眼前这几个人他毫不放在心上。[4]如果他能独自回客栈去,他就会马上离开这儿。明天早晨同巴纳巴斯一起到城堡去的可能性,对他也毫无吸引力。他原本想现在在夜里由巴纳巴斯领着,人不知鬼不觉地闯进城堡去,迄今巴纳巴斯在他心目中比自己至今在这儿见过的所有人对自己都亲近,同时他也相信,巴纳巴斯同城堡关系密切,比他那可以看到的地位要高得多。可是,作为这个家庭的儿子,他完完全全属于这一家人,并且现在就同他们坐在一张桌子上,像这样一个典型的连在城堡里留宿都不允许的人,在大白天同他一起到城堡去,那是不可能的,简直是一种可笑而毫无希望的企图。

K 在窗台上坐下,决心坐在这儿过夜,不再接受这一家人的任何其他照顾。村里那些撵他走或者害怕他的人在他看来倒不怎么危险,因为他们其实只是要求他依靠自己,有助于他集中自己的力量;而这些表面上帮助他的人,却通过一次小小的骗人把戏把他带到他们家里来,而不是领他到城堡去;他们转移他的目标,不管是有意还是无意,正在消耗他的精力。他全不理会这一家人邀请他一起进餐的呼唤,低着头,坐在窗台上不动。

于是,奥尔加,两姐妹中比较温柔的一个,也流露出一点姑娘家的窘态,跑到 K 身边,请他就餐。她说,面包和熏板肉都已准备好,她还要去买啤酒。"上哪儿去买?"K 问。"上客栈去买。"她说。这正中 K 的下怀。他恳求她别去买啤酒,而是送他去客栈,说他在那儿还有要紧的事要办。可是这时才弄明白,她并不是要走那么远,到他住的那家客栈去,她要去的是另一家客栈,离这儿近得多,叫贵宾饭店。尽管如此,K 还是请她让他陪她去,心想也许在那儿能找到过夜的地方;不管那儿怎么样,他也宁肯住在那儿,不愿意睡在这一家最好的床上。奥尔加没有马上回答,回过头去望着桌子那边。这时她的弟弟站起来,乐意地点点头说:"既然这位先生想去,就带他去吧。"这一声同意,差一点使 K 撤回自己的请求;巴纳巴斯只会同意毫无价值的事情。可是,当他们现在在讨论人家是否会让他进那家客栈,大家都对此表示怀疑时,他倒坚持要去了,但并不费心去为自己的请求寻找一个可理解的理由;这一家人不得不由着他去,他在他们面前可以说不会感到害羞。只有阿玛丽亚那严肃、直率、坚定,也许还有点冷漠的眼光,才使他有一点儿不知所措。

在去客栈的短短的路上——K 挽着奥尔加的手臂,奥尔加几乎就像早先她弟弟那样拖着他走,要不他就寸步难行——他了解到,这家客栈是专门为城堡里来的老爷服务的,他们到村子里来办事,就在那儿用餐,有时甚至在那儿过夜。奥尔加低声对K说着,就像知己好友一样。同她一起走是愉快的,几乎就像同她弟弟一起走一样。K极力抗拒这种舒适的感觉,但是这种感觉却始终存在。

从外表看,这家客栈很像K住的那家客栈。村里的房子外部根本没有什么大的区别,但一些细小的区别一眼就看得出来:这儿门前台阶上有一排栏杆,门上挂着一盏漂亮的灯。他们走进去的时候,有一块布在他们头上飘动,那是一面绣着伯爵彩色徽记的旗子。刚走进门厅,他们就碰见了客栈老板,他显然正在四处巡视;他在走过的时候用他那双小眼睛——既像是在审视,又像是昏昏欲睡的样子——打量K并说:"土地测量员先生只能去酒吧。""当然啦,"奥尔加立刻帮K说,"他只是陪我来的。"可是K并不感激她,放开她的手臂,把客栈老板拉到一边,这时奥尔加耐心地在门厅的尽头等着。"我想在这儿住宿。"K说。"很抱歉,这不行啊,"客栈老板说。"看来您还不知道,这儿是专门为城堡里的老爷服务的。""也许是这样规定的,"K说,"可是让我随便在哪个角落里睡一夜,那准是办得到的吧。""要是能办到,我会非常乐意照顾您,"店主说,"且不说规定订得那么严格——您是外乡人才会这么说——,从另一方面考虑,这也办不到,因为那些老爷十分敏感;我相信,他们要是瞧见一个陌生人准会受不了,起码毫无思想准备;要是我让您在这儿过夜,偶然——而且偶然的事情总是发生在老爷们那一边——给他们发现了,那就不仅我完了,您本人也就完了。这听起来挺可笑,但却是真的。"这个身材高大、衣服纽扣扣得紧紧的先生,一只手撑着墙,另一只手撑着腰,两腿交叉着,向K微微俯下身去,推心置腹地对他说,似乎已不再是村子里的人,尽管他那身深色衣服仍然只像是庄稼人穿的节日服装。"我完全相信您的话,"K说,"我也根本没有低估这个规定的意义,虽然我说得不太聪明。我只是还想向您指出一点:我与城堡有着重要的关系,而且还会有更重要的关系,这能保证您不会因为留我在这儿过夜而冒任何风险,而且我向您担保,我能充分报答您的小小的关照。""我知道,"店主说,又重复了一遍,"这我知道。"现在K本来可以坚决地提出他的要求的,可正是店主的这个回答却使他分心,因此他只问了一句:"今天有很多城堡里来的老爷在这儿过夜吗?""就此而言,今天倒是挺有利的,"店主说,仿佛带着诱人的口气,"只有一位老爷留宿。"K一直觉得不能强人所难,但现在也希望自己差不离已被收留了,于是就只问了一下那位老爷的名字。"克拉姆。"店主随口说道,一面回头望着正窸窸窣窣地走来的妻子。她的衣服非常破旧,式样过时,缀满褶裥,然而做工考究,是城里人穿的。她是来叫店主的,因为主任大人要什么东西。店主在走开之前还转过脸望着K,仿佛留宿的问题不再由他本人,而是要由K来决定似的。但是K一句话也说不出,特别是恰巧他的上司在这儿这一情况使他惊呆了。他自己也说不清楚,为什么他在克拉姆面前不像在城堡其他人面前那么自在;若是在这儿被他发现,K虽然不会像店主那么害怕,但也会觉得不很合适,令人难堪,犹如他轻率地伤害一个他理应感激的恩人;同时,他看到,自己的这种忐忑不安心情显然已表明他所担心的当下属、当工人的后果,而且在这里,当这些后果明显表现出来的时候,他连抑制它们都做不到,这使他心情十分沉重。他就这样站在那里,咬着嘴唇,什么也没有说。店主在出去之前又回头看了K一眼。K望着他的背影,一动不动,一直到奥尔加走过来把他拉走。"你要老板干什么?"奥尔加问道。"我想在这儿过夜。"K说。"你不是住我们家吗!"奥尔加惊奇地说。"那当然。"K说,让她去琢磨这句话的意思。

第 三 章

　　酒吧是个大房间,中间完全空着,有几个庄稼人靠墙坐在酒桶的旁边和上面,不过他们看起来与 K 住的那家客栈里的人不同。他们衣着比较整洁划一,都穿着灰黄色粗布衣服,上衣宽大,裤子瘦小。他们身材矮小,乍一看长得都很相像,扁脸,颧骨高耸,面颊却是圆圆的。他们很安静,几乎一动也不动,只用目光盯着新来的人,但也是慢悠悠地、漠不关心地望着。尽管如此,由于他们有这么多人,又是这么安静,所以对 K 也产生了一定的作用。他重新挽住奥尔加的手臂,以此向那些人说明他为什么到这儿来。一个男人,奥尔加的熟人,在一个角落里站起来,想向奥尔加走来,可是 K 挽着她的手臂把她转到另一个方向去。除了她,谁也没有察觉,她笑眯眯地乜了他一眼,听之任之。

　　卖啤酒的是一个年轻姑娘,名叫弗丽达,那是一个不引人注目的小个子金发女郎,一对忧伤的眼睛,瘦小的脸蛋儿,但她的目光却使人感到意外,那是一种特别自负的目光。当她的目光落到 K 身上的时候,他觉得这一看就已解决了关系到他的事情,而他自己对这些事情是否存在尚一无所知,但她的目光又使他深信其存在。K 从侧面不停地注视着她,就是在她同奥尔加说话的时候也盯着她。奥尔加和弗丽达看来不是朋友,她们只是冷淡地交谈了几句。K 想打圆场,便突然问道:"您认识克拉姆先生吗?"奥尔加哈哈一笑。"你笑什么?"K 生气地问道。"我并没有笑呀。"奥尔加说,但是仍旧咯咯地笑着。"奥尔加还是一个傻里傻气的丫头。"K 说着并向柜台弯下身子,想再次把弗丽达的目光牢牢地吸引到自己身上。但她还是眼睑低垂,低声说:"您想见克拉姆先生吗?"K 请求见他。她指了指左首的一扇门。"那儿有个小窥视孔,您能看见里面。""别人不会说闲话吗?"K 问道。她噘起下唇,用一只非常柔软的手把 K 拉到那扇门前。这个小孔显然是为了观察的目的而钻出来的,从洞里几乎可以把整个邻室一览无余。

屋子中央有一张书桌,在桌旁一把舒适的圆靠背椅上坐着克拉姆先生,被一盏低悬在他面前的电灯照亮得刺眼。他中等身材,肥胖臃肿,脸上还没有什么皱纹,但是由于年龄关系两颊已有些下垂,黑色髭须留得很大,一副歪戴着的闪闪发光的夹鼻眼镜遮住眼睛。假如他端坐在桌前,那么K就只能看见他的侧影;但是,由于克拉姆已转过大半个身子对着他,他就看得见他的整个脸。克拉姆的左肘支在桌上,夹着一支弗吉尼亚雪茄的右手放在膝盖上。桌上放着一个啤酒杯,由于桌子边沿镶了高高的木边,K看不清桌上有没有文件,但是他觉得那儿好像是空的。为了保险起见,他叫弗丽达往洞眼里看一看,告诉他桌上有没有东西。她刚才进去这间屋子,因此可以立即告诉他桌上没有文件。K问弗丽达,他是不是该走开了,可是弗丽达说,他爱看多久就可以看多久。K现在单独和弗丽达在一起了,据他匆匆地断定,奥尔加已跑到她的熟人那儿去了,眼下正高高地坐在一只桶上摇晃着两条腿。"弗丽达,"K悄悄地说,"您跟克拉姆先生很熟吗?""啊,是的,"她说,"很熟。"她倚到K的身上,K现在才发现她在摆弄她那件领口开得很低的单薄的奶油色衬衣,这件衬衣穿在她那瘦弱可怜的身上似乎不太顺眼。接着她说:"您还记得奥尔加是怎么笑来着?""是呀,这个淘气的丫头。"K说。"喏,"她和解地说,"她这笑事出有因。您问我认不认识克拉姆,可我是……"说到这儿,她不由自主地稍微挺起身来,又用那种同她讲的话毫无关联的得意目光看了K一眼,"我是他的情妇呀。""克拉姆的情妇。"K说。她点点头。"那么,"为了使气氛不至于变得太严肃,K笑嘻嘻地说,"对于我来说,您是一个可尊敬的人了。""不单是对您。"弗丽达友好地说,但是没有理会他的微笑。K有一个办法对付她的高傲,便施展了出来;他问:"您去过城堡吗?"可是这并没有起作用,因为她回答说:"没有去过,可是我在这儿的酒吧里,难道还不够吗?"她的虚荣心显然很强,而且似乎正想在K的身上来满足它。"当然啰,"K说,"在这儿酒吧,您就算是老板啦。""可不是,"她说,"开头我在桥头客栈当挤奶女工。""用这双娇嫩的手?"K半问地说,他自己也不知道他只是在奉承她呢,还是真的为她折服。她的一双手倒是又小又嫩，但也可以说是瘦弱的，微不足道。"那时没有人注意这个，"她说，"就是现在……"K疑惑地注视着她。她摇摇头，不愿再说了。"当然您有您的秘密，"K说，"您不会把它泄露给一个您才认识半个钟头的人，而且他还没有机会向您谈谈他自己的情况哩。"看来这句话说得可不太合适，它似乎把弗丽达从一种对他有利的迷糊状态中唤醒了。她从挂在她腰带上的皮包里拿出一个小木塞把那个小孔塞住，接着，为了不让K觉察她改变了主意，显然在克制自己的感情，对K说道："至于您的事，我全都知道，您是土地测量员。"接着又说："现在我得去干活了。"说罢便回到柜台后面她的位置上，这时人们陆陆续续拿着空杯子过来让她添酒。K想再和她谈谈，为了不引起别人的注意，便从架子上拿了一只空杯子走到她跟前。"我只再问一点，弗丽达小姐，"他说，"从挤奶女工升到酒吧女侍，这可是了不起的事，这得是一个出类拔萃的人，可是，对这样一个人来说，难道这就达到最终目的了吗？荒唐的问题。别笑我，弗丽达小姐，您的眼睛里流露出来的与其说是过去的奋斗，倒不如说是未来的奋斗，可是世界上的阻力是巨大的，目标越高，阻力也越大，因此获得一个渺小的、无足轻重的、但同样也在奋斗的人的帮助，这并不是什么不光彩的事情。也许我们能够不在众目睽睽之下，平心静气地谈一次。""我不知道您想干什么。"她说，这一次似乎违背了她的本意，她的声调流露出的不是往昔成功的得意心情，而是无穷尽的失望。"也许您想从克拉姆那里把我夺走？哎呀，我的老天爷！"说罢她便拍起手来。"您可真把我看透了，"K说，似乎因为人家太不信任自己而感到疲乏，"这正是我最隐蔽的意图。您应当离开克拉姆，做我的情人。现在我可以走啦。奥尔加！"K喊道。"我们回家吧。"奥尔加顺从地从桶上滑下来，但是没有能立刻从围着她的那些朋友中脱身出来。这时弗丽达用威胁的眼光望着K低声说："什么时候我能跟您谈谈呢？""我能在这儿过夜吗？"K问。"可以，"弗丽达说。"我现在就能留下来吗？""您先跟奥尔加一起走，我好把那帮人都轰走。然后，过一会儿您就可以来了。""好。"K说并不耐烦地等着奥尔加。但是那帮庄稼人不放她走，他们发明了一种舞，奥尔加是舞蹈的中心，他们围起圈跳舞，大伙儿一起每高喊一声，就会有一个人走向奥尔加，用一只手紧紧地搂住她的腰,把她旋转几次,轮舞的速度越跳越快,叫喊声如饥似渴,渐渐几乎成为惟一的一种吼叫,奥尔加原先还笑着想从圈子里冲出来,现在只是披头散发从一个人手里跟跟跄跄地转到另一个人手里。"我侍候的就是这种人。"弗丽达恼火地咬着薄嘴唇说。"他们是谁?"K 问。"克拉姆的跟班,"弗丽达说,"他总是带这一帮人来,他们一来就弄得我心烦意乱。我几乎记不得我今天同您,土地测量员先生,说过什么话了;要是我冒犯了您,那就请您原谅,这应该怪那些人在场。他们是我见过的最下流最讨厌的人,可我还得给他们斟啤酒。我已多次求克拉姆别带他们来;我还得忍受其他老爷的跟班呢,他总得体谅体谅我吧,但是一切请求全部不管用,他们总是在他到来之前一小时就像牲口进圈一样一拥而入。可是现在他们真该回自己的窝里去了。要不是您在这儿,我就会把这扇门打开,克拉姆自己就会来把他们轰走。""难道他现在听不见吗?"K 问。"听不见,"弗丽达说。"他睡着了。""什么!"K 喊道。"他睡着了? 可我刚才从洞眼里望进去的时候,他还醒着坐在桌子前的呀。""他还一直这样坐着。"弗丽达说。"您看见他的时候,他就已睡着了。要是他没有睡着,我会让您往里看吗? 这是他的睡姿,老爷们都挺能睡的,这叫人不大明白。再说,如果他不是这样能睡,他怎么能受得了这帮家伙? 现在我得自己来轰走他们啦。"她从角落里拿出一根鞭子,纵身一跳就跳到跳舞的人群那里;她跳得很高而不很稳,就像一只小羊羔那样。起初他们转过身来面对着她,好像来了一个新舞伴,有片刻之久看上去也确实如此,仿佛弗丽达要放下手中的鞭子,但是她马上又把鞭子举了起来。"以克拉姆的名义,"她喊道,"回窝去! 统统回窝去!"现在他们看到她是当真的,便带着一种对 K 来说无法理解的恐惧神色往后退去,在前面几个人的冲撞下,那儿有一扇门打开了,晚风吹了进来,所有的人连同弗丽达一起消失了,显然是弗丽达把他们从院子里轰到马厩里去了。

在现在突然出现的沉寂中,K 听到从门厅里传来脚步声。为了设法掩护自己,他跳到柜台后面,柜台下面是惟一可以躲藏的地方。虽然并没有禁止他待在酒吧里,但因为他想在这儿过夜,那就得避免现在再让人发现。因此,当门真的打开的时候,他便轻轻地钻到柜台下面去了。在这儿被人发现,当然也并非毫无危险,但至少可以强词夺理,说他是为躲避那些发狂的庄稼人才藏起来的。进来的是客栈老板。"弗丽达!"他喊道,在屋子里来回走了几遍。

幸而弗丽达很快就回来了,她没有提到K,只是抱怨那些庄稼人,抱着寻找K的目的走到柜台后面。她站在那儿时,K可以摸到她的脚,从这时起他就感到安全了。由于弗丽达没有提到K,店主最后不得不开口了。"土地测量员在哪儿?"他问。他大概本来就是个有礼貌的人,由于经常跟地位高得多的人比较随便地交往而变得很有教养,但是他在同弗丽达讲话时却采取一种毕恭毕敬的态度,尤其是由于他在讲话时仍然保持着雇主对雇员的身份,而且又是对一个轻狂的雇员,这种态度就更引人注目了。"我把土地测量员全给忘啦。"弗丽达说,一边把她的小脚放在K的胸膛上。"他准是早就走了。""可是我并没有看见他,"店主说,"在这段时间里我几乎一直待在门厅里。""他不在这儿。"弗丽达冷冷地说。"也许他藏起来了,"店主说,"根据我对他的印象,他是会做出这种事情的。""他大概还不至于有这胆量吧。"弗丽达说,并把她的脚更使劲地踩在K的身上。她具有一种快乐和爽直的个性,这是K以前丝毫没有察觉的,这时变本加厉到简直使人难以相信的地步,因为她忽然笑着说了一句:"也许他就藏在这下面呢。"说着她向K弯下腰,轻轻地吻了他一下,接着又跳起来,懊丧地说:"没有,他不在这儿。"但是,店主也使K吃了一惊,他说:"我不确切知道他走了没有,这叫我心里很不好受。问题不仅关系到克拉姆先生,还关系到那条规定。那条规定适用于您,弗丽达小姐,就像适用我一样。您负责酒吧,其他的房间我还会去搜查。晚安!祝你睡个好觉!"还没有等他走出房间,弗丽达就已关掉电灯,钻到柜台下面K的身边。"我亲爱的!我亲爱的心肝宝贝!"她悄声低语,但并没有碰K,宛似陶醉在爱情中不能动弹,仰面朝天地躺着,伸开双臂,幸福的爱情使得时间变得似乎无穷无尽,她唱起小曲,与其说是唱歌,倒不如说是在呻吟。[5]之后,由于K仍躺在那儿默默无言、心不在焉,她惊跳起来,开始像小孩子一样拽他:"来吧,这下面简直闷死人了!"他们互相拥抱,她的娇小的身躯在K的手中燃烧着,他们在昏迷的状态中打滚,K不断地想使自己清醒过来,但是做不到。他们滚了几步远,砰的一声撞到克拉姆的房门上,[6]随后就躺在一摊摊啤酒和地面上的脏物中。时间一小时一小时地过去,在这段时间里,他们像一个人似地呼吸,两颗心像一颗心似地跳动,在这段时间里,K始终有一种感觉,好像自己迷了路,或是深入到了一个陌生的地方,在他之前还没有人到过此地,这个地方连空气的成分都和他故乡的空气不一样,一个人会因为陌生而透不过气来,可是在这种陌生的荒谬的诱惑下却又只能继续向前走,越陷越深。因此,当克拉姆的屋子里传出低沉、专横而又冷漠的声音喊弗丽达的时候,至少起先并不使K感到惊恐,而是令人欣慰地使他清醒过来。"弗丽达。"K在弗丽达的耳边说,告诉她有人喊她。弗丽达出于一种简直是天生的服从本能想跳起来,但接着就想起自己是在什么地方,便伸直四肢,悄悄地笑着说:"我才不去呢,我决不会到他那儿去。"K想表示反对,想催她到克拉姆那儿去,开始替她整理衬衣,但什么话也说不出来,把弗丽达抱在怀里,他太幸福了,但也幸福得太提心吊胆,因为他觉得,要是弗丽达离开他,他就会失去他的一切。弗丽达似乎由于他的首肯而鼓起勇气,攥紧拳头去敲门并喊道:"我正陪着土地测量员呢!我正陪着土地测量员呢!"现在克拉姆倒是一声不响了,可是K站起来,跪在弗丽达身旁,在晨光熹微中东张西望。出了什么事啦?他的希望到哪儿去了?一切都已暴露,他还能从弗丽达那儿得到什么?他大敌当前,野心勃勃,却没有极其谨慎地步步向前推进,而是在这儿的啤酒潴中翻滚了一夜,那股气味现在还浓得熏人。"你这是干什么呀?"他自言自语。"我们俩全完了。""不,"弗丽达说,"只是我完了,可我却得到了你。安静些。你瞧瞧那两人笑的样子。""谁?"K问并转过身去。在柜台上坐着他那两个助手,因熬夜而有点疲倦,但心情愉快,这是一种因为忠实地履行职责而产生的愉快。"你们在这儿干什么?"K喊道,好像一切都怪他们。他四下寻找头天晚上弗丽达用过的那根鞭子。"我们不能不来找你,"助手们说,"因为你没有下楼到店堂里去找我们。后来我们到巴纳巴斯家去找你,末了还是在这儿找到了你。我们在这儿坐了整整一宵。这个差事还真不轻松。""白天我用得着你们,晚上又用不着你们,"K说,"统统给我滚开。""可现在是白天呀,"他们说,身子并不动窝儿。现在确实是白天，通向院子的门打开了，庄稼人连同被 K 早已忘得一干二净的奥尔加都拥了进来。奥尔加虽然头发乱蓬蓬的，衣衫不整，但仍像头天晚上一样活泼，走到门口她的眼睛就在寻找 K。"你为什么不跟我一起回家？"她问，眼泪几乎夺眶而出。"为了这么一个婆娘！"她接着说，并且又重复了好几遍。弗丽达原先跑开了一会儿，现在拿着一小包衣服回来了。奥尔加伤心地退到一边去。"现在我们可以走了。"弗丽达说，显而易见，她的意思是他们应该到桥头客栈去。K 同弗丽达走在前面，后面跟着那两个助手，这就是全部人马。那些庄稼人对弗丽达流露出极大的蔑视，这是理所当然的，因为迄今为止她一直是严格地控制着他们的；有一个人甚至拿起一根棍子，像是想不让她出去，除非她从棍子上面跳过去，但是她只是瞪了他一眼，就把他吓退了。到了外面雪地里，K 舒了一口气。在户外，他感到如此幸福，这一次连赶路也不觉得那么劳累了；如果他是一个人，那还会更轻松一些。一到客栈，他马上走进自己的房间，躺倒在床上，弗丽达在旁边打地铺。那两个助手也挤了进来，但被轰走了，后来又从窗口爬了进来。K 困得不想再去轰他们了。客栈老板娘特地上来欢迎弗丽达，弗丽达叫她"好妈妈"，她们又是亲又是长时间地拥抱，那种亲热劲叫人难以理解。这间小屋子里几乎没有片刻安宁，穿着男靴的女仆也时常噔噔噔地走进来送这取那。她们想从塞满种种东西的床上取什么东西时，就会毫无顾忌地从 K 的身子下面抽出来。她们向弗丽达问好，把她当做自己人。尽管这样乱哄哄的，K 还是在床上睡了整整一天一夜。弗丽达帮他干一些零活儿。当他次日早晨神清气爽地终于起床的时候，这已是他到这个村子的第四天了。

第 四 章

他很想同弗丽达说说知心话,可是那两个助手死皮赖脸地守在跟前使他谈不成,而且弗丽达也时不时跟他们嘻嘻哈哈地开玩笑。他们倒并不讲究,在一个角落里用两条旧裙子打地铺。他们对弗丽达讲,他们的最大心愿就是不打扰土地测量员先生,而且尽量少占地方,为此他们想方设法——不过总是悄声说话和哧哧地窃笑——,如两手抱在一起,盘起腿,蜷伏在角落里,在暗淡的光线下看起来只像是一个大线团。尽管如此,K 根据白天的经验遗憾地知道,他们是在聚精会神地观察,不管他们表面上儿戏似地用手当望远镜和干类似的傻事也好,也不管他们只是眯着眼睛瞟过来,似乎主要是在修饰自己的胡子——他们十分看重胡子,老是互相比谁的胡子更长更多,并请弗丽达评判——也好,他们始终盯着他。

K 常常躺在床上看着这三个人的活动,完全无动于衷。

当他感到自己精神已恢复到能够起床的时候,他们都跑过来侍候他。他的身体还没有恢复到可以拒绝他们效劳的程度,他知道这样一来就会使自己陷入在某种程度上依赖他们的境地,有可能产生不良的后果,但他只好听之任之,吃饭时喝弗丽达端来的上好咖啡,在弗丽达生的火炉旁烤火取暖,让那两个助手忙碌而笨拙地上楼下楼给他打洗脸水、拿肥皂、梳子和镜子,最后还拿来一小杯朗姆酒,因为 K 曾稍许暗示过他想喝一杯——这一切倒也并不是令人不快的。

就在这发号施令、被人侍候的当口儿,K 由于心情舒畅,倒不是希望会有效,便说:"现在你们俩走开吧,我暂时不需要什么了,我想和弗丽达小姐单独谈谈。"他看见他们的脸上表情并不怎么反对,便又说了一句,作为对他们的补偿:"我们三人随后去村长那儿,你们在楼下店堂里等我。"奇怪的是,他们听从了他,只是在走开之前还说了一句:

"我们也可以在这儿等呀。"K回答说:"我知道,可我不愿意。"

两个助手刚走开,弗丽达就坐到K的膝上,说:"亲爱的,你干吗讨厌这两个助手?我们在他们面前不该有什么秘密。他们忠心耿耿。"这使K感到不快,但是从某种意义上说也使他高兴。"哦,忠心耿耿,"K说,"他们不停地在窥视我,这是毫无意义的,但令人厌恶。""我相信我明白你的意思。"她说,搂住K的脖子,还想说什么,但是说不下去了;由于椅子紧挨着床,他们摇摇晃晃地滚到床上。他们躺在床上,但是不像头天晚上那样投入。他在寻找什么,她也在寻找什么,像发疯似的,做鬼脸,把头钻到对方的怀里寻找,他们拥抱,他们抬起身子,都没有使他们忘记而是提醒他们要去寻找;他们像狗拼命刨地那样抓住对方的身子;在一筹莫展和失望的情况下,为了还能得到最后的幸福,他们有时用舌头舔对方的脸。疲倦才使他们平静下来,使他们互相产生感激的心情。之后,女仆们也上楼来了。"瞧他们睡觉的样子。"一个女仆说,并出于同情扔了一条被单盖在他们身上。

后来K钻出被单向四面张望,看到——这并没有使他感到惊奇——那两个助手又蹲在他们的角落里,用手指着K,互相郑重地提醒对方,并向K敬礼;可是,除他们之外,老板娘正坐在紧挨着床的地方编织袜子,干这种细小的活儿与她那几乎遮住屋里光线的庞大身躯不太相称。"我已经等候半天了,"她抬起她那张大方脸说,她的脸上已有不少老人纹,但基本上还光滑,也许曾经很漂亮。这句话听起来像是责怪,不恰当的责怪,因为K并没有要她来。因此,他只是点点头表示听到并坐起来。弗丽达也起来了,但她离开了K,靠在老板娘的椅子上。"您想对我说的话,老板娘,"K心不在焉地说,"能不能推迟到我见过村长以后再说?我有要紧的事要跟他谈呢。""我这事更要紧,请相信我,土地测量员先生,"老板娘说,"您那件事可能只关系到工作问题,可这件事却关系到一个人,关系到我心爱的姑娘弗丽达。""原来如此,"K说,"那当然,只是我不知道为什么不让我们俩来处理这件事。""因为我爱她,关心她。"说着老板娘把弗丽达的头拉到自己身边,弗丽达站着也只能齐到坐着的老板娘的肩头。"既然弗丽达这样信任您,"K说,"那我也不能两样了。弗丽达刚才还说我的助手忠心耿耿,那么,我们就都是朋友啦。那我可以告诉您,老板娘,我认为最好是弗丽达同我结婚,而且马上就办。可惜,可惜我将不能弥补弗丽达为我而失去的一切:她在贵宾饭店的职位和克拉姆的友谊。"弗丽达仰起脸,热泪盈眶,没有一丝得意的神态。"为什么是我?为什么偏偏就挑上我呢?""你说什么?"K 和老板娘同时问道。"她给弄迷糊了,可怜的孩子,"老板娘说,"这么多的喜事和祸事同时发生,把她都弄糊涂了。"犹如为了证实这句话似的,弗丽达现在扑到 K 的身上,狂热地吻他,仿佛屋子里没有别人在场一样,然后一面哭着,一面仍旧抱住 K,跪在他面前。K 一面用双手抚摩弗丽达的头发,一面问老板娘:"看来您同意我的意见吧?""您是一位正派人。"老板娘说,声音中也含着眼泪,显得有点憔悴,呼吸困难,但是她仍鼓起劲头说:"现在要考虑的只有一点,那就是您得向弗丽达提出某种保证,因为尽管我很尊敬您,可您毕竟是个外乡人,没有一个人认识您,这儿没有人了解您的家庭情况,因此就需要有保证。您一定会理解的,亲爱的土地测量员先生,您自己曾提到,弗丽达由于与您结合终究也会失去许多东西。""不错,提供保证,当然,"K 说,"最好当着公证人的面提出这些保证,可是伯爵的其他一些部门或许也会干预此事呢。再说我在结婚前还一定要办一件事情。我得同克拉姆谈一谈。""这是不可能的,"弗丽达说,稍许抬起身子,紧紧靠在 K 身上,"真是异想天开!""非谈不可,"K 说,"要是我谈不行,就得你去谈。""我不行,K,我不行,"弗丽达说,"克拉姆决不会跟你谈的。你怎么能相信克拉姆会跟你谈呢!""他会同你谈吗?"K 问。"也不会,"弗丽达说,"不会跟你谈,也不会跟我谈,这根本就办不到。"她转身向老板娘伸开双臂:"您瞧,老板娘,他在要求什么呀!""您真古怪,土地测量员先生。"老板娘说,这会儿她坐得更笔挺了,两腿分开,肥大的膝盖从薄薄的裙子下凸出,那副样子很可怕。"您所要求的事办不到。""为什么办不到呢?"K 问。"这我会告诉您的。"老板娘说,她的口气使人觉得这一说明不像是最后一次帮忙,倒像是她已经在给以第一次惩罚,"这我很愿意告诉您。虽说我不是城堡里的人,而且只是一个女人,只是这儿一家最低级——不是最低级,但也差不离儿——的客栈的老板娘,因此您可能不太重视我的解释,可是我一生中见过世面,同许多人打过交道,独自挑起这家客栈的全副担子,因为我的男人虽然是个好小伙子,但他不是当客栈老板的料,他永远也不会懂得什么叫责任心。比方说,您现在呆在这个村子里,安稳舒适地坐在这张床上,这只怪他粗心大意——那天晚上我已经累得要垮了。""什么?"K问道,与其说是恼怒,还不如说是好奇心把他从一种精神涣散的状态中唤醒过来。"这只怪他粗心大意!"老板娘用食指指着K,又大声说了一遍。弗丽达想使她平静下来。"你想干什么,"老板娘迅急转过整个身子说,"土地测量员先生问我话,我必须回答他,否则叫他怎么明白对我们是理所当然的事呢:克拉姆决不会跟他谈话,我说'不会',我的意思是决不可能跟他谈话。您听我说,土地测量员先生!克拉姆先生是城堡里的一位老爷,单是这一点就表明他的地位很高,且不说克拉姆其他的职务。我们在这儿低三下四地求您同意结婚,可您究竟是什么人?您不是城堡里的人,又不是本村的人,您什么都不是。然而可惜您却有点儿名堂,一个外乡人,一个多余而又到处碍手碍脚的人,一个总是给人制造麻烦的人,一个占用女仆下房的人,一个不知道打什么主意的人,一个勾引我们最亲爱的小弗丽达、现在不幸我们不得不把她嫁给他的人。提到这一切,其实并不是要指责您。您就是您;我这一辈子见得多啦,我还能忍受这些。可是现在您想想看,您到底在要求什么,要克拉姆这样的人同您谈话!听到弗丽达让您从窥视孔里往里偷看,真叫我伤心,她这样干,就已经是被你勾引坏啦。不过您说说看,您看见克拉姆那副样子怎么受得了?您不用回答,我知道,您完全能看得下去。其实您也根本不可能真的看到克拉姆,这并不是我狂妄自大,因为我自己也不可能见到他。您要克拉姆同您谈话,可是克拉姆甚至对村子里的人也不说话,他本人还从来不曾同村子里的任何人说过话。他至少常喊弗丽达的名字,她能随意对他讲话,并且准许她从窥视孔里看他,这是弗丽达的莫大的荣耀,我至死都会对此感到骄傲,可是他也没有同她说过话。至于他有时喊弗丽达,这并不一定就像人们爱说的那样有什么意思。他无非就是喊'弗丽达'这个名字——谁知道他有什么意图呢?——弗丽达自然赶忙跑去,这是她的事,她可以畅行无阻地跑去见他,那是克拉姆一片好心,可是人们不能说就是他把她喊去的。

城 堡 官 员

当然,现在这一点也永远完啦。也许克拉姆还会喊'弗丽达'的名字,这是可能的,可是他肯定不会再让她——一个与您交往的姑娘——到他那儿去了。我这个可怜的脑袋就只有一点,只有一点弄不懂,被公认为克拉姆的情妇——顺便说一句,我认为这是一个非常夸大的名称——的姑娘怎么会让您哪怕只是碰一下她。"

"不错,这真奇怪,"K 说,并把弗丽达拉到自己怀里,她立刻顺从了,尽管低着头,"可是这证明,我相信,其他一切也并非完全都像您所想的那样。比方说,您说得完全对,我在克拉姆面前微不足道;现在我还要求同克拉姆谈话,连您的解释也没有使我改变主意,那么这还不是说,中间不隔着一道门我也能忍受克拉姆的那副样子,他一露面我是否就会跑出屋子。不过,这种担心尽管有根有据,但对我来说还不能成为不敢去试一试的理由。如果我能在他面前坚持下来,那就根本用不着他同我谈话,听到我的话对他起了作用,这就够了,如果我的话没有起什么作用,或者他根本没有听,那我也得到了这个好处:在一个有权有势的人的面前毫无顾虑地讲过话了。您,老板娘,凭您这么通达人情世故,还有弗丽达,昨天还是克拉姆的情妇——我看不出有什么理由要放弃这个字眼——一定能够轻而易举地给我弄到一次同克拉姆谈话的机会;如果没有别的办法,那就在贵宾饭店,也许他今天还在那儿呢。"

"这是不可能的,"老板娘说,"我看您无法理解这一点。不过您说说看,您究竟想同克拉姆谈什么?"

"当然是谈弗丽达的事啦。"K 说。

"谈弗丽达的事?"老板娘不解地问,并向弗丽达转过身去。"你听到没有,弗丽达,他,他想同克拉姆,同克拉姆谈你的事。"

"啊,"K 说,"老板娘,您是一个非常聪明、令人尊敬的女人,可是任何一件鸡毛蒜皮的事情都会使您吃惊。是的,我想同他谈谈弗丽达的事,这并没有什么可大惊小怪的,这是明摆着的。要是您以为从我出现的那一刻起,弗丽达对克拉姆来说就变得无足轻重了,那您也肯定错了。要是您这样以为,那您就低估了他。我深深感到,在这一方面我想教训您,那真是不知天高地厚,但我又不得不这样做。克拉姆同弗丽达的关系不可能因为我而发生任何变化。要么过去他们两人之间并不存在什么了不起的关系——那些剥夺弗丽达情妇尊称的人其实就是这么说的——,那么,今天也就不存在这种关系;要么过去是有那么一种关系,那么,这种关系怎么可能因为我——您说得很对,在克拉姆的眼里一个微不足道的人——而受影响呢。一个人在惊恐之余开始时会相信这种事情,可是稍加思考就一定会纠正这一点。再者,还是让我们听听弗丽达的意见吧。"

弗丽达的目光扫视远处,脸颊贴在 K 的胸前,说:"妈说的一点不假:克拉姆不愿再理我了。不过当然并不是因为你来了,亲爱的,使他震惊的不可能是这种事情。而我相信,我们在那儿柜台下相会,这一定是他安排的;应当赞美而不是诅咒那个时刻。""既然如此,"K 慢慢吞吞地说,因为弗丽达的话说得很甜,所以他把眼睛闭上几秒钟,尽情体味她的话,"既然如此,那就更没有理由害怕同克拉姆谈话了。"

"真的,"老板娘由上而下看着 K 说,"您有时使我想起我的丈夫,您这牛脾气,您这孩子气,全同他一样。您来此地才几天,就以为什么都比本地人懂得多,比我这个老太婆,比在贵宾饭店见过听过那么多事情的弗丽达还懂得多。我并不否认,也有可能完全违反规章制度和常规而办成什么事情;我没有经历过这种事情,但是据说有这种例子,这是可能的;可是像您这样做,老是说'不,不',只相信自己的脑袋,听不进最善意的忠告,那肯定是不行的。难道您以为我在为您担心吗?您一个人的时候,我关心过您吗?要是那样,倒也不坏,就可以省掉不少麻烦。当时我对我的丈夫说起您的时候只说过一句话:'你给我离他远点。'要不是弗丽达现在也和您的命运牵连在一起,今天我也会离您远远的。我对您的关怀,甚至对您的重视,您得感谢她——不管您喜不喜欢。您不能一脚把我踢开,因为像慈母一样关怀照顾小弗丽达的就只有我一个人,您对我负有严格的责任。弗丽达可能是对的,所发生的一切都是克拉姆的意思;可是现在我对克拉姆一无所知,我永远不会同他谈话,对我来说,他是高不可攀的。可您坐在这儿,关照我的弗丽达,而您——我为什么要隐瞒呢?——又受到我的关照。是的,受到我的关照,因为您不妨试试,年轻人,如果我也把您从这幢房子里撵出去,您在这个村子里还能不能找到住处,哪怕是个狗窝也好。"

"谢谢,"K说,"这些都是肺腑之言,我完全相信。那么,我的身份就是那样不明不白,因此弗丽达的身份也是这样了。"

"不!"老板娘怒气冲冲地打断了他的话。"在这方面,弗丽达的身份同您的身份毫不相干。弗丽达是我家的人,没有人能说她在这儿的身份不明不白。"

"好吧,"K说,"我承认您这话也不错,特别是因为弗丽达好像很怕您,连插一句嘴都不敢,我不明白是什么缘故。那我们暂时只谈我吧。我的身份完全不明不白,这一点您并不否认,而且还极力证明它。正如您所说的,您这番话也只是大部分正确,但并非完全正确。比方说,我就知道我能找到一个很不错的住所。"

"在哪儿?在哪儿?"弗丽达和老板娘异口同声地喊道,神态都是那么迫切,似乎她们的提问都怀着同样的动机。"巴纳巴斯家,"K说。

"那帮无赖!"老板娘嚷道。"那帮老奸巨猾的无赖!巴纳巴斯家!你们听听……"她朝那个角落转过脸去,可是那两个助手早已离开那儿,正手挽手地站在老板娘身后。现在,她像是需要一个支撑点似的,抓住一个助手的手,"你们听到没有,这位先生在何处鬼混?巴纳巴斯家!当然,他能在那儿找到住处,咳,要是那天晚上他不在贵宾饭店,而是在那儿过夜倒好啦。可是你们那时候在哪儿呢?"

"老板娘,"K没有等那两个助手回答就说,"他们是我的助手,可您把他们当做好像是您的助手、我的看守了。在其他所有问题上,我都愿意至少客客气气地讨论您的看法,可是涉及到我的助手就不行,这一点道理很明显!因此我请您别同我的助手说话,要是我的请求还不够,那我就禁止我的助手回答您。"

"这么说,我不能同你们说话啦,"老板娘说,三人都笑了,老板娘带有嘲讽的意味,但比K预料的要温和得多,两个助手还是平常那副样子,既意味深长,又没有任何意义,不承担任何责任。

"别生气,"弗丽达说,"你要正确理解我们的激动。可以这样说,我们现在成为一家人,这只能归功于巴纳巴斯。当我在酒吧第一次见到你——你和奥尔加手挽手走进来——的时候,我虽然已经知道你的一些情况,但总的来说我对你是完全漠不关心的。唔,不光是对你,我几乎对一切,几乎对一切都漠不关心。那时候也有好多事情令我不满意,有些叫我恼火,可是那是什么样的不满和烦恼呀!比方说,有一个客人在酒吧里侮辱了我,他们老是跟着我——你见过那些家伙,可是来的人还有比他们糟得多的,克拉姆的跟班还不算是最坏的——,有人侮辱了我,那对我又有什么了不起呢?过去我觉得这好像是多年以前发生的事情,或者根本不是发生在我身上的事,或者我只是听说的,或者我自己已经忘掉了。可是现在我无法描述,甚至无法再想象这种事,自从克拉姆离开我以后,一切就全都变了。"

说到这里,弗丽达住了口,伤心地低下头,十指交叉放在膝上。

"您看,"老板娘嚷道,好像不是她本人在说话,而只是把她的声音借给弗丽达似的,她还向前挪近一些,现在紧挨弗丽达坐着,"您看,土地测量员先生,这就是您干的事,还有您那两个我不能同他们讲话的助手,让他们来看看也会得到教训。您把弗丽达从她所享有的最幸福的状态中拽了出来,您所以能够做到这一点,主要是因为弗丽达的孩子气般过分的怜悯心让她不忍心看着您拽住奥尔加的手臂,听任巴纳巴斯家摆布而不管。她救了您,却牺牲了自己。现在木已成舟,弗丽达为了享受能坐在您膝上的幸福,把什么都舍弃了,如今您倒打出这张大王牌,说什么您本来是可以在巴纳巴斯家过夜的。您大概是想以此证明您并不依靠我吧。一点不错,假如您真住在巴纳巴斯家了,那您就会完全不依靠我,您也就得立马离开我的屋子了。"

"我不知道巴纳巴斯这家人造了什么孽,"K说,一面小心谨慎地把好像没有一点生气的弗丽达抱起来,慢慢地把她放在床上,自己站了起来,"也许您的话是对的,可我要求您让我和弗丽达两个人自己来处理我们的事情,这也完全不错呀。刚才您说什么关心和爱护,可我在这之后并没有见到您表示了多大的关心和爱护,更多的却是怨恨和嘲讽,再就是下逐客令。如果您存心要弗丽达离开我,或者要我离开弗丽达,那倒是干得相当巧妙,不过我相信您不会成功,如果您成功了,那您也会——请允许我也来发出不明确的威胁——非常后悔的。至于您给我的房子——您指的只能是这间讨厌的破屋子——,那也完全说不上是出于您自己的心意,更确切地说,看来对此伯爵当局有所指示。我现在要去通知他们说这儿要撵我走,要是安排我到别的地方去住,您一定会舒一口气,但我会更轻松的。现在我要去找村长谈一些事情;请您至少照看一下弗丽达,您那些可以说是慈母般的长篇大论已把她折腾得够瞧的。"

说罢他向两个助手转过身去。"走吧,"他说,从钉子上取下克拉姆的信想走。老板娘一直默默地望着他,等他的手已放在门把上时才说:"土地测量员先生,我还有几句临别赠言给您,因为不管您说什么,也不管您怎样冒犯我这么一个老太婆,您终究是弗丽达未来的丈夫。只是为了这个缘故,我才对您说,您对本地情况毫不了解,听了您说的话,再把您的话和想法在脑子里同实际情况比较一下,真叫人晕头转向。这种无知不是一下子就能纠正的,也许根本就无法纠正;可是只要您稍许相信我一点儿,时刻不忘这种无知,许多事情就有可能好转。这样您就会比方说马上对我公正一些并开始意识到,当我得知我最亲爱的小女孩可以说为了一只蛇蜥而放弃了一只鹰,而实际情况还要糟得多的时候,我简直吓蒙了——现在我还心惊胆战——,我得一个劲儿地设法忘掉此事,否则我就无法平心静气地同您谈话。啊,现在您又生气啦。不,您先别走,只再听一听这个请求:不论您去哪儿,始终要记住您在这儿是最无知的人,您得小心谨慎;在我们这儿,有弗丽达在就不会让您受到伤害,您尽管把心里话一古脑儿都讲出来,在这儿,比如您可以向我们表明您打算怎样去同克拉姆谈;只是实际上,只是实际上,请,请您别这么做!"

她站起来,激动得脚步有点晃悠,走到K的跟前,握住他的手,恳求地望着他。"老板娘,"K说,"我不明白您为什么为这样一件事屈尊来求我。要是像您所说的那样,我不可能同克拉姆谈话,那么,不管您求不求我,反正我是做不到的。但是,如果我能够同他谈话,那我干嘛不干呢,特别是这样一来就推翻了您反对的主要理由,您的其他担心也就很成问题了。当然,我无知,无论如何这是事实,这使我很伤心;可这也有好处,那就是无知者胆更大,因此,只要力所能及,我愿意再忍受一会儿这种无知及其肯定严重的后果,这些后果主要只会影响我,因此我尤其不明白您为什么要来求我。至于弗丽达,您肯定会永远照顾她的,如果我完全从弗丽达的视野里消失,您只会把这看做是一件大好事。那么,您担心什么呢?您不会是——一个无知的人觉得什么都是可能的,"说到这里,K就打开了门,"您不会是为克拉姆担心吧?"老板娘默默地目送着他匆忙跑下楼去,后面跟着他的助手。

第 五 章

同村长的会谈没有煞费周章,这几乎使 K 感到惊奇。对此他试图这样去解释:根据他迄今的经验,同伯爵当局正式打交道对他来说十分容易。这一方面是由于显然官方曾经就如何对待他的问题一劳永逸地发出过一个表面上对他十分有利的明确指示,另一方面是由于办理公事的那种值得钦佩的一元性,他猜想这种制度尤其在人们看不见它存在的地方表现得特别完善。有时只要一想起这些事情,K 就不免以为自己的处境令人满意,尽管他在产生这种满意心情后总是很快告诫自己,危险恰恰就在这里。

同当局直接打交道并不太困难,因为当局不管其组织多么严密,永远只是以遥远而不可见的老爷们的名义维护遥远而不可见的事情,而 K 却在为近在眼前的事情、为自己而斗争;而且,至少在开始的时候是主动的,因为他是进攻者;不仅仅他一个人在斗争,而且显然还有他不知道但根据当局的措施来看他相信其存在的其他力量在斗争。但是,由于当局一开始就在一些无关紧要的事情——至今都是一些鸡毛蒜皮的事情——上迁就了他,因而就夺去了他轻而易举赢得小胜利的可能性,从而也夺去了他随之而来的满足感和由此而产生的进行新的更大斗争的有根据的自信。相反,他们让 K 爱上哪儿去就上哪儿去,当然只限于村子内,就这样纵容他,消耗他的精力,完全排除任何斗争,把他放到非官方的、完全不明不白的、异样的生活中去。这样下去,如果他不时刻提防,尽管当局是那么和蔼可亲,尽管他充分履行一切轻松得过分的官方义务,但也有可能发生这种情况:被自己所受到的虚假恩宠所迷惑,在日常生活中不小心谨慎,使得他在此地垮了下来,而当局还是那么温和友善,仿佛违背自己的意愿,但碍于某条他所不知道的公共条例,不得不把他弄走。那种日常生活,在这儿到底是什么呢? K 还从来没有见过什么地方像此地这样公务和生活如此紧密地交织在一起,结合得如此紧密,有时可能使人觉得公务和生活已经错位。例如,克拉姆对K的工作行使的权力到现在为止只是一种形式,与克拉姆在K的卧室里实际上拥有的权力相比,那又算得了什么?于是便发生了这样的情况:在这方面可以采取一种比较漫不经心的做法、某种放松的态度,只消直接面对当局就行,而在其他方面却必须总是特别小心,每走一步都得先瞻前顾后、左顾右盼。

K首先在村长那里完全证实了他对此地当局的看法。村长是个和蔼可亲的胖子,胡子刮得很干净,正患着严重的痛风病。他在床上接见K。"您就是我们的土地测量员先生啰,"他说,想坐起来表示欢迎,但是坐不起来,便又倒在枕头上,抱歉地指了指他的腿。那间屋子的窗户很小,而且又遮上窗帘,所以光线很暗,朦胧中一个不声不响、几乎像影子般的女子给K搬来一把椅子放在床前。"请坐,请坐,土地测量员先生,"村长说,"告诉我,您有什么要求。"K把克拉姆的信读给他听,同时加上几句议论。他又一次感到同当局打交道非常容易。他们简直可以肩挑任何重担,什么都可以让他们承担,自己轻松自在,什么都不用管。村长似乎也有同感,他在床上不舒服地转来转去,最后说:"土地测量员先生,就像您已看出的那样,这件事我全都知道。我自己还没有作出任何安排,其原因一是我生病,二是您姗姗来迟,我已认为您不下了呢。可是现在承您大驾光临寒舍,我自然必须把令人不快的全部真相告诉您。如您所说,您已被录用为土地测量员,可是很遗憾,我们并不需要土地测量员。这儿根本用不着土地测量员。此地小块地产的界线都已划定,全都已登记在案。很少出现变更产权的情况,小的地界争端我们自己会解决。那我们还要土地测量员干什么?"K虽然从前对此没有想过,但他内心深信他已料到会得到类似的通知,[7]正因为如此,他才能立刻说:"这使我深感意外。这使我的算计全都落空了。但愿这是发生什么误会了。""可惜不是,"村长说,"事实就像我说的那样。""可是这怎么可能呢?"K喊道。"我千里迢迢来到此地,并非为了现在又让人给打发回家!""这是另一个问题,"村长说,"这不是我所能做主的,不过这次误会怎么会发生,这我倒能向您说明。在伯爵当局这样大的衙门中有可能偶尔发生这一部门规定这件事,另一部门规定那件事而互不通气的情况,上级的监督尽管十分严密,但由于其性质的缘故来得太晚,因此总还是会出现小小的差错。当然,那只是一些鸡毛蒜皮的小事,例如像您这种情况。在重大的事情上,我还没有听说发生过差错,不过小事也常常使人够难堪的啦。现在就您的情况而言,我愿意坦率地把事情的来龙去脉讲给您听,不保守公务秘密——我也够不上是公务员,我是庄稼人,将来也永远是庄稼人。很久以前,那时我当村长才几个月,上面来了一道命令,我记不起是哪个部门的了,这道命令以上面老爷们所特有的那种断然方式通知我们招聘一名土地测量员,并指示村公所准备好他的工作所需要的一切图表。这道命令自然不可能与您有关,因为那是多年以前的事了,要不是我现在生病,有这么多的工夫躺在床上想这些最可笑的事,我就不会想得起来。""米齐,"他突然停下来,对那个一直还在房间里晃来晃去不知在干什么的女人说,"请你到那个柜子里找找看,说不定能找到那道命令。"他向 K 解释道:"那是我上任初期的事,那时我还什么都保存。"那个女人立刻打开柜子,K 和村长都看着。柜子里塞满了文件。柜门打开时有两大捆文件滚了出来,那些文件都捆成圆圆的一捆,就像人们平时捆木柴一样;那女人惊恐地跳到一边去。"也许在下面,在下面。"村长在床上指挥着说。女人顺从地用两只手把文件全都从柜子里抽出来,以便寻找下面的文件。现在文件堆满了半间屋子。"办了不少事啊,"村长点点头说,"这只是一小部分。主要的文件我都存放在谷仓里,不过绝大部分都已经丢失了。谁能把这一切都收藏在一起呢?可是谷仓里还有不少。"说罢,他又转过去对他的妻子说:"你找得到那道命令吗?你得找一份在'土地测量员'这几个字下面划蓝线的文件。""这儿光线太暗,"女人说,"我去拿一支蜡烛来。"说着便踩着文件走出屋去。"办理这些麻烦的公事,"村长说,"我的妻子是我的得力助手。而这些事只能捎带着搞。我还有一个助手帮我抄抄写写,就是那位小学教员,可尽管这样还是应付不了,总有许多事情来不及处理,这都搁在那个柜子里,"他指着另一个柜子,"现在我病了,那就更是越积越多了,"他说,疲倦而又得意地往后躺下。K 看到女人已拿来蜡烛,这时正跪在柜子前面寻找那道命令,便问:"我能帮您夫人找吗?"村长摇摇头微笑着说:"我对您说过,我对您不保密;可是让您本人查看这些文件,我可不能做得这样过分。"现在房间里变得静悄悄的,只听见翻阅文件的窸窣声,村长也许甚至还小睡了一会儿。有人轻轻地敲了一下门,K转过身去。这自然是那两个助手。他们总算受过一些教导,没有马上冲进屋来,起先只是从门缝中悄悄地说:"我们在外面太冷了。""是谁?"村长惊醒了,问道。"只是我的两个助手,"K说,"我不知道该叫他们在哪儿等我,外边太冷了,可是到这里来又使人讨厌。""他们不会打扰我的,"村长和善地说,"您就让他们进来吧。再说,我认识他们,是老相识了。""可是我讨厌他们,"K直率地说,把目光从那两个助手身上移到村长身上,又从村长身上移到助手们身上,发现这三人的笑容都一模一样,毫无二致。"你们既然来了,"接着他试探地说,"那就留下来,帮村长太太找一份在'土地测量员'这几个字下面划了蓝线的文件。"村长没有提出异议。不允许K干的事,倒允许这两个助手去干。他们马上就扑到文件堆上,可是他们更多是在文件堆里乱翻而不像是在找东西,只要一个拿起一份文件一个一个字母地拼读,另一个就会立即从他手里把文件抢过去。与此相反,那个女人跪在空柜前面,似乎已根本不再寻找了,至少蜡烛放在离她很远的地方。

"这两个助手,"村长得意地微笑着说,似乎这一切都是他一手安排的,可是谁也没有料到,"这么说,您讨厌他们,可他们是您自己的助手呀。""不,"K冷冷地说,"他们都是在这儿才跑到我身边来的。""什么,跑到您身边来的,"村长说,"您的意思是说,他们是派来的吧。""就算是派来的,"K说,"不过他们也可以说是从天上掉下来的,派他们来没有经过多少考虑。""这儿没有一件事情会不经过考虑就干的,"村长说,甚至忘了腿痛,坐了起来。"没有一件事情,"K说,"那么聘请我来又是怎么一回事呢?""聘请您来也是经过仔细考虑的,"村长说,"只是因为发生了一些不重要的情况,才把事情搞乱了。我要用文件来向您证明这一点。""文件找不到啦。"K说。"找不到?"村长喊道。"米齐,请快点找!不过没有文件我也能先把事情的经过讲给您听。对于我已提到的那道命令,我们感激地回答说,我们不需要土地测量员。可是这一答复看来并没有送回到原来的那个部门,我想把它叫做 A,而是错误地送到了另一个部门 B。因此,A 部一直没有收到答复,可是不幸 B 部也没有收到我们的完整答复,是我们没有把文件的内容送去呢,还是中途遗失了——反正肯定不是在部里丢失的,这我敢保证——,总之,B 部收到的只是一个装文件的信封,信封上只注明信里实际上不幸已丢失的文件涉及聘请一名土地测量员之事。在此期间,A 部一直在等待我们的答复。关于这件事,他们虽然留有记录,但是正如这种情况可以理解常常发生,即使所有工作都安排得非常精确也在所难免,那个办事员以为我们会答复,然后他就去招聘土地测量员或者根据需要就这件事进一步同我们联系。因此他并未注意那份记录,把这件事情忘得一干二净。可是,这个公文信封在 B 部到了一位以办事认真出名的办事员手里,他叫索迪尼,是意大利人;连我这样一个知情人也不明白,像他这样一个干练的人才为什么只担任比较低的职务。这个索迪尼自然就把空信封退了回来,要求我们把文件补齐。如今,从 A 部第一次来函到现在,如果不说已有好几年,那也已有好几个月了;这可以理解,因为一件公文如果正常运转——通常都是如此——,最迟一天之内就能送达有关部门,而且当天就得到处理;可是,万一送错了——在完美的体制下,就得严格按照规定努力去彻底追查,否则就会找不到——,那么,那么时间当然就会拖得很长。因此,当我们收到索迪尼的通知时,我们对这件事只剩下一点模糊不清的印象了,那时候只有米齐和我两个人办公,小学教员还没有派给我,我们只保存最重要事情的文件副本。总之,我们只能含糊其辞地回答说,我们不知道招聘土地测量员之事,我们并不需要土地测量员。"

"可是,"说到这里,村长突然打住了,似乎自己过于热心,扯得太远了,或者至少是有可能扯远了,"这事您听了不感到无聊吗?"

"不,"K 说,"我觉得挺有趣。"

村长接着说:"我讲这事可不是给您消闲解闷的。"

"我觉得它有趣,"K 说,"只是因为它使我看到,荒唐可笑的混乱有可能决定一个人的命运。"

"您还没有看到什么呢,"村长严肃地说,"我可以给您继续讲。索迪尼对我们的答复自然不会满意。我佩服此人,尽管他给我带来麻烦。他对谁都不相信,比方说,即使某人同他打过无数次交道,他知道此人是最可信赖的人,可是下一次他就不相信他了,好像他根本就不认识他,或者不如说,好像他知道此人是个坏蛋。我认为这样做是对的,一个公职人员必须这样做;可是遗憾的是,我的天性使我无法遵守这条原则,您早就看到,我对您这个外乡人是多么坦率,把什么事都告诉您,我就是不能不这样做。索迪尼却相反,他对我们的答复马上就产生了怀疑。从此就书信来往频繁。索迪尼问我怎么忽然想到不用招聘土地测量员的。我借助米齐的好记性回答说,最早是办公厅提出的(实际上是另一个部门提出的,我们当然早就忘记了);索迪尼反驳道:为什么我到现在才提到这份公函;我回答说:因为我现在才想起来;索迪尼说:这事很奇怪;我说:事情拖得这么久,这一点儿也不奇怪;索迪尼说,这事确实奇怪,因为我记得那件公函没有了;我说:当然没有了,因为全部文件都丢失啦;索迪尼说:可是关于那第一封公函,一定会有一份记录的,现在却没有。这时我顿住了,因为索迪尼的部门居然会发生差错,我既不敢断言,也不敢相信。也许,土地测量员先生,您心里会责怪索迪尼,听了我这一番话,他起码应该考虑到别的部门去查问这件事。但要是这样,那就恰恰错了,我不愿您在这个人身上看到什么缺陷,即使您只是在心里想。当局的一条工作原则就是根本不考虑有任何差错的可能性。由于整个工作组织得尽善尽美,所以这条原则是有根有据的;如果要求以最快的速度处理事务,这条原则也是必要的。因此,索迪尼也许根本没有去向其他部门查询,况且他们也根本不会回答,因为他们马上就会发觉,这是在调查一个可能发生的差错。"

〔8〕"请允许我,村长先生,打断您的话,向您提一个问题,"K 说,"您先前不是提到过有一个监督机构吗?按照您说的话来看,整个体制是完美无缺的,怎么会没有监督呢?简直不可思议。"

"您十分严格,"村长说,"可是把您的严格增加一千倍,与当局要求自己的严格相比,您这种严格仍然算不上什么。只有一个十足的外乡人才会提出您那样的问题。有没有监督机构?监督机构有的是。不过,它们的任务并不是查出广义的差错,因为差错不会发生,即使偶尔发生一次差错，就像在您的事情上，可是谁又能肯定这是一个差错呢？"

"这真是闻所未闻！"K喊道。

"对我来说，这一点也不新鲜，"村长说。"我同您并无很大不同，我自己深信发生了差错，索迪尼非常难受，大病了一场。我们得感谢一级监督机关，他们发现了造成这一差错的根源，并且也认识到这个差错。可是谁能断言二级监督机关也会作出同样的判断，还有三级以及三级以上的监督机关也都会作出同样的判断呢？"

"也许是吧，"K说，"但我宁愿不介入这样的考虑，我也是第一次听说有这些监督机关，自然还不可能了解它们。但是我认为，这儿必须分清两回事：一是在这些机关内部发生的事，对此官方又能作出这样或那样的解释，二是我这个实际存在的人，我站在这些机关之外，受到他们侵犯的威胁，这种侵犯是那么荒谬，我一直还不能相信这种危险是真的。关于这一点，村长先生，您对情况非常熟悉，您说得头头是道，很有可能是对的，只不过我还想听您说一说我的事。"

"我也正要谈呢，"村长说，"可是，如果我不再介绍一些情况，您是不会理解的。现在我就提到监督机关，这还太早。所以我回过头来谈谈我和索迪尼的分歧。刚才说过，我的反对渐渐地变弱了。可是，只要索迪尼对谁占上风，即使是占最小的优势，那他就已胜利在握了，因为这时候他的注意力、干劲和机敏也都提高了，这时他对于受攻击者来说是很可怕的，对于受攻击者的敌人却是了不起的。只是因为我在其他事情上也经历过这后一种场面，所以我才能这样谈起他，就像我现在所做的。顺便说，我还从来没有能见过他一面，他不能到下面来，他忙极了，听说他房间里靠墙都堆满了一捆捆摞在一起的公文，这些只是索迪尼正在处理的公文，由于不断地从这些文件堆中取出文件，放进文件，而且又都进行得十分匆忙，因此那些成堆的一捆捆文件就不断地掉到地上，正是这种持续不断的、一阵紧接着一阵的哗啦声成了索迪尼办公室的典型特征。是啊，索迪尼是个干事的人，不论事情大小，他都兢兢业业对待。"

"村长先生，"K说，"您总说我的事是最小的事，可是它让许多官员很操心,也许开头它是一件很小的事,可是通过索迪尼之类官员的勤奋,它已经变成一件大事了。很遗憾,这完全违背我的意愿,因为我的抱负并不是让那一卷卷关于我的公文堆积成山并又哗啦啦地倒下来,我只想当一个小小的土地测量员,在小绘图桌上安静地工作。"

"不,"村长说,"这不是什么大事。在这方面您没有理由抱怨,它是小事情中的最小事情之一。一件事情重要不重要,并不取决于它的工作量;要是您这样想,那您就很不了解当局。即使就工作量而言,您的事也是最微不足道的事之一;一般的事,也就是那些没有发生所谓差错的事,则需要进行多得多的、当然也有效得多的工作。再说,您还毫不了解您的事所引起的真正的工作,现在我才愿意讲给您听。后来,索迪尼先不让我过问此事,可是他手下的官员来了,每天都在贵宾饭店对村里的头面人物进行查询并记录在案。大多数人都站在我一边,只有少数几个人产生了疑心;土地测量是个会使庄稼人情绪激动的问题,他们察觉到这里面有什么阴谋和不公正行为,他们还有一个领头的,索迪尼从他们的陈述中必然会得到这样的信念,即如果我把这个问题提给村委会讨论,那就不会是所有的人都反对聘请一名土地测量员。[9]因此,一件不言而喻的事情——即不需要土地测量员——结果至少变成了一件可疑的事。这方面有一个名叫布龙斯维克的人尤为突出——您大概不认识他——,也许他这人并不坏,只不过很傻,喜欢想入非非,他是拉泽曼的连襟。"

"制革匠的连襟?"K问,并把他在拉泽曼家里看到的那个长着络腮胡子的人形容了一番。

"对,就是他。"村长说。

"我也认识他的妻子。"K有点随便地说道。

"那倒可能。"村长说罢就沉默下来。

"她很漂亮,"K说,"但脸色有点苍白,病恹恹的。她是城堡里来的吧?"这句话一半带着询问的口吻。

村长看了看钟,向汤匙里倒了药,匆匆吞了下去。

"您大概只了解城堡里的办公设施吧?"K粗暴地问。

"是的,"村长说,脸上带着一丝嘲讽而又感激的微笑,"这也是最重要的。至于布龙斯维克：要是能把他逐出村子，我们几乎全都会感到高兴，拉泽曼也不会不高兴。可是那时龙布斯维克颇有一些势力，他虽然不是演说家，但是爱大声嚷嚷，这一点也使某些人感到满意。于是，我不得不把这件事提到村委会上去讨论，顺便说说，这只是布龙斯维克暂时的惟一的胜利，因为村委会的大多数自然不想聘请什么土地测量员。这也是几年以前的事了，但是从那时候起，这件事就一直没有止息过，部分是由于索迪尼的认真，他进行极其认真仔细的调查，想要摸清大多数人以及反对派的动机；部分是由于布龙斯维克的愚蠢和野心，他同当局有一些私人关系，他总是用他异想天开的新发现调动他们。可是索迪尼是不会受布龙斯维克蒙蔽的，布龙斯维克怎么能蒙蔽索迪尼呢？——但正是为了自己不受蒙蔽，就需要进行新的调查，而还没有等调查完毕，布龙斯维克就已又想出一些新花招，他这个人鬼点子很多，这与他的愚蠢有关。现在我谈谈我们官方机构的一个特点。与其准确性相媲美，它也极其敏感。有可能发生这样的情况：一件事情已经考虑了很久，尽管还没有考虑完，突然闪电般地从一个无法预见而且以后再也找不到的地方冒出了一个决定，使事情得到了结，尽管在大多数情况下是正确的，但仍然不免是武断的。好像官方机构再也忍受不了这种紧张，忍受不了同一件也许本身无足轻重的事的刺激，不用官员们的协助，就自己作出了决定。当然并不是出现了什么奇迹，肯定是某个官员写下了处理意见或者作了不成文的规定，但是不管怎样，至少是我们这儿，甚至连官方都无法确定究竟是哪个官员决定的以及出于何种原因。监督机构在很久以后才发现这一点，可我们就不会再知道，而且以后也不再有人还会对它感兴趣了。正是这些决定如上所述通常都是非常好的，惟一使人恼火的是，人们——事情常常会造成这种结果——知道这些决定时已为时太迟，因此在此期间人们仍然在热烈地讨论早已作出了决定的事情。我不知道在您的事情上是否有过这样的决定——有些情况说明有，有些情况说明没有；可是，如果真的有过这样的决定，那么聘书就会早已给您送去，您就会千里迢迢来到此地，就会过去很长的时间，在此期间索迪尼还会一直在这儿为同一件事情忙得精疲力竭，布龙斯维克会搞他的阴谋诡计，我就会夹在中间两面受罪。我只是略提一下这种可能性,但我确定知道如下的情况:有一个监督机构在这期间发现,许多年以前A部曾就土地测量员一事向村里征求过意见,可是至今未曾得到答复。于是再次向我提出询问,这时候整个事情就真相大白了。A部满足于我的答复即不需要土地测量员,索迪尼不得不认识到此事不由自己主管,他干了那么多徒劳无益、大伤脑筋的工作,当然责任不在他,要不是新的工作从四面八方蜂拥而来,要不是您的事只是一件很小的事,几乎可以说是小事中的最小的事,我们大家也许都会松一口气,我相信即使索迪尼本人也会如此。只有布龙斯维克很恼火,但这只令人感到好笑罢了。可是,土地测量员先生,现在,在整个事情圆满地了结之后,而且打那以后又已过去很长时间,您突然出现了,看来好像这件事又要重新开始,您想想我会多么失望吧。就我来说,我下定决心无论如何不让这样的情况发生,这您大概会明白吧?"

"一点不错,"K说,"可我也更明白这儿有人在利用我做文章,也许甚至是在滥用法律。至于我,我是会进行反抗的。"

"您想要怎么做?"村长问。

"这我不能透露。"K说。

"我不想强迫您,"村长说,"只是请您考虑一下,我是您的——我不想说是朋友,因为我们素不相识——不过在一定程度上是一个事务上的朋友。我只是不能录用您当土地测量员;除此以外,您可以信赖我,有事尽管来找我,当然是在我掌握的不大的权力范围之内。"

"您总是说,"K说,"要不要录用我当土地测量员,可我已经被录用了。这是克拉姆的信。"

"克拉姆的信,"村长说,"这是很珍贵的、令人敬畏的,因为有克拉姆的签名,看来这签名是真的,不然——我可不敢自己一个人对此发表意见。——米齐!"他喊道,接着又说:"你们在干什么呀?"

那两个好久没有被人注意的助手和米齐显然没有找到那份要找的文件,之后想把所有的东西放回到柜子里去,但是因为文件又多又乱,所以放不进去了。于是,可能是那两个助手想出了什么主意,现在他们正在实现这个主意。他们把柜子平放在地上,把全部公文档案都塞了进去,然后和米齐一起坐在柜门上,现在想这样慢慢地把文件压进去。

"这么说,那份文件没有找到,"村长说,"真遗憾,不过您已经知道了这件事情的前前后后,其实我们不用再看这件公文了,再说文件肯定还会找到的,也许是在小学教员那儿,他那里还有很多文件哩。米齐,现在你把蜡烛拿过来,给我读一读这封信。"

米齐走过来,坐在床沿上,倚在这个身强力壮、生气勃勃的男人身上,男人用手搂着她,这会儿她显得更苍白、更不起眼儿了。在烛光下,只有她那小脸引人注目,脸上鲜明而严肃的线条只是因为上了年纪才变得柔和了。她刚一看到信就轻轻地双手合十。"是克拉姆的。"她说。说完他们两人一起读信,悄悄地咬了一会儿耳朵,最后——这时候那两个助手正高呼乌拉,因为他们终于把柜门关上了,米齐默默地感激地望着他们——村长说:

"米齐和我的看法完全一致,现在我可以说了。这封信根本不是一封公函,而是一封私人信件。这从信开头的那句称呼'尊敬的先生!'就可以清楚地看出来。此外,信里只字不提您当土地测量员的事,而只是泛泛地说什么为伯爵大人效劳,就连这一点也说得不很明确,'如您所知',您只是被录用了,这就是说,您已被录用的证据要由您来提供。最后,官方只让您来找我这个村长,让我作为您的顶头上司向您介绍一切详细情况,这基本上已经做了。对一个懂得怎样阅读公函因而也就会更好地阅读非官方函件的人来说,这一切是再清楚不过的了。您是外乡人,不懂得这点,并不使我感到奇怪。总的说来,这封信的意思不过是,要是您被录用为伯爵大人效劳,克拉姆本人想要关心您。"

"村长先生,"K说,"这封信经您这样一解释,就只剩下一张白纸上的签名了。[10]难道您没有发现,这样一来您就贬低了您表面上很尊重的克拉姆的名字。"

"您误解了,"村长说,"我并没有看错这封信的意思,我的解释并没有贬低它,而是相反。克拉姆的私人信件自然比公函重要得多;只是它恰恰没有您给予它的那种意义。"

"您认识施瓦采吗?"K问。

"不认识,"村长说,"米齐,也许你认识他吧?你也不认识,不,我们不认识他。"

"这就怪啦,"K说,"他是城堡副总管的儿子。"

"亲爱的土地测量员先生,"村长说,"我怎么会认识所有城堡副总管的儿子呢?"

"好,"K说,"那么您就得相信我所说的他是城堡副总管的儿子。我来到此地的当天就跟这个施瓦采发生了令人不愉快的争吵。后来他打电话去问那个名叫弗利茨的城堡副总管,得到的答复是,我已被录用为土地测量员。这您又如何解释呢,村长先生?"

"很简单,"村长说,"您还从来没有同我们的当局有过接触。您的那些接触都是虚假的,可是您由于不了解情况,就把它当成真的了。至于电话:您看,我同当局打交道可说是够多的了,可是我这儿就没有电话。在客栈这样的地方,电话或许大有用处,就像一架自动奏乐器,也就仅此而已。您在这儿打过电话吗?打过吧?那您或许就懂得我的意思了。在城堡里,电话显然是挺管用的,听说那儿的电话整天响个不停,这当然大大地提高了工作效率。这种不断的电话,在这儿的电话机里听上去就像一种沙沙声和啾啾声,您一定也听过这种声音。可是,这种沙沙声和啾啾声却是这儿的电话机向我们传送的惟一真实可靠的东西,此外什么都是虚假的。我们和城堡之间没有专线联系,也没有总机接转我们的电话;从这儿打电话到城堡,那儿最低一级部门的所有电话机都会响起来,或者更确切地说,要不是——如我确切知道的那样——几乎所有电话机上的音响装置都被关掉的话,所有的电话机都会响起来的。不过,有时也会有某个疲惫的官员需要找一点儿消遣,尤其是在晚上或夜里,便把音响装置打开;这样我们就听到了回话,当然这回话不过是开玩笑而已。这也是很容易理解的。因为那儿的人整天匆匆忙忙地应付最重要的公事,有谁竟敢为了自己的私人小事打电话去惊动他们?我也不明白,连一个外乡人怎么都会相信,如果他打电话,比如说打给索迪尼吧,接电话的就真是索迪尼吗?很可能是别的部门的一个小秘书而已。另一方面,有人打电话给小秘书,接电话的却是索迪尼本人,这在特定的时刻也是有可能的。不过,碰到这种情况,最好是不等对方开口就跑开。"

"原来我可不是这样看的,"K说,"这些细节我无法知道;本来我也并不十分相信这些电话内容,我一直明白,只有直接在城堡里经历或实现的事才是真正重要的事。"

"不,"村长抓住一个字眼不放,说,"电话里的回答绝对很重要,为什么不重要呢?城堡里官员的话怎么会不重要?我在谈克拉姆的信的时候就已经说过这一点;信上的话全都没有官方的意义;如果您认为有,那就错了。另一方面,私人信件的内容无论是友好的还是恶意的,却又关系重大,往往比任何公函所能具有的意义更为重大。"

"好吧,"K说,"假定一切都是如此,那我在城堡里就有不少好朋友了;准确地说,许多年前,那个部门突然想起要请一位土地测量员,这对我是一种友好的行为,在这以后,友好行动一个接着一个,一直到后来,结局却不妙,我被骗到这里,现在又威胁要撵我走。"

"您的看法有一定的道理,"村长说,"您认为城堡的意见不能照字面去看,这一点您是对的。不过谨慎小心到处都是必要的,不仅是在这儿,涉及到的意见越重要,就越是要谨慎小心。可是您说,您是被骗来的,那我就难以理解了。如果您更仔细地听我说明,您就一定会明白,您应聘来此地的问题是个十分复杂的问题,不是我们在这里进行一次短短的谈话就能说清楚的。"

"那么惟一的结论就是,"K说,"一切都很模糊不清,无法解决,包括撵我走在内。"

"谁敢把您撵走呢,土地测量员先生?"村长说。"正因为搞不清您是不是被请来的,所以才保证您受到最好的礼遇,只是看来您过于敏感。这里没有人留您,但这并不是说要撵您走呀。"

"哦,村长,"K说,"您现在又把事情看得太清楚了。我给您举出几条让我留在这儿的理由:我作出牺牲,离乡背井,经过长途跋涉来到此地,由于受聘而对这儿怀着有根据的希望,我身无分文,如今不可能再在家乡找到其他适当的工作,最后,并不是无足轻重的一条是,我的未婚妻是本地人。"

"哦,弗丽达,"村长毫不感到意外地说,"我知道。不过不论您到哪里,弗丽达都会跟您去的。至于您提到的其他几点,这确实需要一定的考虑,我会向城堡报告的。如果有什么决定,或者事先需要再和您谈一次,我会派人找您来的。您同意吗?"

"不,绝对不同意,"K 说,"我不想得到城堡的恩赐,我只要求得到我的权利。"

"米齐。"村长对他的妻子说。她一直紧紧依偎在他的身旁,心不在焉地摆弄着克拉姆的信,把它扎成一只小船。K 惊恐失色,一把从她手里把信抢过来。"米齐,我的腿又疼得很厉害了,我们得换绷带了。"

K 站起身。"那我就告辞了。"他说。"好吧,"米齐说,她已经准备好药膏,"过堂风也太大了。"K 转过身去;他刚说完要告辞,那两个助手马上就把两扇门打开了,他们的干劲总是不合时宜。为了不让病人的房间受到正在大量涌入室内的冷空气的侵袭,K 只好匆匆向村长鞠躬告别。然后,他拽住两个助手跑出屋子,迅速把门关上。

第 六 章

　　店主正站在客栈门口等他。K 不问他,他是不敢开口的,因此 K 问他想干什么。"你找到新住处了吗?"店主眼睛看着地下问。"是你老婆叫你问的吧?"K 说,"你大概什么事都听她的吧?""不,"店主说,"我并不是受她的嘱咐才问的。不过她为了你的缘故心情很激动、很难过,无法干活儿,躺在床上唉声叹气,埋怨个不停。""要不要我去看看她?"K 问。"我求你去看看她,"店主说,"我已经到村长家去找过你,在门口听到你们正在谈话,我不想打扰你们,而且我也惦记着我的老婆,所以又跑回来了,可是她不愿意见我,我也没有别的办法,只好等你回来。""那么我们马上去吧,"K 说,"我很快就会叫她平静下来的。""但愿你能做到这一点。"店主说。

　　他们穿过明亮的厨房,有三四个女仆彼此离得远远的,正在干手头正要干的活儿,一看见 K 简直就愣住了。在厨房里就可以听到女店主的叹息声。她躺在一间用薄薄的一层板壁同厨房隔开的没有窗户的小屋里。屋子里只放得下一张大双人床和一个柜子。床的位置使人在床上可以看到整个厨房,便于监督那儿的工作,而从厨房里却看不清屋里的东西。屋里光线很暗,只能隐约看到红白色床单的微弱闪光。只有进了屋子,眼睛对黑暗习惯以后,才能分辨出各样东西。

　　"您到底来了。"女店主有气无力地说。她伸展四肢,仰躺着,显然呼吸困难,她掀开了鸭绒被。她躺在床上比穿上衣服时看起来年轻得多,可是她戴的一顶用精致花边织物织成的睡帽显然太小了,在她的头发上晃动,却使她憔悴的面孔显得很可怜。"我干吗要来呢?"K 温和地说,"您又没有叫我来啊。""您不该让我等那么久。"女店主以病人的那种固执说。"您坐下,"她指着床沿说,"你们其余的人都给我走开!"除了那两个助手,那些女仆这时也都已挤进来了。"我也想走开,嘉黛娜。"店主说。K第一次听到这个女人的名字。"当然,"她慢慢吞吞地说,心里好像在想别的事情,心不在焉地加了一句:"你干吗偏偏要留下来呢?"可是当所有人都退到厨房里去——这一次连两个助手都马上走开了,不过走在一个女仆的后面——以后,嘉黛娜很机敏,觉察到这儿说的每一句话厨房里都能听见,因为这间小屋没有门,于是她命令大家也离开厨房。这一点马上就做到了。

"土地测量员先生,"嘉黛娜然后说,"柜子里前面挂着一条披肩,请你拿给我,我要盖在身上,我吃不消这床鸭绒被,喘不过气来。"K把披肩递给她以后,她说:"你看这条披肩挺漂亮,是不是?"K觉得这是一条普通的羊毛披肩,只是出于礼貌,他用手又摸了一下,但是没有说什么。"是的,这是一条漂亮的披肩。"嘉黛娜一面说,一面把自己裹上。现在她安详地躺在那里,似乎一切病痛都消失了,甚至想到了自己因为躺着而弄乱的头发,便坐起片刻,沿着睡帽把头发拢了拢。她的头发很密。

K变得不耐烦起来,说:"老板娘,您让人问我是否已找到别的住处。""我让人问您?"女店主说。"没有,您弄错了。""您丈夫刚刚问过我。""这我信,"女店主说,"我和他意见不合。我不要您住在这儿的时候,他留您住下来;现在我很高兴您住在这儿,他倒要把您撵走。他总是这个样子。""这么说,"K说,"您对我的看法有了很大的变化?在一两个钟头里?""我并没改变我的看法,"女店主,又变得有气无力,"把您的手伸给我。喏,现在答应我要直言相告,我也要对您直言不讳。""好的,"K说,"可是谁先开始呢?""我先开始。"女店主说。她给人的印象不像是迎合K的心意,而像是急于要先说。

她从枕头下抽出一张相片递给K。"您看看这张照片,"她恳求地说。为了看得清楚些,K向厨房跨进一步,可是在厨房里也不大容易看清照片上有什么,因为年代久远,照片褪了色,好几处已折损,又皱又脏。"照片不是很好。"K说。"可惜,可惜,"女店主说,"随身带很多年,就一定会这样。不过您如果仔细看,还是能全都看清楚的,那当然啦。而且我还可以帮您,告诉我您看到了什么,我喜欢听人谈这张照片。究竟看到什么啦?""一个年轻人,"K说。"不错,"女店主说,"他在干什么?""好像躺在一块木板上,伸懒腰,打呵欠。"女店主笑了。"全错了,"她说。"可是这儿确是木板,他躺在这儿,"K坚持自己的看法。"您再仔细看看,"女店主气呼呼地说,"他真是躺着吗?""不,"现在K说,"他不是躺着,他正浮在空中,现在我看出来了,那根本不是木板,或许只是一根绳子,这个年轻人正在跳高。""对了,"女店主高兴地说,"他在跳,公家信差就是这样练习的。我早知道您一定会看得出来的。您也看得清他的面孔吗?""他的面孔我只能模模糊糊地看出,"K说,"他显然很使劲,嘴巴张开,眼睛闭紧,头发飞扬。""很好,"女店主赞扬地说,"没有见过他本人的人,从来没有一个能像您看得这么清楚的。不过他是个漂亮的小伙子。我只匆匆见过他一面,就永远也忘不了他。""他究竟是谁?"K问。"他是克拉姆第一次派来叫我到他那儿去的信差。"女店主说。

K无法仔细听,玻璃窗的格格声分散了他的注意力。他立刻发现了他受到干扰的原因。两个助手站在外面院子里,两只脚在雪地里交替地跳着。他们装作好像很高兴又见到他;他们兴高采烈地把他指给对方看,同时还不停地轻轻敲着厨房的窗户。K做了一个恐吓性的手势,他们立刻停下了,争先恐后把对方挤在后面,可是一个马上就甩掉了另一个,不一会儿他们又回到窗前。K急忙走到那间小屋里去,使助手们在外边看不到他,他也不必看到他们。可是那种轻轻的、恳求似的敲玻璃声音,在那儿还追随他响了很长时间。

"又是那两个助手。"他指着外边,抱歉地对女店主说。但是她并没有注意他,她从他手里拿走照片,看着照片,把它抚平,又塞到枕头下边去。她的动作变慢了,但并不是因为疲乏,而是因为回首往事而心情沉重。她原想把自己的经历讲给K听,但是讲着讲着就把K给忘了。她玩弄着披肩的穗饰。过了一会儿,她才抬起眼睛,用手擦了擦眼睛,说:"这条披肩也是克拉姆送的。这顶睡帽也是。照片、披肩和睡帽,这三样东西是我保存的纪念品。我不像弗丽达那么年轻,不像她那样雄心勃勃,也不是那样敏感,她是很敏感的;总之,我知道怎样适应生活,不过这一点我必须承认,如果没有这三件纪念品,我在这儿是不会坚持这么久的,或许一天也坚持不下去。在您看来,这三样东西也许微不足道，不过您看：弗丽达跟克拉姆来往已有很长时间，可是没有得到一件纪念品。我曾经问过她，她太痴情了，也太不知足了；而我呢，虽然和克拉姆在一起只有三次——后来他就再也没有叫我去，我不知道是什么原因——却能带回来这些纪念品，因为我好像有一种预感，觉得我和他在一起的时间长不了。当然，你得自己操心，克拉姆本人是从来不给别人什么东西的，不过你如果看到那儿有什么自己喜欢的东西，你就能要到手。"

听到这些事，K 感到很不自在，尽管这些事也和他有关。

"这一切是多久以前的事情啦？"他叹了口气，问道。

"二十多年以前，"女店主说，"有二十好几年了。"

"一个人对克拉姆忠心耿耿，居然能持续这么久，"K 说，"可是，老板娘，您是否也清楚，当我想到我未来的婚后生活的时候，您的这些坦白会使我深感忧虑？"

女店主觉得 K 现在想要插进自己的事实在不是时候，便生气地瞟了他一眼。

"别生气，老板娘。"K 说，"我并没有说任何话反对克拉姆，可是为环境所迫，我和克拉姆发生某种关系；这一点哪怕是最崇拜他的人也无法否认。唔，好啦。因此，只要有人提到克拉姆，我也总会想到自己，这是无法改变的。再者，老板娘，"说到这里，K 握住她那踌躇的手，"想一想，上次我们的谈话结果是多么不如人意，希望这一次我们能和和气气地分手。"

"您说得对，"女店主说着并低下头，"可是请体谅我。我并不比别人更敏感，相反，每个人都有过敏的事情，我只有这一件。"

"不幸这同时也是使我过敏的事，"K 说，"不过我一定会克制自己。现在请告诉我，老板娘，假定弗丽达也和您一样，对克拉姆仍然忠诚得令人吃惊，在婚后生活中我怎么能够忍受呢？"

"忠诚得令人吃惊？"女店主面有愠色地重复了一遍。"这究竟是不是忠诚？我忠于我的丈夫，可是对克拉姆呢？克拉姆曾经一度选我做他的情人，我能在任何时候失去这个身份吗？您问今后同弗丽达一起生活怎么能够忍受这一点？啊，土地测量员先生，您究竟是何许人，竟敢这样问?"

"老板娘。"K警告地说。

"我知道,"女店主顺从地说,"可是我的丈夫没有问过这样的问题。我不知道该说谁是不幸的,是当时的我,还是现在的弗丽达。弗丽达任性离开了克拉姆,而我呢,他不再召我去了。但是不幸的也许是弗丽达,尽管她看来还没有充分意识到这一点。但是,当时我一心只想自己的不幸,我不断地问自己,其实今天也没有停止这样问:为什么会发生这样的事?克拉姆召你去了三次,第四次就不叫你去了,从来就没有过第四次!当时我还能想什么别的事情呢?不久以后我就和我的丈夫结婚了,除此之外,我和他还能谈什么呢?白天我们没有时间,我们接手办这家客栈时,店里情况很糟糕,我们必须努力把它搞好,可是夜里呢?多少年来,我们夜间的谈话总是谈克拉姆,谈他为什么变心。如果在谈话时我的丈夫睡着了,我就把他弄醒,我们继续谈下去。"

"现在,"K说,"如果您允许的话,我想提一个很冒昧的问题。"

女店主沉默不语。

"那我就不能问了,"K说,"这我也满意了。"

"不错,"女店主说,"这您也满意了,特别是这一点。您把什么都误解了,把沉默也误解了。您也不可能不这样。我允许您问。"

"如果我把什么都误解了,"K说,"也许我也误解了我的问题,也许我的问题并不是那么冒昧。我只想知道,您是怎么认识您的丈夫的,又是怎么把这家客栈弄到手的?"

女店主皱起眉头,但是她沉着地说:"这件事说起来很简单。我父亲是铁匠,我现在的丈夫汉斯是一个大农庄主的马夫,他常去找我父亲。那是在我和克拉姆最后一次会面以后,我很悲伤,其实我不该这样,因为一切都是顺理成章、无可指摘的,不准我再去找克拉姆,正是克拉姆自己的决定,也就是正确的;只是原因模糊不清,我不能去追问,但是我不该悲伤。然而我还是很悲伤,无法干活,整天坐在屋前的花园里。汉斯在那儿看到我,常常坐到我身边,我并没有向他诉苦,但他知道是怎么回事,他是个善良的小伙子,所以陪着我一起哭。那时客栈老板的妻子已死,而且他年纪也大了,因此只好歇手不干。有一次,他走过我们的小花园,看到我们坐在那儿,便停了下来,毫不犹豫地就要把客栈租给我们,也不要我们预付一分钱,因为他信任我们,而且租金也定得很低。我不想拖累我的父亲,此外我什么都不在乎,因此想到这个客栈和新的工作也许能使我忘却一点过去,于是我就嫁给了汉斯。这就是事情的全部经过。"

沉寂片刻后,K说:"那位老板的行为倒是很仗义,只是有点轻率,或者他信任你们两人,是否有特殊的原因?"

"他很了解汉斯,"女店主说,"他是汉斯的伯父。"

"那当然啦,"K说,"这么说来,汉斯家的人显然很看重和您攀亲吧?"

"也许是吧,"女店主说,"我不知道,我从来不关心这些事情。"

"可是情况一定是这样的,"K说,"因为这家人情愿作出这样的牺牲,没有任何保障就把客栈交到您的手里。"

"后来事实证明,这倒不是轻率,"女店主说,"我全心全意投入工作,我是铁匠的女儿,身强力壮,我不需要女仆,不需要帮工;我什么都干,酒吧、厨房、马厩、院子,全是我一个人。我饭菜做得好,甚至把贵宾饭店的顾客都夺走了。您没有在店里吃过午饭,您不知道我们中午的主顾,那时候客人比现在还要多,现在有许多人已经不来了。结果我们不仅能按时缴付租金,而且过了几年我们就把整个客栈买了下来,今天差不多已经偿清全部债务。不过另一个结果是,我把身体搞垮了,得了心脏病,现在成了一个老太婆。您也许以为我比汉斯年纪大得多,其实他只比我小两三岁,而且永远不见老,因为他的工作就是抽抽烟斗,听听顾客聊天,然后磕磕烟斗,有时拿拿啤酒,干这种工作人是不会老的。"

"您的成绩值得钦佩,"K说,"这毫无疑问,不过我们谈的是您结婚以前,那时汉斯家情愿牺牲钱财,或者至少得冒这样大的风险,交出客栈,而且除了您的工作能力以外,他们不抱其他任何希望,何况那时还没有人了解您的工作能力,而汉斯并没有什么工作能力,这一点人们一定早就知道,因此,他们急于要和您结亲,这就有点奇怪了。"

"得啦,"女店主疲惫地说,"我知道您想说什么,您想到哪里去了?

克拉姆和这些事毫无关系。他干吗要为我操心？或者说得更确切一些，他怎么能够为我操心呢？他再也不了解我的情况。他不再召唤我去，表明他已把我忘了。他不再召唤什么人时，就是把这个人全忘了。我不想在弗丽达面前谈这一点。但那还不仅是忘记而已。一个人忘记了谁，有时会又记起来。就克拉姆来说，这是不可能的。他要是不再召唤你了，那就是他已把你忘得一干二净了，不但忘记过去的事，而且将来也永远不会再想起来。如果我努力尝试的话，我能设身处地体会您的思想，在这儿您的想法是荒唐的，在你们那儿也许是有道理的。您也许竟会荒唐地认为克拉姆让我嫁给汉斯，正是为了将来他召唤我去的时候，我可以没有多大困难就能上他那儿去。嗨，这种想法简直荒唐透顶。如果克拉姆示意叫我去，有哪一个男人能阻止我跑到克拉姆身边去？荒唐，荒唐透顶；如果有这种荒唐的想法，就会把自己弄糊涂了。"

"不，"K说，"我们并不想把自己弄糊涂，我还没有想得像您所认为的那么远，尽管说句老实话，我正在朝这个方向去想呢。目前惟一使我惊奇的是，汉斯的亲属对这门亲事寄予厚望，而他们的期望也确实实现了，不过却牺牲了您的心脏、您的健康。起先我固然以为这些事情和克拉姆有关，不过没有或者还没有像您所说的那么厉害，显然您只是想再剋我一顿，因为这样能使您开心。但愿您能开心！不过我的意思是：首先，促成这门亲事的显然是克拉姆。没有克拉姆，您就不会伤心，不会无所事事地坐在屋前的小花园里，没有克拉姆，汉斯就不会在那儿见到您，要不是您很悲伤，像汉斯这样一个腼腆的人就决不敢跟您讲话，没有克拉姆，您决不会和汉斯一起伤心落泪，没有克拉姆，那位好心的老伯伯决不会看见汉斯和您安安静静地坐在那儿，没有克拉姆，您就不会对人生采取漠不关心的态度，因此也就不会嫁给汉斯。所以说，我的意思是，这一切都足以说明克拉姆的作用。但是事实上还不止如此。要不是您力求忘记过去，您一定不会如此拼命干活，把客栈办得这么出色。所以说，这也有克拉姆的份。但是除此之外，克拉姆也是您生病的原因，因为在您结婚以前，您的一片痴情没有得到回报，就已经伤透了您的心。现在剩下的惟一问题是：汉斯的亲属为什么如此热衷于这门亲事？您自己说过，当克拉姆的情人是永远不会失去的莫大殊荣，所以他们也许是受到这一点的吸引。可是,除此之外,我相信,他们希望那颗把您引导到克拉姆身边的福星——假定那是一颗福星,不过您说这是一颗福星——是您命中注定的,因此您一定会永远走运,好运不会像克拉姆那样突然迅速离您而去。"

"您真是这样想的吗?"女店主问。

"我真是这样想的,"K迅速地回答,"不过我认为,汉斯的亲属所抱的希望既不完全对,也不完全错,而且我认为我还看得出他们错在哪里。表面上看来,似乎万事大吉,汉斯的生活有了可靠的保障,有位仪表堂堂的太太,受人尊敬,客栈没有负债。可是实际上并非万事大吉,如果他和一个初恋的普通姑娘结婚,他一定会幸福得多;如果他像您指摘他的那样,常常失魂落魄似地站在店堂里,这是因为他真的觉得惘然若失,他倒并没有因此感到悲伤,没错,我对他已有足够的了解,但是同样千真万确的是,这个漂亮聪明的小伙子要是娶了另一个女人,就会更加幸福,我的意思是会更独立,更勤恳,更有男子气概。而您自己呢,肯定并不幸福,据您所说,如果没有这三件纪念品,您就不想再活下去,而且您又有心脏病。那么,汉斯的亲属所抱的希望是不是就错了呢?我并不这样认为。您福星高照,可是他们不知道怎样去利用它。"

"那么他们错过了什么呢?"女店主问。她现在伸直四肢,仰面躺着,眼睛望着天花板。

"他们没有去问克拉姆。"K说。[11]

"这样,我们又回到您的事情上来了。"女店主说。

"或者说又回到您的事情上来了,"K说,"我们的事是互相关联的。"

"那么,您想从克拉姆那儿得到什么?"女店主问。她已经坐了起来,把枕头抖松,好倚着枕头坐,正视着K的眼睛。"我已经把我的情况坦白地告诉了您,您本可以学乖一点。现在您也坦白告诉我,您想问克拉姆什么。我费了好大劲儿才说服弗丽达上楼去呆在她的房间里;我怕您当着她的面不能痛痛快快地谈。"

"我没有什么要隐瞒的,"K说,"不过首先我想请您注意一点。您说克拉姆爱忘事。那么,第一,在我看来,这是极不可能的;第二,这是无法证明的,显然是传说,而且是那些正受克拉姆宠爱的姑娘们编造出来的。您居然会相信这种无稽之谈,真令我吃惊。"

"这不是传说,"女店主说,"而是大家的经验之谈。"[12]

"那就是说,也可以用新的经验来驳斥,"K说,"可是,此外您和弗丽达的情况还有所不同。至于克拉姆不再召弗丽达去,这种情况几乎根本就没有发生过,而是他召她去,但她没有服从。甚至可能他一直还在等着她去呢。"

女店主没有吭声,只是用眼睛上下打量着 K,然后说:"我愿意冷静地倾听您要说的一切。您尽管直率地说,不必顾惜我。我只有一个请求。不要提克拉姆的名字。就叫'他'或别的什么,但别指名道姓。"

[13]"我很乐于这么做,"K说,"可是我想从他那儿得到什么,倒是很难说清楚。首先,我想在近处看到他,再就是听到他的声音,然后我想知道他对我们结婚抱什么态度。在这以后,也许我会请求他做什么,这要看我们谈话的情况而定。有可能谈到许多事情,但是对我来说,最重要的还是跟他见面。因为我还没有和真正的官员直接谈过话。要做到这一点,似乎比我原来所想象的要困难。但是现在我有这个义务,请他以私人身份和我谈话,我认为这就容易得多。他以官员的身份,我就只能在他那也许无法进入的办公室里,在城堡里,或者——这也很成问题——在贵宾饭店会见他。但是以私人身份,我就可以在碰到他的任何地方,在屋子里,在街上和他谈话。如果那时他也附带以官员的身份出现在我面前,我也会乐意接受,但这并不是我的首要目的。"

[14]"好,"女店主说,把脸藏在枕头里,好像在说什么不知廉耻的话似的。"如果我通过我的关系,把您想跟他谈话的请求转达给克拉姆,那您是否答应我,在得到回答之前,您自己不要采取什么行动?"

"我不能答应,"K说,"虽然我很愿意满足您的请求或心情。因为这事很急,特别是在我和村长的谈话有了不好的结果以后。"

"这个异议不能成立,"女店主说,"村长是个无足轻重的人。难道您就没有发现吗?要是没有他的老婆,他这个村长一天也当不下去,他事事都由他老婆处理。"

"米齐?"K问。女店主点点头。"她当时也在场。"K说。

"她有没有发表意见?"女店主问。

"没有,"K说,"可是我也没有觉得她能发表意见。"

"是啊,"女店主说,"您把我们这儿的事情全都看错了。不管怎样,村长为您做的安排是无关紧要的,得便我去跟他的老婆说说。倘若我现在再答应您,最迟在一个星期之内就能得到克拉姆的答复,您大概不会再有什么理由不听我的话了吧。"

"这一切都不是最主要的,"K说,"我已打定主意,哪怕得到拒绝的答复,我也要努力去实现它。我一开始就有了这个打算,但我却不能事先提出谈话的要求。不提出请求,也许这是个大胆而一厢情愿的企图,但如果提出请求遭到拒绝,再这样做就是公然违抗了。这当然就会糟得多。"

"更糟?"女店主说,"无论如何,这都是违抗。现在您爱怎么干就怎么干吧。把裙子递给我。"

她不顾K在场,穿上裙子,赶紧跑进厨房。店堂里已经吵吵嚷嚷半天了。有人敲那扇观察窗。两个助手推开观察窗向里嚷嚷肚子饿了。接着又有别的面孔在那儿出现。甚至还听得见有好几个声音在低声唱歌。

不用说,K和女店主的谈话大大地耽误了做午饭的时间。饭还没有做好,顾客却已聚集在一起,但是没有人敢违抗女店主的禁令走进厨房。现在,在观察窗探头张望的人报告说老板娘来了,于是女仆们立刻跑进厨房。当K走进店堂时,为数惊人的一群人便从观察窗那儿拥向餐桌去占座,男男女女有二十多个,穿着本地人的服装,但并不土里土气。只有角落里一张小桌上已有一对夫妇带着几个孩子坐在那儿没有动;那个和蔼可亲的蓝眼睛男人,灰白的须发乱蓬蓬的,站着向孩子们弯下身子,手里拿着一把刀给孩子们唱歌打拍子,他不断地让他们压低歌声;也许他是想用唱歌使他们忘却饥饿。女店主冷漠地对顾客们说了几句抱歉的话,没有人责怪她。她四面张望,寻找店主,可是店主面临这种困难局面大概早就溜走了。于是她慢慢走进厨房,不再理会K;K就匆匆忙忙跑到他房间里找弗丽达去了。

第 七 章

　　K在楼上碰到了教师。房间经过收拾，面目为之一新，弗丽达就是如此勤快。房间里空气清新，炉子烧得很旺，地板洗刷干净，床铺得整整齐齐，女仆们的那些叫人讨厌的破烂儿连同她们的照片也都不见了。桌子上原先沾满污垢，使人不管朝哪儿转身都觉得如芒刺在背，现在铺上了一块白色绣花桌布。现在简直可以接待客人了；K的几件内衣挂在火炉旁边烘干，并没有太有碍观瞻，弗丽达显然是在大清早把它们洗干净的。教师和弗丽达坐在桌旁，K进屋时他们都站了起来。弗丽达吻了一下K，以示问候，教师微微躬身致意。K因为刚和女店主谈过话，还心神不定、心不在焉，开始为自己至今还没有能去拜访教师而表示歉意；看来他以为教师是因为他没有去而等得不耐烦了，所以才自己前来登门拜访他的。可是教师举止安详，似乎现在才慢慢想起来他和K之间曾经说过要登门拜访。"土地测量员先生，"他慢条斯理地说，"您就是几天前在教堂广场上和我谈话的那个外乡人吧。""是的。"K简短地说；当时他孤零零的，不得不忍受教师那副大模大样的态度，现在是在自己的房间里，他就不必再忍受了。他转身对弗丽达说，他马上要出去做一次很重要的拜会，需要穿得尽量好一些。弗丽达没有多问，就把正在仔细观察新桌布的助手叫过来，吩咐他们把K马上开始脱下来的衣服和靴子拿到楼下院子里去刷干净。她自己从绳子上取下一件衬衫，跑到楼下厨房里熨去了。

　　现在屋子里只剩下K和教师。教师又默默地坐在桌旁；K让他又等了一会儿，脱下衬衫，开始在脸盆旁擦洗身子。直到这时，他背对着教师，才问他来干什么。"我是受村长的委托来的。"他说。K准备听他说下去。可是由于水声哗啦啦地响，教师听不清K说的话，只好走近一点，在他身旁倚墙站着。K以急于要去赴约而为他的洗濯和焦急表示歉意。教师对此未予理会,说:"您对村长很不礼貌,他是一个有贡献、有经验、年高德劭的长者。""我不知道我是不是很不礼貌,"K一面擦干身子,一面说,"可是当时我所要想的不是文雅的举止,而是别的事情,那倒是对的,因为我的生存受到可耻的官方作风的威胁,我就不必对您详谈了,因为您自己也是这个官方当局的一员。村长抱怨我了吗?""他应该向谁去抱怨?"教师说,"即使有这么一个人,难道他会抱怨吗?我只是按照他的口授草拟了一份你们的会谈纪要,从而使我对村长先生的仁慈和您的回答方式有了充分的了解。"

K一面寻找梳子——准是弗丽达把它放到什么地方去了——一面说:"什么?一份纪要?由一个根本没有参加谈话的人事后在我不在场的时候草拟?这倒不坏。为什么要作记录呢?难道那是一次正式会谈吗?""不,"教师说,"是半官方的,记录也只是半官方的;之所以作记录,只是因为我们这儿什么事情都有规章制度。不管怎样,现在有了记录,它并未使您得到光彩。"K终于找到了落到床上的梳子,更加平心静气地说:"有就有吧。您是来告诉我这件事的吗?""不,"教师说,"不过我并不是一部机器,我必须把我的意见告诉您。我的任务又一次证明了村长的仁慈;我强调这种仁慈对我来说不可理解,我奉命行事,只是因为这是我的职责所在,也是出于我对村长的尊敬。"K已梳洗完毕,这时正坐在桌旁等他的衬衫和外衣;他并不急于想知道教师带来的消息;而且,女店主对村长如此轻视,他也受其影响。"现在大概已经过了中午了吧?"他心想着自己将要走的路程一面问,接着又改口说:"您说您要把村长的口信转告我。""那好吧,"教师耸耸肩说,好像是在推脱自己的任何责任似的。"村长担心,如果对您的事迟迟不作决定,您会自作主张干出什么鲁莽的事来。就我而言,我不知道他为什么担心这一点;依我看,您爱怎么干就怎么干好了。我们又不是您的守护神,我们没有义务要管您所做的一切事情。好吧。不过村长不这么想。他当然不能加速作出决定,这是伯爵当局的事情。但是在他的权限之内,他愿意为您提供一个暂时的、确实慷慨的解决办法,就看您接不接受了:他让您去当校役。"K起先并不怎么在意这个建议,但有事给他做这一事实,在他看来并不是毫无意义的。这表明,村长认为他能进行反抗，采取某些行动，而对这个村庄来说，为了防止他采取行动，即使要花费一些也是合适的。他们把这件事看得多么重要！教师在这儿已经等了不少时候，在来以前还草拟了记录，一定是村长让他火速赶到这儿来的。教师看到他现在终于使 K 深思起来，便接着说："我提出了异议。我指出，到现在为止并不需要校役；教堂司事的老婆常来打扫，由女教师吉莎小姐加以监督。我为孩子们操劳已经够辛苦了，不想再让一个校役来惹我生气。村长反驳说，学校还是太脏了。我据实回答说，学校并不那么脏。我又说，如果我们雇这个人当校役，情况就会好转吗？肯定不会。先不说他不会干这种活，学校只有两间大教室，此外没有附属的房间，所以校役一家就得住在一间教室里，睡觉，也许还要做饭，这当然不可能使教室变得更干净些。可是村长指出，这个职位可以救您的急，因此您一定会尽力做好这个工作的；村长还说，我们雇了您，连带也可以有您的妻子和助手为我们效劳，这样不仅学校会弄得井井有条，而且校园也能保持整洁。我不费力地否定了这一切。最后，村长竟说不出什么对您有利的话来，只是笑了笑说，您毕竟是个土地测量员，因此会把校园的花坛搞得特别整齐美观。好吧，对玩笑是不必反对的，于是我就带了这项委托到您这儿来了。""您白费心思了，老师，"K 说。"我并不想接受这个职位。""好极了，"教师说，"好极了，您毫无保留地拒绝接受。"说罢他拿起帽子，鞠了一躬就走了。

刚过一会儿，弗丽达便面无人色地奔上楼来，手里拿着的衬衫还没有熨，也不回答 K 的询问。为了消除她的愁闷，K 把教师的来意和建议讲给她听；她几乎没等听完，就把衬衫扔到床上又跑走了。过一会儿她就回来了，但是带着教师。教师脸上露出悻悻的神色，进来时连招呼也不打。弗丽达恳求他耐心一点——显然她一路上已经恳求过他好几次——，然后把 K 从他根本不知道的一扇侧门拉到隔壁的顶楼上，紧张得气喘吁吁，终于把她所遇到的事告诉了 K。女店主由于她降低自己的身份向 K 坦白，而且更糟糕的是，在克拉姆同 K 谈话的问题上作了让步，可是到头来却一无所得，据她说，只是得到冷淡的而且还是言不由衷的拒绝，因此她气得决定不再让 K 住在她的客栈里；如果 K 和城堡有关系，那就请他立刻去利用这种关系，因为他必须在当天马上离开这座房子,除非有当局的直接命令和强制,她决不会再接受他;但是她希望不会发生这种情况,因为她和城堡也有关系,而且会利用这种关系。再者,他之所以能住进客栈,只是由于客栈老板的疏忽,而且他也并不是很困难,因为就在今天早晨他还夸下海口,说是有一家人家愿意向他提供住处。弗丽达自然应当留下来;如果弗丽达和K一起走,她,女店主就会十分伤心,她在楼下厨房里一想到这一点就哭着昏倒在炉灶旁边,这个可怜的有心脏病的女人!可是现在,至少在她的想象之中,这事简直关系到克拉姆的纪念品的荣誉,她怎么还能有别的选择呢?女店主的情况就是如此。弗丽达当然会跟K走,不管他到哪儿,也不管冰雪封路,这一点当然用不着再说,不过他们俩目前的境况确实很糟,因此她很高兴地欢迎村长的建议,即使这个职位对K并不合适,但——这一点得到特别强调——这只是临时的职位,他们可以赢得时间,即使最后的决定对他不利,也容易找到别的机会。"迫不得已时,"弗丽达最后搂着K的脖子喊道,"我们就离开这儿,村子里有什么值得我们留恋的呢?可是目前,亲爱的,我们暂且接受这个建议。我已经把教师找回来了,你只要对他说声'接受'就行了,我们就搬到学校里去住。"

"这很糟糕。"K说,其实他并不完全真是这样想,因为他对于住所并不十分在意,而且他身上只穿着内衣,在两边都没有墙和窗子的顶层阁楼上,一阵阵刺骨寒风吹过,也使他冻得够受的,"你已经把屋子收拾得这么整洁,现在我们又要搬走!我十二万分不愿意接受这份差使,眼前在这个小教师面前低声下气就已叫我受不了,现在甚至还要他当我的上司。只要我们能在这儿再呆一会儿就好了,说不定今天下午我的处境就会改变。至少只要你留在这儿,我们就可以等待观望,只给教师一个模棱两可的答复。至于我,我总能找到住处,实在不得已,真的去巴纳……"弗丽达用手捂住他的嘴。"不行,"她忧心忡忡地说,"请别再这么说。除此之外,我什么都听你的。如果你愿意,我就一个人留在这儿,尽管我会很伤心。如果你愿意,我们就拒绝这个提议,尽管我认为这样做不对。因为你瞧,如果你找到别的机会,就算今天下午就找到,喏,我们就立刻放弃学校里的那个差使,这是不言而喻的,谁也不会阻止我们。至于在教师面前感到低三下四,我会注意不让这种情况发生,我自己去和他谈,你只在一旁站着,不用开口,以后也是这样,如果你不愿意,你永远不必亲自跟他谈话,实际上只有我一个人当他的下属,甚至我也不会当他的下属,因为我知道他的短处。所以,如果接受那个差使,我们什么损失也没有,如果不接受,损失可就大了;首先,如果你今天从城堡得不到什么结果,那你真是休想在村子里即使就是只为你一个人找到一个过夜的地方,我的意思是,找到一个能使我作为你未来的妻子不感到害臊的过夜的地方。如果你找不到过夜的地方,我明知你在外面的黑夜和寒冷中乱串,难道你能要求我安心睡在这儿温暖的房间里吗?"K一直双臂交叉抱在胸前,用手拍背,以便使身子稍微暖和一点,便说:"那就只好接受了。来吧!"

  回到房间里,他马上向火炉跑去,没有理睬教师。教师坐在桌旁,掏出表来,说:"时候不早了。""不过我们现在也完全一致了,老师,"弗丽达说,"我们接受这个职位。""好,"教师说,"可是这个职位是给土地测量员先生的。他得自己表态。"弗丽达给K解围。"当然,"她说,"他接受这个职位,不是吗,K?"这样,K就可以简单地说一声"是"就行了,甚至连这一声"是"也不是对教师而是对弗丽达说的。"那么,"教师说,"现在我只要再向您交代您的职责,这样我们在这件事情上就永远一致了;土地测量员先生,您每天要打扫两间教堂,生火,负责屋子里的小修小补,此外还要亲自照管教具和体操器械,清扫校园走道上的积雪,替我和女教师送信打杂,在天气暖和的季节里负责校园的一切工作。报酬是,您有权在两间教室里挑一间住;不过,如果两间教室没有同时上课,而又恰好需要用您住的房间时,您当然得搬到另一间去住。您不得在学校里烧饭,但您和您的家属可以在这家客栈包饭,饭钱由村里负担。您的行为举止必须符合学校的尊严,尤其是上课时间决不能让孩子们看到您家里令人难堪的场面,我不过是顺便提一提,因为您是受过教育的人,一定是知道的。讲到这一点,我还要说一句,我们不得不坚持要求您尽快使您和弗丽达小姐的关系合法化。关于这一切和其他一些小事,都要订入雇用合同,您一搬进学校就得签字。"K觉得这一切都不重要,仿佛与他无关,或者至少对他没有约束力,只是教师那副自以为了不起的神气叫他生气,他漫不经心地说:"就这样吧,这些都是通常的职责。"为了略微冲淡这句话,弗丽达便问起薪水有多少。"给不给薪水,"教师说,"那要在试用一个月后再考虑。""可是这使我们日子难过了,"弗丽达说。"我们要在几乎一无所有的情况下结婚,白手起家。先生,我们能不能向村里申请马上付给我们一点薪水?您看怎么样?""不行,"教师说,他始终对着K说,"只有在我推荐之下,这样的申请才会得到批准,而我是不会同意的。给您这份差使,只是对您的照顾,如果一个人记住自己的公共责任,就不会要求过多的照顾。"这时K几乎不由自主地插嘴了。"谈到照顾,先生,"他说,"我想您弄错了。倒不如说是我这方面提供了这种照顾。""不,"教师莞尔一笑,现在他终于逼得K开口了。"我对此十分清楚。我们不需要校役,就像我们不需要土地测量员一样。校役也罢,土地测量员也罢,对我们都是负担。我还得绞尽脑汁向村里说明增加这笔开销的理由。最好和最实事求是的做法就是正式提出这个要求,根本不说明其理由。""我正是这个意思,"K说,"您不得不违心地接纳我。虽然这事叫您大伤脑筋,但是您还得接纳我。既然一个人被迫接纳另一个人,而那另一个人又肯让别人接受他,那么这个人就是在照顾别人。""奇怪,"教师说,"有什么会迫使我们接受您呢?是村长的菩萨心肠,他真是菩萨心肠。土地测量员先生,我看,您一定得抛弃某些幻想,才能成为一名称职的校役。您说的这种话,当然不太有利于发给您可能的薪水。我也遗憾地看出,您的态度还会给我带来很多麻烦!在这段时间里,您一直穿着衬衣衬裤站和我说话,我自始至终看到这一点,几乎无法相信。""是的,"K笑着喊道并拍手,"这些可怕的助手!他们都到哪儿去了?"弗丽达急忙向门口走去;教师看出现在K不想再和他谈下去,便问弗丽达,他们什么时候搬到学校去。"今天。"弗丽达说。"那我明天早晨来检查。"教师说,挥手以示告别,想从弗丽达为她自己打开的房门走出去,却同两个女仆迎面相撞。她们已经带着自己的东西来重新占用这间屋子。她们从来不给谁让路,教师只好从她们中间钻过去。弗丽达跟在他后面。"你们真着急,"K说,这一次对她们非常满意,"我们还在这儿,你们就非得进来不可?"她们没有回答,只是尴尬地摆弄她们的包袱，K看见那些他熟悉的肮脏的破烂衣服露在包袱外面。"你们大概是还从来没有洗过你们的衣服吧。"K说。他说这话并没有什么恶意，倒是有点亲切友好的意味。她们看出了这一点，同时张开绷紧的嘴，露出野兽般的健美的牙齿，不出声地笑着。"来吧，"K说，"你们就收拾吧，这终究是你们的房间。"但她们一直还犹豫不决，在她们看来，她们的房间变化太大，于是K一把抓住其中一个人的手臂，领着她往前走。不过他立刻又松了手，她们两人都露出了吃惊的眼神，互相交换了一个眼色后，就目不转睛地盯着K看。"现在你们把我看够了吧。"K一面说一面排除某种不愉快的感觉，拿起弗丽达刚拿来的衣服和靴子穿起来，两个助手怯生生地尾随着弗丽达。他始终无法理解弗丽达为什么对助手那么耐心，现在他又产生了这种感觉。弗丽达找了好久，才发现他们正在楼下不慌不忙地吃午饭，把那些没有刷干净的衣服揉成一团放在他们的膝上，而他们本来应该在院子里把衣服刷干净的；她只好自己动手把所有衣服刷干净；她善于对付平民百姓，可是对他们一声也没有骂，还当着他们的面说到他们的严重疏忽，如同在说一个小小的玩笑似的，甚至还轻轻地拍拍其中一个人的面颊，像是表示亲热似的。K本想立即责备她几句，可是现在该走了，再也不能耽误了。"两个助手留在这儿帮你搬家。"K说。可是他们不同意这样的安排；他们吃得饱饱的，心情愉快，很想稍许活动一下。直到弗丽达说了"当然，你们留在这儿"后，他们才服从。"你知道我去哪儿吗？"K问。"我知道。"弗丽达说。"那么你不再留我了？"K问。"你会遇到许多障碍的，"她说，"我的话又有什么用！"她吻了一下K，同他告别。因为K没有吃午饭，她给了他一小包面包和香肠，这是她从楼下为他拿来的，并提醒他办完事后不要再到这儿来，而是直接去学校，然后她把手搭在他的肩上，送他走出大门。

第 八 章

　　起初,K 很高兴自己摆脱了女仆和助手都挤在温暖房间里那种乱纷纷的场面。外面有一点冰冻,雪坚实了一些,路好走些了。只是天已开始黑了,于是他加快了脚步。

　　城堡一如既往静静地伫立着,它的轮廓已经开始消失;K 还从未见到过那儿有一丝生命的迹象,也许因为相距甚远,根本不可能看出什么东西,可是眼睛不甘忍受寂寞,总想看到什么。K 注视城堡时,有时觉得仿佛在观察一个人,此人不声不响地坐着朝前看,并不是在出神遐想,因而对一切不闻不问,而是逍遥自在、旁若无人,好像他是独自一人,并没有人在观察他,可是他肯定知道有人在观察他,但他依然镇静自若、纹丝不动,果然——不知道这是他镇静的原因还是镇静的结果——观察者的目光无法坚持下去而移开了。今天,在刚刚降临的淡淡的暮色中,这种印象更加强烈了;他看得越久,就越看不清楚,万物就更深地沉入暮色之中。

　　K 来到尚未点灯的贵宾饭店时,二层楼上的一扇窗户正好打开了,一位穿着皮外套、脸上刮得很干净的胖胖的年轻绅士探出头来,接着就停留在窗口。K 向他打招呼,他似乎毫无反应,连头都没有点一下。K 在过道上和酒吧里都没有碰到一个人,变质的啤酒气味比上次还难闻,桥头客栈是不会有这种事的。K 马上向他上次观看克拉姆的那扇门走过去,小心翼翼地拧门上的把手,但门是锁着的;接着他用手摸索,想找到门上的那个窥视孔,可是小孔上的塞子很可能塞得严丝合缝,他这样摸是摸不着的,因此他划了一根火柴。这时,一声叫喊把他吓了一跳。在房门和餐具柜之间的角落里,靠近火炉处,一个年轻姑娘缩成一团坐在那儿,在火柴的闪光下吃力地睁开睡意惺忪的双眼目不转睛地看着他。显然,她是接替弗丽达的人。她很快就镇定下来,扭亮电灯,仍面有愠色,这时她认出了K。"啊,土地测量员先生。"她笑着说,向他伸出手,自我介绍道,"我叫培枇。"她个子不高,脸色红润,体格健壮,一头浓厚的金红色头发,编了一条大辫子,还有一些头发卷曲散在脸的周围。她穿了一件银灰色料子的外衣,直溜溜地耷拉着,一点也不合身,下摆草草了事地用一根一头带活扣的丝带束在一起,使她行动颇为不便。她打听弗丽达的情况,问她是不是很快就会回来。这是一个近乎居心不良的问题。"弗丽达一走,"她又说,"就急忙把我调到这儿来了,因为这儿并不是能随便用一个人的。我本来是打扫房间的女侍,可是换这个工作并不好。干这个差事,夜晚有很多活儿,很辛苦,我怕自己吃不消。弗丽达不干了,我并不觉得奇怪。""弗丽达在这儿是很满意。"K说,为的是终于让培枇知道她和弗丽达不同,而她忽视了这一点。"您别相信她的话,"培枇说,"弗丽达善于克制自己,谁都比不上她。她不愿意承认的事,她是不会承认的,而且人们一点也觉察不到她有什么事情要承认。我和她在这儿已经一起干了好几年,我们一直睡在一张床上,但是我和她关系并不亲密,今天她肯定已把我忘了。桥头客栈的老板娘,那个老太婆,也许是她惟一的朋友,不过这也是很独特的。""弗丽达是我的未婚妻。"K说,同时在门上寻找那个窥视孔。"我知道,"培枇说,"正因为这个缘故,我才告诉您。不然这对您就无关紧要了。""我懂,"K说。"您的意思是,我赢得了这么一个沉默寡言的姑娘,可以引以为荣。""是的,"她说着得意地笑起来,仿佛她和K对弗丽达在看法上达成了一种默契。

　　但是使K考虑并略微分心没有去找那个小孔的其实并不是她的话,而是她的那副神态,是她出现在这个地方。不错,她比弗丽达年轻很多,几乎还是一个孩子,她的衣服滑稽可笑,显然,她的这身打扮是和她认为酒吧女侍了不起的夸张想法一致的。她有这种想法倒也完全顺理成章,因为她还完全不能胜任的这个职位却出乎意料地落到她手里,她本不应得到,看来只是暂时的,连弗丽达总拴在腰带上的皮手袋也没有交给她。她自称不满意这个职位,不过是自以为了不起而已。[15]但是,尽管她头脑简单幼稚,她很可能和城堡也有关系;如果她没有扯谎的话,她以前是打扫房间的女侍;她在这儿睡了这些日子,却不知道自己所拥有的东西,但是倘若把这个胖乎乎矮墩墩的小东西搂在怀里,虽然并不能夺走她所拥有的东西,却能触动他,激励他踏上艰难的征途。那么,她的情况也许跟弗丽达没有什么两样?啊,不,不一样。只要想一想弗丽达的眼神就会明白这一点。K 本来决不会去碰一下培枇。可是现在他只好捂着眼睛一会儿,因为他是如此贪婪地盯着她。

"现在用不着开灯,"培枇说着又把灯关上,"我只是因为您吓了我一大跳才开灯的。您上这儿来想干什么? 是不是弗丽达忘了什么东西?" "是的,"K 说,指着那扇门,"有一块桌布,一块绣花白桌布丢在隔壁那间房间里了。" "不错,她的桌布,"培枇说,"我还记得,做工很精致,我还帮她做过,不过不大可能在那间房间里。" "弗丽达说是在那里。现在谁住在那儿?"K 问。"没有人住,"培枇说,"那是老爷们住的房间,老爷们吃喝都在那儿,也就是说,这是专门留下来做那个用途的,不过他们多半都待在楼上自己的房间里。" "要是我知道现在没有人在那儿,"K 说,"我很想进去找那块桌布。可是这也说不准,比方说,克拉姆就常坐在那儿。" "克拉姆现在确实不在那儿,"培枇说,"他马上就要出门,雪橇已经在院子里等着呢。"

K 一句话也不解释,立刻离开酒吧,在过道上他没有朝门口走去,而是转身向屋子里面走去,没走几步就到了院子里。这儿是多么幽静! 院子里四四方方的,三面围着房子,临街的一面——一条 K 不认识的小街——是一道高高的白墙,中间有一扇厚重的大门正敞开着。在院子这一边,房子似乎比前面的高,至少整个二层楼都扩建过,显得更壮观,因为它外面围着一道齐眉高的木回廊,只留一个小口子。在 K 的斜对面主楼下对面厢房同主楼连接的角落里,有一个通到屋子里去的入口敞开着,没有门。在那前面停着一辆封闭式深色雪橇,套着两匹马。除了车夫——现在暮色苍茫,K 从远处看不太清楚,只是猜想他是车夫——以外,看不到一个人影。

K 双手插在口袋里,小心地向四周看了看,贴着墙走,绕过院子的两侧,走到雪橇跟前。车夫是不久前在酒吧里喝酒的那些庄稼人之一,他穿着皮衣,冷漠地看着 K 走近,就像是在看一只猫走动一样。甚至当 K 已站在他身边,向他打招呼,连那两匹马也因为从黑暗中走出一个人来而有点烦躁不安的时候,他却仍旧完全无动于衷。这正合K的意。K倚在墙上,拿出他带的食品,心里感激弗丽达对他关怀备至,一面向屋子里面窥望。一道呈直角形的楼梯通往楼下,和楼下一条很低但显然很深的走廊相接;一切都粉刷得干净洁白,棱角分明。〔16〕

K没想到要等那么久。他早已吃完东西,天气很冷,朦胧的暮色已经变成了一片漆黑,而克拉姆一直还没有来。"也许还得等很久呢。"一个嘶哑的声音突然说,声音离K这么近,竟把他吓了一跳。那是车夫,他好像刚睡醒,伸了伸懒腰,大声打着呵欠。"什么还得等很久?"K问,对他的打扰倒不无感激之意,因为这种持续不断的沉寂和紧张已令人厌烦。"在您走之前。"车夫说。K不懂他的意思,但没有再问,他相信这是叫这个傲慢的家伙开口说话的最好办法。这儿在黑暗中不答话几乎令人气愤。过了一会儿,车夫果然问道:"您要喝白兰地吗?""好啊。"K未加考虑地说,这个建议真是太吸引人了,因为他正冷得发抖。"那您把雪橇的门打开,"车夫说,"在边上的口袋里有几瓶,您拿一瓶喝,然后递给我。我穿着这件皮大衣,下去太麻烦。"K不乐意帮这种忙,不过既然已经和车夫交谈起来,他就听从了,甚至还冒着在雪橇旁不巧被克拉姆撞见的危险。他打开宽大的车门,本来可以马上从拴在车门里边的袋子里取出一瓶酒,可是现在车门打开了,他却不由自主地迫切想钻进雪橇里去,他只想在里边坐一会儿。他悄悄溜了进去。车子里非常暖和,尽管车门大敞着,因为K不敢关上车门。人坐在里面,就像是躺在毯子、软垫和毛皮上,简直不知道自己是不是坐在长凳上;他可以向各个方面转身,伸直四肢,总是陷在柔软和温暖之中。K张开臂,把头枕在无处不有的软垫上,从雪橇里望着那座黑洞洞的房子。为什么克拉姆这么久还不下来?K在雪地里站了很久,现在暖和得似乎昏头昏脑,希望克拉姆终于来到。他只是模模糊糊地想到现在这种情况下宁可不要让克拉姆看到自己,这使他略微感到不安。车夫的表现也促使他忘掉这一点;车夫明明知道他在雪橇里,却让他留在那儿,甚至没有向他要白兰地。这样做真是体贴入微,但是K还是想为他效劳。K没有改变姿势,笨手笨脚地把手伸到门上的袋子里,但不是开着的那扇门上的袋子,那太远了,而是他身后关着的那扇门上的袋子,反正都一样,这只袋子里也有酒瓶。他取出一瓶,旋开瓶塞,闻了一闻,不禁失笑,那气味是那么香甜,叫人喜欢,就像你心爱的人在夸奖你,对你说甜言蜜语,而你根本不知道是怎么一回事,也不想知道,只知道说这些话的人是他,便十分开心。"这是白兰地吗?"K怀疑地问自己,出于好奇尝了一口。不错,是白兰地,真奇怪,喝了以后火辣辣的,身子暖和起来。这种几乎只是又甜又香的东西,怎么变成了车夫的饮料!"这可能吗?"K问自己,好像在责备自己,接着又喝了一口。

正当K开怀畅饮的时候,眼前忽然亮了,屋子里的楼梯上、过道里、前厅里,屋子外面大门上面,电灯都亮了。听到了楼梯上有人下来的脚步声,酒瓶从K手中掉下来,白兰地洒落在一张毛皮上,K跳出雪橇,刚刚来得及把车门砰的一声关上,便有一位老爷慢吞吞地从屋子里走出来。看来惟一使他宽慰的是,来者并不是克拉姆,或者正是这一点令人遗憾?那是K先前在二楼窗口前看到的那位绅士。一位年轻的绅士,长得很帅,面孔白里透红,可是神情非常严肃。K也阴沉地看着他,不过他的这种神态是冲着他自己来的。他想,他还不如把他的助手派到这儿来;他们也不会比自己搞得更糟。那位老爷仍旧默不作声地看着他,好像他在那过于宽阔的胸膛中没有足够的空气把要说的话说出来。"这真不像话。"后来他开口了,把额头上的帽子往上推了一推。什么?这位老爷很可能对K在雪橇里待过一无所知,却发现了什么不像话的事?是不是指K闯进院子?"您怎么会跑到这儿来的?"这位老爷问道,口气已变得温和一些,呼吸也顺畅起来,对无法改变的事情只好听之任之。问的是什么问题!叫人怎么回答!难道还要K自己明确地向这位老爷证实,他满怀希望走过的路全都白费了?K没有回答,而是向雪橇转过身去,打开车门,取出他遗忘在里面的帽子。他看到白兰地正一滴滴地滴到踏板上,心里感到很不自在。

然后他又转向那位老爷;现在他已不再有什么顾虑,向那人表白了自己曾到雪橇里面去过,这还不是最糟糕的事;如果问他,当然只有在那个时候,他才不愿隐瞒车夫自己至少曾叫他打开车门。可是真正糟糕的是,他没有想到会碰到这位老爷,来不及躲开他,以便以后可以不受干扰地等候克拉姆,或者是他不够沉着,没有留在雪橇里,关上车门，躺在毛毯里等候克拉姆，或者至少在那儿待到这位老爷走开。当然他当时无法知晓，来者也许就是克拉姆本人，倘若是克拉姆，在雪橇外面迎接他自然要好得多。是的，这里本来有许多事情要考虑，可是现在已没有什么好考虑的了，因为事情已经结束了。

"您跟我来。"这位老爷说，口气倒不是在发号施令，因为命令并不在这句话里，而是在说话时做出来的故作冷淡的简短手势里。"我在这儿等人呢。"K说，他不再抱有任何成功的希望，只是说说罢了。"来吧。"这位老爷又坚定不移地说了一遍，似乎想表示他从来没有怀疑过K在等人。"可是，那我就见不到我等的人了。"K说，全身还抽搐了一下。尽管发生了这一切，但他觉得自己迄今所取得的仍是一种收获，虽然他还只是表面上占有它，但是他也不必听从任何一个命令而放弃它。"您等也好，走也好，都不会见到他的。"那位老爷说，话虽然说得很生硬，但是对K的思路却表现出异乎寻常的宽容。"那么我宁愿见不到他，也要等他。"K执拗地说，他决不会被这个年轻绅士的几句话从这儿赶走。那位老爷听了他的话，头向后一仰，脸上露出傲慢的神色，闭上眼睛一会儿，好像要从K的不明事理重新回到他自己的理智一样，用舌头舔了微微张开的嘴唇一圈，然后对车夫说："卸马。"

车夫听从老爷的吩咐，但是生气地向K瞥了一眼，因为现在他得穿着皮大衣爬下来，磨磨蹭蹭地开始干活，好像并不指望老爷会收回成命，而是指望K会改变主意。他动手把马和雪橇往后倒回到厢房去，在厢房的一扇大门后面显然是马棚和车房。K看到自己一人留下了；雪橇消失在一个方向，年轻的绅士往另一个方向也就是K来的那条路上退去，不过两者退得都很慢，仿佛他们想向K表示，他还有力量把他们召回来。[17]

或许他有这个力量，但是这对他毫无用处；召回雪橇就等于赶跑自己。于是他作为惟一坚守阵地的人仍然一声不吭，但是这胜利并没有给他带来喜悦。他目送那位老爷，又目送车夫远去。那位老爷已经走到K最初走进院子经过的那道门了，他又一次回过头来看了看，K觉得看见他对自己如此固执摇了摇头，然后毅然决然地迅速转过身去，走进前厅，立即消失了。车夫在院子里待了一会儿，雪橇使他有不少活儿要干,他得打开车房那扇沉甸甸的大门,把雪橇退回原处,卸下马牵到马槽去。他一本正经、专心致志地干着这一切,不再抱马上再出车的任何希望;这种默默无声的忙碌,不瞅K一眼,在K看来,是一种责备,比那位老爷的表现要严厉得多。车夫干完了车房里的活儿,现在横穿过院子,走路的姿势慢慢悠悠、摇摇晃晃。他把大门关好,然后又走回来,一切都是慢吞吞的、机械的,眼睛完全只看着自己留在雪地里的足印,然后把自己关在马棚里。现在所有的电灯也都熄灭了——它要为谁开着呢?只有上面木回廊上的那个小口子里还有亮光,吸引K漫无目的游移不定的目光稍停片刻。这时K觉得似乎人们如今和他断绝了一切联系,现在他的确比以前任何时候都自由,可以在这个平常不准他来的地方等着,爱等多久就等多久,他赢得了别人很少赢得的这种自由,没有人能碰他一下或撵他走,甚至不能对他讲话;可是同时又没有任何事情比这种自由、这种等待、这种不可侵犯更毫无意义、更毫无希望了,这种想法至少也和前一个想法同样强烈。

第 九 章

　　他横下心离开院子,回到屋里去,这一次没有贴着墙走,而是穿过雪地中间。他在前厅碰见了客栈老板。老板默不作声地向他致意,指了指酒吧的门。K听从了他的提示,因为他正冷得发抖,而且他想见到人,但是他大失所望,他在那儿看见一张小桌子——这一定是特地摆出来的,因为平常那儿只有酒桶——旁边坐着那位年轻的绅士,面前站着桥头客栈的老板娘,看到她使他心情沉重。培枇得意扬扬,仰着头,总是笑嘻嘻的,自以为了不起的样子,每次转身都甩一下辫子,她跑来跑去,一会儿拿啤酒,一会儿又拿钢笔和墨水,因为那位老爷已经在面前摊开文件,正在查对数据,一会儿看看这一份文件,一会儿又看看桌子另一头的一份文件,现在准备动手写了。老板娘居高临下,默默看着老爷和文件,微微噘起嘴,似乎在休息,好像把要说的话都说了,并且得到了良好的反应。"土地测量员先生到底还是来了。"K走进来时,那位老爷略微抬头看了一下说,接着又埋头看文件。老板娘也仅仅是漫不经心、毫不惊奇地瞥了K一眼。K走到柜台前要了一杯白兰地,而培枇却好像这时才注意到他。

　　K倚在那儿,用手捂住双眼,对一切不闻不问。然后他抿了一口白兰地,又把杯子推回去,说是不堪入口。"老爷们都喝这酒。"培枇简短地说,倒掉杯子里的剩酒,把杯子洗干净,放到架子上。"老爷们还有更好的。"K说。"那有可能,"培枇说,"可我没有。"说罢便撇下K,又去侍候那位老爷了。但是那位老爷并不需要什么,她在他身后只是不停地来回兜圈子,必恭必敬地想越过他的肩头看一眼那些文件,不过这只是无谓的好奇心和自以为了不起,连老板娘都皱起眉头对此表示不以为然。

　　突然有什么引起了老板娘的注意,她直眉瞪眼地凝神倾听。K转过身来,他没有听到什么特别的声音,其他人似乎也没有听到什么,可是老板娘却踮起足尖,大步流星地往后面通向院子的那道门跑去,从钥匙孔里看出去,然后双目圆睁,脸涨得通红,转过身来,用手指招呼他们过去。于是他们轮流从钥匙孔里看出去,虽然老板娘看的时间最长,可是培枇也总是有机会看,那位老爷表现得最不在乎。培枇和老爷很快就走回来,只有老板娘一直还在使劲地看,她猫着腰,几乎是跪在地上了,看那副模样,似乎她现在只是在恳求钥匙孔让她钻过去,因为外面早就没有什么可看的了。后来,她终于站起身来,摸了摸脸,理一理头发,深深地吸了一口气,好像现在又不得不让自己的眼睛适应这间屋子和这里的人,心里感到老大不愿意似的。这时 K 倒不是为了想证实自己知道的事情,而是先发制人地问:"是不是克拉姆已经走了?"因为他几乎害怕受到攻击,现在他是这么易受伤害。老板娘一言不发地走过他身边,但是那位老爷却从他的桌旁说:"是的,不错。由于您撤了您的岗哨,克拉姆就可以走了。这位老爷那么敏感,这可真奇怪。您注意到没有,老板娘,克拉姆察看周围时神色多么慌张?"老板娘看来没有注意到这一点,但是那位老爷接着又说:"幸好再也看不到什么了,雪地里的足迹也让车夫给扫平了。""老板娘什么都没有看到。"K 说,但是他这样说并非出于某种希望,而是仅仅因为那位老爷说话的口气如此武断,毫无商量的余地,使他恼火。"也许那时我刚巧没有从钥匙孔里往外看。"老板娘说,起先是为那位老爷辩护,但是后来她也想为克拉姆开脱,于是又补充道:"不过我不相信克拉姆会如此敏感。我们当然为他担忧,想要保护他,这样做的原因就在于我们以为克拉姆极端敏感。这样做很好,肯定也符合克拉姆的意思。但是事实究竟如何,我们并不知道。不错,克拉姆决不会同他不想见的人谈话,不管那个人费尽心机,不顾一切地往前挤;单凭克拉姆决不会同他谈话,决不会让他走到自己面前这一点就已足够了。为什么要说他见到某人的面实际上会受不了,至少那是无法证明的,因为决不会有检验的机会。"那位老爷频频点头。"当然,这其实也是我的意见,"他说,"如果我说得有点不同,那是为了让土地测量员先生听懂。可是,克拉姆走到室外时曾东张西望好几次,这也是事实。""也许他是在找我。"K 说。"这有可能,"那位老爷说,"这一点我倒没有想到。"大家都笑了,对这一切不甚了了的培枇却笑得最响。

"既然我们现在高高兴兴地在一起,"那位老爷接着说,"我想请您,土地测量员先生,提供一些材料来补充我的档案。""这儿写得真不少,"K说,从远处瞟了那些档案一眼。"是的,一个不良的习惯,"老爷说,又笑起来,"可是您也许还不知道我是谁吧。我是克拉姆的村秘书莫穆斯。"说罢,整个房间里的气氛顿时严肃起来,虽然女店主和培枇当然都认识这位老爷,但是一听说他的名字和身份,好像也都吃了一惊。甚至连那位老爷自己也似乎觉得说的话超出了分寸,好像想至少逃避自己的话所含有的任何后加的庄严意义似的,便埋头于档案中动手写起来,屋子里除了写字的沙沙声以外,什么声音也听不到。"村秘书究竟是干什么的?"过了一会儿,K问。莫穆斯已经作了自我介绍,认为现在自己来作解释就不合适了,于是女店主代他回答说:"莫穆斯先生是克拉姆的秘书,和克拉姆的其他秘书一样,不过他的驻地,如果我没有弄错的话,还有他的职权范围——"莫穆斯停下笔来,断然地摇了摇头,于是女店主连忙改口,"哦,只有他的驻地,不是他的职权范围,限于这个村子。莫穆斯先生负责克拉姆在村里必须处理的文书工作,村里向克拉姆提出的所有申请都由莫穆斯先生首先受理。"K仍不为所动,茫然失神地看着女店主,于是她有点窘迫地又说:"事情就是这样安排的,城堡里的老爷都有村秘书。"莫穆斯比K听得专心得多,他对女店主的话做补充说:"大多数村秘书只为一位老爷办事,可是我为克拉姆和瓦拉本内两位老爷办事。""是的,"女店主这时也想起来了,转身对K说,"莫穆斯先生为克拉姆和瓦拉本内两位老爷办事,所以他是双料村秘书。""甚至是双料的。"K说,向莫穆斯点点头,就像对一个刚听到人家夸奖的孩子那样。莫穆斯现在身子微向前倾,抬起头看着K。如果说K的话里含有某种轻蔑成分在内,那么,这一点要么是没有被觉察,要么这正是对方所需要的。偏偏当着连偶然被克拉姆看到也不够资格的K的面大谈特谈克拉姆身边一个人的功绩,目的显然是要引起K的赞赏和重视。可是K对此却不能心领神会;他竭尽全力想见克拉姆一面,并不怎么看重例如莫穆斯这样一个可以在克拉姆眼皮子底下生活的人的职位,谈不上什么钦佩甚或羡慕,因为在他看来,值得追求的并不是在克拉姆身边本身,而是他,K,只有他,而不是别人,去向克拉姆提出他的要求,不是提出别的要求,不是要求待在他身边,而是通过他更进一步,进入城堡。

他看了看表说:"现在我得回家了。"形势立刻变得对莫穆斯有利了。"是啊,当然啰,"莫穆斯说,"校役的义务在召唤。不过您还得给我一点时间。我只问您几个简短的问题。""我没有兴趣回答问题。"K说着并想向屋门走去。莫穆斯把一份档案扔到桌子上,站起身来:"我以克拉姆的名义要求您回答我的问题。""以克拉姆的名义?"K重复了一遍。"我的事情难道和他有关?""关于这一点,"莫穆斯说,"我不加判断,您就更无法判断了,所以我们两人尽可以留给他去说。可是我以克拉姆授予我的职位要求您留下回答问题。""土地测量员先生,"女店主插嘴说,"我不想再向您提出劝告;到目前为止我提出的劝告是您所能听到的最善意的劝告,但是都被您以令人不能容忍的方式拒绝了。我到这里来见秘书先生——我没有什么可以隐瞒的——只是要使官方对您的行为和意图有充分的了解,防止您今后再住到我的客栈去,我们彼此的关系就是这样,将来大概也不会再有什么变化,因此,如果现在我把我的意见告诉您,并不是为了帮助您,而是为了减轻一点秘书先生同您这种人打交道的艰巨任务。尽管如此,由于我直言相告——我对您只能开诚布公,即使我并不乐意这样做——您还是可以从我说的话里得到好处的,只要您愿意。如果这样,那么现在我提请您注意,秘书先生的记录是能使您见到克拉姆的惟一途径。不过我不想夸大其词,也许这条路通不到克拉姆那里,也许在离他很远的地方就断了,这要由秘书先生来决定。可是,不管怎么样,这是引您至少朝着克拉姆那个方向去的惟一途径。而您仅仅由于固执,就想拒绝这条惟一的路?""啊,老板娘,"K说,"这既不是到克拉姆那儿去的惟一途径,也不比其他途径更高明。而您,秘书先生,我在这儿说的话能不能上达克拉姆,是不是由您来决定?""当然啰,"莫穆斯说,他自豪地低垂双目朝左右两边看,其实那儿什么东西都没有,"要不干吗要我在这儿当秘书?""您瞧,老板娘,"K说,"我并不需要一条通向克拉姆的路,而是先要一条通向秘书先生的路。""我本想替您打通这条路的,"女店主说,"今天上午我不是提出可以把您的请求转给克拉姆吗?这要通过秘书先生来办。但是您拒绝了,现在您别无其他的路,只有这条路可走了。不过,您今天的表现,试图对克拉姆搞突然袭击,使成功的希望变得更加渺茫了。可是,这最后的、最渺小的、正在消失的、其实根本不存在的希望,却是您惟一的希望。""老板娘,"K 说,"最初您拼命阻止我闯到克拉姆那儿去,现在又把我的请求看得如此认真,似乎认为我的计划如果不能实现,我几乎就会完蛋,这究竟是怎么回事?如果您从前真心诚意劝我打消去找克拉姆的念头,那您怎么能现在显然同样真心诚意地把我直截了当地赶到能见到克拉姆的那条路上去,尽管您也承认,这条路根本到不了那儿?""我赶您走这条路?"女店主说,"我说您的企图是不可能实现的,难道这就是赶您走这条路?要是您想这样把责任向我身上推,这——可真是大胆之极。也许因为秘书先生在场,您才如此大胆吧?不,土地测量员先生,我可没有赶您走什么路。我只能承认这一点:我第一次见到您时把您估计得过高了一点。您马到成功,赢得弗丽达的芳心,使我大吃一惊,我不知道您还会干出什么事来,我想防止出新的乱子,以为只有用恳求和恐吓使您震惊才能达到目的。从那以后我就学会了更加冷静地看待整个事情。您爱怎么干就怎么干。您的所作所为也许会在外面院子里的雪地里留下深深的足迹,但是仅此而已。""在我看来,其中矛盾之处并没有完全讲清楚,"K 说,"不过我既然已经指出这一点,也就满足了。可是,秘书先生,现在请您告诉我,老板娘的意见对不对,即您想把同我的谈话写一份记录,结果有可能使我见到克拉姆。如果是这样,我立刻准备回答一切问题。在这方面,我是什么都愿意干的。""不,"莫穆斯说,"并不存在这种关联。我不过是为克拉姆的村记事簿把今天下午的事情作一个详细的记录而已。记录已经写好,还差两三项要由您来填写,照章办事,并没有什么其他目的,也不可能达到什么其他目的。"K 默不作声地看着女店主。"您干吗看我?"女店主问道。"难道我说过别的什么吗?他总是这样,秘书先生,他总是这样。歪曲别人向他提供的情况,然后硬说得到的情况是错误的。无论是今天还是其他什么时候,我总是对他说,他毫无希望受到克拉姆的接见;好吧,既然没有希望,他也不会因为这份记录而有希望的。还能说得比这更清楚吗?我还说,这份记录是他能同克拉姆发生的惟一真正官方联系,这话也是够清楚的,无可怀疑的。可是,如果他现在不相信我,仍然希望——我不知道为什么,想达到什么目的——能闯到克拉姆那儿去,那么,按照他的思路,只有他同克拉姆这惟一真正官方联系,也就是这份记录才能帮助他。我说的就是这些,谁要是说不是这样,那就是恶意歪曲我的话。""倘若是这样,老板娘,"K说,"那就请您原谅,是我误会了您的意思;我原来以为从您以前的话里听出我还有一丝希望,现在看来是我弄错了。""不错,"女店主说,"这固然是我的意思,不过您又在歪曲我的话了,只是这一次是从反面来歪曲。我认为您有这样一种希望,不过只能寄托在这份记录上。但是情况并非如此,不像您可以简单地问秘书先生:'如果我回答问题,我就能见到克拉姆吗?'小孩子这样问,人们都会好笑,大人这样问,那就是对官方的侮辱,秘书先生只是用巧妙的回答宽厚地掩盖了这一点。但是我说的希望就是通过这份记录,您可以取得一种联系,或许是和克拉姆取得一种联系。难道这希望还不够吗?如果问您有什么功劳配得到这样的希望,您能不能说出一丁点儿来?当然,关于这种希望,不能说得更具体了,尤其是秘书先生以他的官方身份连一丝暗示也不能给您。对他来说,正像他所说的,只是照章办事,把今天下午发生的事情记录下来;即使您现在就用我的话来问他,他也不会再说什么。""那么,秘书先生,"K问,"克拉姆会看这份记录吗?""不会,"莫穆斯说,"他干吗要看呢?克拉姆不可能每一份记录都看,他甚至一份都不看。他常说:'把你们的记录都给我拿走!'""土地测量员先生,"女店主抱怨说,"您这种问题叫我都听烦了。难道有必要让克拉姆看这份记录,逐字逐句地了解你的生活琐事?或者这也值得去追求吗?您还不如苦苦哀求别让克拉姆看见这份记录,再者这个请求和前一个请求一样不明智——因为有谁能在克拉姆面前隐瞒什么事情呢?不过这个请求却显示出一种更讨人喜欢的性质。难道这对您所谓的希望是必要的吗?您自己不是说过,您只要有机会在克拉姆面前讲话,即使他不看您,不听您讲,您也就满足了?通过这份记录,您不是至少可以达到这个目的,也许还不止这些呢?""不止这些?"K问。"用什么方式?""请您别老是像孩子一样,什么都想马上就能吃到现成的!"女店主大声说道。"谁能回答这样的问题?这份记录要放入克拉姆的村记事簿,这您已听说了,再多就不能明说了。可是您是否已经知道这份记录、秘书先生以及村记事簿的全部重要意义?您知道,秘书先生审问您,这意味着什么?也许很可能连他自己也不知道。他静静地坐在这儿,履行自己的职责,如他所说,照章办事。可是您想一想,他是克拉姆任命的,以克拉姆的名义办事,他所做的事一开始就得到克拉姆同意的,即使这些事永远到不了克拉姆那里。凡是不符合他心意的事情,又怎能得到克拉姆的同意呢?我并不是想愚蠢地讨好秘书先生,他自己也不会允许我这样做,可我谈的并不是他作为独立的人,而是指他在得到克拉姆同意的时候是怎么一回事,正如现在一样:他是克拉姆手中的工具,谁不服从他,谁就要吃苦头。"

女店主的恫吓并没有使K感到害怕,对于她想用来使他就范的希望,他已感到厌烦。克拉姆离他还远着哩。女店主有一次曾把克拉姆比做一只鹰,那时K觉得可笑,现在他却不觉得可笑了;他想到克拉姆高不可攀,想到他那无法攻克的住宅,想到他的沉默,也许只有K还从来没有听到过的呼喊才能打破这种沉默,想到他那永远也不能证明、永远也不能否认的傲视一切的目光,想到他在上面按照不可理解的法则兜圈子,K在下面无法破坏它,只在一瞬间才能看到它——这一切都是克拉姆和鹰的共同之处。可是这些显然与那份记录毫不相干。现在莫穆斯正在那份记录上面掰开一块8字形椒盐脆饼,就着啤酒吃起来,弄得所有的文件上都撒上了盐和小茴香子。

"晚安,"K说,"我不喜欢任何审问。"说罢他现在真的向门口走去。"他还是走了。"莫穆斯几乎忧心忡忡地对女店主说。"谅他不敢。"女店主说,再多K就听不到了,他已经走到前厅。[18]天气很冷,还刮着大风。店主从对面一扇门里走出来,他似乎刚才在那儿一个窥视孔后面观察前厅的动静。他不得不拖住外套的下摆裹住自己的身体,因为前厅里风也很大,吹得外套直往上翻。"您这就走了,土地测量员先生?"他说。"您觉得奇怪吗?"K问。"是的,"店主说,"难道您没有被审问吗?""没有,"K说,"我不接受审问。""为什么?"店主问。"我不知道,"K 说,"我干吗要接受审问,我干吗要听从别人的戏弄或官方的心血来潮。也许另一次我也会戏弄别人或心血来潮而接受审问,可是今天不行。""是呀,当然,"店主说,但这只是出于礼貌,而不是心悦诚服的赞同。"现在我得让跟班们进酒吧了,"接着他说,"他们的时候早就到了。我只是不想打扰审问。""您认为审问是那么重要吗?"K 问。"是啊,"店主说。"这么说,我不该拒绝了,"K 说。"是的,"店主说,"您不该拒绝。"他看见 K 闭口无言,不知是安慰 K 呢,还是想快点脱身,便又加了一句:"好了,好了,天不会因此就塌下来。""是的,"K 说,"看来天是不会塌下来的。"说罢他们就笑着分手了。

第 十 章

K走出门外,来到狂风怒号的台阶上,向黑暗中望去。天气很坏,很坏。他不知怎么联想起女店主怎样竭力要他向那份记录屈服,但他又是怎样坚持不屈的。女店主当然并没有明目张胆地这样做,而且她同时还暗地里使劲叫他回避那份记录;他到底也不知道,自己是顶住了呢,还是屈服了。一个本性阴险狡猾的人,如同狂风一样似乎在盲目行动,遵照你永远看不到的远处的陌生指令在行动。

他在大路上还没有走几步,就看见远处有两盏灯笼在晃动;这种生命的标志使他感到欣喜,他急忙向灯光走去,而灯光也向他迎面飘飘悠悠地移动过来。他认出来人是那两个助手,感到非常失望,他不知道是为什么。他们大概是弗丽达派来接他的,把他从四周狂风怒号的黑暗中解救出来的灯笼也是他自己的,但他还是感到失望,他期望遇到陌生人,而不是成为他负担的这两个老熟人。但是来的不仅是两个助手,在他们之间,从黑暗中走出巴纳巴斯。"巴纳巴斯!"K叫道并向他伸出手去。"你是来找我的吗?"重逢的惊喜,最初使K把巴纳巴斯曾给他造成的一切不愉快都抛在脑后。"是来找你的,"巴纳巴斯还是一如既往友好地说。"有克拉姆的一封信。""克拉姆的信!"K说,头向后一仰,急忙从巴纳巴斯手中取过信。"拿灯来!"他对助手说,这两人一左一右紧挨着他,举起灯笼。为了不让风把那张大信纸吹跑,K只好把它折得很小来读。他读道:"致桥头客栈土地测量员先生!我很赞赏您迄今所做的土地测量工作,助手的工作也值得赞扬。您善于督促他们工作。希望您继续努力,不要松懈,善始善终。如中断工作,将令我不快。此外请放心,薪金问题即将决定。我一直关注着您。"助手们读得比他慢得多,他们为了庆祝这个好消息,挥舞灯笼,高声欢呼了三次,这时K才从信上抬起头来。"安静!"他说,接着对巴纳巴斯说:"这是一个误会。"巴纳巴斯不明白他的意思。"这是一个误会。"K又说了一遍,下午的那种疲劳感觉又向他袭来,他觉得到学校去的路还很远,在巴纳巴斯后面似乎出现了他的全家,两个助手仍旧紧紧挤靠在他身旁,使他不得不用胳膊肘把他们推开。弗丽达怎么会派他们来接他呢,因为他曾经命令他们留在她身边。他一人也会找到回家的路的,一个人走比跟这伙人走还要轻松些。此外,一个助手脖子上围了一条围巾,垂下的两端在风中飘拂,有几次打到K的脸上,另一个助手虽然总是立刻用他那又长又尖、一刻不停的手指把围巾从K的脸上撩开,但是仍旧无济于事。两人似乎甚至觉得这样来来去去很有趣,犹如狂风和不平静的夜晚都使他们兴奋一样。"滚开!"K大喝一声。"你们既然来接我,为什么不把我的手杖带来?现在叫我拿什么东西来赶你们回家?"他们缩到巴纳巴斯身后,但是他们并没有那么害怕,还一左一右地把灯笼举到他们保护人的肩上,可是他立刻把灯笼甩掉了。"巴纳巴斯。"K说,他看到巴纳巴斯显然没有理解他的意思,知道在太平无事的时候他的外套闪闪发光,看上去很漂亮,可是如果情况变得严重起来,却得不到他的帮助,只会遇到无声的反抗,而对付这种反抗,他是无能为力的,因为巴纳巴斯自己就毫无抵抗能力,只会乐呵呵地微笑,可这是无济于事的,如同天上的星星对这儿地上的风暴无能为力一样,所以他感到心情很沉重。"你看这位老爷给我写了些什么,"K说,把信举到他面前,"老爷了解的情况是错误的。我并没有搞什么测量工作,至于这两个助手有什么用,你自己可以看到。我没有做的工作,当然也就无法中断,我连引起老爷的不快也做不到,又怎么能得到他的赞赏呢!至于放心,我是永远也做不到的。""我会转达的,"巴纳巴斯说,他的眼睛骨碌碌地在那封信上转来转去,但是根本看不清,因为信离他的脸太近了。"唉,"K说,"你答应要转达我的话,可我真的能相信你吗?我多么需要一个信得过的信差,现在比任何时候都更需要。"K不耐烦地咬着嘴唇。"先生,"巴纳巴斯微微偏着头——这几乎又诱使K去相信他了——说:"我一定会转达的;你上次要我转达的口信,我也一定带到。""什么!"K嚷道。"难道你还没有把它带到?你第二天没有到城堡去吗?""没有。"巴纳巴斯说。"我的慈父上了年岁,你见过他,正巧当时有许多活儿,我得帮他干,不过现在我马上就要再去城堡一次。""你这是在干什么,你这个叫人猜不透的家伙?"K用拳头捶自己的额头说。"难道克拉姆的事情不比其他任何事情更重要?你身负信差的重任,干得却如此差劲?你父亲的活儿算得了什么?克拉姆在等待消息,而你不是十万火急地给他送去,倒宁肯去清扫马厩。""我父亲是鞋匠,"巴纳巴斯不受影响地说,"他从布龙斯维克那儿接到一批订货,我是父亲的帮工。""鞋匠——订货——布龙斯维克,"K愤然喊道,好像他要永远消灭这每一个字似的。"在这些永远没有人走的街道上,谁需要靴子?这鞋匠活儿和我又有什么关系?我托你带信,并不是让你坐在鞋匠凳上把它忘掉,把它弄乱,而是让你马上把它送给老爷的。"K想起克拉姆这一阵大概不在城堡而是在贵宾饭店时,心情稍稍平静了一点,可是巴纳巴斯为了要证明他并没有忘记K的第一个口信,便背诵起来,这又把K惹火了。"够了,我什么也不想听了。"K说。"别生我的气,先生,"巴纳巴斯说,好像无意识地想要惩罚K似的,把目光从K的身上收了回来,垂着眼皮,其实那是因为K的大叫大嚷而感到震惊而已。"我并没有生你的气,"K说,现在把怒气转向自己。"不是生你的气,不过我只有这样一个信差来转达最重要的事,对我来说是很糟糕的。"

"你看,"巴纳巴斯说,似乎为了维护自己的信差荣誉,他说了本不该说的话,"克拉姆并没有在等你的消息,我去甚至会使他生气。'又有新消息了,'他有一次说。每当他看见我从远处来了,通常会站起身来,走到隔壁房间里去,不肯见我。而且又没有规定,我一有信就该立刻送去,如果有这样的规定,我自然就会立刻送去,可是并没有这样的规定,而且,要是我从来不去,也不会有人督促我。我送信完全是出于自愿。"

"好了。"K说,盯着巴纳巴斯,故意不去理会那两个助手。他们轮流从巴纳巴斯肩膀后面慢慢地探出头来,好像是从舞台的地板门里升上来似的,然后模仿着风声轻轻地吹一声口哨,又急忙缩回去,像是看见K就吓了一跳。他们就这样闹着玩儿了许久。"克拉姆那儿的情况如何,我不知道;可是我怀疑你对那儿情况是否都一清二楚,即使你都了解,我们也不能使这些事情变好。不过,送一个口信去,这你能办到,我请你办这事。很简短的口信。你能不能明天就送去,当天就把答复告诉我,或者至少把接待你的情形告诉我?你能不能这么做?你肯不肯这么做?这就帮了我的大忙啦,或许我还会有机会给你相应的报答,或者也许你现在就有什么愿望,我能帮你实现。""我一定完成这个任务,"巴纳巴斯说。"你要尽力做好这件事,把这个口信带给克拉姆本人,取得克拉姆本人的答复,这一切都要在明天上午就办,你愿意吗?"

"我会尽力而为的,"巴纳巴斯说,"我一向都是这样做的。""这一点我们现在就不要再争论了,"K 说。"这个口信就是:土地测量员 K 请求主任大人准许他面见主任本人;他一开始就接受与此有关的任何条件。他不得已提出此请求,因为到现在为止所有中间人都已完全不起作用。他提出下面这一点来证明:直到现在,他一点测量工作也没有做过,而且根据村长的通知,他也永远不会做此工作,因此他读到主任大人最近来信时深感羞愧,惟有亲自面见主任大人方能解决问题。土地测量员自知这个请求不太得体,但他将尽力不使主任大人感到为难,他接受任何时间限制,也接受谈话字数的规定,如果认为有必要加以规定的话,他相信说十个字就已足够。他怀着崇高的敬意和极为焦急的心情期待定夺。"K 说话时出了神,好像自己站在克拉姆的门前同看门人讲话似的。"这个口信比我原先想的长多了,"之后他说,"可是你得口头转达,我不想写信,写出来又只会像所有公文一样没完没了地旅行。"K 叫一个助手给他打灯笼,把一张纸放在另一个助手的背上,草草地写了下来,只是供巴纳巴斯记住之用,可是 K 已经能按巴纳巴斯的口授把内容记下来,因为巴纳巴斯已经全都记住了,不顾那两个助手错误的提示,能一字不差地背出来。"你的记性真好,"K 说,把那张纸交给他,"不过现在请你在别的方面也表现得如此出色。你的要求呢?没有?老实对你说,如果你有什么要求,我对这个口信的命运反而会放心一些。"巴纳巴斯起初一声不吭,后来他说:"我的姐姐和妹妹向你问好。""你的姐姐和妹妹,"K 说,"哦,对,那两位又高又壮的姑娘。""她们俩都向你问好,特别是阿玛丽亚,"巴纳巴斯说,"你这封信也是她今天从城堡带给我的。"K 不顾其他一切抓住这条消息,问道:"她是否也能把我的口信带到城堡去？或者你们两个人能不能都去，各自去碰碰运气？""阿玛丽亚不能进入办公厅，"巴纳巴斯说，"不然她一定会乐意效劳。""也许明天我会去看你们，"K说，"不过你要先把回音送给我。我在学校里等你。也替我向你的姐妹问好。"K的许诺似乎使巴纳巴斯十分快乐，在握手告别后他还轻轻拍了拍K的肩膀。K虽然笑了，但觉得这一拍是一种嘉奖，好像一切又像当时巴纳巴斯第一次神气十足地走到客栈店堂里的庄稼人中间时一样。K心情好一些了，在回家的路上听任两个助手为所欲为。

第十一章

回到家里,他全身都冻僵了。到处都是漆黑一片,灯笼里的蜡烛已经点完,助手们已经熟悉这儿的路,领着他摸索着走进一间教室。"你们第一个值得表扬的功劳。"他想起克拉姆的信,说道;弗丽达半睡半醒地从一个角落里叫道:"让 K 睡吧!不要打扰他!"她就这样一心一意地想着 K,即使她已困得不能坐等他回来。现在灯点亮了,但是无法把灯捻得很亮,因为灯里的煤油已所剩无几了。新居尚有许多不足之处。虽然屋子生过火,可是这间也当做体操房用的大屋子——体操器械放在周围和挂在天花板下——已经把全部储存的木柴都烧完了,他们向 K 保证,屋子里也曾经很暖和舒适,可惜现在又变得冰冷了。棚屋里倒是有大量木柴,可是门锁着,钥匙在教师那儿,而教师只允许在上课时间用木柴生火取暖。如果有床可以藏身,那倒还能将就。可是在这方面那儿只有一个草垫子,上面铺了弗丽达的一条羊毛披肩,干干净净值得赞扬,但没有鸭绒被,只有两条又粗又硬的毯子,几乎无法御寒,此外就一无所有了。就连那个寒碜的草垫子,助手们也在眼巴巴地盯着,不过他们自然没有希望获准躺在上面。弗丽达怯生生地望着 K;她善于把一间屋子,即使是最简陋的屋子,也布置得舒舒服服,她在桥头客栈就已显过身手,可是这儿她一无所有,巧妇难为无米之炊。"我们屋子里的惟一装饰品就是这些体操器械了。"她含着眼泪苦笑着说。但是她满口答应明天就设法解决缺乏卧具和供暖这个最大的问题,恳求 K 暂且忍耐一下。虽然 K——他自己心中有数——先把她从贵宾饭店,现在又把她从桥头客栈拉了出来,可是她没有一句话、没有一点暗示、没有一丝表情表明她心里对 K 哪怕怀有一丝一毫的怨恨。因此 K 也尽力觉得一切都还过得去,他也根本不难做到这一点,因为他的心已随巴纳巴斯而去,逐字逐句地复述他的口信,但不是像他交给巴纳巴斯时那样，而是在想象中当面向克拉姆转达。同时他也满心欢喜地看着弗丽达在酒精炉上为他煮咖啡，他靠在正在变冷的火炉上，望着弗丽达动作利索娴熟地把那块少不了的白桌布铺在讲课桌上，放上一只有花纹的咖啡杯，接着又放上面包和熏肉，甚至还有一罐沙丁鱼。现在一切俱已准备停当，弗丽达也没有吃过晚饭，她一直在等 K。有两把椅子，K 和弗丽达便在桌子旁坐下来，两个助手坐在他们脚下的讲台上，可是他们从来就没有安静的时候，吃饭时也捣蛋。他们虽然每样东西都分到不少，而且还远远没有吃完，但是仍时不时站起来看看桌子上是否还剩下很多，是否还能分到一些什么。K 没有理会他们，弗丽达的笑声才使他注意到他们。他亲切地用自己的手在桌子上按着她的手，低声问她为什么这样迁就他们，甚至对他们的淘气都那么客气。这样下去就永远也别想摆脱他们，如果对他们厉害一些——其实他们的行为也需要如此对待他们——就可以约束他们，或者更有可能并且也更好是使他们讨厌自己的工作，最后溜之大吉。学校这儿看来不会住得很舒适，不过反正也不会长住下去。但是如果助手走了，他们俩单独住在这清静的房子里，一切欠缺就不大会注意到了。难道她就没有发现，两个助手一天比一天更放肆，仿佛其实是弗丽达在场才使他们胆壮，而且希望K 在她面前不会像平时那样对他们那么严厉。再说，也许有什么十分简单的办法，毫不费事就能立即摆脱他们，也许弗丽达就知道有什么办法，因为她对当地的情况如此熟悉。对助手们自己来说，如果用什么办法摆脱他们了，大概也求之不得，因为他们在这儿过得并不舒坦。即使是他们迄今为止享受的懒散生活至少也会部分终止，因为他们得干活，而弗丽达经过这几天的激动和纷扰，需要好生将养，而他，K，也要忙于想办法摆脱他们的困境。不过，要是助手离开的话，他便会感到如释重负，除了其他事情之外，他还可以轻松地完成校役的全部工作。

弗丽达仔细听他说完，温柔地抚摩着他的手臂说，这一切也是她的意见，不过他把助手的淘气行为也许看得过于严重了，他们都是年轻的小伙子，快快活活，傻呵呵的，第一次为一个外乡人当差，逃脱城堡的严格纪律，因此总是有点激动，少见多怪，在这种情况下有时就会干傻事，自然叫人恼火，但是更明智的做法是一笑了之。她有时就忍俊不禁。

话虽如此,她还是完全同意K的意见,最好是把助手打发走,让他们俩单独过日子。她挨近K,把脸贴在他的肩上,说了一句很难听懂的话,使K不得不向她弯下身子。她说,她不知道有什么办法可以对付这两个助手,她担心K所提的一切都不会奏效。据她所知,是K自己要求派他们来的,现在他有了他们,就得把他们留下来。最好是别太认真把他们当成一回事,他们实际上都是没心眼的人,这样也就不会嫌弃他们了。

K对她的回答不满意;他半开玩笑半认真地说,她好像和他们穿连裆裤,或者至少很喜欢他们;不错,他们是漂亮的小伙子,可是只要有决心,没有谁是甩不掉的,他会在这两个助手身上向她证明能做到这一点。

弗丽达说,倘若他能做到,她将感恩不尽。此外,从现在起,她再也不笑他们了,也不跟他们说不必要的话。总是给两个男人监视着,确实也不是什么小事,她已经学会用他的眼光来看他们。当这两个助手现在又站起来,一半为了看看还有什么吃的东西,一半是想弄清楚他们不停地叽叽咕咕在说些什么的时候,她也确实吓了一跳。

K利用这个机会来加强弗丽达对两个助手的厌恶情绪,把她拉到自己身边。他们并肩坐着吃完饭。现在该睡觉了。大家都很困,有一个助手甚至吃着饭就睡着了,这使另一个助手十分开心,他想叫主人去看睡着的那个人的憨态,但是没有成功,K和弗丽达坐在上面不予理会。屋内冷得已令人难以忍受,他们拿不定主意是否也去睡觉,最后K说,屋里还得生火,否则就无法睡觉。他想找一把斧子,助手知道什么地方有一把,便去拿了来,于是他们就到柴房去。不消一会儿工夫,那扇薄板门就被砸开了;两个助手欣喜若狂,好像还未经历过这种美事似的,你追我赶,互相推推搡搡,动手把木柴搬到教室里去,很快就弄来了一大堆,生起火来。大家围着火炉睡下。两个助手分到一条毯子裹身,他们有一条也够了,因为讲好他们俩人中要有一个醒着给炉子添火。没过多久,炉子旁边就已经热得根本不再需要盖毯子了。灯熄了,K和弗丽达在温暖和静谧中幸福地伸开四肢,酣然入睡了。

夜里K被什么响声惊醒了。他在睡意蒙眬中首先伸手去摸弗

土地测量员

丽达,发现睡在他身边的不是弗丽达,而是一个助手。可能是因为突然被惊醒本来就容易激动,这一下更使得他大惊失色,他自从进村以来还没有这样惊吓过。他大叫一声,坐了起来,昏头昏脑地打了那个助手一拳,打得他哭了起来。不过一会儿事情就弄清楚了。弗丽达说——至少她觉得这样——有一只大动物,可能是一只猫,跳到她胸脯上,然后马上又跑掉了。她被惊醒了,起身点了一支蜡烛,满屋子去找。一个助手抓住这个机会,躺到草垫子上享受片刻,现在他已后悔不迭。然而弗丽达什么也没有找到,也许只是一种错觉。于是,她回到K那儿去,走过那蜷缩着身子呜咽的助手身边时摸摸他的头发安慰他,好像已把晚上的那一番话抛到九霄云外了。K对此没有说什么,只是吩咐助手停止添火,因为他们搞来的那一大堆木柴已快烧完了,屋子里已经太热了。

第十二章

早晨,第一批小学生已来到学校,好奇地围着他们睡觉的地方,这时他们才醒来。这场面很难堪,因为夜里屋子里太热,大家都脱掉了衣服,只剩下衬衣,可是现在到了清晨,屋子里又寒气逼人。正当他们开始穿衣服的时候,女教师吉莎出现在门口。她是一个身材高大、年轻美貌的金发女郎,只是有点拘谨。她显然已经知道新来的校役,而且可能也得到了男教师的有关指示,所以她在门口就说:"我不能容忍这种情况,这可真够瞧的。你们只获准睡在教室里,可我没有义务在你们的卧室里上课。校役一家人睡到大天白日还不起床。呸!"K想:好吧,对此本来得说几句,尤其是关于他一家人和床铺的问题。K一面想,一面同弗丽达——两个助手派不上用场,他们躺在地上惊奇地注视着女教师和孩子们——赶紧把双杠和鞍马推过来,蒙上毯子,这样便隔出一小间,至少可以避开孩子们的目光,在里面穿衣服。可是他们一刻也不得安静,女教师光是因为脸盆里没有干净水就骂骂咧咧;K刚想把脸盆拿来给自己和弗丽达盥洗,便暂且放弃这个念头,以免过分刺激女教师,但是这也毫无用处,因为紧接着就是哗啦一声,不幸他们忘记把夜里的残羹剩饭从讲台上撤走,女教师用戒尺把所有的东西都拨到地上;沙丁鱼油和喝剩的咖啡溅了一地,咖啡壶也摔得粉碎,女教师根本不管,反正校役马上就会打扫干净。K和弗丽达还没有完全穿好衣服,靠在双杠上看着他们小小的家当遭到毁坏;两个助手显然根本没有想到穿衣服,从下面在毯子之间探头探脑,逗得孩子们十分开心。最使弗丽达伤心的自然是咖啡壶碎了;K安慰她说,他马上就去见村长要求赔偿,并且一定会得到赔偿的,她这才打起精神,只穿着衬衣和衬裙,从圈起来的地方跑出去,至少想把那块桌布拿来,免得它被进一步弄脏。她也做到了,尽管女教师不停地令人心烦地用戒尺敲打桌子吓唬她。K和弗丽达穿好衣服以后,还得催促好像被这些事弄得晕头转向的助手穿衣服,不仅吩咐和催逼,甚至还亲手帮他们穿上部分衣服。一切都准备停当以后,K 就分配下一步的工作:两个助手去拿木柴生火,但是先得给另一间教室生炉子,那儿还有很大的危险——因为男教师可能已经在那间教室里了。弗丽达擦地,K 去打水并收拾其他的东西;早餐暂时无法考虑。为了大体上了解女教师的情绪,K 想先走出去,让其余的人听到他叫的时候再出来。他这样安排,一方面是因为他不愿从一开始就因助手的任何蠢事而使局势恶化,另一方面他想尽量顾惜弗丽达,因为她有虚荣心,而他没有,她很敏感,而他不敏感,她想到的只是眼前种种令人烦心的琐事,而他想到的却是巴纳巴斯和未来。弗丽达完全听从他的一切指示,眼睛几乎从来不离开他。他刚一露面,女教师就在孩子们如今没完没了的哄笑声中嚷道:"喂,睡醒了吗?"K 没有理会——因为这其实并不是在问他——并向脸盆架走去,于是女教师又问:"您对我的猫究竟是怎么搞的?"一只又肥又大的老猫正懒洋洋地伸直四肢躺在桌上,女教师正在检查它那显然受了一点轻伤的脚爪。这么说,弗丽达并没有错,虽然这只猫并没有跳到她身上,因为它已跳不动了,但从她身上爬了过去,当它看到这间平常空着的屋子里有人的时候,吓得急忙躲起来,它已不习惯于这种匆忙,因此把爪子碰伤了。K 试图平心静气地向女教师解释,可是她只看到老猫受伤,说:"好啊,是你们把它弄伤的,你们一来就这么干!您看看吧!"她把 K 叫到讲台上去,让他看猫爪,没想到她三下五除二,拿着猫爪就在他手背上抓了一下;猫爪虽然已钝,可是女教师这一次不顾惜老猫了,使劲摁着猫爪,在 K 手背上抓出了几道血印。"现在干您的活去吧。"她不耐烦地说,又低下头去看猫。弗丽达和助手一直躲在双杠后面看着,看到血便喊起来。K 举起手让孩子们看,说:"你们看,一只狡猾凶恶的母猫把我抓成这个样子。"他当然并不是说给孩子们听的,他们又嚷又笑,闹个不停,不再需要什么挑逗或刺激,说什么话也不管用。女教师听了这句侮辱的话,也仅仅瞟了 K 一眼,接着又忙于去照料她的猫,最初的怒气看来已由于这流血的惩罚而平息了,于是 K 把弗丽达和助手叫出来,开始干活。

正当 K 把一桶脏水提出去倒掉,提了一桶清水来,开始打扫教室的时候,一个大约十二岁的男孩从课桌后走出来,碰了碰 K 的手,说了一句什么话,在一片嘈杂声中根本听不清楚。这时一切嘈杂声突然都停止了,K 转过身去,整个早晨一直在担心的事发生了。男教师站在门口,这个身材矮小的人一手抓住一个助手的领子,看来他们是在取木柴时被他逮住的,因为他用洪亮的声音一字一顿地喊道:"谁胆敢砸开柴房的门?那个家伙在哪儿?我要把他粉身碎骨!"弗丽达正在费劲地擦洗女教师脚下的地面,这时站了起来,向着 K 看去,似乎想从他那儿获得力量似的,她的目光和神态还带着一些往日的傲气,说:"是我干的,教师先生。我想不出别的办法。教室要早早生火,就得打开柴房门;我不敢在半夜里找您要钥匙;我的未婚夫当时正在贵宾饭店,可能在那儿过夜,所以我就只好自作主张。要是我做错了,请原谅我没有经验;我的未婚夫看到这事以后,已经把我骂得够受的啦。是呀,他甚至不让我早早生火,因为他认为,您把柴房锁上,就表示您不愿在您本人到校以前生火,所以,没有生火是他的过错,而砸开柴房门却是我的过错。""是谁把柴房门砸开的?"男教师问两个助手,他们还在竭力想从他手中挣脱出来,但没有成功。"是这位先生,"两人回答,为了免生怀疑,还用手指着 K。弗丽达笑了,这一笑似乎胜过她的言词,更能说明问题,接着她开始在桶里拧干擦地用的抹布,好像她的解释已经结束了这桩公案,助手的供认只是事后开个玩笑而已;当她重又跪下准备干活的时候,她才又说:"我们的助手都是孩子,年纪虽然不小了,但还得上学念书。昨天晚上就是我一个人用斧子把门砸开的,这很容易,我不需要助手帮忙,他们只会添乱。后来我的未婚夫夜里回来后,跑出去看门的损坏程度,能不能修好,助手也跟去了,也许是怕单独留下来。他们看见我的未婚夫正在摆弄那扇破门,所以现在说——就是嘛,他们是孩子——"

在弗丽达解释时,两个助手一个劲地摇头,继续指着 K,竭力想用默默的表情使弗丽达改变她的意见,但是他们看到没有效果,最后就屈服了,把弗丽达的话当做命令,对男教师再次提问不再回答。"噢,"教师说,"这么说,是你们在说谎?或者至少轻率地指责了校役?"他们仍然默不作声,但是他们战战兢兢的样子和惶恐的眼神似乎表明自知有罪。"那么我要马上狠狠地揍你们一顿。"男教师边说边派一个孩子到另一间屋子去拿藤鞭。后来当他举起藤鞭时,弗丽达叫道:"两个助手说的是实话!"她绝望地把抹布扔到水桶里,弄得水花四溅,接着跑到双杠后面藏了起来。"一群说谎的人。"女教师说。她刚包扎好猫的爪子,把它抱在怀里。猫又肥又大,怀里几乎容纳不下它。

"这么说,还是校役先生干的啦。"男教师把两个助手推开,转身对K说。K在这段时间内一直倚在扫帚柄上听着。"这位校役先生,由于胆怯,居然听凭有人冤枉别人干了自己干的丑事。""好了,"K说,他看出弗丽达的劝解使教师最初的狂怒打消了许多,"如果助手挨一点儿揍,我并不会觉得难过;他们有十次早该挨打而没有挨打,让他们在不该挨打的时候挨一次打,也不为过。而且,教师先生,如果能避免我和您发生直接冲突,那我是求之不得的,也许连您也是会高兴的。可是,既然弗丽达为了这两个助手牺牲了我——"K说到这儿停了一下,在寂静中可以听到毯子后面弗丽达的啜泣声——"现在自然就得把事情澄清。""真不要脸。"女教师说。"我和您的意见完全相同,吉莎小姐,"男教师说。"您这个校役犯了这可耻的渎职罪,自然马上就被解雇;我保留进一步给您处分的权利;现在,拿上您的全部东西,马上给我滚出学校去。我们真是可以松一口气,终于能够开始上课了。快滚!""我不会离开这儿,"K说。"您是我的上司,不过聘请我来的并不是您,而是村长,我只接受他的解聘。可是,他给我这个职位,并不是要我和我的家属在这儿冻死,而是——像您自己说过的那样——防止我采取鲁莽的绝望行动。因此,现在突然解雇我是完全违背他的本意的;除非我听到他亲口说出相反的话,我是不会相信的。况且,我不接受您的轻率解聘,可能对您也大有好处。""那么您是不接受了?"男教师问。K点点头。"您好好考虑考虑,"教师说,"您的决定并不总是最对的;比如您回想一下昨天下午您拒绝接受审问的事。""您为什么现在提起这件事?"K问。"我愿意,"男教师说,"现在我最后再说一遍:滚!"但是这也不起作用,男教师便走到讲台旁和女教师低声商量,她主张叫警察,但是男教师反对,最后他们取得一致意见,男教师要求孩子们到他的教室去,和其他的孩子合班上课。这个变更使大家都感到高兴,在嬉笑声中,孩子们立刻走出教室,男教师和吉莎小姐走在最后。吉莎小姐手里捧着点名册,上面躺着那只漠然无动于衷的大肥猫。男教师本想把猫留下,但是女教师提到 K 的残暴,坚决反对与此有关的暗示;于是,除了那许多恼火的事情以外,K 又给男教师加上这只猫的负担。男教师走到门口时对 K 说的最后这几句话肯定也受到这件事的影响:"这位小姐迫不得已,带着孩子们离开这间教室,因为您拒不接受我的解聘通知,因为谁也不能要求她这样一个年轻姑娘在您这肮脏的家庭环境中上课。那您就一个人留下吧,您在这儿爱怎样胡来都可以,不会因为正派的目睹者的反感而受干扰。不过这是长不了的,我可以担保。"说罢,他砰的一声把房门关上。

第十三章

大家刚走出去，K 就对两个助手说："出去！"他们被这个突如其来的命令弄糊涂了，就乖乖地服从了，但是当 K 在他们背后把门闩上时，他们又想进屋来，在外面呜咽着敲门。"你们被解雇了！"K 叫道。"我再也不会要你们给我干活了。"他们当然不干，在房门上拳打脚踢。"让我们回到你身边，先生！"他们叫道，好像他们即将被洪水淹没，而 K 就是陆地似的。但是 K 并不心软，他不耐烦地等待这震耳欲聋的喧闹声将会迫使男教师跑来干涉。一会儿男教师果然来了。"让您这两个该死的助手进去！"他喊道。"我把他们解雇了！"K 高声回答；这造成了意想不到的效果，使男教师看到一个人如果足够厉害，就不仅能辞退人，而且也能执行。于是男教师便对他们以好言相劝，只要他们安静地等在这儿，K 最后还是会让他们进去的，说完他就走了。要不是 K 又开始对他们大声嚷嚷，说他们如今已被解雇，毫无商量余地，没有一丝复职希望，那么，他们也许会安静下来。一听到他这样说，他们又像刚才那样吵闹起来。男教师又来了，但这一次他不再和他们讲理，而是显然使用那根令人生畏的藤鞭把他们赶了出去。

不一会儿，他们出现在体操室的窗外，一面敲着玻璃窗，一面喊叫，但是他们的话已听不清了。他们在那儿也没有待多久，在深深的积雪中急得没法乱蹦乱跳。于是他们奔到校园栅栏前面，跳上石底座，虽然距离远了一点，但房间里的情况倒是能看得更清楚一些；他们扶着栅栏，在石座上跑来跑去，后来又站定下来，双手合十向 K 苦苦哀求。他们就这样折腾了很久，也不管这种努力毫无用处；他们好像走火入魔似的，当 K 放下窗帘以免看到他们时，他们也不罢休。

现在屋子里光线昏暗，K 走到双杠那儿去找弗丽达。她一接触他的眼光，便站起身来，理理头发，擦干眼泪，默默地去煮咖啡。虽说她什么都知道了,但K还是正式向她宣布,他已经把两个助手解雇了。她只点了点头。K在一张课桌后面坐下,观察她那疲惫的动作。她过去总有一股生龙活虎和大胆泼辣的劲头,使她那微不足道的身体显得很美丽;现在这种美丽已经消逝。同K一起生活,短短几天就已使她面目全非。酒吧的工作并不轻松,但是很可能对她更合适。或者离开克拉姆是她憔悴的真正原因?与克拉姆亲近,使他具有如此巨大的诱惑力,正是这种诱惑力使K拜倒在她的石榴裙下,现在她在他的怀抱中枯萎了。

"弗丽达。"K说。她立刻放下咖啡磨,来到K的课桌旁边。[19]"你生我的气吗?"她问。"不,"K说,"我想她也不能不这样做。你在贵宾饭店生活得称心如意。我本该让你留在那儿的。""是的,"弗丽达伤心地凝视着前方说,"你本该让我留在那儿的。我不配和你一起生活。摆脱了我,你也许就能实现你的全部愿望。为了我,你屈从于专横的教师,接受这个卑微的职位,费尽九牛二虎之力谋求同克拉姆谈话。这都是为了我,而我却无以为报。""不,"K说,他用手臂搂着她以示安慰,"这一切都是无关紧要的事,不会使我伤心,我想见克拉姆,也不全是为了你。你为我做了多少事!我在认识你以前,在这儿真是走投无路。没有人收留我,我去找谁,谁就赶紧把我打发走。如果我能在什么人家里得到安宁,那些人又是我惟恐避之不及的,像巴纳巴斯一家人。""你躲避他们?不是吗?最亲爱的!"这中间弗丽达欢快地叫了起来,在K犹犹豫豫地说了一声"是的"以后,她又变得没精打采了。K也不再有决心向她解释,由于他同弗丽达结合,什么事情都变得有利于他了。他慢慢地从她那儿抽回胳膊,默默地坐了一会儿,直到后来弗丽达——好像K的手臂给了她温暖,现在她再也缺少不了它了——说:"这儿的生活我一定会受不了。如果你愿意留住我,我们就得移居国外,到某一个地方去,到法国南部去,到西班牙去。""我不能移居国外,"K说,"我到这儿来就是想在这儿待下来。我要待在这儿。"接着又自言自语地加了一句:"除了想在这儿待下来,难道还有什么能吸引我到这个荒凉的地方来?"这句话是矛盾的,但他并不想进行解释。接着他又说:"可是你也愿意待在这儿的呀,这儿毕竟是你的故乡。你只因为失去了克拉姆，才产生了悲观绝望的念头。""我失去了克拉姆？"弗丽达说。"克拉姆在这儿有的是，克拉姆太多了；为了甩掉他，我才想走。我心中想的不是克拉姆，而是你，为了你，我才想走；因为这儿大家都在争夺我，我不能把心思全部放在你的身上。如果我能平静地和你一起生活，就是撕下这漂亮的面具，容貌变丑，我也在所不惜。"K从这番话里只听出了一点。"克拉姆还一直同你有联系吗？"他立刻问。"他叫你去吗？""克拉姆的情况我什么都不知道，"弗丽达说，"现在我说的是别人，比如那两个助手。""哦，那两个助手！"K惊异地说。"他们在跟踪你？""难道你没有发觉？"弗丽达问。"没有，"K说，他竭力回想，但想不起什么具体细节。"他们确实是纠缠不休的小色鬼，可我并没有发现他们胆敢碰你一下。""没有吗？"弗丽达说。"你没有注意到他们赖在桥头客栈我们的房间里不肯出去。他们妒忌地监视着我们的关系，有一个昨晚还躺到草垫子上我躺的地方，他们刚才还作了不利于你的供认，目的是把你赶跑，搞垮你，好和我单独在一起。这些你都没有注意到？"K望着弗丽达，没有回答。对助手的这些指控诚然一点不假，但是也都可以解释成为并没有多大恶意，而是这两个人本性幼稚可笑、自由散漫、放荡不羁。而且，他们总是尽力跟着K到处跑，不留下来跟弗丽达在一起，这不是可以说明对他们的指控是莫须有吗？K提到了这一类事情。"假惺惺，"弗丽达说，"你难道没有看出来？是的，如果不是因为这些原因，那你为什么把他们赶跑？"说罢她走到窗前，把窗帘稍稍拉开一点，向外探望，然后叫K过去。外面那两个助手依旧站在栅栏旁边，尽管他们显而易见已十分疲劳，但是他们仍然时时打起精神，伸出双臂对着学校苦苦哀求。有一个把外套从背后套在栅栏的一根铁条上，这样他就用不着老要抓住栅栏了。

"可怜虫！可怜虫！"弗丽达说。

"你问我为什么撵走他们？"K问。"你是直接的起因。""我？"弗丽达问，眼睛仍旧没有离开窗外。"因为你对助手太客气了，"K说，"你原谅他们的放肆，给他们笑脸看，摸他们的头发，老是同情他们，你又说'可怜虫，可怜虫'，最后是早上的那一件事，为了不让他们挨打，你竟不惜抛出我作为代价。""正是这样，"弗丽达说，"我就是这样说的，这正是使我不快乐,使我难以和你亲近的原因,虽然我认为和你在一起,天长地久,永不分离,是我最大的幸福,虽然我梦见在这个世界上,不论是在这个村子里还是在别的什么地方,没有一处安静的地方可供我们谈情说爱,因此我希望有一座坟墓,又深又窄,在那里我们紧紧地搂抱着,难分难舍,我的脸藏在你的怀里,你的脸藏在我的怀里,没有人再会看到我们。可是这儿——看那两个助手!他们双手合十,并不是在求你,而是在求我。""而且望着他们的不是我,"K说,"而是你。""不错,是我,"弗丽达几乎生气地说,"我一直在说的就是这个。否则他们为什么对我紧追不舍,尽管他们是克拉姆的使者。""克拉姆的使者,"K说,他大吃一惊,虽然他马上觉得这一名称是很自然的。"克拉姆的使者,不错,"弗丽达说,"尽管他们是克拉姆的使者,可他们同时也是小傻瓜,为教育他们还需要揍他们。他们是多么丑陋的黑小鬼!他们的面孔看起来像是大人,甚至跟大学生差不离,可是他们的行为却是那么幼稚愚蠢,这反差是多么令人厌恶!你以为我没有看到这一点吗?我真替他们害臊。不过事情就是这样,我并不厌恶他们,而是为他们害臊。我总忍不住要看他们。别人该生他们的气的时候,我却只能一笑。别人想要打他们的时候,我却只能摸摸他们的头发。夜里我躺在你身边,不能入睡,只能越过你望着他们,一个紧紧裹着毯子睡着了,另一个跪在打开的炉门前添柴,我得向前弯下身子,差一点把你吵醒。使我受惊的不是那只猫[20]——啊,我熟悉猫,酒吧里打瞌睡也不得安生,老是受打扰,这我也习以为常——我怕的倒不是那只猫,我这是自相惊扰。根本用不着那么一只人老猫,有点轻微的声音我就会吓一跳。我一会儿害怕你会醒来,一切都会结束,一会儿又跳起来点蜡烛,让你快醒来保护我。""这些我全都不知道,"K说,"我只是隐隐约约地有一点怀疑,所以就把他们撵走了;不过现在他们已经走了,也许会万事大吉的。""是的,他们总算走了,"弗丽达说,但是她愁眉苦脸,并不快乐,"可我们不知道他们是什么人。我心里管他们叫克拉姆的使者,那只是一句俏皮话,可也说不定是真的。他们的眼睛,那天真而炯炯有神的眼睛,不知怎么使我想起克拉姆的眼睛,是的,就是这样:有时从他们的眼睛里射穿我身体的就是克拉姆的目光。因此,我说我为他们感到害臊是不对的。我倒希望是真的。我知道,同样的行为要是发生在别的地方和别人身上,会是愚蠢和有失体统的,可是发生在他们身上就不是了。我怀着尊敬和钦佩的心情看着他们干傻事。但是,如果他们是克拉姆的使者,又有谁能帮助我们摆脱他们呢?再说,摆脱他们究竟好不好呢?如果不好,你岂不是得赶快把他们找回来?假如他们还会回来,你不是会感到高兴吗?""你要我把他们再放进来?"K问。"不,不,"弗丽达说,"我一点也不想要他们回来。看到他们现在奔进来,见到我时兴高采烈的劲头儿,像孩子一样跳来跳去,像大男人似的伸出手臂——这一套我也许根本就受不了。可是,当我又想到你继续对他们硬着心肠,说不定会使你自己见不到克拉姆,我就想竭尽全力使你避免那样的后果。在这种情况下,我希望你让他们进来。在这种情况下,K,就赶紧放他们进来!不要顾惜我,我有什么关系!我会尽力保护自己的;如果我该当失败,那么我就会失败,但我会意识到,这也是为了你的缘故。""你这么说,只能使我更加相信我对助手的判断是对的,"K说,"我决不会让他们进来。我把他们轰了出去,这至少证明,有可能控制他们,这也证明他们和克拉姆没有什么了不起的关系。昨天晚上我还接到克拉姆的一封信,可以看出克拉姆得到的有关助手的消息全不属实,这一点又会使人得出结论,他对他们完全是漠不关心的,因为要不是这样,他就一定能得到关于这两人的确切消息的。至于你从他们身上看到克拉姆的影子,那也不能证明什么,因为你不幸一直还受着老板娘的影响,处处都看到克拉姆的影子。你仍旧是克拉姆的情妇,还远远不是我的妻子。有时这使我很伤心,我觉得我仿佛失去了一切,这时我便有一种感觉,好像我刚到村子里来,可是又不像我当时真正来到这儿时那样满怀希望,而是意识到,等待我的只有失望,我将要一次又一次失望,备尝痛苦。不过这种感觉只是有时才有。"K看到弗丽达听了他的话时那种垂头丧气的神态,便又微笑地补充说:"其实这也证明了一件好事:你对我是多么重要。如果你现在要我在你和助手之间作选择,那他们就已经输了。在你和助手之间作选择,这是什么话!现在我要永远摆脱他们,不提他们,也不想他们。再说,我们两人感到四肢无力,谁知道是不是因为我们还没有吃早饭的缘故?""有可能。"弗丽达疲惫地笑着说，又忙着去干她的活儿。K也重新拿起扫帚。

　　过了一会儿，有人轻轻敲门。"巴纳巴斯！"K叫了一声，扔下扫帚，跨了几大步就跑到门边。弗丽达望着他，没有什么比这个名字更使她吃惊了。K双手颤动，无法立刻把那把旧锁拧开。"我这就开。"他也不问究竟是谁在敲门，只是不停地重复着。接着他眼睁睁地看着从打开的房门走进来的并不是巴纳巴斯，而是那个曾想和他说话的小男孩。然而K不愿意再想起他。"你到这儿来干什么？"他说。"上课在隔壁。""我就是从那儿来的。"男孩说，他双手贴身直立，抬起褐色的大眼睛，从容不迫地望着K。"那你想干什么？快说！"K稍许向前弯下身子说，因为男孩子说话的声音很低。"我能帮你什么忙吗？"男孩问。"他要帮我们忙呢？"K对弗丽达说。接着他又对男孩说："你叫什么名字？""汉斯·布龙斯维克，"男孩说，"四年级学生，马德莱妮巷鞋匠师傅奥托·布龙斯维克的儿子。""你瞧，你姓布龙斯维克。"K说，现在对他和善一点了。原来是这么一回事：汉斯看到女教师把K的手抓出了血印，心中非常气愤，刚才决定支持K。现在他冒着受严厉处罚的危险，像逃兵一样擅自从隔壁教室里悄悄地溜了出来。驱使他这样做的也许主要是孩子气的想法。他做什么都显示出一本正经的神气，也与那种想法相符合。只是开头他由于羞怯，显得有点拘束，但是很快就与K和弗丽达搞熟了，等他接到一杯热气腾腾的好咖啡以后，他就变得活泼起来，不认生了。他像放连珠炮似地发问，似乎想要尽快掌握要领，以便能够独自给K和弗丽达拿主意。他的神态里也有一点发号施令的味道，不过夹杂着孩童般的天真无邪，因此他们就半认真半开玩笑地乐意听他指挥。总之，他要求他们把注意力都放在他身上，一切工作都停下来了，早饭老是拖延下去。虽然他坐在一张课桌后面，K坐在讲台上，弗丽达坐在旁边的一张椅子上，但是看起来汉斯倒像是老师，正在考问他们，评定他们的回答；他柔和的嘴角上挂着一丝微笑，似乎暗示他诚然知道这不过是一场游戏，但是这却使他更加一本正经，或许掠过他唇边的也根本不是什么微笑，而是童年的幸福。奇怪的是，他很晚才承认，自从K上拉泽曼家去过以后他就认识K了。K非常高兴。"当时你是在那位太太脚边玩吧？"K问。"是的，"汉斯说，"那是我的母亲。"现在他得谈谈他的母亲了,但他只是吞吞吐吐,在一再的敦促下才开口。现在弄清楚了,他是一个小男孩,虽然有时说话的口气,特别是他提的问题——也许是由于K预感到将要发生的事情,但也许只是迫不及待的听者的错觉——几乎像是一个刚强坚毅、机智聪明、目光远大的大人,可是一会儿突然之间又只是一个学童,好多问题根本不懂,有的问题又误解了,由于少不更事,不懂得体谅人,说话声音太低,尽管一再向他指出这个缺点,他仍然声音不大,最后竟像赌气似地对有些迫切问题拒不作答,而且一点也不觉得尴尬,而一个大人是决不会这样的。那情形完全像是他认为只有自己才有发问的权利,而别人提问就是破坏什么规则,浪费时间。这时他会挺直身子,垂着头,噘起下唇,一声不响地坐上半天。弗丽达喜欢看到他这样,便经常向他提问,想以此方式使他默不作声;有时她也成功了,但是这却使K恼火。总的说来,他们了解到的情况并不多。汉斯的母亲有点病恹恹的,可是生的是什么病,却始终弄不清楚,那天布龙斯维克太太怀里抱的那个孩子是汉斯的妹妹,名叫弗丽达(汉斯听说妹妹和这个向他盘问的太太同名并不高兴),他们都住在村子里,但并不和拉泽曼住在一起,他们只是去那儿串门洗澡,因为拉泽曼有一个大木盆,小孩子们——但汉斯并不属于此列——非常喜欢在那儿洗澡玩水;汉斯说起他的父亲,有时毕恭毕敬,有时战战兢兢,但只是在不同时讲起母亲时才提起父亲,与母亲相比,父亲显然并不重要,此外,不管他们怎样设法打听,对一切有关这一家人生活情况的问题他始终概不回答。关于他父亲的营生,K得知他是当地最大的鞋铺老板,没有人能比得上他,在回答完全不同的问题时他也反复地说,他父亲甚至还把活儿让给别的鞋匠去做,例如巴纳巴斯的父亲;他父亲把活儿让给巴纳巴斯的父亲去做,完全是出于格外施恩,汉斯自豪地掉过头来,至少就暗示了这一点;这个动作引得弗丽达跳下讲台去吻了他一下。问他有没有去过城堡,只是在反复问过好几遍以后,他才答了一声"没有";问她母亲有没有去过城堡,他根本不予回答,最后K都问烦了;他也觉得问不出个所以然来,他承认这个男孩做得对,再说,用拐弯抹角的方法想从一个天真无邪的孩子口里套出人家的家庭隐私,也不是什么光彩的事,可是在这儿也没有打听到什么,那就加倍丢人了。最后K问男孩究竟想帮什么忙,当他听说汉斯只想在这儿帮他干活,免得男教师和女教师再痛骂他时,他已经不再感到奇怪了。K向汉斯说,他不需要这种帮助,男教师大概生性喜欢骂人,即使干得再好,也免不了要挨骂。活儿本身并不重,只是由于情况特殊,今天才耽误了,再说这种责骂对K的影响不像对一个学生那么大,他并不把它放在心上,几乎无所谓,他也希望很快就能完全摆脱教师。虽然汉斯只想帮他对付教师,但他还是非常感谢,现在汉斯可以回去了,希望他不会受到处罚。尽管K并没有强调而只是不由自主地隐约提到,他只是不需要别人帮助他去对付教师,而没有提到是否需要其他方面的帮助,汉斯却明白了这弦外之音,便问K或许有其他事情需要帮助;他很乐意帮他的忙,如果他无能为力,他会请他母亲帮忙,那样就一定会成功。父亲有什么难处也求母亲帮忙。而且母亲也曾有一次问起过K,她自己难得出门,那一天去拉泽曼家只是破例;不过他,汉斯,却常到那儿去和拉泽曼的孩子们玩,因此有一回母亲问他,土地测量员有没有再到那儿去过? 母亲身体十分虚弱疲惫,不能让她无谓地激动,所以他只是简单地说,他在那儿没有见到土地测量员,此外就没有再说什么;可是,既然他现在看到K在这儿学校里,他就得同他说话,以便向母亲报告。因为如果她没有明确吩咐,有人却照她的意思做了,这是她最高兴的事情。K想了一想,便说他不需要任何帮助,他所需要的一切都已经有了,汉斯愿意帮他的忙,这是他的一片好心,他感谢他的好意,以后可能会需要什么帮助,他就会去找他,他知道他家的住址。反过来说,他,K,也许这一次能帮点忙,他听说汉斯的母亲身体不好,村里显然没有人知道她生的是什么病,他感到不安,如果这样麻痹大意,小病也往往会引起严重的后果。而他,K,倒有一点医学常识,而且更重要的是,有医治病人的经验。有许多病医生都束手无策,他却能妙手回春。在家乡时,因为他医术高明,大家都叫他"苦药草"。总之,他很乐意去看汉斯的母亲,和她谈谈。也许他能提供什么好主意,单是为了汉斯的缘故,他也很乐意这样做。汉斯听到这个建议,最初眼睛亮了起来,使得K更加迫切,可是结果却不如人意,因为汉斯对提出的几个问题回答——而且甚至并不十分悲伤——说,不准陌生人去看他的母亲,因为她需要好生将养;那天K虽然没有和她说什么,她后来还是在床上躺了好几天,这种事确实经常发生。但是父亲当时却对K十分恼火,他决不会让K去见母亲的;是的,当时他甚至想去找K,惩罚他的行为,只是母亲把他拦住了。不过主要是母亲自己一般不愿和任何人谈话,她问起K并不算是反常,相反,正是在提到他的时候,她本来可以表示希望见到他,但是她并没有这样做,这已经很清楚地表明了她的意愿。她只想听别人谈K的情况,却不想和他谈话。何况她也并不是真的生什么病,她很清楚自己为什么会这样,有时也暗示:这儿的空气大概对她不相宜,然而为了丈夫和孩子,她又不愿意离开这儿,而且她的身体已经比从前好些了。这些就是K了解到的情况。汉斯的思考能力大有长进,因为他不想让K接近他的母亲,而据他说,他是想帮K的忙的;是的,为了达到不让K去见他母亲这个善良的目的,他的许多说法甚至与他自己从前讲过的话互相矛盾,例如母亲的病。虽然如此,K现在还是看出,汉斯仍然对他怀着好意,只有在提到他母亲时,他才会忘却其他一切;不管你提出谁同他的母亲相比,谁马上就会相形见绌,刚才K就是这样,但是,比方说,他的父亲也有可能这样。K想试一试这一点,便说他的父亲如此照看他的母亲使其免遭任何骚扰,实在是非常明智,如果他,K,那天只要猜到一点这种情形,他就肯定不敢去和她说话的,现在他请汉斯事后替他在家里表示歉意。另一方面,既然如汉斯所说,她的病因已经弄清楚,那他不完全明白,为什么他的父亲不让她到别的地方去换换空气,疗养身体;人们一定会说是他拦住了她,因为她只是为了他和孩子才没有出门,但是她可以带着孩子一起去,而且也不必离开很长的时间,也不必去很远的地方,城堡山上的空气就已大不相同。他的父亲既然是本地最大的鞋铺老板,就不必担心这样一次出门的费用,而且他或她在城堡里也一定会有亲戚或熟人愿意接待她的。他为什么不让她去呢?但愿他不要小看这样一种病;K和他的母亲只匆匆见过一面,但正是她的苍白和虚弱引起他的注意,促使他去和她说话的;当时他就感到奇怪,她的丈夫为什么让生病的妻子待在公共浴室和洗衣房的污浊空气中,而且不肯压低一点自己高声说话的声音。他的父亲大概不知道是怎么一回事;即使她的病情近来也许有所好转,这种病时好时坏,但要是不尽力医治,最后就会复发,那时就到了无法医治的地步。即使K不能同他的母亲面谈,那么,同他的父亲谈谈,提醒他注意这一切,或许也是好的。

汉斯专心听着,大部分都听懂了,对其他没有听懂的话中的威胁也强烈地感受到了。尽管如此,他还是说,K不能去和他父亲谈,他父亲不喜欢他,很可能会像教师那样对待他。他说这句话的时候,提到K脸上便泛出怯生生的微笑,提到他父亲时却显出气愤和悲伤的神情。但是他又说,也许K还是可以同他的母亲谈一谈,只是不能让他父亲知道。接着,汉斯目光呆滞,沉思片刻,完全像是一个女人想做一件犯禁的事,正在寻求一个办法去做而又不会受到惩罚那样。他说,后天也许有可能,他父亲晚上要去贵宾饭店参加一个会议;他,汉斯,晚上来带K去见他母亲,当然这首先需要他母亲同意,而这种可能性是很小的。特别是她从来不做违背她丈夫心意的事,对他百依百顺,甚至连他汉斯都看得出是不合理的事情,她也都听他的。其实汉斯现在是在寻求K的帮助去对付父亲;看来像是他自己弄错了,因为他本来以为他想帮助K,而实际上他是想摸清楚,这个突然出现并且甚至被母亲提到过的外乡人是否也许能帮他对付父亲,因为在周围的熟人中没有人能帮他。这男孩像是无意一样,不露声色,近乎阴险。到目前为止从他的表现和言词中难于看出这一点,只是他完全事后有意无意透露出来的口风才使人觉察到。现在他和K进行长时间的讨论,考虑要克服哪些困难。即使汉斯愿意大力相助,这些困难也几乎难以克服;他一面沉思一面却又在寻求帮助地始终看着K,心神不定地眨巴着眼睛。在父亲离家之前,他什么也不能对母亲说,否则父亲就会知道,一切就会落空,因此他要等到父亲离家以后才能提此事;就是这时候,也不能太快太突然,考虑到母亲,也要慢慢来,等候适当的机会;那时才得去请求母亲同意,那时他才能来接K去;可是这不就已太晚了,父亲不就要回来吗?不,这是办不到的。而K证明这并不是办不到的。至于时间不够,那倒不必担心,短短的一次谈话,短短的一次见面就够了,而且汉斯不用来接K,K可以藏在他家附近什么地方,等候汉斯一发出信号马上就去。不,汉斯说,K不能在他家附近等候——一涉及他的母亲,他又变得十分敏感——K不能在母亲不知情的情况下上路，汉斯不能这样背着母亲偷偷和K合谋；他得把K从学校里接来，但要等到母亲知道和准许以后才能这样做。好吧，K说，这样的话，事情真的就很危险了，汉斯的父亲有可能在家中抓住他；即使不至于会发生这种情况，他的母亲也会担心这一点而不让K去，这样一来，一切全都会由于他父亲而落空。对此汉斯又提出反驳，于是他们就这样争论不休。

在这以前，K早就把汉斯叫到讲台上，把他拉到自己的两膝之间，不时抚摸他安慰他。尽管汉斯有时还提出反对意见，但是这种亲近也有助于他们取得一致的意见。最后他们一致同意这样做：汉斯先把全部实情告诉他的母亲；不过为了便于取得她的同意，还告诉她K也想和布龙斯维克本人谈一谈，但不是谈她的事，而是谈他自己的事。这倒也是实情，在谈话过程中K想起，尽管布龙斯维克一向是个危险而凶恶的人，但他其实不再可能是自己的敌人，因为起码根据村长所说，他是要求聘请土地测量员的那一派的首领，即使他们那么做是出于政治原因。因此，K到村里来，布龙斯维克一定是欢迎的；这样的话，第一天那种叫人恼火的接待和汉斯所说的恶感，就几乎令人费解了；不过，布龙斯维克那天感到不快，也许正是因为K没有先向他求助，也许还存在别的误会，那只消三言两语就可以解释清楚。倘若能够做到这一点，K就可以得到布龙斯维克的支持来对付教师乃至村长，村长和教师不让他接触城堡当局，逼迫他接受校役的职位，这个官方大骗局——这不是骗局又是什么？——就可以揭穿；如果布龙斯维克和村长再次为K而进行斗争，布龙斯维克就得把K拉到自己一边，K就会成为布龙斯维克家的座上客，布龙斯维克的权力手段就会由他支配去对付村长；这样一来，谁知道他会取得什么收获？不管怎样，他可以经常和那个女人在一起——K就这样想入非非、神魂颠倒，而汉斯一心只想着母亲，忧心忡忡地看着K一言不发，就像是眼看着一个为了给重病人找到治疗方法而苦苦思索的医生那样。K提出要和布龙斯维克谈谈土地测量员职位问题，汉斯同意了，但也只是因为这样可以在父亲面前保护母亲，况且这只是万不得已的一着棋，但愿不会走这一着棋。他只是还问了一下，K将会怎样向他的父亲解释这次深夜造访。K答道，他会说是校役这个不堪忍受的职位和教师那种叫人丢脸的对待使他突然感到绝望,忘却了一切顾忌。听了K的解释,汉斯最后总算满意了,虽然脸色还有点阴沉。

现在,看来已经把一切事先都考虑周全了,成功的可能性至少已不再被排除,于是汉斯放下了思想包袱,变得快活起来,天真地又聊了一会儿,先是和K聊,后来也和弗丽达聊。弗丽达久久地坐在那儿,好像心中另有所思,这时才重又参加谈话。她问了许多话,还问他将来希望成为什么样的人;他没有多想就说,他希望成为像K这样的男子汉。再问他理由时,他却答不上来,问他愿不愿意做校役,他又一口否定。经过进一步追问,他们才明白他怎么拐弯抹角地会有这个愿望的。K目前的处境悲惨下贱,毫不值得羡慕,这一点汉斯也看得一清二楚,他根本无需去观察别人就会明白;他自己本来就老大不愿意让母亲见到K和听到他的话。可是话虽如此,他还是跑来找K,向他求助,K一同意,他就十分高兴;他相信别人也是如此,但主要是母亲自己提起过K。他从这一矛盾中得出了一个信念:K目前虽然还很低贱不得志,然而在固然几乎无法想象的遥远未来一定会出人头地。正是这个简直荒唐的遥远未来和通向未来的光荣历程令汉斯神往;为此代价,他甚至愿意接受目前的K。这一愿望使他显得特别少年老成,因为汉斯看K,就像是看一个年龄比自己小、前途比自己更远大的小男孩似的。他在弗丽达的一再催问下才谈起这些事情,神情一本正经,几近忧郁。K说他知道汉斯为什么羡慕他,这才使他又高兴起来;K指的是他羡慕K那根放在桌子上的漂亮的多节手杖。汉斯在谈话时一直心不在焉地玩弄着手杖,K说,好吧,他会做这种手杖,如果他们的计划成功了,他一定会给汉斯做一根更漂亮的。现在已经弄不清楚,汉斯是不是真的只想那根手杖,不过K的许诺使他十分高兴,他乐呵呵地道别,还紧紧握住K的手说:"那就后天见。"

汉斯走得正是时候,因为不一会儿,男教师就猛然推开门,看见K和弗丽达还静坐在桌旁,便喊道:"对不起,打扰了! 不过请你们告诉我,到底什么时候才能把这间屋子收拾好?我们在那边挤成一团,课也没法上,而你们却在这间大体操室里伸开四肢,甚至还把助手撵走,好多占点地方！现在你们至少也该站起来动一动了！"然后他只对K说："现在你到桥头客栈去给我把点心取来！"

这些话都是怒气冲冲地嚷出来的，但语气还比较温和，即使是那个粗鲁的"你"字。K立刻准备服从；只是为了向他摸底，便说："我已经被辞退了。""不管辞退不辞退，去给我把点心取来。"教师说。"我正想知道，我给辞退了没有。"K说。"你在胡扯什么呀？"教师说。"你并没有接受解聘呀。""这样是不是就足以使它无效呢？"K问。"我说不行，"教师说，"这你可以相信我，可是村长却说行，不可思议。现在你就去吧，不然你真要卷铺盖了。"K感到满意，这么说男教师已和村长谈过，或者也许他根本没有和村长谈，只是想好了村长很可能会有的意见，而这个意见对K是有利的。现在K想立即赶紧去取点心，可是在过道里，教师又把他叫了回去；或许他只想用这道特别的命令来考验K是不是愿意服从调遣，以便今后照此行事，也可能是他现在又心血来潮，想要发号施令，让K急急忙忙地跑去，然后遵照他的命令像个侍者那样又急急忙忙转回来，这使他很开心。在K这方面，K知道自己过于驯服就会成为教师的奴隶和替罪羊，不过在一定限度上，现在他愿意耐心地忍受教师的反复无常，因为尽管事实已表明，教师无权解聘他，可是他完全可以给他的工作制造困难，直至叫他干不下去。正是这份差事，现在对K来说比以前更重要了。和汉斯的一席谈话，在他心中勾起了新的希望，他自己也承认这些希望未必能实现，完全没有根据，然而他已无法再将其忘怀；这些希望甚至几乎盖过了巴纳巴斯。他既然谋求实现这些希望——他别无其他办法——就得集中自己一切精力，不能牵挂任何其他事情，不能牵挂吃、住、村当局，甚至不能牵挂弗丽达；而事实上这只关系到弗丽达，因为只有和弗丽达有关的事情他才关心。因此他得设法保住这个职位，这能使弗丽达有几分安全感，为了这个目的，在男教师手下忍受一些自己平常不会容忍的事情，他大概也不会后悔。这一切并不是太令人痛苦的，它是生活中不断出现的小烦恼，与K所追求的目标相比算不了什么，而且他到这儿来，并不是为了要过养尊处优的太平日子。

所以，正如刚才他想马上跑到客栈去一样，现在他因为命令改变，也愿意立即准备先把屋子收拾整齐,好让女教师和她的那一班学生能够回来上课。不过他得很快收拾好,因为此后 K 还得去取点心,男教师已经又饿又渴,难以再等了。K 保证一切都会照他的意思去办;男教师在一旁待了一会儿,看着 K 赶忙把铺盖挪走,把体操器械放回原处,飞快地把屋子打扫干净,弗丽达则忙着擦洗讲台。他们的干劲似乎使男教师感到满意,他还提醒他们,门外已准备好一堆生火的木柴——他大概不愿让 K 再到柴房去——说罢便走回他的教室去了,临走时还吓唬他们说,他很快就要再来查看。

　　默默地干了一会儿以后,弗丽达问 K 为什么现在对男教师这样俯首帖耳。问这个问题虽然出于同情和担心,但是 K 想到,弗丽达原本答应要保护他,不让男教师对他颐指气使、发号施令,可是她并没有做到,因此他只是简短地答道,既然他当了校役,现在也得尽职。之后他们又默不作声,一直到 K——正是这几句简短的交谈使他想起弗丽达已有这么长久忧心忡忡地陷入沉思,尤其是在他和汉斯谈话的全过程中几乎都是如此——一面把木柴搬进来,一面直率地问她在想什么心事。她慢吞吞地抬起头来看着他,回答说没有什么一定的事情;她只是在想女店主和她说的许多话很有道理。在 K 追问下,她拒绝了好几次,才回答得更详细一些,但是并没有放下手中的活儿,这倒并非是因为她勤劳,因为工作毫无进展,只是借此可以不必非看着 K 不可。她说,K 和汉斯谈话时,起先她在一旁静听,后来给 K 说的几句话吓了一跳,开始对这些话的意思体会得更深,从此以后就再也不能不从 K 的话里证实女店主向她提出过的警告,而她本来是决计不肯相信她的警告是有道理的。K 听了这一番泛泛之谈很生气,就连弗丽达哭哭啼啼、如怨如诉的声音也没有感动他,反倒使他恼火。最使他生气的是女店主现在又插手他的生活了,至少是通过回忆,因为她本人到现在为止并没有取得多少成功,于是他便把他怀里抱着的木柴一下扔到地上,坐在木柴上,用严肃的口气要求她把话讲清楚。"不止一次,"弗丽达开始说,"从一开始起,老板娘就极力想使我怀疑你,她并没有说你在说谎,相反,她说你天真直率,可是你的性格和我们大不相同,即使你说得很直率,我们也很难相信你,要不是一位好朋友从前提醒我们,我们就得通过惨痛的经验才会相信。甚至像她这么一个善于识别人的人,也几乎上了你的当。但是她在桥头客栈和你最后谈过以后——我只是重复她那刻毒的话——她看穿了你的花招,现在你再也骗不过她了,即使你竭力想隐瞒你的意图。但是你并没有隐瞒什么,她一再这样说,后来她又说:一有机会,你就好好听听他说些什么,不仅是浮光掠影,不,而是竖起耳朵听。她所做的仅此而已,至于我,她听到了如下的情况:你拉拢我——她用的就是这个难听的字眼——,只是因为我凑巧和你不期而遇,你也不讨厌我,因为你误以为酒吧女侍是任何客人都可以伸手猎取的对象。此外,贵宾饭店的老板娘听说,那天晚上你出于某种原因想在贵宾饭店过夜,不过只有通过我才能达到目的。这一切就使你成为我那天晚上的情人;然而为了扩大战果,也就需要别的什么,那就是克拉姆。老板娘并没有说她知道你想从克拉姆那儿得到什么,她只是说,你在认识我以前就一心想见克拉姆,认识我以后也是如此。所不同的只是,以前你毫无希望,现在你却以为通过我找到了一个能使你确实、立即、甚至以优势向克拉姆进逼的可靠手段。今天你说,你在认识我以前在这儿瞎闯,我听了这话多么吃惊——不过这仅仅是短暂的,没有更深的原因。这话也许和老板娘说的一样;她也说,你自从认识我以后才明确了目标。这是因为你相信,你征服了我,便征服了克拉姆的一个情妇,就掌握了一件抵押品,克拉姆只有用最高的代价才能赎回。和克拉姆就这个代价进行谈判,就是你惟一的奋斗目标。在你的心目中,我什么也不是,而这代价却是最最重要的,因此涉及到我,你准备作出任何让步,涉及到代价,你就寸步不让。所以,我失去在贵宾饭店的职位,对你来说无关紧要,我还必须离开桥头客栈也无关紧要,我要干校役这种苦活也无关紧要。你对我没有一点温存,甚至不再有工夫陪我,你把我交给助手,不会吃醋,在你看来,我惟一的价值就是我曾经是克拉姆的情妇,你由于不了解情况,竭力不让我忘记克拉姆,以便在关键时刻到来时最后我不至于过于反抗;可是你也反对老板娘,你认为她是惟一能拆散我和你的人,因此你就和她大吵大闹,目的是你非得和我离开桥头客栈不可;如果仅仅取决于我,那么在任何情况下,我都是属于你的,这一点你毫不怀疑。你把同克拉姆的谈话看成是一桩买卖,一笔现金交易。你把各种可能性都考虑到了；你准备什么都干，条件是你得到这一代价；如果克拉姆要我，你就会把我献给他；他要你留在我身边，你就会留在我身边；他要你撵走我，你就会撵走我；不过你也准备演喜剧；如果对你有利，你就会说你爱我，你会强调你的渺小，用你接替他这一事实使他感到羞愧，设法打消他漠不关心的态度，或者把我确实说过的我爱他的那些话转告他，求他重新接受我，当然得付出代价；如果这些都无济于事，那你就会干脆用 K 夫妇的名义去央求他。老板娘最后说，当你发现在所有事情上都弄错了，你的设想、你的希望、你对克拉姆以及他同我的关系的看法都错了，那我就要开始受罪了，因为那时我才会真正成为你惟一始终能依靠的财产，但也已证明是毫无价值的财产，你就会不把它当一回事，因为你对我除了物品主人的感情以外就没有其他感情了。"

K 抿着嘴紧张地听着，他坐着的那堆木柴已经滚散，他没有注意到他几乎已滑到地上了；现在他才站起来，坐到讲台上去，握住弗丽达无力地想抽回去的手，说："你说的这一番话，我并不总是能分清是你的意见，还是老板娘的意见。""那只是老板娘的意见，"弗丽达说。"我仔仔细细都听了，因为我尊敬老板娘；但是我完全拒不接受她的意见，这在我一生中还是第一次。她所说的一切，当时我觉得是那么离谱，一点也不懂得我们俩的关系。我觉得实际情况和她所说的完全相反。我想起我们第一夜以后的那个阴沉沉的早晨，你跪在我的身边，目光中流露出好像一切都完了似的神情。后来的情况也真的变成是我并不是在帮助你，而是在妨碍你，尽管我尽了很大的努力。由于我，老板娘成了你的敌人，一个强大的敌人，你一直还对她估计不足；为了我，你才忧心忡忡，不得不为你的职位而斗争，你在村长面前处于不利地位，不得不听命于教师，听任助手的摆布，但最糟糕的是：为了我的缘故，你也许得罪了克拉姆。你现在一直想要见克拉姆，其实这不过是想用某种方式同他和解的无力挣扎罢了。我对自己说，老板娘对这一切当然比我知道得多，她偷偷提醒我，只是想使我不致自怨自艾得太厉害。她这样做出于一片好心，但却是多此一举。我对你的爱会帮助我度过一切难关，到头来也会推动你向前走，如果不是在这村子里，那就在别的地方；它的力量已经得到证明,它把你从巴纳巴斯一家人那里拯救了出来。""这么说,当时你是持反对意见的,"K 说,"在那以后有什么变化吗?""我不知道,"弗丽达说,眼睛望着 K 的手,那只手仍然握着她的手,"也许什么都没有变;现在你离我这么近,这么平心静气地问我,我便觉得什么也没有改变。可是事实上,"——她把自己的手从 K 的手里抽出来,直挺挺地坐在他对面哭了起来,却不用手捂着脸;她毫无顾忌地把泪流满面的脸孔对着他,好像她并不是为自己哭泣,因此没有什么可掩饰的,而是为 K 的负心而哭,因此也理应让他看到她这副模样而感到痛苦——"可是事实上,自从我听到你同那个男孩的谈话以后,一切就都变了。开始时你是多么天真无邪,问他的家庭情况,问这问那;我觉得就像你刚走进酒吧,亲切,坦诚,孩子气地急切想引起我的注意。这和当时没有什么不同,我真希望老板娘也在这儿,听听你说的话,看她是否还会坚持自己的看法。可是后来,突然之间,我不知道是怎么搞的,我觉察到你和他谈话抱着某种意图。你用关心的话赢得了他那不易赢得的信任,以便在以后顺利地向你的目标进军。你的目标我看得越来越清楚了。你的目标就是那个女人。你那些表面上关心她的言语完全不加掩饰地表明你只是在打自己的算盘。你还没有赢得她,就在欺骗她了。从你的话里,我不但看到了我的过去,也看到了我的未来;我觉得,好像老板娘正坐在我的身旁向我解释这一切,我竭尽全力想把她挤走,但是我又明明知道这种努力是毫无希望的,其实受欺骗的已不是我——我连受欺骗的份也没有——而是那个陌生女人。后来我还打起精神问汉斯将来想成为什么样的人,他说他要成为像你那样的人,由此可见,他对你已佩服得五体投地,这个在这儿受到蒙蔽的好男孩和那时在酒吧里受蒙蔽的我,两者之间现在究竟又有多大的区别呢?"

"这一切,"K 已适应这种指责,恢复了镇静,"你所说的这一切,从某种意义上说是对的;它并不假,只是不怀好意,即使你认为这些都是你自己的看法,但它们全是我的敌人老板娘的看法,这使我感到宽慰。不过那些话很有教育意义,从老板娘那儿还能学到不少东西。她没有对我本人讲这些话,虽说她在别的方面并不姑息我;显而易见,她把这件武器交给你,是希望你在我面临特别严重或关键的时刻时使用它。

如果说我在利用你,那么她也同样在利用你。可是,弗丽达,现在你想一想:即使一切都像老板娘所说的那样,那也只有在一种情况下才是极其恶劣的,那就是你并不爱我。这样,只有这样才果真是我耍心眼施巧计赢得你的芳心,用你当做资本来牟取暴利。倘若是那样的话,那天晚上,为了骗取你的怜悯,我和奥尔加手挽手出现在你面前,这也许甚至是我策划的,而老板娘在数落我的罪状时却忘了提到这一点。但是,如果情况并非如此恶劣,当时并不是一只狡猾的猛兽把你夺走,而是我喜欢你,你也喜欢我,我们俩很投缘,忘掉了自己,那么,弗丽达,你说,这又是怎样一种情形呢?这样的话,我办我的事,就像办你的事一样,这里没有区别,只有一个仇敌才会加以区分。事情都是这样的,对汉斯也是如此。此外,在判断同汉斯的谈话时,你神经过敏,过于夸张,因为如果汉斯的意图和我不完全一致,那也不至于是背道而驰的,再说汉斯并不是没有觉察到我们的分歧,如果你以为他没有觉察,那你就大大地小看了这个谨慎的小大人了,即使他始终没有觉察到这一切,那也不会有谁因此而吃亏,我希望是这样。"

"要摸清头绪可真难,K,"弗丽达叹口气说,"我当然没有怀疑你,如果我受老板娘的影响,有过这种念头,我就会心悦诚服地把它丢掉,跪下来求你宽恕,就像我在这段时间里其实一直在做的那样,即使我还在说如此可怕的事情。可是你有许多事情瞒着我,这却是事实;你来来去去,我不知道你从哪儿来,到哪儿去。刚才汉斯敲门的时候,你甚至叫了巴纳巴斯的名字,我不明白你为什么叫那个可恨的名字时竟是那样的亲热,你只要有一次这样亲热地叫我就好了。既然你不信任我,怎么能叫我不起疑心呢?这样我就完全听信老板娘了,你的表现似乎证明她是对的。不是每一件事情,我不想说你在每一件事情上都证明她是对的;你不是至少为了我的缘故把助手撵走了吗?啊,我只希望你知道,我是多么渴望能从你的一言一行中找到你对我的一片好心,即使你的言行使我感到痛苦。""首先,弗丽达,"K说,"我一点儿也没有瞒你。老板娘多么恨我,千方百计想使你离开我,她采取了多么卑鄙的手法,你对她又是多么俯首帖耳,弗丽达,你对她是多么俯首帖耳!你说,我有什么事瞒着你?我想见克拉姆,这你知道,你帮不了我的忙,因此我只好自己去争取,你也知道我至今尚未成功,你瞧。这些徒劳的尝试实际上已经叫我丢尽了脸,难道现在还要一一叙说,使我加倍丢脸吗?我在克拉姆雪橇的车门前白白等了整整一下午,冻得浑身发抖,难道叫我拿这种事来炫耀自己吗?我很高兴不必再去想这种事情,赶忙跑到你这儿来,而你现在又搬出这些来数落我。还有巴纳巴斯?不错,我是在等他。他是克拉姆的信差,并不是我叫他这样做的。""又是巴纳巴斯!"弗丽达叫道。"我不能相信他是个好信差。""也许你说得对,"K说,"可他是惟一派到我这儿来的信差。""那就更糟,"弗丽达说,"你就更应该提防他。""可惜至今他还没有使我有理由这样做,"K微笑着说。"他很少来,带来的信都是无关紧要的;只是因为那是直接从克拉姆那里来的,所以它们才有价值。""可是,你瞧,"弗丽达说,"现在就连克拉姆也不再是你的目标了,也许使我心里最不安的就是这一点。过去你总是撇开我,迫切想见克拉姆,这已经够糟了,现在你似乎又不想见克拉姆了,这就更糟糕,这一点连老板娘也没有料到。老板娘说,一旦你最终认识到你寄托在克拉姆身上的希望落空了,我的幸福,一种靠不住的然而非常真实的幸福,也就结束了。可你现在甚至等不到那一天;突然走进来一个小男孩,你又开始去和他争夺他的母亲,就像是在争夺自己的命根子似的。""你对我和汉斯的谈话理解得不错,"K说,"真是这样。可是,难道你已把你过去的全部生活忘得一干二净(当然老板娘除外,她是不会让你忘记的),不再记得一个人,特别是出身微贱的人,必须如何奋发向上?必须怎样利用一切有一线希望的机会?那个女人是从城堡来的,这是我到这儿的第一天迷路跑到拉泽曼家去的时候她自己告诉我的。去向她请教,或者甚至请她帮忙,这不是再清楚不过的事吗;如果说,老板娘只完全清楚使我不能见到克拉姆的种种障碍,那么这个女人很可能知道走哪一条路,因为她自己就是从那一条路下来的。""通到克拉姆那儿去的路?"弗丽达问。"通到克拉姆那儿去,当然啰,不去他那儿,还能上哪儿去呢?"K说。接着他一跃而起:"现在该赶紧去取点心了。"弗丽达恳求他留下来,她那副急切的神态完全无此必要,似乎只有他留在她身边才能证实他对她说的一切安慰的话。但是K使她想起男教师,指指那扇随时都有可能哐啷一声猛地打开的门,还答应她马上就回来,叫她连炉子都不用生,他自己会料理的。最后弗丽达默默地顺从了。当 K 在外面艰难地踏雪行走时——路上的雪早就该铲去了,真奇怪,工作进展得多慢——,他看见一个助手已经累得要死,仍紧紧抓住栅栏不放。只有一个,还有一个上哪儿去了呢?这么说,K 至少已经摧毁了其中一个人的耐性?留下来的那一个却仍然十分卖力地在坚持;这看得出来,因为他一看见 K 就来了劲头,马上更加疯狂地伸出手臂,望眼欲穿地翻白眼。"他的不屈不挠精神堪称模范,"K 对自己说,不过又得加上一句,"再坚持下去,就会冻死在栅栏旁。"但是外表上 K 没有作任何表示,只是向那个助手伸出拳头做了一个威吓的手势,不让他靠近一步;助手甚至还怯生生地往后退了好几步。这时弗丽达正好打开一扇窗户,好在生火以前使屋子通一通风,这是她和 K 商量好的。那个助手立刻不再纠缠 K,禁不住被吸引,悄悄地溜到窗前去。弗丽达一面对助手和颜悦色,一面又对 K 露出无可奈何的恳求神态,因此脸都变了样。她从窗户上挥了挥手,弄不清楚是叫他走开呢,还是在打招呼,助手却并不因此而动摇向她走近的主意。这时弗丽达连忙把外面的窗子关上,但是仍旧站在窗户后面,手放在手柄上,侧着头,眼睛睁得大大的,脸上挂着呆板的笑容。她知道她这样站着反而会吸引助手而不会把他吓跑吗?但是 K 没有再回头看,他想最好还是抓紧时间,早去早回。

第十四章

　　临近傍晚,天已经黑了,K 总算把校园小径清理出来,把雪高高地堆在路的两旁,拍得结结实实,一天的工作这才算完成。他独自站在校园门口,周围看不到一个人影儿。那个助手在几个钟头以前已给他赶走。他追了很长一段路,后来那个助手在校园和校舍之间的什么地方躲了起来,再也找不到了,此后再也没有露面。弗丽达在家里不是忙着洗衣服,便是仍旧在给吉莎的猫洗澡;吉莎把这项工作交给弗丽达,这是对她非常信任的表示。不过那是一件令人倒胃口的不合适的事,要不是在种种失职表现之后很有必要抓住任何机会讨好吉莎,K 是一定不会让她去干的。[21]吉莎满意地看着 K 从顶楼上把一个孩子用的小澡盆拿下来,烧好热水,最后小心翼翼地把猫放进澡盆里。后来吉莎甚至把猫完全交给弗丽达照管,因为 K 进村第一天晚上认识的那个施瓦采来了。由于那天晚上发生的事情,他在向 K 打招呼时有点不好意思,同时又表现出对一个校役应有的极端蔑视,然后就同吉莎走到另一间教室里去了。他们两人一直还待在那儿。K 在桥头客栈时听人说,施瓦采虽然是城堡总管的儿子,但是因为爱上了吉莎,在村里已经住了很长时间,通过他的种种关系,被村里任命为代课教师,但他主要是以如下方式行使其职务,即他几乎一堂不漏地去听吉莎的课,不是坐在孩子们中间,便是坐在讲台旁吉莎的脚下。他毫不妨碍大家,孩子们早已习以为常,或许这也是因为施瓦采既不喜欢孩子,也不理解孩子,很少和他们讲话,只是代吉莎上体操课,此外他只满足于待在吉莎的身边,呼吸她的空气,感受她的温暖。他最大的乐趣就是坐在吉莎身边批改学生作业。今天他们也在忙于批改作业,施瓦采抱来了一大摞作业本,男教师总是也把他的作业本交给他们改。只要天还亮,K 就看见他们两人坐在窗前一张小桌子旁工作,头挨着头,一动不动,这会儿他看到那儿只有两支蜡烛的烛光在摇曳。把这两人联系在一起的是一种严肃的、默默的爱情;唱主角的是吉莎,她那慢性子有时火暴起来也会冲破一切界线,但她却决不会容忍别人在别的时候也这样做;因此,生性活泼的施瓦采也不得不俯首帖耳,慢走、慢说、少说;但是人们看出,他所做的一切,由于吉莎单纯的、默默的存在而得到充分的回报。但是,吉莎或许根本就不爱他;反正她那圆圆的、灰色的、确实从不眨一眨、倒是瞳孔似乎在转动的眼睛,没有对这样的问题提供答案;人们看到,她只是无异议地容忍施瓦采的接近,但是她无疑毫不赞赏被一个城堡总管的儿子爱上的这份荣耀,不管施瓦采的目光是否尾随着她,她照旧从容不迫地拖着她那丰满的身体走来走去。相反,施瓦采却为她作出长期牺牲,留在村子里;父亲经常派人前来接他回去,他却气愤地把他们打发走,好像他们使他短暂地想起城堡和做儿子的义务,就是对他的幸福的严重的、无法弥补的干扰似的。其实他倒是有足够的空闲时间,因为吉莎只是在上课和批改作业时才向他露面,这倒不是她在打小算盘,而是因为她喜欢舒适的生活,因此把独身生活看得比什么都重要,大概使她最开心的莫过于能完全自由自在地在家里躺在长沙发上,让那只猫挨着自己,它并不碍事,因为它已几乎跑不动了。这样,施瓦采每天大部分时间就无所事事地闲荡,但是他也喜欢这样做,因为他毕竟还有机会去狮子巷,他也经常利用这一机会,到狮子巷吉莎住的小顶楼上去,在总是锁上的门口偷听,在毫无例外地发现房间里不可思议毫无动静以后又匆忙离开。但是在重又产生傲慢的官气——这当然与他目前的职位很不相称——之后,他这种生活方式的后果有时——但从来不当着吉莎的面——也表现在可笑的发作中;不过事情的结果往往并不很妙,正如 K 也曾经历过的那样。

〔22〕惟一令人惊奇的是,即使谈的是可笑而不值得尊敬的事情,但是至少在桥头客栈,人们谈到施瓦采的时候总是还带有几分敬意,吉莎也分享了这种敬意。话虽如此,施瓦采以为代课教师就比 K 高出许多,那是毫无道理的,这种优越性并不存在。校役对全体教师、尤其对施瓦采那样的教师来说是个重要人物,不能等闲视之,倘若因为社会地位的关系不能放弃这种歧视,那至少也得做出适当的回报以示抚慰。

K决定把这件事记在心上,而且施瓦采由于第一天晚上的表现,至今还欠着他一笔账,虽然从后来几天的情况来看,说明施瓦采接待他的方式其实是对的,但也不能减轻他的过错。因为不能忘记,那次接待也许就决定了后来的一切的方向。由于施瓦采的缘故,K在刚一抵达的时候,当局就毫无道理地把全部注意力集中在他的身上了。那时他在村里还完全是人地生疏,举目无亲,无栖身之处,由于长途跋涉而疲劳过度,无可奈何,躺在那儿的草垫子上,完全听任官方的摆布。一夜过后,情况就会大不相同,事情本可以悄悄地、半明半暗地进行;反正没有人知道他的情况,没有人会怀疑他,至少不会犹豫不决,别人会把他当做流动手艺工人收留一天;人们会看到他的用处和可靠,左邻右舍会传扬开去,他很可能不久便会在什么地方当上雇工,找到栖身之处。当局当然不会不知道。但是,为了他的缘故,中央办公厅或其他什么人半夜三更被电话惊醒,要求马上作出决定,表面上虽是很谦恭的请求,但是却坚持要求马上答复,令人讨厌,而且打电话的人又是上面大概不喜欢的施瓦采;或者完全不是这样,K在第二天办公时间去求见村长,理所应当地申报自己是外来的流动手艺工人,已经在某一个村民家里找到安身之处,很可能明天就离开这儿,除非发生极不可能发生的情况,即他在这儿找到了工作,当然只干几天,因为他并不想待更久——这两种情况是大不相同的。如果没有施瓦采的话,本来就会出现后一种情况或类似情况。当局也会进一步调查此事,但是从容不迫地通过官方途径,不受当事人的干扰,他们大概最恨当事人缺乏耐心。现在这一切都不是K的过错,而是施瓦采的过错,但施瓦采是城堡总管的儿子,表面上又做得很恰当,所以这一切就只能叫K吃不了兜着走了。造成这一切的可笑起因又是什么?也许是那天吉莎心情不佳,害得施瓦采夜里睡不着觉,出来游荡,后来就把一肚子的气都出在K的身上。当然,从另一方面也可以说,K得十分感谢施瓦采的那种态度。只是由于施瓦采的态度,才有可能做到一点,K自己决不会做到,也决不敢去做,而且当局方面也不会同意的,那就是他从一开始便不耍什么花招,公开地,在可能的范围之内和当局面面相对。但是这是一件很糟糕的礼物,虽说它使K不必信口开河和鬼鬼祟祟,但是它也使K几乎毫无自卫能力,至少使他在斗争中处于不利地位,倘若他心里不清楚,当局同他之间的实力相差那么悬殊,即使他能施展的扯谎和计谋都施展出来,也不能大大缩小这种差距,使形势变得对自己有利一点,那他可能会被弄得灰心丧气。不过这只是 K 聊以自慰的想法,施瓦采不管怎样总是还欠着他的债,当时他曾经伤害过 K,现在也许他能帮忙。在最细小的事情上,在最基本的先决条件上,K 也继续需要别人帮忙,因为例如巴纳巴斯看来也重又不起作用了。

为了弗丽达的缘故,K 迟疑了整整一天,没有上巴纳巴斯家去打听消息;为了避免当着弗丽达的面接见巴纳巴斯,他现在在屋外干活,活干完后还留在外边等巴纳巴斯,但是巴纳巴斯没有来。现在他别无他法,只好去找巴纳巴斯的姐妹,只去一会儿,只在门口问一声,很快就回来。于是他把铁锹插进雪里,拔腿就跑了。他上气不接下气地跑到巴纳巴斯家门口,在门上只敲了一下便把门推开,也没有看清屋里的情况,开口就问:"巴纳巴斯还没有回来吗?"这时他才注意到奥尔加不在屋里,两位老人又坐在远离门口的桌子旁昏昏欲睡,还没有弄清楚门口发生了什么事,现在才慢吞吞地把脸转向门口;阿玛丽亚睡在炉边长凳上,身上盖着毯子,看到 K 突然出现吓了一跳,一手按着额头,想让自己镇定下来。奥尔加要是在,会马上回答的,K 也就可以回去了。于是他只好至少走几步到阿玛丽亚那儿去,向她伸出手去。她默默地握了握他的手。K 请她劝受惊的双亲不用走过来,她三言两语就做到了。K 得知奥尔加正在院子里劈柴,阿玛丽亚疲惫不堪——她没有说为什么缘故——刚躺下不多一会儿,巴纳巴斯虽说还没有回来,但他一定很快就会回来的,因为他从来不在城堡里过夜。K 感谢她告诉他这些情况,现在又可以走了,但是阿玛丽亚却问他是否愿意再等一等奥尔加,不过他说可惜他已没有时间了。接着阿玛丽亚问他今天是否已经和奥尔加谈过话;他很惊异地回答说没有,问是不是奥尔加有什么要紧的事要和他说。阿玛丽亚似乎有点生气的样子,撇了撇嘴,默不作声地向 K 点了点头,显然是和他告别,然后又躺了下去。她躺着用眼睛打量 K,好像奇怪他为什么还站在那儿。她的目光像平时一样冷漠、明亮、呆板,并不完全对准她观看的目标,而是——这使人心烦——稍许偏离一点,不大看得出来,但毫无疑问偏离了目标,看来这并不是由于软弱,不是由于困惑,也不是由于不诚实,而是出于一种持续不断的、高于任何其他感情的强烈愿望,想要离群独处,也许只有这样她自己才会意识到这种愿望。K相信,他想起他进村后的第一个晚上吸引他注意的就是这种目光,是的,使他对这一家人立刻产生恶劣印象的很可能就是这种目光。这种目光本身并不讨厌,而是自豪的,在深沉中包含着真诚。"你总是这样忧愁,阿玛丽亚,"K说,"你有什么心事吗?你能告诉我吗?我还从来没有见过像你这样的乡下姑娘。今天,现在,我才发现。你是本村人吗?你是在这儿出生的吗?"阿玛丽亚点点头,仿佛K只是问了最后那个问题,然后说:"那么,你还是要等奥尔加了?""我不知道你为什么老是问我这个,"K说,"我不能再耽搁了,因为我的未婚妻正在家里等着呢。"

阿玛丽亚用胳膊肘支起身子,说她不知道他有未婚妻。K说出弗丽达的名字。阿玛丽亚不认识她。她问,奥尔加是否知道他订婚了;K相信她是知道的,因为她曾看见他和弗丽达在一起,而且这样的消息很快就会传遍全村。可是阿玛丽亚向她断言,奥尔加不知道此事,这个消息会使她很伤心的,因为她似乎爱上K了。她没有明说,因为她很拘谨,但是爱会不由自主地流露出来。K深信阿玛丽亚一定是弄错了。阿玛丽亚笑了笑,这一笑虽然是苦笑,却使她那愁眉锁眼的面孔开朗起来,使她从沉默中开口说话,使生疏变成亲热,泄露了一个秘密,放弃了一件一直保藏到现在的东西,虽然还可以重新收回,但是永远也不能全部收回了。阿玛丽亚说,她肯定没有搞错;是的,她还知道更多的情况,她知道K也爱慕奥尔加,他几次登门拜访,名义上是为了找巴纳巴斯打听消息,实际上只是为了来看奥尔加,现在既然阿玛丽亚什么都已知道了,他就不必再过于拘泥了,可以经常来。她想对他说的就是这些。K摇摇头,提醒她,他是订过婚的。阿玛丽亚似乎并不去多想这一婚约,K可是独自一人站在她面前,这种直接的印象对她来说是决定性的;她只问K是什么时候认识那个姑娘的,他到村里来才只有几天。K把那天晚上在贵宾饭店的事讲给她听,她听完仅仅说了一句,她那天就非常反对把他带到贵宾饭店去。这时奥尔加正抱着一大捧木柴走进来,阿玛丽亚也要她作证。奥尔加被室外的冷空气刺激得精神焕发、活泼健壮,和她平时无所事事地站在屋子里的样子相比,通过劳动,像是换了一个人。她扔下木柴,大大方方地向K问好,立刻又问弗丽达的情况。K和阿玛丽亚交换了一下眼色,可是她似乎并不认为自己刚才的说法不对。K对此有点生气,便比平常更加详细地描述弗丽达在多么困难的情况下在学校里总算安了家,由于说得匆匆忙忙——因为他急于想马上回家——在向姐妹俩道别时忘乎所以,竟邀请她们上他家去玩。阿玛丽亚不让他再有说话的时间,马上表示接受邀请,奥尔加也只好表示接受,现在这倒使K目瞪口呆起来。他始终一心想着必须赶快告别回家,并且在阿玛丽亚逼视下觉得心神不定,于是便毫不犹豫地、不再转弯抹角地坦白承认,这个邀请完全有欠考虑,只是他个人一时冲动,随口说出来的,但是很遗憾他不能兑现,因为弗丽达和巴纳巴斯家之间存在着很大的敌意,他也完全不懂是为什么。"那倒不是什么敌意,"阿玛丽亚从长凳上站起身,把毯子扔到身后,"并不是什么了不起的事情,不过是人云亦云随大流罢了。现在你走吧,到你的未婚妻那儿去吧,我看出你很着急。你也别害怕我们会去,我原来只是出于恶意,说着玩的。不过你可以常来看我们,这大概没有什么障碍吧,你总可以用巴纳巴斯的信做借口。我曾说过,即使巴纳巴斯从城堡里为你带来信,他也不能再上学校去通知你,这样就更方便你上这儿来了。他不能跑那么多路,可怜的孩子,那份差使可把他累垮了,你得自己来取信。"K还从来没有听过阿玛丽亚一口气说了那么多话,而且听起来也和她平常说的话不同,含有一种威严的意味,不仅K感觉到了,而且显然连很了解自己妹妹的奥尔加也感觉到了。她站在稍远的地方,双手抱在胸前,现在又像平时一样两腿分开站着,微微弯着身子,眼睛盯着阿玛丽亚,而阿玛丽亚却只望着K。"你错了,"K说,"你以为我不是真的在等巴纳巴斯,这就大错特错了。跟当局处理好我的事情是我最高的愿望,其实也是我惟一的愿望。巴纳巴斯应帮我做到这一点,我的希望大半都寄托在他的身上。虽然他曾使我大失所望,可是那更多是我的过错,而不是他的过错,我刚到村里来的那几个钟头里,糊里糊涂,当时以为只要晚上出去遛一趟,什么事情就都可以迎刃而解,后来表明,办不到的事情就是办不到的,我便对他耿耿于怀,甚至影响了我对你们一家、对你们俩的看法。这已经过去了,我想我现在对你们更了解了,你们甚至是……"K想找一个恰当的字眼,可是一时又找不到,只好说个大概其——"就我到现在为止对你们的了解来说,你们也许是村里心眼最好的人。可是现在,阿玛丽亚,如果不说你小看了你哥哥的差使,那你也贬低了他对我的重要性,这倒又把我给搞糊涂了。也许你并不了解巴纳巴斯的事情,要是这样,那就好了,我就不去管它,但是也许你了解他的事情——我更有这种印象——,那就很糟糕,因为这说明你哥哥在骗我。""你放心,"阿玛丽亚说,"我并不了解,什么都不能促使我去了解,什么都不能促使我这样做,甚至看在你的情面上也不能,而我本来可以为你去做很多事,因为正像你所说的,我们心眼好。可是我哥哥的事情是他自己的事,除了违背我的本意有时偶尔听到一两句以外,我对他的事一无所知,而奥尔加可以全都告诉你,因为她是他的知己。"说罢,阿玛丽亚就走开了。她先走到她父母跟前,咬着耳朵对他们说了几句,然后就走进厨房;她走时并没有向K道别,仿佛她知道他还要待很长时间,因此没有必要道别。

第十五章

K脸上露出一些惊异的神色,留在原处未动。奥尔加看见他这副样子便笑了起来,把他拉到火炉旁边的长凳上,现在能和他单独坐在这儿,看来她真正觉得快乐,但这是一种宁静的快乐,没有丝毫嫉妒在内。正因为没有一点嫉妒心,因此也就没有任何别扭的气氛,K觉得很舒适;他喜欢正视她那双蓝眼睛,这双眼睛既不媚人,也不咄咄逼人,而是羞羞答答,沉稳而自信。似乎弗丽达和女店主的警告并没有使他对此处的这一切变得更易受影响,但却使他更加机警更加留神了。奥尔加感到奇怪,为什么他刚才说阿玛丽亚心眼儿好,阿玛丽亚确实有不少优点,但心眼儿好却说不上。说到这里,K也和她一起笑了。接着他解释说,他所赞美的当然是她奥尔加,但是阿玛丽亚却是那么跋扈,不仅把别人在她面前说的话都扯到自己身上去,而且也促使别人自愿把什么都归到她身上。"这倒是真的,"奥尔加变得严肃起来,"这比你所想的还要真实。阿玛丽亚岁数比我小,也比巴纳巴斯小,可是在家里不论是好是坏都是她说了算;当然,不论是福是祸,她承担的责任也比大家都重。"K认为这话有点夸大其词,阿玛丽亚刚才还说比如她并不关心哥哥的事,而奥尔加倒全都知情。"叫我怎么说好呢?"奥尔加说。"阿玛丽亚既不关心巴纳巴斯,也不关心我;除了父母以外,其实她对谁也不关心,她日日夜夜照料他们,现在她又问他们要什么,下厨房为他们烧吃的东西去了。为了他们的缘故,她勉强起床,因为从中午起她就病了,躺在这张长凳上。可是虽然她不关心我们,我们仍旧都依靠她,好像她是老大一样,如果她对我们的事提出什么劝告,我们一定会听她的,但是她不这样做,她把我们当做外人。你见多识广,又是从外地来的,你是不是也觉得她非常聪明?""我觉得她非常忧伤,"K说。"可是,比方说,阿玛丽亚不赞成巴纳巴斯当信差,也许甚至很瞧不起,但他还是去干这个差使了,那又怎么能说你们尊重她呢?""如果他有别的办法,他会马上不当信差的,他并不满意这份差使。""他不是一个满师的鞋匠吗?"K问。"不错,"奥尔加说,"他也附带给布龙斯维克干活,只要他愿意,他可以日夜忙个不完,挣不少钱。""既然是这样,"K说,"那他还是可以不当信差,去干别的事啦。""不当信差?"奥尔加惊讶地问。"你以为他当信差是为了钱?""也许是吧,"K说,"可是你刚才不是说他不满意这份差使吗?""他不满意这份差使,原因很多,"奥尔加说。"不过这可是给城堡当差呀,不管怎么说他也算是给城堡当差,至少别人会这么想。""什么,"K说,"你们连这一点也怀疑?""唔,"奥尔加说,"其实并不怀疑;巴纳巴斯到公事房去,和跟班们打交道,如同他们自己人一样,他也可以远远地见到一些官员,比较重要的信件也让他递送,甚至还让他转达口信,这就很了不起了。他年纪轻轻,就已有这样的成就,我们可以引以为荣。"K点点头,现在他不想回家之事了。"他也有自己的制服吗?"他问。"你是说那件外套吗?"奥尔加说。"不,那是在他当信差以前阿玛丽亚给他做的。不过你触到他的痛处了。他早就应该有公家发的一套衣服——不是制服,城堡是没有制服的——了,并且也答应过他,可是城堡在这一方面办事拖拖拉拉,而且最糟的是你永远不知道拖拉的原因是什么;可能这件事情正在办理之中,但也可能根本还没有着手办理,这就是说,例如他们一直还在想试用巴纳巴斯,但是最后也有可能事情已处理完毕,由于某种原因,他们撤消了原来的承诺,巴纳巴斯永远不会得到那一套衣服。你不可能了解其中内情,或者事过很久才能了解。我们这儿有句俗语,或许你听说过:官方的决定好比大姑娘——羞羞答答。""这倒是一个很好的比喻,"K说,这句话他比奥尔加还要重视,"一个很好的比喻,官方的决定或许还有其他一些特点,也和姑娘家一样。""或许是吧,"奥尔加说。"可是我不知道你是什么意思。也许你是在夸它。可是就这套公家的衣服来说,那是巴纳巴斯最伤心的事情之一,由于我们有难同当,所以这也是我的伤心事。我们问自己为什么他拿不到公家的衣服,但找不到答案。不过整个事情并不那么简单。比如说,官员们看来都没有公家的衣服;据我们这儿所知道的以及巴纳巴斯所说的,官员们都是穿普通的、但很漂亮的衣服。再说你也见过克拉姆。好吧,巴纳巴斯当然不是官员,连最低一级都够不上,他也不敢说自己是官员。可是,级别较高的勤务员在村里当然是见不到的,据巴纳巴斯说,他们也没有公家发的衣服,这可以说是一种安慰,但那是骗人的,难道巴纳巴斯是高级勤务员吗?不,不管你怎样偏爱他,也不能说他是的,他不是一个高级勤务员,单凭他到村里来,甚至还住在这儿这一点,就足以证明他不是了;高级勤务员比官员还要谨慎,也许应该这样,也许他们的级别甚至高过某些官员;这是有一些根据的;他们干活更少,巴纳巴斯说,看见那些身材魁梧得出奇的男人在走廊上踱方步,那真叫好看,巴纳巴斯总是轻轻地绕过他们。总之,巴纳巴斯谈不上是个高级勤务员。那么,他可能是一个低级勤务员了,可是他们又都有公家发的衣服,至少他们到村里来时都是穿着的,其实那并不是制服,也有许多不同的式样,可是不管怎样,人们一看衣服就知道他们是城堡里的勤务员,你在贵宾饭店也见过这种人。这种衣服最明显的一点是一般都紧贴着身子,农民或手艺人是没法穿这种衣服的。嗯,巴纳巴斯就没有这种衣服;这不仅丢人现眼、令人难堪,这倒还可以忍受,可是,特别是在心情忧郁的时候——我们,巴纳巴斯和我,就常常心情忧郁——就会使人怀疑一切。这时我们就会问,巴纳巴斯真的是在给城堡当差吗?不错,他到公事房去,但是公事房是不是就是真正的城堡?即使公事房属于城堡,是不是就是允许巴纳巴斯进去的那些公事房呢?他可以进入一些公事房,但那也只是所有公事房的一部分,这些公事房里有一道道挡板,挡板后面还有别的公事房。他们并没有禁止他往前走,但是,既然他已经找到他的上司,他们打发他走开以后,他就不能再往前走了。再说,那儿总是有人在监视着,至少人们是这样想的。即使他继续往里走,他要是在那儿没有公事要办,冒冒失失闯进去,那又有什么用呢?你也不要以为这些挡板是一条明确的界线,巴纳巴斯也总是要我记住这一点。他去的公事房里也有挡板;由此可见,也有一些挡板他是可以通过的,它们和那些他还没有越过的挡板没有什么两样,因此也不应马上就以为在最后那几道挡板后面有着公事房,它们完全不同于巴纳巴斯所见过的公事房。我们只有在心情忧郁的时刻才会以为它们是不同的。于是我们就会怀疑下去,根本就欲罢不能。巴纳巴斯和官员谈话，巴纳巴斯传递信息。但是那些官员是谁，那些信息又是什么？据他说，现在他奉派给克拉姆当差，克拉姆亲自向他布置任务。唔，这可是了不起，连高级勤务员都不可能有这样大的荣耀，几乎太多了，这使人害怕。只要想一想：直接派给克拉姆，面对面地和他说话。可是果真是这样吗？是啊，果真是这样，那么为什么巴纳巴斯还要怀疑在那儿被称为克拉姆的那个官员是否真是克拉姆呢？""奥尔加，"K说，"你不是在开玩笑吧？怎么能对克拉姆的相貌产生怀疑呢？谁都知道他的模样，我自己就见过他。""当然不是开玩笑，K，"奥尔加说。"这不是开玩笑，而是我最最担心的事。不过我把这一切告诉你，并不是为了使自己心里轻松些，使你心情沉重，而是因为你问起巴纳巴斯，阿玛丽亚叫我告诉你，因为我认为你多了解一些情况也是有用的。我这样做也是为了巴纳巴斯，使你不要对他寄予太大的希望，免得他使你失望，还免得因为你失望，他自己也感到痛苦。他很敏感；比如说，他昨天一夜未睡，就因为昨天晚上你对他不满；据说你说过，你只有一个像巴纳巴斯那样的信差，对你来说很糟糕。这句话让他一夜没有睡着。你自己大概没有怎么注意到他的激动，城堡信差必须善于克制自己。他的日子并不好过，甚至和你在一起也是这样。在你看来，你对他的要求并不过分，你对信差的工作有一定的看法，你根据这种看法提出你的要求。但是在城堡里，他们对信差工作有着不同的看法，和你无法取得一致，即使巴纳巴斯全心全意地当差——不幸看来他常常准备这么做。要不是怀疑他所干的是否真是信差工作，他就只好服从，不能提出任何异议。在你面前，他当然不能对此表示任何怀疑；要是他那么做，那就会葬送自己的一生，严重地违犯他相信自己仍受其约束的法律，甚至对我，他都不畅所欲言，我得用甜言蜜语哄他，吻他，才能使他说出他的疑心，甚至在那种时候，他还不肯承认他的疑心就是疑心。他的性格有点像阿玛丽亚。虽然我是他惟一的知己，但他肯定并没有把什么都告诉我。不过我们常常谈起克拉姆，我从来没有见过克拉姆——你知道弗丽达不太喜欢我，从来就不让我瞧他一眼——不过他的外貌在村子里大家都是熟悉的，有人见过他，人人都听说过他，从亲眼目睹、传闻以及种种别有用心的添油加醋中形成了一个克拉姆的形象,这个形象大体上八九不离十。至于细节,则是众说纷纭,也许还没有克拉姆的真正外貌变化得那么厉害。据说他到村里来的时候是一副样子,离开村子的时候又是一副样子,喝啤酒以后和喝啤酒以前又不一样,醒着的时候和睡着的时候又不一样,独自一人的时候和与人谈话的时候又不一样,因此可以理解,他在上面城堡里几乎成了另外一个人。甚至在村子内部,说法也大不相同,人们对他的身高、体态、胖瘦、胡子等都各有各的说法,幸好对他穿的衣服的说法是一致的:他总是穿同样的衣服,一件后摆很长的黑色短上衣。这一切差异当然不是变戏法的结果,而是很可以理解的,这取决于观察者当时的心情、激动程度,取决于他们见到克拉姆时所抱的希望或失望的种种不同程度,而且他们通常也只能看到克拉姆一两秒钟而已。我把这一切又都告诉你,如同巴纳巴斯常常告诉我的那样,一般说来,与此无切身利害关系的人听了也就满足了。可是我们不能;对巴纳巴斯来说,同他说话的那个人是否真是克拉姆,这是生死攸关的问题。""对我也是一样,"K说,这时他们在火炉旁边的长凳上彼此挨得更近了。

奥尔加讲的这些不好的消息虽然使 K 感到震惊,但是他看到这儿有人至少在表面上和自己的情况十分相似,他可以与他们同舟共济,在许多方面——不像和弗丽达那样只是在有些方面——有共同的语言,这对他是个不小的安慰。虽然他对通过巴纳巴斯这条渠道获得成功的希望正在逐渐消失,但是巴纳巴斯在上面处境越不好,他在这儿下面就会对 K 更接近,K 从来也没有想到村里会有像巴纳巴斯和他的姐妹们那样不幸的挣扎。当然事情还远远没有讲清楚,可能最后还会变成相反;不要被奥尔加无可怀疑的单纯性格所影响,也相信巴纳巴斯是真诚的。"关于克拉姆外貌的种种说法,"奥尔加继续说,"巴纳巴斯耳熟能详,他收集了许多说法,加以比较,也许收集得太多了,有一次他自己在村里从马车的窗子外面看到了克拉姆,或者他以为看到了克拉姆,因此他已有充分准备,一定能认出克拉姆,可是后来他在城堡里走进一个公事房,别人指着几位官员中的一位对他说,那是克拉姆,但他却不认识他,过了很久也不能习惯于那人就是克拉姆的说法。这你又如何解释呢?可是你问巴纳巴斯,那人同大家心目中的克拉姆有什么不同,他又答不上来，更确切地说，他回答了，把城堡里的那位官员描述了一番，可他的描述却和我们所听到的对克拉姆的描述一模一样。'巴纳巴斯，'我说，'那么你为什么要怀疑？为什么要自寻烦恼呢？'于是他显然很窘迫地开始列举城堡里那位官员的特征，但这些特征看来更像是他编造的，而且又尽是些鸡毛蒜皮的事，比如说点头的样子特别或是仅仅背心纽扣没有扣上等等，因此根本不能当真。我觉得克拉姆同巴纳巴斯打交道的方式倒是更重要。巴纳巴斯常常向我描述那情景，甚至还画给我看。通常他被领进公事房的一间大屋子，但那并不是克拉姆的办公室，压根儿不是什么人的办公室。房间里有一张供站着工作用的斜面桌，桌子的两头顶着两边的墙，把房间一隔为二，一间很小，两个人在里面彼此都很难让道，这是给官员们使用的，另一间很大，那是当事人、旁观者、勤务员、信差的房间。桌子上并排放着一本本翻开的大书，大多数书都有官员站在那里翻阅。但他们并不总是看同一本书，可是他们并不交换书，而是交换位置，正因为地方狭小，他们在换位时非得侧着身挤过去不可，这是使巴纳巴斯最感惊讶的。紧挨着斜面桌放着几张矮桌子，文书们坐在这些桌子前，官员们需要时，文书就根据他们的口授记录下来。这种做法总是使巴纳巴斯惊异不止。官员并不发出什么明确的命令，也不高声口授，你几乎觉察不到正在口授，官员似乎和原先一样在看书，只不过在看书时还低声讲话，文书就听着。官员口授的声音常常太低，文书们坐着根本就听不清，于是总得跳起来听，又连忙坐下去记录，然后又跳起坐下，如此下去。这是多么奇怪的事！几乎不可理解。当然巴纳巴斯有足够的时间去观察这一切，因为在克拉姆向他看一眼之前，他得在那间观众厅里站上几小时，有时是好几天。即使克拉姆已经看见他，他挺起身来做立正姿势，但这还说明不了什么，因为克拉姆可能又把目光从他身上移到书上，把他忘了；那是常有的事。这样无足轻重的信差工作究竟是什么工作？每当巴纳巴斯一清早说他要到城堡去，我就很悲伤。那很可能是白跑一趟，很可能是白费一天工夫，很可能是希望落空。这一切有什么用？这里却积压了一大堆鞋匠的活儿没有人干，布龙斯维克又催着要。""好啦，"K 说，"巴纳巴斯得等很久才能领到任务。这是可以理解的，看来那儿人浮于事，并非每个雇员每天都能分配到任务,对此你们不必抱怨,大概人人如此。可是巴纳巴斯终究也领到过任务,他已经给我送来过两封信了。""我们也有可能抱怨错了,"奥尔加说,"尤其是我,什么事情都只是道听途说,而且作为姑娘家,不像巴纳巴斯那样懂得多,他一定还有许多事情藏在心里没有说。不过你听我说,这些信究竟是怎么一回事,比如说交给你的那两封信。这些信他并不是直接从克拉姆手中接过来的,而是文书交给他的。随便哪天,随便哪个时辰——所以这个差使看起来很轻松,实际上很累人,因为巴纳巴斯必须时刻留神——文书想起他,向他招手。看来这并不是克拉姆指使的,他还静静地在看他的书;可是,当巴纳巴斯走过去的时候,他正在擦他的夹鼻眼镜——不过他平常也时常擦眼镜的——,同时也许会看着巴纳巴斯,假定他不戴眼镜也能看得见的话,巴纳巴斯对此抱有怀疑;这时克拉姆几乎闭上眼睛,好像在睡觉,只是在梦中擦他的眼镜。此刻文书从桌子下面的许多公文函件中找出一封给你的信,由此可见那封信并不是刚写好的,从信封的外观来看,这是一封很旧的信,搁在那儿已有很久了。但是,既然这是一封旧信,那他们为什么又让巴纳巴斯等那么久呢?为什么也让你等那么久呢?又为什么也让那封信等那么久,因为它现在早就失去时效了。这样一来,他们就使巴纳巴斯落了个送信慢的坏信差的名声。文书当然很轻松,把信交给巴纳巴斯,说一声'是克拉姆给 K 的'就把巴纳巴斯打发走了。巴纳巴斯便把那封好不容易弄到手的信贴身藏好,上气不接下气地跑回家来,然后我们就像现在这样坐在这儿的长凳上,他把一切经过讲给我听,然后我们就仔仔细细地琢磨这一切,估量他的收获,最后发现他的收获甚微——而且连那一点点收获还是很成问题的,于是巴纳巴斯就把信放在一边,不想投送了,可是也不想去睡觉,便干起鞋匠的活,在那儿小板凳上干了一夜。情况就是这样,K,这就是我的秘密,现在你大概再也不会奇怪为什么阿玛丽亚不愿谈它了。""那么那封信呢?"K 问。"那封信?"奥尔加说。"嗯,过了一些时候,巴纳巴斯被我催逼得不耐烦了,可能已过了好几天、好几个星期,他这才拿起信去投送。在这种琐碎小事上,他倒是很听从我的意见的。因为我听了他的叙述,从最初的印象中清醒过来以后也能重新镇静下来,他大概做不到,因为他知道的事情更多一些。所以这时我可以一再地对他讲些这种话:'你究竟想干什么,巴纳巴斯?你梦想什么前程、什么目标?也许你想爬得那么高,把我们,把我,统统甩掉?难道这就是你的目标?不然的话,你为什么对你已取得的成就会这样极其不满,那就不可理解了,我又怎么能不那么想呢?你看看周围邻居中有哪一个已经达到如此地步?当然,他们的境况和我们不同,他们除了本职工作之外没有理由再去追求什么,可是不用比较也能看出你混得很好。你遇到障碍,产生怀疑失望,但是这仅仅意味着一切都得靠你自己努力,你自己必须为每一件小事奋斗,这是我们事先就已知道的;这一切使人更有理由感到骄傲,而不是灰心丧气。再说,你不是也在为我们奋斗吗?难道这对你就毫无意义?难道这不会给你以新的力量?我有你这样一个弟弟感到幸福,几乎感到骄傲,难道这没有使你有自信吗?真的,使我失望的并不是你在城堡里所取得的成就,而是我在你身上所取得的成就。你可以进城堡,你是那些公事房的常客,整天和克拉姆呆在一间屋子里,你是官方承认的信差,有权利要求发给一套公家的衣服,你传递重要的信函;你拥有这一切,你可以做这一切,可是你跑下山来,我们不是互相拥抱,高兴得掉下眼泪,而是你似乎一看到我立刻就失去一切勇气;你怀疑一切,只有鞋匠楦子能吸引你,那封信是我们前途的保证,你却丢下它不管。'我就是这样对他说的,我连续几天翻来覆去说了多少遍,最后他才叹了一口气,捡起那封信走了。不过很可能并不是我的话起了作用,而只是他非常想再到城堡里去,因为不完成任务,他是不敢去的。""可是你对他说的一切都是对的,"K说,"你把这一切概括得这样正确,真叫人钦佩。你的头脑是多么清楚呀!""不,"奥尔加说,"这些话骗得住你,或许也骗得住他。他究竟取得了什么成就呢?他可以进一个公事房,但是那似乎并不像是公事房,更像是公事房接待室,也许连这都不是,也许是一间用来拦住所有不得进入真正公事房的人的房间。他同克拉姆谈话,但那人是克拉姆吗?倒不如说是某个有点像克拉姆的人?也许至多是一位秘书,长得有一点像克拉姆,竭力想使自己更像他一些,于是就装模作样,装出克拉姆那种睡眼惺忪、心不在焉的样子。他这方面的特性是最容易模仿的,许多人都想学他这种样子,不过明智地不去学他其他的特性。像克拉姆这样一个大家很想见又难得见到的人,在人们的想象中很容易形成不同的形象。比如说,克拉姆在这儿有个村秘书,名叫莫穆斯。你认识他?是吗?他也很少露面,但我倒见过他几面。一个身强力壮的年轻人,不是吗?所以,他大概一点儿也不像克拉姆。可是村子里居然有人硬说莫穆斯并非别人,就是克拉姆。人们就是这样把自己搞得迷迷糊糊。在城堡里难道就会不一样?有人对巴纳巴斯说,那位官员就是克拉姆,事实上两人确有相似之处,但巴纳巴斯总是怀疑这一点,而且一切都证明他的怀疑是对的。克拉姆会把铅笔夹在耳朵上,在那儿一间普通的房间里,在其他官员中间挤来挤去吗?这是极其不可能的事情。巴纳巴斯常常——这就说明他有时心里已深信不疑——有点天真地说:那个官员的确很像克拉姆;假使他坐在自己的办公室里,坐在自己的办公桌前,门上写着他的名字,那么我就不会再怀疑了。这话很天真,但也有道理。不过,如果他在上面时多向几个人打听实在的情形,他的话就会更有道理,因为据他说,屋子里站着不少人呢。即使他们的说法并不比那个主动把克拉姆指给他看的人的说法可靠得多,但是从他们种种不同的说法中至少会有一些蛛丝马迹,可以用来印证对比。这不是我的想法,而是巴纳巴斯的,可是他不敢真的那么去做,他怕无意中触犯了某条他不知道的规定而失去他的职位,因此不敢和任何人说话,他是多么没有自信;这种其实很可怜的心态,比一切描述都更清楚地向我说明了他的地位。既然他连开口问一个无足轻重的问题都不敢,那么那儿的一切在他看来一定是多么可疑可怕。我想到这些,就埋怨自己不该让他单独到那些陌生的房间里去,甚至连他这样一个胆大包天而并不怯懦的人看到那儿的情况,大概也会吓得发抖的。"

〔23〕"我认为你在这儿谈到问题的关键了,"K 说,"就是这样。听了你讲的这些,我相信现在已看清楚了。巴纳巴斯年纪太轻,不足以担当这一任务。他所说的一切都不能完全当真。由于他在上面吓得要死,不能观察那儿的情况,而你们又逼着他讲,结果听到的是不知所云的无稽之谈。我对此并不感到奇怪。你们这儿的人生来就敬畏官府,在你们的一生中,这种敬畏会以各种各样的方式从各个方面继续灌输

给你们,你们自己又尽可能地推波助澜。不过,其实我并不反对这样做;如果官府好的话,为什么就不该敬畏它呢?只是你们不该把像巴纳巴斯这样一个从来没有见过村子外面世面的毛孩子突然派到城堡去,然后又想要求他如实地报告情况,把他所说的每一句话都当做上帝的启示加以探讨,让自己一生的幸福取决于对它的解释。没有什么能比这更错误的了。不过我也和你没有什么两样,我也上过他的当,曾把希望寄托在他身上,也由于他而感到失望,两者都只是以他说的话为根据,也就是说,几乎毫无根据。"奥尔加默不作声。"要动摇你对你弟弟的信任,对我并不是容易的事,"K说,"因为我看到,你是多么爱他,对他的期望多么大。但是我必须这样做,至少是为了你对他的爱和期望。因为你看,总是有什么——我不知道那是什么——在阻碍你,使你不能充分看清巴纳巴斯不是取得什么,而是人家送给他什么。他可以进公事房,或者按照你的说法,进接待室;好吧,就算那是接待室,但是那儿有门可以继续往里走,如果机灵的话,还可以通过挡板。拿我来说,至少目前就完全进不去那间接待室。巴纳巴斯在那儿同谁讲话,我不知道,也许那个文书是级别最低的勤务员,但是即使他是级别最低的,他也可以把你带到比他高一级的人那儿去,如果他不能带你去,他至少能说出上司的名字,如果他不能说出上司的名字,他也能够指出一个能说出他上司名字的人。那个所谓的克拉姆,也许和真的克拉姆毫无共同之处,也许只因为巴纳巴斯紧张得两眼昏花,才认为有相似之处,他也许是官员中级别最低的,也许连一个官员都不是,然而他站在那张长桌前有什么事要做,他在他那本大书中读什么,对文书低声说什么,当他的目光过了好久偶尔落到巴纳巴斯身上时他在想什么,即使这一切都不是真的,他和他的动作都毫无意义,那也是有人让他站到那儿去,这样做是有着某种目的的。我说这一切是想说明,那儿有某种机遇,向巴纳巴斯提供某种机遇,至少是某种机遇,而巴纳巴斯除了怀疑、害怕和绝望以外一无所获,那只能怪他自己。而这些我还总是从最坏的情况来说的,事实上这种情况甚至极不可能。因为我们手中有两封信,虽然我对这些信颇持怀疑,但是比对巴纳巴斯的话却要看重得多。就算这些信是毫无价值的陈年旧信,是从一堆同样毫无价值的信函中随便抽出来的,并不比在集市上给人算命的金丝雀从一堆纸条中叼出来的纸条高明多少,就算是这样,但这两封信至少和我的工作有某种关系;这两封信显然是写给我的,尽管也许对我没有什么用处;正如村长夫妇所证明的,信是克拉姆亲笔写的,而且,又是根据村长的说法,虽然只是私人性质的,意义含糊不清,但却有很重大的意义。""村长是这样说的吗?"奥尔加问。"是的,他是这样说的,"K答道。"我要把这话告诉巴纳巴斯,"奥尔加急忙说,"那会给他很大的鼓励。""但是他并不需要鼓励,"K说,"鼓励他,就等于说他做得对,他只要像到目前为止那样继续干下去就行了,可是正是这样他将会一事无成。一个人的眼睛被蒙住了,不管你怎样鼓励他透过蒙着眼睛的布极力向外看,他也是永远不会看见什么东西的;只有把布解掉,他才能看见。巴纳巴斯需要的是帮助,而不是鼓励。只要想一想:那儿上面的官府庞大得叫人摸不着头脑——我来到这儿以前以为对它的了解八九不离十,这种想法是多么幼稚啊——那儿是官府,巴纳巴斯面对的是他们,只有他可怜巴巴独自一人,没有别人,如果他不是一辈子生死不明地蹲在公事房的一个黑暗角落里,对他来说就已是够光彩的啦。""K,别以为我们小看了巴纳巴斯所承担的任务的艰巨性,"奥尔加说,"我们对官府并非不敬畏,这是你自己说的。""但那是被误导的敬畏,"K说。"敬畏得不是地方,这种敬畏反倒糟蹋了对方。巴纳巴斯获准进入那间屋子,在那儿却无所事事地消磨日子,下山后还要怀疑和轻视那些他刚才见了还怕得发抖的人,或者由于绝望或劳累,没有立即去送信,没有立即去转达交给他的信息,这还能说是敬畏吗?这可已不是什么敬畏了。可我还要继续责怪,也要责怪你,奥尔加;我不能不责怪你。虽然你以为你敬畏官府,却不顾巴纳巴斯少不更事、孤零零的,把他派到城堡里去,或者至少没有劝阻他。"

〔24〕"你对我的责备,"奥尔加说,"也是我一直对自己的责备。不过并不是责备我把巴纳巴斯送到城堡里去,我没有送他去,是他自己要去的,但是我本该想方设法,用强制的办法,用计谋,用劝说来阻止他去。我本该阻止他去,但是假如今天就是那一天,要作出决定的那一天,我像当时和今天这样感受到巴纳巴斯的困境、我们全家的困境,假

如巴纳巴斯完全意识到其责任和危险,重又微笑着温柔地甩开我而去,尽管在这一段时间里已经发生了那许多事,那么,今天我还是不会阻拦他的,而且我相信,倘若你处于我的地位,你也不会阻拦他的。你不了解我们的困境,所以你冤枉了我们,尤其是巴纳巴斯。那时我们所抱的希望比今天大,不过当时我们的希望也不大,而我们的处境却很困难,到现在还是这样。难道弗丽达一点也没有对你谈过我们的事情?""只有暗示,"K说,"没有说具体的;可是一提到你们的名字她就恼火。""老板娘也没有说过什么吗?""没有,什么也没有说过。""别人也没有说过吗?""没有人说。""当然,怎么会有人说呢。我们的事情人人都知道一些,有的是他们所能了解到的真相,有的起码是某种听来的传闻,但大多数都是自己编造出来的谣言,人人都在想我们的事情,其实是多此一举,但是又没有人痛痛快快地说出来,他们不好意思把这些事情说出口。他们这样做是有道理的。K,甚至在你面前也难以启齿,你听了这些事情以后可能也会离开我们,再也不愿理我们,虽然这些事似乎和你没有多大关系。这样,我们就会失去你,现在你对我来说,坦率地说,几乎比巴纳巴斯迄今为城堡干的差使还要重要。但是——这个矛盾已经折磨了我这一个晚上——你还是必须知道,否则你就不能了解我们的处境,就会继续冤枉巴纳巴斯,这会使我特别痛心;我们就会缺乏必要的完全一致,你就不能帮助我们,也不会接受我们的帮助,特殊的帮助。可是现在还有一个问题:你真想知道吗?""你问这干什么?"K说。"如果有必要,我就想知道,可是你干吗这样问呢?""因为迷信,"奥尔加说。"你将会卷入到我们的事情中来,而你是无辜的,跟巴纳巴斯差不多。""快讲吧,"K说,"我不怕。像你这样婆婆妈妈谨小慎微,反倒会把事情搞得更糟。"

阿玛丽亚的秘密

"你自己判断吧,"奥尔加说,"顺便提一下,这事听起来很简单,你不会马上就理解它怎么会有很重要的意义。城堡里有个大官,名叫索提尼。""我听人说起过他,"K说,"他和聘请我的事有关。""这我不信,"奥尔加说,"索提尼很少出头露面。你是不是把索迪尼错当是他了,把'迪'听成了'提'吧?""你说得对,"K说,"是索迪尼。""是的,"奥尔加说,"索迪尼很有名,他是最勤奋的官员之一,人们常常提起他;索提尼却不同,他深居简出,大多数人都不知道他。三年多以前,我第一次也是最后一次见到他。那是七月三日在消防协会的一次庆祝会上,城堡也参加了,并且还捐赠了一辆新救火车。据说索提尼兼管消防工作(不过也许他只是代表别人参加——官员们通常都互相代表,因此难以看出这个或那个官员的主管范围),他参加了救火车的捐赠仪式;当然还有其他从城堡里来的人,有官员,也有侍从。索提尼果然本性难移,毫不引人注目。他是一个矮小瘦弱、爱动脑筋的老爷,凡是见到他的人都会注意到他额头上皱纹的样子,虽然他肯定不超过四十岁,但是额上已经布满皱纹,所有的皱纹从额头延伸至鼻根,简直像扇子一样,我还从来没有见过这样的皱纹。好吧,这就是那次庆祝会。我们,阿玛丽亚和我,早在几星期前就高兴地盼望这次庆祝会了,节日盛装有一部分重新做过,尤其是阿玛丽亚的衣服十分漂亮,白衬衣前身高高凸起一排排花边,妈妈把自己所有的花边都用上了,当时我很嫉妒,在庆祝会前夕哭了半宿。第二天早晨,桥头客栈的老板娘来看我们时……""桥头客栈的老板娘?"K问。"是的,"奥尔加说,"她从前是我们的好友,哦,她来了,她不得不承认阿玛丽亚占了上风,因此,为了安慰我,她把自己那串波希米亚宝石项链借给我戴。可是,后来我们都准备停当,阿玛丽亚站在我面前,我们大家都夸赞她。爸爸说:'记住我这句话;今天阿玛丽亚会找到未婚夫的。'于是我不知为什么,就把我引以为荣的那串项链摘下来,套在阿玛丽亚的脖子上,一点也不嫉妒了。我甘拜下风,承认她胜利了,而且我相信人人都会向她甘拜下风的,或许当时使我们感到惊奇的是她不同于往常,因为她其实人并不漂亮,可是她那忧郁的眼神——从那一天起,她就一直保持着这样的眼神——却高傲地对我们不屑一顾,我们几乎确实不由自主地向她顶礼膜拜。所有人都注意到这一点,来接我们的拉泽曼夫妇也注意到了。""拉泽曼?"K问。"对,拉泽曼,"奥尔加说。"我们那时很受人尊敬。比如说,我们不去,庆祝会就不大可能开始,因为我父亲是负责消防演习的第三把手。""你父亲那时身体还那么硬朗?"K问。"父亲吗?"奥尔加问,好像没有完全听懂。"三年前他还几乎可说是个年轻人;例如贵宾饭店有一次失火,他把一个官员——身材魁梧的加拉特——跑步背了出来。我当时也在场,实际上并没有火灾危险,只是火炉旁的干柴开始冒烟,可是加拉特却慌了神,向窗外大声呼救,救火车来了,我父亲只好把他背了出来,虽然火已经灭了。总之,加拉特是个行动不便的人,在那种情况下必须小心谨慎才是。我现在只是为了父亲的缘故才把它讲给你听,从那时到现在才过去三年多一点,现在你看看他坐在那儿的样子。"这时K才看到阿玛丽亚又回到房里来了,不过她离得很远,在她父母坐着的那张桌子旁边,一面给因患风湿病手臂不能动弹的母亲喂饭,一面劝父亲少安毋躁,一会儿就来喂他。但是她的劝告未能奏效,因为父亲已迫不及待,急于要喝汤,顾不得身体虚弱,想要自己动手,一会儿用汤匙舀,一会儿直接就从盘子里喝,可是都不成,气得他直咕哝,因为还没等把汤匙送到嘴边,汤早就泼光了,嘴也总是喝不到汤,只有下垂的小胡子浸到汤里去,溅得四处都是汤,就是到不了嘴里。"三年工夫就使他变成了这副样子?"K问,但是他对老人和那边家庭餐桌的整个角落仍然毫无同情,只有厌恶。"三年,"奥尔加慢吞吞地说,"或者说得更准确些,是一次庆祝会上的几个钟头。庆祝会是在村前小溪边的草地上举行的,我们到达时,那儿已经是人山人海,邻近的村子也来了许多人,人声嘈杂,乱哄哄地嚷成一片。起初我们当然由父亲带领去看那辆救火车。他一看见救火车就乐开了怀,新救火车使他十分开心,他开始抚摸那辆车子并且给我们讲解,不允许别人反驳和漠不关心;如果车身下有什么东西可看,我们大家都得弯下腰,几乎得钻到车子下面去看;当时巴纳巴斯不肯看还挨了揍。只有阿玛丽亚不理会救火车,她穿着她那套漂亮的衣服,直挺挺地站在救火车旁边,没有人敢对她说什么,我有时跑到她那儿,挽住她的手臂,但是她默不作声。我到今天也搞不明白,我们怎么会在救火车前面站了那么久,直到父亲转身走开的时候才看到索提尼。他显然这段时间一直倚在救火车后面消防龙头操纵杆上。当然,当时是一片可怕的嘈杂声,不仅是平常过节时的那种喧闹声。因为城堡还送给消防队几只喇叭,那是不同寻常的乐器,只要轻轻吹一下——一个小孩子也会——就会发出惊天动地的声音;听到那声音,人们会以为是土耳其人来了,人们不习惯这种声音,每听到一声都会吓一跳。而且因为喇叭是新的,谁都想试一试,又因为这是一个民间节日,谁都可以去吹。有几个这样的吹奏者正好就在我们周围,也许是阿玛丽亚把他们吸引过来的;这时要集中精神本来就已很困难,再加上我们还要听父亲的吩咐,注意那辆救火车,这已是一个人所能做到的极限了,因此我们才会那么久都没有发现索提尼,何况我们在那以前也根本不认识他。'那是索提尼,'终于拉泽曼悄悄地对我父亲说,我正站在旁边。父亲向他深深地鞠了一躬,还激动地示意我们也鞠躬。父亲在那以前不认识索提尼,一向把他当做消防事务专家来尊敬,常在家里谈到他,因此现在真的见到索提尼,我们也感到非常惊喜和了不起。但是索提尼并没有理会我们——这并非是索提尼的特性,大多数官员在大庭广众之中都神情冷漠——而且他也累了,仅仅因为公务在身才留在那儿;对正是这种应酬义务感到特别厌烦的倒并不是最坏的官员;别的官员和侍从既然下来了,就索性和老百姓混在一起;但是他却一直站在救火车旁边,用他的沉默把每一个想靠近他去向他提出什么请求或谄媚的人赶跑。因此,他看到我们比我们发现他还要晚。当我们毕恭毕敬地向他鞠躬,父亲为我们表示歉意以后,他才把目光投向我们,逐个打量我们,没精打采,好像因为他老得一个又一个地看下去而唉声叹气,直到目光落在阿玛丽亚身上。阿玛丽亚的个子比他高得多,他得抬起头来看她。他一看到她就愣住了,跳过车辕,向阿玛丽亚靠近,我们起初误会了他的意思,在父亲的带领下都想向他靠近,但是他举起手来叫我们停步,接着又挥手叫我们走开。情况就是这些。后来我们和阿玛丽亚大开玩笑,说她果真找到了一个未婚夫。我们不明事理,整个下午都十分快活,但是阿玛丽亚却比平时更加沉默寡言。'她爱上索提尼了,神魂都颠倒了,'布龙斯维克说,此人一向有点粗鲁,根本不理解阿玛丽亚那样性格的人,可是这一次我们却觉得他说得大致不错;那天我们压根儿就傻里傻气的,半夜回家的时候,除阿玛丽亚以外,大家都因为喝了城堡的甜酒而有点晕头转向。""索提尼呢?"K问。"索提尼么,"奥尔加说,"在庆祝会进行过程中,我走过时还常看见他，他坐在车辕上，双臂抱在胸前，一直待到城堡的马车来接他的时候。他连消防演习都没有去看，当时父亲正希望索提尼会去观看，所以在演习中比他的同龄人表现得都格外出色。""你们后来再没有听到过他的消息吗？"K问。"你好像很崇拜索提尼。""是的，崇拜，"奥尔加说。"不错，我们后来也还听到过他的消息。第二天早晨，阿玛丽亚的一声叫喊把我们从酒后的酣睡中惊醒了；别人马上又倒在床上继续睡，可是我完全醒了，便跑到阿玛丽亚那儿。她正站在窗前，手里拿着一封信。这是一个人刚从窗口递给她的，那人还在等回音呢。阿玛丽亚已经看完了，那封信很短，握在她那软绵绵地下垂的手里；每当她这样疲累的时候，我总是多么心疼她呀。我在她身边跪下，读那封信。我刚读完，阿玛丽亚瞟了我一眼，又把信拿回去，但是没有勇气再读第二遍，便把它撕得粉碎，把碎片扔到外面那个人的脸上，关上了窗户。这就是那个决定性的早晨。我说它是决定性的，但是前一天下午的每一刻也都是决定性的。""信上写的是什么？"K问。"对啦，我还没有告诉你呢，"奥尔加说。"信是索提尼写给那位戴宝石项链的姑娘的。信的内容我不能复述了。那是召唤她到贵宾饭店去见他，而且要她马上就去，因为过半小时索提尼就得动身离去。那封信使用的是最下流的字眼，我还从来没有听说过，只是根据上下文才能猜出一半来。谁要是不认识阿玛丽亚，只看这封信，一定会以为，有人敢于对她这样写信，这个姑娘一定是个破烂货，即使她从来没有被人碰过一下。那不是一封情书，信里没有一句谄媚的话，相反，索提尼显然很恼火，因为看见阿玛丽亚使他心神不定，无法工作。后来我们是这样分析的：索提尼很可能想在当天晚上就回城堡去，只是为了阿玛丽亚的缘故才留在村里，夜里也没有能把她忘掉，一怒之下，大清早便写了那封信。任何女人，即使是冷若冰霜的女人，看到那封信最初都会气恨难平，但是换了别的女人，之后很可能会被信里那种恶狠狠的威胁性语调吓倒，而阿玛丽亚却只感到愤怒，她从来不知道害怕，既不为自己害怕，也不为别人害怕。后来我又爬上床去，心中重复着最后那一句没有写完的话：'你马上就来，不然的话——！'而阿玛丽亚仍然坐在窗台上向外看，好像在等候着再有信差来，准备像对付第一个信差那样对付每一个信差。"

阿 玛 丽 亚

"当官的就是这样的,"K犹豫地说,"他们当中就有这种人。你的父亲怎么办呢？我希望他曾向有关部门强烈地控告索提尼,要是他不喜欢走贵宾饭店这条既近便又安全的捷径的话。这件事最坏的倒并不是对阿玛丽亚的污辱,那是容易弥补的,我不知道你为什么如此过分地看重这一点；索提尼写这样一封信,为什么会使阿玛丽亚一辈子丢人,听了你的叙述,人家会以为是阿玛丽亚丢人呢,可这是不可能的,要使阿玛丽亚得到赔礼道歉是很容易的,过了几天,这件事便会被人们丢在脑后；索提尼并没有使阿玛丽亚丢人,而是使他自己丢人。所以我怕的是索提尼,怕的是他居然能这样滥用权力。这事在这一次失败了,是因为他清清楚楚地说了出来,毫不隐晦,又碰到阿玛丽亚这样一个强有力的对手,要是在稍微不利的场合下,再有一千次也能完全成功,而且不会让任何人发觉,甚至连受害者都觉察不出来。"

"别说了,"奥尔加说,"阿玛丽亚正往这边看呢。"阿玛丽亚已经给父母喂完饭,现在正给母亲脱衣服；她刚给她解开裙子,让母亲用手搂住自己的脖子,把她略略抬起一点,脱下她的裙子,然后又把她轻轻放下。父亲一直不满意自己的妻子先得到侍候——这显然只是因为她比他更困难——,想要自己脱衣服,或许他也想以此责怪女儿,在他看来女儿行动太迟缓,可是尽管他从最不要紧和最容易的地方着手,去脱那双只是松松地套在他脚上的太大的拖鞋,却怎么也脱不下来；他喉咙里呼噜呼噜地直响,很快就只得罢手,重又僵直地靠在椅子上。

"你不知道什么是关键问题,"奥尔加说,"你说的也许都对,但是关键问题是,阿玛丽亚没有到贵宾饭店去；她对待信差的态度也许还过得去,这本可以掩饰过去；可是由于她没有去,厄运就落到我们一家人的头上,于是她对信差的态度也就成了不可饶恕的罪过,后来甚至成为向公众公布的主要罪状。""什么!"K叫了一声,看到奥尔加举起双手向他恳求,便又把声音放低。"你这个当姐姐的,是不是在说,阿玛丽亚应该听命于索提尼到贵宾饭店去？""不,"奥尔加说,"千万别这样怀疑我；你怎么能相信我会这样呢？我不知道有哪个人像阿玛丽亚那样,干什么事都是那么理直气壮。假如她到贵宾饭店去了,我当然也会照样说她做得对；但是,她没有去却是了不起的英雄行为。至于我,我向你坦白承认,假如我收到了那样一封信,我是会去的。我会受不了那种威胁,害怕将会发生的事情,只有阿玛丽亚才挺得住。对付这种事有很多办法,比如说,换了另一个女人,就会把自己好好打扮一番,磨磨蹭蹭拖上半天,然后再到贵宾饭店去,那时索提尼已经走了,也许他刚派出信差后就坐车走了,这甚至是极有可能的,因为那些老爷的心情是变化无常的。但是阿玛丽亚没有这样做,也没有采取类似的办法,她受到的侮辱太大,所以毫无保留地答复了。她只要用什么方式假装顺从,只要在适当的时刻走进贵宾饭店的大门,那么灾难就能防止,我们这儿有非常聪明的律师,他们能随心所欲,无中生有,可是在这件事情上,连一句无中生有的好话都没有,反而说什么蔑视索提尼的信啦,污辱信差啦。""可是,究竟是什么灾难?什么律师?总不至于会因为索提尼的罪恶行为而控告甚或惩罚阿玛丽亚吧?""会的,"奥尔加说,"他们会这样做的;当然不是按照正常的诉讼程序,也不是直接惩罚她。但是可以用其他方法惩罚她,惩罚她和我们全家,这种惩罚是多么的厉害,你大概开始看到了。你认为这是不公正的、闻所未闻的,这在村子里是极个别的看法,这种看法对我们很有利,应使我们得到安慰,如果这种看法不是显然因为错误造成的话,它也会使我们得到安慰。我可以轻而易举地向你证明这一点,请原谅我提到弗丽达,弗丽达和克拉姆之间的情况——撇开其最后结果不谈——同阿玛丽亚和索提尼之间的情况非常相似,可是现在你已认为很正常,尽管你开始时感到吃惊。这不是因为你已习以为常了,习惯也不至于使人变得如此麻木不仁,不会作简单的判断了,那仅仅是因为你纠正了错误的看法。""不,奥尔加,"K说,"我不明白你为什么要把弗丽达扯进来,她的情况完全不同,别把这完全不同的事混淆在一起。你继续讲吧。""如果我坚持对比,"奥尔加说,"请不要见怪,你还有一些残余的错误看法,关于弗丽达也是如此,你认为必须为她辩护,不让别人拿她来作比较。她根本就不用别人替她辩护,只应受到称赞。我拿这两件事作比较,并不是说它们都一样;它们就像黑和白一样,白就是弗丽达。人们对弗丽达,最坏的情况也不过是耻笑她,就像我那回在酒吧放肆地——后来我十分懊悔——耻笑她那样。可是即使有人耻笑她,那也是出于恶意或嫉妒,不管怎样,别人还能耻笑。可是对阿玛丽亚呢，除非和她有血缘关系，别人却只能蔑视她。因此，虽然正如你所说这两种情况大不相同，但是却也相似。""它们也不相似，"K不乐意地摇摇头说，"别把弗丽达扯进来，弗丽达并没有接到像索提尼那样下流的信，弗丽达真爱克拉姆，谁要是不信，不妨问一问她，她今天仍然爱着他呢。""难道这有很大的区别？"奥尔加问。"你以为克拉姆就不会也这样写信给弗丽达吗？这些老爷从办公桌前站起来的时候，觉得他们在这个世界上与一般人格格不入，于是就会心不在焉地说出最粗野的话，不是所有人都是如此，但是很多人都是这样。给阿玛丽亚的那封信可能是无意之中信手写来，完全没有注意真正写下的内容。我们怎么知道这些老爷在想什么？你不是亲耳听到过或是听人说过克拉姆用什么口气对弗丽达说话吗？克拉姆十分粗野，这是大家都知道的；据说他能一连好几个小时不说话，然后突然迸出一句使人不寒而栗的粗话。没有听说索提尼有这样的情况，总之大家对他很不了解。关于他的情况，人们其实只知道他的名字像索迪尼；要不是两人名字相似，人们很可能根本就不知道他。作为消防专家，人们大概也把他和索迪尼搞混了；索迪尼才是真正的专家，他利用名字的相似，特别是把应酬义务都推到索提尼身上，自己好不受干扰地工作。像索提尼这样一个不善交际的人现在突然爱上了一个乡下姑娘，当然会采取比如和隔壁木匠小伙计谈恋爱不同的方式。而且你也得考虑，一位官员和一个鞋匠的女儿之间存在着很大的差距，必须用某种方式来消除它，索提尼试图用那种方式，别人的做法也许又会不同。虽说我们都隶属于城堡，根本不存在什么差距，不需要消除什么隔阂，这种说法在通常情况下或许也不错，但是我们不幸曾有机会看到，正是在关键时刻，这种说法就完全不灵了。不管怎样，这一切会使你对索提尼的做法更加理解，认为它并不是那么可怕，与克拉姆的做法相比，它确实更可以理解，即使对那些密切有关的人来说，也更容易忍受。倘若克拉姆写一封含情脉脉的信，就会比索提尼最粗野的信更使人难堪。别理解错了我的意思。我并不敢对克拉姆品头论足，我仅仅是在做比较，因为你反对做比较。克拉姆对女人发号施令，一会儿命令这个女人，一会儿命令那个女人到他那儿去，跟哪一个都长不了，他叫她们走，就像他叫她们来一样快。唉，克拉姆根本就不会费那个事先写一封信。索提尼深居简出，他和女人的关系至少人们不知道，他肯坐下来用他那一手漂亮的官员字体写一封虽说令人厌恶的信，相比之下，难道还能说很可怕吗？如果说，这方面并不存在什么有利于克拉姆的区别，而是相反，那么，弗丽达的爱难道就能说明有区别？女人和官员的关系，请相信我的话，是很难断定的，或者不如说是很容易断定的。他们之间总会产生爱情。官员们不会有情场失意的事情。在这方面，说一个姑娘——我在这儿绝对不光是指弗丽达——只是为了爱而委身于一个官员，这并不是什么赞扬。她爱他，委身于他，仅此而已，没有什么值得称赞的。可是你会反驳说，阿玛丽亚并不爱索提尼。就算是吗，她不爱他，可是也许她是爱他的，谁又拿得准呢？连她自己也拿不准。既然她如此不客气地拒绝了他，大概还从来没有一个官员这样被拒绝过，那么她怎么能相信自己不曾爱过他呢？巴纳巴斯说，现在她有时还会气得发抖，跟三年前她一怒之下使劲关上窗子一样。这倒也是真的，因此不能去问她；她和索提尼已经一刀两断了，她所知道的仅此而已；至于她爱不爱他，她就不知道了。可是我们知道，如果当官的看上了女人，女人就不能不爱他们；是的，她们在这之前就爱上他们了，尽管她们想否认，而索提尼不但一眼就看上了阿玛丽亚，而且还从车辕上跳过来，他用那因久坐办公桌而变得僵硬的双腿跳过了车辕。可是阿玛丽亚是一个例外，你会说。不错，她是一个例外，她拒绝到索提尼那儿去就已证明了这一点，这就够例外的了；但是，此外还要说她并不爱索提尼，这就例外得几乎过分，就根本无法再理解了。那天下午我们确实瞎了眼，但是我们当时透过重重迷雾，认为还是觉察到阿玛丽亚坠入情网的迹象，这可以说明我们还有几分理智。但是，如果将这一切放在一起加以对照，那么弗丽达和阿玛丽亚之间还有什么区别呢？只有一点不同：弗丽达干了阿玛丽亚不肯干的事。""可能是吧，"K说，"但是对我来说，主要区别在于，弗丽达是我的未婚妻，而阿玛丽亚之所以使我担心，其实仅仅因为她是城堡信差巴纳巴斯的妹妹，她的命运也许和巴纳巴斯的差使牵扯在一起。假如一个官员使她受到如此大的委屈——根据你讲的情况起初我是这样看的——那么我就会认真考虑这件事，不过我也是把这当做公共的事，而不是阿玛丽亚个人的痛苦。但是，根据你所说的，现在我改变了看法，虽然我并不太明白是怎么一回事，不过既然是你说的，也就可信了，因此我很想完全撇开这件事不谈，我又不是消防队员，索提尼和我有什么关系。可是弗丽达和我有关系，而你——我过去完全信任你并且愿意永远信任你——在谈论阿玛丽亚时转弯抹角地总是攻击弗丽达，想引起我的怀疑，这就使我感到离奇了。我并不认为你这样做是有意的，更不认为你居心不良，不然的话我早就走了。你不是有意的，而是为环境所惑；你爱阿玛丽亚，因此你想把她抬高到所有的女人之上，由于你在阿玛丽亚本人身上又找不到足够值得称赞的地方，于是便贬低别的女人来抬高她。阿玛丽亚的行为很古怪，可是你说得愈多，别人就愈说不清她的行为究竟是伟大还是渺小，是聪明还是愚蠢，是英勇还是怯懦。阿玛丽亚把她的动机藏在心里，谁也不能使她讲出来。相比之下，弗丽达根本没有干出什么惊人的事，她只是按照自己的心意行事，对于任何一个怀着善意理解她的行为的人来说，这是很明显的，任何人都可以核实这一点，没有流言蜚语的余地。但是，我既不想贬低阿玛丽亚，也不想替弗丽达辩护，我只是想让你明白我对弗丽达的态度，任何对弗丽达的攻击也是对我本人的攻击。我是自愿到这儿来的，我在这儿呆下去，也是我自己的主意，可是自从我来此以后所遭遇的一切，尤其是我的前途——尽管前途黯淡，但希望毕竟存在——都要归功于弗丽达，这一点不管你怎么说也是抹煞不掉的。我虽然在这儿被聘为土地测量员，但那只是表面文章，他们在戏弄我，每一家都把我赶出门外，今天他们还在戏弄我，不过这要麻烦得多，我的活动余地可以说已变大了，这已经不简单了，尽管这一切都微不足道，但是我已经有了一个家，有了职位和真正的工作，有了未婚妻，我有事的时候，她替我干我的本职工作，我要同她结婚，成为本村村民。我和克拉姆除了公事关系外，还有一层私人关系，不过至今还无法利用。这可是不少了吧？我到你们家来，你们为什么欢迎我？你为什么向我诉说你们家的事？你为什么希望我也许能提供什么帮助，即使这种可能微乎其微，未必存在？大概并不是因为我是那个比如说在一个星期以前还被拉泽曼和布龙斯维克强行赶出他们家的土地测量员，而是因为我是一个已经拥有某种实力的人,但是这种实力得归功于弗丽达,而弗丽达非常谦虚,如果你想去问她这种事情,她一定会说她一无所知。可是,从这一切看来,天真无邪的弗丽达在所有方面都比骄傲自大的阿玛丽亚做得更多;你瞧,我有这种印象,你在为阿玛丽亚寻求援助。向谁求援呢?其实除了弗丽达,还会有谁呢?""难道我真把弗丽达说得那么丑恶?"奥尔加说。"我确实没有那个意思。也不信曾这样做过,不过这倒也有可能,我们的处境使得我们看破红尘,一旦我们开始抱怨,就会情不自禁,不知道会说些什么。你说得也对,现在我们和弗丽达有着很大的区别,有时强调一下这一点也有好处。三年前我们是市民姑娘,而弗丽达是一个孤儿、桥头客栈的女仆,我们走过她身边时连看都不看她一眼;我们当时确实太骄傲了,但是我们受到的就是这样的教育呀。然而,那天晚上在贵宾饭店你可能已看清今天的情况了:弗丽达手握鞭子,而我却和那帮跟班厮混。但是还有更糟糕的事情呢。弗丽达也许瞧不起我们,这符合她的地位,实际情况迫使她那么做。又有谁瞧得起我们呢!谁要是决心瞧不起我们,马上就会遇到数不清的志同道合者。你认识弗丽达的接班人吗?她叫培枇。我是前天晚上才认识她的;她以前是打扫房间的女侍。她对我的藐视,真比弗丽达有过之而无不及。她从窗户里看见我去买啤酒,就赶紧跑到门口把门闩上,我只好苦苦哀求了半天,并答应把我头上戴的缎带送给她,她才开门放我进去。可是当我把缎带给她的时候,她却把它扔到角落里去了。好吧,就让她瞧不起我好了,我多少还得仰仗她的好意,她是贵宾饭店的酒吧女侍;不错,她只是临时的,她确实并不具备长期做这一工作所必需的品质。只要听一听店主人是怎样对培枇说话的,再和他对弗丽达说话的语气比较一下就会明白。但是这并没有妨碍培枇也瞧不起阿玛丽亚,其实阿玛丽亚只要瞪她一眼,就足以把这个小培枇连同她的辫子和发带统统都撵出屋子去,其速度之快是她只靠自己那两条小粗腿永远也做不到的。昨天我又听到她在说阿玛丽亚的闲话,叫人恼火,直到后来客人们终于来帮我说话,不过他们采用的方式就是你曾经见过的那种方式。""你真是疑神疑鬼,"K 说,"我不过是把弗丽达摆在她应有的位置上,并没有像你现在所理解的那样妥贬低你们。你们一家对我有着某种特殊的意义,这我没有隐瞒过;但是这种特殊性怎么会使人瞧不起你们,这我就不明白了。""啊,K,"奥尔加说,"我怕你也会明白的;阿玛丽亚对索提尼的态度是这种鄙视的起因,这一点难道你就不明白?""这可是太奇怪了,"K说,"人们可能因此赞赏或谴责阿玛丽亚,可是怎么会鄙视她呢?如果人们由于我无法理解的感情真的鄙视她,为什么又把这种鄙视扩大到你们无辜的这一家人身上呢?比如说,培枇鄙视你,真是岂有此理,等我再到贵宾饭店去的时候,我要叫她吃不了兜着走!""K,如果你想叫所有鄙视我们的人都改变看法,"奥尔加说,"那就难了,因为一切都是城堡一手造成的。在那个早上以后的上午的情况,我还记得一清二楚。布龙斯维克那时是我们的伙计,他像每天一样来了,父亲给他分派完活后就把他打发回家去了。后来我们坐下吃早饭,除了阿玛丽亚和我以外,大家都兴高采烈,父亲没完没了地谈那次庆祝会,他对消防队有好些打算,因为城堡有自己的消防队,也派来一个代表团参加了庆祝会,一起商讨了一些事情,在场的从城堡里来的老爷们观看了我们消防队的表演,反应很好,并拿城堡消防队的工作做比较,结果对我们有利。他们曾谈到有必要改组城堡消防队,为此需要从村子里选派几个教练,考虑了几个人,但是父亲认为自己有希望当选。他谈论此事,就像他平常喜欢做的那样伸胳膊伸腿,坐在那儿把半张桌子都占了,他从打开的窗户仰望天空,满面春风,显得年轻而又满怀希望;后来我就再也没有见过他这样了。这时阿玛丽亚以一种我们从未见过的优越感说,对老爷们说的这种话不必过于相信,在这种场合老爷们爱说些讨人喜欢的话,但是并没有多大意义或者根本就没有什么意义,刚说出口就已忘得一干二净,可是下次人们又会上他们的当。母亲不许她讲这种话。父亲只是对她这种少年老成和老于世故的样子感到好笑,但是接着他突然生疑,好像在寻找现在他才发觉丢失的东西,说布龙斯维克曾提到一个信差和撕碎一封信的事,问我们是否知道这件事,和谁有关,究竟是怎么一回事。我们都默不作声,巴纳巴斯那时还像小羊羔一样年轻,他说了一句特别愚蠢或冒失的话,大家改变了话题,这事也就被人淡忘了。"

阿玛丽亚受到的惩罚

"可是没过多久,各方面的人都来问我们关于那封信的事,有朋友和仇人,有熟人和生人,可是全都待不长,最好的朋友走得最快。拉泽曼平时总是从容不迫、举止庄重,他也来了,好像只想看看房间有多大似的,向周围扫了一眼就走了。那就像是在玩一种可怕的儿童游戏,拉泽曼匆匆忙忙地在前面跑,父亲推开别的人匆匆忙忙地在后面追他,一直追到大门口才止步;布龙斯维克来向父亲辞职;他很坦白地说,他想自己开业,他是一个精明的人,善于抓住时机;顾客们纷纷跑来,在父亲的仓库里翻找他们送来修理的皮靴,起初父亲还想劝他们改变主意,我们也全都尽力帮他说,后来他就算了,一言不发地帮顾客们寻找,订货簿上的订货一笔一笔都注销了,顾客们存在我们家的皮革都物归原主了,欠账也都付清了,一切都进行得很顺利,没有丝毫争执,人们只求迅速彻底地同我们断绝关系,即使因此吃亏也不在乎。最后,消防队队长泽曼来了,这是可以预料的。当时的情景今天我还历历在目:泽曼长得五大三粗,但是有肺病,身子有点伛偻,他是个很严肃的人,从来不苟言笑,他很佩服我的父亲,曾私下答应要提升他当副队长。当时他站在父亲面前,要通知他说消防协会已解除了他的职务,并且要求他交还证书。当时正巧在我们家里的人都丢下自己的事,把这两个男人团团围住。泽曼说不出话来,只是一个劲儿地拍父亲的肩膀,似乎想要从父亲身上拍出他自己该说而不知道怎么说的话来。同时他还一个劲儿地笑,大概想使自己和大家平静些;可是因为他不会笑,别人还从来没有听见他笑过,所以没有一个人觉得他在笑。父亲这一天已经很累并且感到绝望,无法去帮助什么人,是的,他看上去已累得根本弄不清楚是怎么一回事了。我们也全都感到绝望,但是因为年纪轻,还不相信我们已经彻头彻尾地垮了,仍以为在这许多客人当中总会有人出来阻止这一切,迫使一切重又逆转。我们懵懵懂懂,以为泽曼就是这么一个人。我们急切地等待着他停止没完没了的笑声,终于把话说清楚。现在究竟有什么可笑的,不过是在笑人们愚蠢地冤枉我们罢了。队长,队长,您就快点告诉大家吧,我们这样想着并且挤到他身边去,但这只是使他奇怪地转过身去。最后他终于开口说话了,倒不是为了满足我们内心的愿望,而是响应人们鼓励或恼怒的呼声。我们一直还抱有希望。他一开始大大赞扬父亲,称他给消防协会增添了光彩,是后辈可望而不可即的楷模,是协会不可缺少的成员,他一走协会几乎就要垮台。这些话说得都很好,要是他就此打住就好了!可是他还接下去说:尽管如此,协会仍决定请父亲辞职,当然只是暂时的,大家一定会明白迫使协会这样做的重大原因。假使父亲在前一天的庆祝会上不是表现得那么出色,也许事态还不至于发展到这一步,但是正因为他表现出色,才特别引起了官方的注意;现在协会声名显赫、举世瞩目,必须比过去更加关心它的纯洁性。如今发生了侮辱信差的事件,因此协会没有别的办法,而他,泽曼,只好勉为其难,向他传达这一决定。希望父亲不要再更加使他为难。泽曼把话说了出来,感到十分高兴,由于充满信心,就连刚才那样过于照顾周到的手法都不要了,他指着挂在墙上的那张证书,用手指示意。父亲点点头,走去取证书,可是他双手直哆嗦,无法把它从钩子上取下来;于是我就爬到一张椅子上去帮他取。自从那个时刻起,一切都完了;他甚至没有把证书从镜框里取出来,就把它一股脑儿交给了泽曼。然后他在一个角落里坐下,一动也不动,也不再和谁说话,我们只好自己去尽量应付那些人。""你凭什么说这是受城堡的影响呢?"K问。"看来城堡暂时还没有介入。你刚才讲的只是众人疑心生暗鬼,对他人幸灾乐祸,靠不住的友情,这种事情哪儿都有,不过在你父亲方面——至少在我看来是这样——也有点小心眼儿;那张证书又算得了什么?它证明他的能力,可是这些能力别人是拿不走的,这些能力使人们缺了他不行,那就更好啦,要是他不等队长说完第二句话就把那张证书扔到队长脚下,那才真正会使队长感到难堪呢。可是我觉得特别能说明问题的是你根本不提阿玛丽亚,她是这一切的罪魁祸首,她很可能静静地站在后面眼看着大祸临头。""不,"奥尔加说,"谁也不能责怪,谁也不能不那样做,这一切都是受城堡的影响。""城堡的影响。"阿玛丽亚重复地说,她已神不知鬼不觉地从院子里走了进来;父母亲早已上床睡觉了。"你们在说城堡的事吗?你们一直还坐在一起谈吗?K,

你可是说过你马上就要走的,现在都快十点啦。难道你就操心这种事?这儿有人就靠这种事为生,他们也像你们现在这样坐在一起嚼舌根,不过我觉得你并不是这种人。""不,"K说,"我正是这样的人;相比之下,自己不操心这种事而只让别人去操心的人,我却认为不怎么样。""好吧,"阿玛丽亚说,"可是人们的兴趣也各有不同,我曾经听说有个年轻人一天到晚满脑子想的都是城堡,别的什么都不干,别人都担心他头脑不正常,因为他的全部心思都放在城堡上了。可是到最后才发现,原来他想的并不是城堡,而只是公事房一个女勤杂工的女儿,后来他把那个姑娘弄到了手,于是就又万事大吉了。""我想我会喜欢那个人的。"K说。"我怀疑你会喜欢那个人,"阿玛丽亚说,"也许你喜欢的是他的老婆吧。好了,我不打扰你们了,我要去睡觉了,不过为了父母亲的缘故,我还得把灯熄掉;他们虽然一倒下就睡得很熟,但是过了一个钟头就再也睡不着了,有一星半点亮光也会影响他们。晚安。"灯果然马上熄灭了,阿玛丽亚大概是在她父母床边打地铺。"她说的那个年轻人究竟是谁?"K问。"我不知道,"奥尔加说,"也许是布龙斯维克吧,不过并不完全像他,也可能是另一个人。要完全明白她的意思可不容易,因为你常常不知道她是在说反话呢,还是说真话。多半都是真话,不过听起来却像是反话。""你就不要解释啦!"K说。"你怎么会那么依赖她?在那场大祸之前就是这样?还是在那之后?你从来不想不依赖她吗?这种依赖究竟有什么合理的理由?她是老闺女,应该听别人的。不管她有没有错,是她给全家带来了不幸。她不但不每天向你们每一个人重新请求宽恕,反倒把头抬得比谁都高,除了发一点慈悲照顾父母以外,对什么都不闻不问,用她自己的话来说,什么也不想知道,如果她终于和你们说话,多半是正经话,可是听起来却像在挖苦人。或者是不是因为她漂亮——你多次提到这一点——因此就高高在上、不可一世?嗯,你们三人长得都很像,不过她和你们两人不一样的地方却完全对她不利,我第一次见到她的时候,她那冷漠无情的目光就使我吃了一惊。再说她虽然是最小的一个,可是从外表上却看不出来,她像有些女人一样永远不显老,似乎不会变老,但是实际上几乎也从来没有年轻过。你每天都看见她,根本看不出她脸上的严峻神色。细想起来,我也因此并不把索提尼的爱慕看得太认真,也许他写那封信只是为了惩罚她,而不是召唤她。""我不想谈索提尼,"奥尔加说。"城堡里的老爷们什么事都做得出来,不管是对最漂亮的还是对最丑的姑娘。可是除此之外,你对阿玛丽亚的看法全都错啦。你看,我并没有理由特别要争取你支持阿玛丽亚,可我仍想这么做,这也只是为了你的缘故。不管怎么说,阿玛丽亚是造成我们不幸的根源,这是事实,可是就连父亲,他所受的打击最大,而他从来嘴上不肯饶人,尤其是在家里,可是就连他在最困难的时候也没有说过一句责备的话。这倒不是因为他赞成阿玛丽亚的做法,他是一个崇拜索提尼的人,怎么会赞成她的做法呢?他一点也不能理解她的做法;他愿为索提尼牺牲自己和他所有的一切,不过不是像现在真的发生的那样,很可能是在索提尼一怒之下而这样做。我说'很可能',因为我们再也没有听到过有关索提尼的任何消息;如果说他从前深居简出,那么从那以后他就好像已不复存在。[25]不过你真该看看那时候的阿玛丽亚。我们都知道不会有什么明确的惩罚。大家只是对我们敬而远之。村里人和城堡都是这样。村里的人回避我们,这当然看得出来,而城堡方面却什么也看不出来。过去我们也没有看出城堡的关怀,现在又怎么会看出他们转变了态度呢?这种平静是最糟糕的。这比村里的人回避我们还要坏得多,因为村里人这样做并非出于某种信念,也许对我们并没有什么真正过不去的,那时他们还不像今天这样鄙视我们,他们那样做只是出于恐惧,然后等着瞧事态会怎样发展。当时我们也不担心生计困难,所有的债务人都向我们偿还了欠债,结算对我们是有利的,我们缺少什么粮食,亲戚们就偷偷地接济我们,那样做并不难,因为当时正是收获季节,不过我们自己没有田地,也没有人让我们去帮工,我们一生中头一回被迫几乎终日无所事事。我们坐在家里,关上窗户,在七八月的大热天,什么事情也没有发生。没有传唤,没有消息,没有通知,没有人登门,什么事也没有。""好吧,"K说,"既然什么事也没有,也不用担心受到什么明确的惩罚,那你们怕什么呢?你们这些人真叫人猜不透!"[26]"我该怎么向你解释呢?"奥尔加说。"那时我们不是担心将来会怎么样,只是在当时的情况下我们就已尝到苦头,实际上正在受到惩罚。村里的人只是在等我们去找他们,等父亲的鞋铺重新开张,等阿玛丽亚重新接到订货——她会做很漂亮的衣服,不过只给最高贵的人家做。所有的人都对自己所干的事情感到抱歉;村里有一个体面的家庭突然完全被排斥,每个人都会遭受某种损失,他们同我们断绝往来,认为只是尽自己的责任而已。处在他们的位置上,我们也不会不这样做。他们也不很清楚究竟是怎么一回事,只知道信差拿着一把碎纸片回到了贵宾饭店。弗丽达看见信差出去又回来,和他交谈了几句,把她所打听到的情况马上到处传播;但是这也根本不是对我们怀有敌意,而只是尽自己的本分,换了任何一个人,在同样的情况下也都会这样做的。正如我所说的,如果所有这些能够有个圆满的结局,人人都会皆大欢喜。如果我们突然去告诉大家,一切都已解决,例如说这件事只是一个误会,现在已经完全解释清楚,或是说那的确是一个过错,但是已经用行动加以弥补了,或是说——即使这样说也会使人满意——通过我们在城堡里的关系,事情已不了了之;人们一定会重新张开双臂欢迎我们,会有数不尽的亲吻、拥抱和庆祝,这样的情形我已经在别人身上看到过好几回了。甚至连这样的通报都不需要;只要我们跑出家门,主动同亲戚朋友恢复来往,即使绝口不谈那封信的事,那也就够了,大家就会乐于不提此事;人们回避我们,固然是由于害怕,但主要因为此事叫人难堪,只是为了不必听到、谈到、想到此事,不必受到牵连。弗丽达泄露此事,这样做并不是幸灾乐祸,而是向自己和大家发出警告,提醒全村注意村里出事了,大家千万要小心别牵连进去。人们忌讳的不是我们这一家人,而只是那件事,我们不过是被卷进这件事里罢了。所以,只要我们又走出来,不再提过去的事情,用我们的行动举止表明事情已经了结,不管是怎样了结的,这样大家就会相信,不管它当初是怎么一回事,将来不会有人再提起它,这样也就会万事大吉;我们就会像从前一样到处得到帮助,即使我们没有把那件事通通忘光,人们也会谅解,会帮助我们把它完全忘掉。可是我们没有那样做,而是坐在家里。我不知道我们在等什么,可能是等阿玛丽亚作出决定。那天早晨她就掌握了全家的领导权,并且至今保持着这个地位。她并没有进行什么特别的活动,没有命令,没有请求,几乎完全是用她的沉默来领导。我们其余的人当然有很多事要商量,从早到晚窃窃私语,讲个不停,有时父亲突然惊吓起来,把我叫到他那儿,我就在他的床边呆上半夜。或者,我和巴纳巴斯两人蹲在一起,巴纳巴斯起先不大明白是怎么回事,总是热切地要求解释,总是同样的解释,他很清楚,他的同龄人所期待的无忧无虑的岁月,他是再也得不到了,我们就这样坐在一起,K,很像我们俩现在这样,忘记黑夜已经来临,忘记又是早晨。母亲是我们所有人当中最软弱的一个,也许是因为她不仅承受了全家共同的痛苦,而且还要分担我们每一个人的痛苦,看到她的变化真叫我们吃惊,我们预感到我们全家即将也会像她一样。她以前喜欢坐在一张长沙发的角上,那张沙发早已不属于我们,如今放在布龙斯维克的客厅里。她坐在那儿——我们说不上到底是什么——打瞌睡或自言自语喋喋不休,她那一张一合的嘴唇看上去就像是在自言自语。我们自然老是谈那封信,翻来覆去地议论所有可靠的细节和所有不确定的可能性,老是争着想出种种圆满解决的办法,这是很自然的、不可避免的,但并不好,因为这样一来,我们总是在我们想摆脱的困境中越陷越深。那些想法,不管是多么高明,究竟又有什么用处呢;没有阿玛丽亚,什么想法也无法实现,它们仅仅是准备工作,毫无意义,因为其结果根本就到不了阿玛丽亚那里,即使到了她那里,所得到的答复也只是沉默。总之,幸好今天我对阿玛丽亚比那时更了解了。她所忍受的折磨比我们大家都多;她怎么忍受下来而且今天还活在我们中间,真是不可思议。母亲也许得忍受我们大家的痛苦,她忍受这种痛苦,因为这些痛苦全都落到她的身上,她没有忍受多久;没有人能说,她今天还在以什么方式忍受痛苦,那时候她的神志就已不清了。可是阿玛丽亚不仅忍受痛苦,而且还有头脑,能看清自己的痛苦,我们只看到事情的结果,她却知道事情的起因,我们寄希望于某种小的手段,她却知道一切都已经决定了,我们得低声细语,她却只能一言不发,她面对事实,正视事实,继续生活,忍受这种生活,那时如此,现在还是如此。我们所吃的所有那些苦头要比她好得多。我们当然得离开我们的房子;布龙斯维克住了进去,我们分到这所茅屋,我们用一辆手推车搬运家什,搬了好几次,才把东西运来,巴纳巴斯和我在前面拉,父亲和阿玛丽亚在后面推,我们一开始就先把母亲送到这儿来,她坐在一只箱子上,总是用低声哀叹来迎接我们。可是我还记得,即使是在辛苦的搬运工作——这也很丢人,因为我们常常遇到运庄稼的马车,车上的人看见我们就沉默起来,把脸转过去——过程中,巴纳巴斯和我也没有能够停止谈论我们的忧虑和计划,有时谈谈就站住了,父亲在后面叫'喂,喂'才使我们重新想起我们的义务。但是,就是在搬家以后,所有这些商量也没有能改变我们的生活,只是我们如今逐渐也尝到贫困的滋味了。亲戚不再送东西给我们,我们的钱也快花光了,正是在那个时候,人们开始鄙视我们,就像你现在所看到的那样。他们看到我们没有力量摆脱那件事,对此十分恼火,他们并没有低估我们的不幸命运,虽然他们并不很清楚这件事,他们知道,他们自己大概也不会比我们更好地渡过难关,但是这就促使他们觉得更有必要同我们一刀两断;如果我们渡过了难关,他们就会给我们应得的尊敬,但是因为我们失败了,他们就把迄今只是暂时的事变为最终的定论:把我们从各个圈子中排除出去。于是人们不再把我们当人看待,不再提我们的姓;他们不得不提到我们的时候,便叫我们巴纳巴斯家的人,因为他是最无辜的,甚至连我们的茅屋也声名狼藉,你扪心自问,就会承认,你第一次一走进来,便觉得这种鄙视是有道理的;后来,有时有人又来看我们,他们就会对一些鸡毛蒜皮的事情嗤之以鼻,比如说,小油灯挂在那儿桌子上叫人看着不顺眼。小油灯不挂在桌子上方,又该挂在哪儿呢?可是他们觉得难以忍受。可是我们如果把灯挂到别处去,他们还是会反感的。不论我们干什么,不论我们有什么,都会遭到同样的鄙视。"

求 情 告 饶

"在此期间,我们干了些什么呢?我们干了我们所能干的最糟糕的事,我们所干的事真该使我们更受人鄙视:我们背叛了阿玛丽亚,我们摆脱了她那无声的命令,我们不能这样生活下去,没有丝毫希望,我们就不能活,于是我们开始各用各的方式去请求或缠磨城堡宽恕我们。虽然我们知道,我们没有能力进行补救,我们也知道,我们和城堡惟一很有希望的联系就是通过索提尼,他是父亲的顶头上司,对父亲也有好感,但是由于已发生的事使我们无法再去找他,尽管如此,我们还是这样去做。父亲开了个头儿,他开始向村长、秘书、律师、文书等求情,但毫无作用,人家通常都不见他,如果由于用计谋或碰巧使得他被接见——听到这种消息,我们是多么欢欣鼓舞、额手称庆呀——他们也是极快地把他打发走,再也不接见他了。而且,要答复他也太容易了,城堡总是很好办。他究竟想要什么?他出了什么事?他想请求宽恕什么?城堡里什么时候有谁哪怕对他动过一个指头?不错,他变穷了,主顾都跑了,等等,但这些都是日常生活中常有的事,是手艺人和市场的事情,难道城堡什么事情都得管吗?事实上城堡什么都管,但是它不能单单为了一个人的利益而去粗暴地干预事态的发展。难道要城堡比方说派出官员去把父亲的主顾都追回来,强令他们再去照顾他的生意?可是,这时父亲提出异议——我们事前事后都在家里躲在角落里仔仔细细地讨论这些事情,好像避开阿玛丽亚似的,她虽然都看在眼里,却听之任——可是,这时父亲提出异议说,他并不是在抱怨自己变穷,他在这儿所失去的一切,都能轻而易举地重新找回来,只要他得到宽恕,这一切都是次要的。'可是究竟要宽恕他什么呢?'人家答复他,至今并没有人告他。至少在记录簿上还没有记载,起码在律师能看到的记录簿上没有这样的记录;因此,就调查的结果而言,也没有人对他采取什么行动或准备采取什么行动。也许他能指出官方发布过什么针对他的指令?父亲指不出来。或者是否有某个官方机构进行过干预?对此父亲也一无所知。那么好吧,既然他什么都不知道,又没有发生过什么事情,那他想要什么呢?有什么可以宽恕他的呢?最多是他现在毫无目的地纠缠官府,这倒是一条不可宽恕的罪状。父亲没有罢休,那时他身体还很强壮,他被迫无所事事,因此有的是时间。'我要恢复阿玛丽亚的名誉,现在不会再要很久了,'他每天都要对巴纳巴斯和我说上好几遍,不过说话声音很低,因为他不想让阿玛丽亚听见,虽然如此,但他也只是为了阿玛丽亚才这样说的,因为他事实上并不是想恢复名誉,而是希望得到宽恕。可是要得到宽恕,他就必须先证明自己有罪,而官府又都否认他有罪。他突然想起——这说明他的智力已减退了——人家不肯告诉他有什么罪过,是因为他钱缴得不够;直到那时为止,他总是只缴纳规定的费用,这些费用,至少就我们的经济情况来说已经是够高的了。可是现在他认为还得再多缴,这当然是不正确的,因为我们的官府虽然为省事起见,不必多费口舌而接受贿赂,但是这不会起任何作用。不过,既然父亲寄希望于此,我们也就不愿意使他失望。我们变卖了我们仅有的东西——几乎都是不可或缺的东西——,凑起钱来让父亲去奔走,有很长一段时间,每天早晨我们欣慰地看到父亲出门时口袋里至少都有几枚钱币在丁当作响。我们当然整天挨饿,而我们用那钱真正做到的惟一的一点便是使父亲保持一定的希望。可是这很难说是什么好事,他东奔西走,弄得精疲力竭;如果没有钱的话,这事本来很快就会得到应有的结局。这样一来就一天一天地拖下去。事实上人家不可能因为他多付了钱就额外开恩,因此有时某个文书至少假装去办,答应去查问,暗示已经找到一些线索,正在追查,这样做并不是他们的职责,仅仅是为了使父亲高兴;父亲听了这些话不但不怀疑,反而越来越相信。他把这种显然毫无意义的诺言带回来,好像已经重又把天大的幸福带回家来。他总是站在阿玛丽亚的背后,笑着脸,睁大眼睛,手指着阿玛丽亚向我们暗示,由于他的努力,阿玛丽亚得救的日子就要来临,没有人会比她本人更感到惊喜,可是现在一切还是秘密,我们都要严格保密。他的样子让人看了十分难受。要不是我们最后完全无能为力再把钱给父亲,这种情形一定还会继续很长时间。在这期间,经过多次恳求,巴纳巴斯被布龙斯维克收为助手,不过只允许他在黄昏时分天黑以后去领活,再在天黑的时候把做好的活送回去。必须承认,布龙斯维克为了我们,在生意上冒着一定的风险,不过他给巴纳巴斯的工钱很少,而巴纳巴斯的手艺是无懈可击的。巴纳巴斯的工钱勉强能使我们不至于完全饿死。我们经过精心准备,考虑周到后告诉父亲,我们再也没有钱给他了,他听了以后倒十分平静。他的理智已不再能理解他的意图是毫无希望的,可是他对接连不断的失望已感到厌烦了。

"他说——他说话已不如从前清楚了,以前他说话几乎过于清楚——他只还需要一点点钱,明天或者当天就可以打听到一切,现在一切都前功尽弃了,只因为没有钱,等等,可是他说话的语气表明他并不相信这一切。他又马上突然提出了新的计划。由于他无法证明自己有罪,因此继续通过官方途径也不会有什么结果,于是他就只好转而采取恳求的办法,去求助于官员们个人。他们中间肯定会有心慈手软的好心人,虽然在办公时不能大发慈悲,但是在公余之暇,在适当的时刻出其不意地找到他们,他们一定会大发慈悲的。"

K一直全神贯注地听奥尔加叙述,听到这里便打断她的话,问道:"你认为这样做对吗?"虽然奥尔加继续说下去这个问题一定会有答案的,但是K却想马上就知道。

"不,"奥尔加说,"根本就谈不上什么同情或这一类东西。我们虽然少不更事,但是也明白这一点,父亲当然也明白,可是他已忘掉了这一点,就像他把绝大多数事情都忘记了一样。他想出来的计划是:站在靠近城堡官员们车辆来往的大路上,只要有机会,就向他们恳求宽恕。老实说,这个计划完全是想入非非,即使这种不可能的事发生了,他的请求真的让某位官员听到了,那又有什么用呢?难道单是一个官员就能宽恕吗?充其量也只有整个当局才能处理这种事情,而且连当局大概也只能给人定罪,不能给人宽恕。再说,即使有一个官员愿意下车过问此事,难道听了父亲这个可怜而又疲乏的老头子对他嘀咕的话就能弄清楚是怎么一回事?官员们都是受过很好教育的,但只限于某一方面,在他的业务范围内,他只要听一句话便能领悟掌握要领,可是把另一个部门的事向他讲上几个钟头,也许他会有礼貌地点点头,其实却一句也没有听懂。这都是很自然的;即使是涉及一个人自己的小小公事,一个官员耸耸肩膀就能处理的鸡毛蒜皮的事情,如果你想追根究底,那你一辈子也不会有个水落石出的。即使父亲凑巧碰上一个主管的官员,他没有有关的档案就什么也解决不了,尤其是不会在大路上解决,他不能宽恕,只能公事公办,为此又只能叫人履行正式手续,可是父亲早就那么做过而一事无成。父亲想不管用什么方式去实行这个新计划,他一定是已经到了山穷水尽的地步了!如果这种做法即使有一丝成功的希望,那么那条大路上就一定会挤满了请愿的人,可是这是不可能的事,连小学生也都明白,所以那条路上一个人影儿也没有。也许这也增强了父亲的希望。他从任何一件事情上都能找到理由来支持自己的希望。他也非常需要这样做;一个头脑正常的人根本就不必这样煞费苦心,光从表面的迹象就一定会清楚地看到这是不可能的。官员们进村来或回城堡去,并不是观光游览,村里和城堡里有公事等他们去办,因此他们来去都行色匆匆。他们也不会想到向车窗外张望,在外面寻找请愿人,因为车上装满了让他们看的文件。"

"可是我看到过一个官员雪橇的车厢内部,"K 说,"那里面没有什么文件。"奥尔加的叙述给他打开了一个这样广阔而几乎不可信的世界,使得他忍不住想把自己的小小经历与它联系在一起,以便使自己更加确信这个世界确实存在,自己所经历的事情也确实存在。

"那有可能,"奥尔加说,"不过,如果是那样的话,那就更糟糕。这说明那位官员有如此重要的公务在身,有关文件太珍贵或数量太多,不能随身携带,这样的官员都是马不停蹄、飞驰而过的。总而言之,没有一个会抽出时间见父亲的。况且,通向城堡的路有好几条。有时一条路成了热门,大多数车辆就都走这一条路,有时另外一条路成了热门,于是大家又都挤到那儿去。这种变化究竟有什么规律,还没有找出来。有时早上八点钟,大家都走另一条路,十分钟以后又改走第三条路,半小时以后也许又回到第一条路上去,然后就会一整天都走这一条路,但是随时都有改变的可能。虽然所有大路都在村子附近汇合,但是到了那儿所有的车辆都跑得飞快,而在接近城堡时速度才会有所放慢。车辆来往的数量也和出行时选择道路一样没有规律,难以看清。有时一连好几天看不见一辆马车,有时又成群结队,蜂拥而来。面对这一切,你想一想我们的父亲吧。他穿上最好的一套衣服——不久那就成了他惟一的一套衣服了——,每天早晨带着我们良好的祝愿离家而去。他把消防队的一枚小徽章带在身边,其实他是不该保留那枚徽章的,一走出村子就把它别上,在村子里他不敢戴,怕被人看见,虽然徽章小得两步以外就几乎看不见,可是父亲认为它甚至能引起过往官员对他的注意。离城堡入口不远的地方有一个菜园子,业主名叫贝尔图赫,他专门向城堡供应蔬菜。父亲就在菜园栅栏的狭长石座上选择了一个位置。贝尔图赫容忍了,因为他以前和父亲关系很好,也是父亲最忠实的主顾之一,他一只脚有点畸形,认为只有父亲才能给他做合适的靴子。如今父亲就一天又一天地坐在那儿,那年秋天天气阴凉多雨,但是父亲毫不在乎天气好坏,每天早晨到了一定的时间便打开门,和我们挥手道别,晚上回来时浑身淋得湿透,倒身躺在一个角落里,背也似乎一天比一天更驼了。最初他还把这一天遇到的小事情讲给我们听,诸如贝尔图赫出于怜悯和往日的交情,从栅栏上给他扔过来一条毯子啦,或是他在一辆路过的马车中认出了这个或那个官员啦,或是这个或那个车夫认出他是谁,开玩笑地用马鞭轻轻碰他一下啦,等等。后来他就不说这些事情了,显然他已经放弃了在那儿能有任何收获的希望,他把到那儿去呆上一天仅仅看做是他应尽的义务,一件枯燥无味的差使。他的风湿痛就是打那时开始的,冬天快到了,雪下得比往年早,我们这儿冬天开始得很早;嗯,他就这样坐在那儿,有时坐在被雨淋湿的石头上,有时坐在雪地里。夜里他痛得呻吟不止,早晨他有时拿不定主意去还是不去,但结果总是横下一条心去了。母亲拖住他,不肯放他走;他很可能因为手脚不听使唤而变得胆小,便允许母亲一起去,这样母亲也患上风湿痛了。我们常常到他们那儿去,给他们送饭,或者只是去看看他们,或者想劝说他们回家;我们有多少次看见他们缩成一团,相互偎依着,坐在他们那个狭小的座位上,身上蒙着一条勉强能裹住身体的薄毛毯,周围除了白茫茫的雪和灰蒙蒙的雾以外什么都没有,一连好几天,远近看不见一个人影儿或一辆马车,那真是惨不忍睹,K,惨不忍睹! 一直到有一天早晨,父亲那双僵硬的腿不能下床了,那样子真惨,他发着高烧,神志有一点不清,他觉得自己看见这时正有一辆马车停在上面贝尔图赫的菜园旁边,有一个官员下了车,沿着栅栏在找他,之后摇了摇头,悻然又回到马车上。这时父亲高声大叫起来,好像是想使山上的那个官员能注意到自己并向他解释,他没有去,并不能怪他。从此他就长期缺席了,他再也不能回到那里去了,一连好几个星期卧病在床。阿玛丽亚便把侍候、护理和治疗统统包了下来,样样都干,除了偶尔中断过几次以外,一直保持到今天。她知道什么药草可以止痛,她几乎不需要睡觉,她从来不会惊慌失措,什么都不怕,从来不急不躁,尽心尽力侍奉父母;我们却急得团团转,什么忙也帮不上,而她不论发生什么事情,都能保持冷静,不声不响。后来等到最严重的时期过去,父亲在我们一左一右搀扶下小心翼翼地挣扎着又能下床了,阿玛丽亚就撒手不管了,让我们来照顾他。"

奥尔加的计划

"如今需要再给父亲找一种他还力能胜任的工作,随便什么工作,这至少可以使他相信他在帮助把罪名从我们一家人身上洗刷掉。这样的事并不难找,其实做任何事情都比坐在贝尔图赫园子前面强,不过我找到的事,甚至还能给我一些希望。官府或文书或其他人不论在什么时候谈到我们的罪行时总是一再地只提我们侮辱信差,谁也不敢再多说什么。好吧,我想,既然公众舆论只知道侮辱信差之事,即使只是表面文章,那么,如果能向那个信差赔礼道歉,一切就可以弥补,即使也只是表面文章。人家告诉我们,并没有人控告我们,因此也没有哪个部门受理此事,所以是否宽恕完全听凭信差个人一句话,而我们所要的就是这样一句话。这一切当然不可能起决定性的作用,只是表面文章,又不能取得别的什么结果,可是这会使父亲高兴,也许还可以使那许多如此折磨过他的情况提供者感到有点窘,这会使他感到满意。当然,首先得找到那个信差。当我把我的计划告诉父亲的时候,起初他很生气,因为他已经变得非常固执,一是他认为——这看法是他生病期间产生的——我们总是使他功亏一篑:先是不给他钱,后来是把他扣留在床上,二是他已经完全不能领悟任何新的想法了。他没等我把话说完,就拒绝了我的计划;他认为他得继续到贝尔图赫园子前去等,而他现在无疑已不能自己每天走去,所以就要我们用手推车送他去。可是我不肯放弃自己的想法,而他也渐渐地同意了我的想法,惟一使他不安的一点是,他在这件事情上得完全依仗我,因为只有我当时见过那个信差,他自己并不认识他。不错,跟班彼此都很相像,我也没有十分把握能认出那个人,于是我们就开始到贵宾饭店去,在跟班中间寻找。虽然那是索提尼的一名跟班,索提尼已经不再到村里来,可是老爷们是经常更换跟班的,我们很可能在其他老爷的跟班中找到此人,如果找不到他本人,也许可以从其他跟班那儿打听到他的消息。为了这个目的,当然就得每天晚上都到贵宾饭店去,可是我们到处都不受欢迎,尤其是在那种地方;我们也不能以花钱的顾客身份去。不过事实表明,人们还是有用得着我们的时候;你知道,弗丽达对那帮跟班是多么头痛,其实他们多半是安分守己的人,因为差使很轻松,给惯坏了,变得迟钝起来。'但愿你生活过得像跟班一样,'这是官员们的一句祝福辞,就生活舒适而言,据说跟班们实际上是城堡真正的主人,他们也知道如何评价这一点,在城堡里,他们的举动必须符合城堡的规章制度,所以他们就安静老实,有好几个人曾向我证实这一点。在这儿村子里,也能在跟班们中间看到这种表现的残余,不过仅仅是残余,通常他们看到自己在村子里不再完全受到城堡规章制度的约束,就像变了一个人似的;他们变成一群粗野放肆的人,不受规章制度的约束,色胆包天。他们无耻到了极点,幸好他们非经许可不准离开贵宾饭店,这真是村子的大幸,但是在贵宾饭店里,你就得想办法应付他们;弗丽达对此伤透脑筋,所以非常欢迎我去安慰那些跟班;有两年多,每周至少两次,我和那些跟班在马厩里过夜。早些时候父亲还能和我一起去贵宾饭店,他在酒吧里找个地方睡觉,等着我早上带消息给他。消息很少。直到今天,我们还没有找到要找的那个信差,据说他一直还在给索提尼当差,索提尼很器重他,当索提尼隐退到更远的公事房去的时候,据说他也跟去了。自从我们见过他以后,大多数跟班也都没有再见过他,有人说曾见过他,那可能是认错人了。这样,我的计划实际上已经失败了,但是还不能说完全失败;不错,我们没有找到那个信差,我们到贵宾饭店去并在那儿过夜,也许甚至还有对我的怜惜——只要父亲还能怜惜人的话——不幸使他完全垮了,你所看到的他的这种样子已经快有两年了,而他的情况或许比母亲还要好一些,母亲每天都有可能离我们而去,只是多亏阿玛丽亚超常的努力才使她勉强活下来。不过我在贵宾饭店还是有收获的,那就是我同城堡有了某种联系;如果我说,我对自己所作所为并不后悔,请不要看不起我。你也许会想,这是什么了不起的同城堡的联系呢?你想得对,这不是什么了不起的联系。我现在认识了许多跟班,这几年到村里来的老爷的跟班我几乎都认识,如果我到城堡里去,我在那儿就不会人地生疏了。当然,他们只是在村子里的时候才是跟班,在城堡里就完全变了,很可能会不再认识谁,尤其不会认识在村子里和他们有过交往的人,尽管他们在马厩里赌过一百次咒,说他们很高兴在城堡里再见到我。再说我也已有体会,所有这样的诺言并没有多少价值。但这并不是最重要的。我不仅通过跟班与城堡有联系,而且或许——如今也仍然希望上边会有人注意到我和我的所作所为——管理那一大帮跟班当然是当局工作的一个极其重要而伤脑筋的部分——然后那个注意到我的人也许会比别人对我的看法要宽容一些,他也许会看出,虽然我采取的方式很可悲,但我却是在为我的家庭奋斗,是在继续父亲的努力。如果他这样看,或许也会原谅我接受跟班的钱,用它来养家糊口。我还取得了其他的收获,不过这一点你也会怪我的。我从跟班们那儿了解到不少情况,如何用转弯抹角的方法,不经过困难的、经年累月的正式录用程序而能得到城堡的差使,在这种情况下,虽然你也不能成为正式雇员,只是私下里半被准许,既无权利也无义务,而更糟糕的是没有义务,但也有一个好处,那就是你什么事都在场,可以看准有利的机会,利用这些机会,你不是雇员,但是碰巧可能有什么工作,正好没有一个雇员在左右,听到一声呼唤,你赶快跑过去,你就成为片刻之前你还不是的那种人,成了雇员。不过,什么时候才有这种机会呢?有时候马上就有,你刚到那儿,还没来得及四处张望,机会就已经来啦,甚至并不是每个人都能果断地作为新手立即抓住机会的,但是有时又比正式录用程序所需要的年头儿还要长,而且这样一个半官方人员就不再有可能被正式录用了。所以,这会使人顾虑重重;但是,与下述情况相比,也就不会有什么顾虑了:正式录用要经过极其严格的挑选,一个名声不知为什么不好的家庭的成员一开始就会被淘汰,比方说,这样一个人报名参加,他成年累月胆战心惊地等待审查的结果,从第一天起,方方面面的人都会惊奇地问他怎么敢做出这种毫无希望的事,但是他仍旧抱有希望,否则他怎么能活下去呢;可是过了多少年,也许已白发苍苍、年事已高,他才知道自己没有被录用,才知道一切都已付诸东流,他虚度了这一生。当然,这里也有例外,正因为这样,人们才会轻易受到诱惑。有时候会发生这样情形:恰恰是名声不好的人最后反倒被录取,有些官员确实违心地喜欢这种野兽的气味,在招考时用鼻子嗅一嗅空气,撇撇嘴、翻白眼,这种人似乎在某种程度上特别能刺激他们的胃口,他们必须牢牢抓住那几本法律全书,才能抵抗这种诱惑。不过有时这并不能使那个人获得录用,而只是没完没了地延长录用程序,永远不会结束,只是在那人死去以后才中断。所以,合法录取和另一种途径一样都充满了或明或暗的困难,在决定做这类事情之前,最好是把一切都仔细权衡一下。总之,我们——巴纳巴斯和我——没有忘记这样做。每当我从贵宾饭店回来,我们就坐在一起,讲我了解到的最新消息,我们一谈就是几天,巴纳巴斯放下手上的活,常常影响交活的日期。在你看来,也许这要怪我不好。我知道跟班们讲的话是不大靠得住的。我知道他们从来不愿意把城堡里的事情讲给我听,总是转移话题,每一句话都得向他们苦苦哀求才肯说,可是他们开口以后,又会胡说八道、自吹自擂,一个比一个更夸张更不可信,在那黑灯瞎火的马厩里,在没完没了的叫嚷中,一个接着一个说,显然他们说的话里可能至多只有一鳞半爪的真实情况。不过我把所听到的一切都一五一十、原原本本地再讲给巴纳巴斯听,他还没有辨别真伪的能力,由于我们一家的处境,他如饥似渴地想要知道这些事情,他什么都一口吞下,并且迫不及待地要求再多听一些。事实上,我的新计划是以巴纳巴斯为基础的。从跟班们那儿再也搞不出什么名堂了。索提尼的信差找不到,而且永远也不会找到,索提尼和那个信差似乎退得愈来愈远,许多人已经忘记了他们的模样和名字,我常常得详细描述他们,别人才好不容易想起他们,仅此而已,此外对于他们的情况就什么也不知道了。至于我和跟班们在一起鬼混,别人如何看,我当然无法决定,我只希望人们理解我的一片苦心,减轻一点我们家的罪过,可是我没有看到有什么外在的迹象能说明这一点。但我还是这样干下去,因为对我来说,我看不出有任何其他的办法在城堡里为我们家做成一点事。可是对巴纳巴斯来说,我看到了这样一种可能性。从跟班们所说的话里——如果我乐意的话,而我是非常乐意这样做的——我得知被城堡录用的人能为自己家庭做许多事情。不过话又说回来,这些话又有几分可信呢?要弄清这一点是办不到的,但可信之处很少,这是显而易见的。比方说,有一个跟班——我永远不会再见到他,或者我即使见到他,也不会认出他来——一本正经地答应我,帮我弟弟在城堡里找个差使,或者,倘若巴纳巴斯有别的事去城堡,他至少可以帮帮他,比如给他提神打气,因为据跟班们说,谋事者在太长的等候期间会昏倒或晕头转向的,如果没有朋友照顾,他们就完了。他们对我讲这一类事情和其他许多事情,这些都是对我们的警告,可能有根据,但是他们许下的诺言却完全是空的。巴纳巴斯却不这样想,虽然我警告他别相信他们的话,可是我把这些话告诉他,就足以使他支持我的计划了。我自己提出的种种理由倒没有打动他,起主要作用的是跟班们的话。所以事实上我完全是孤军作战。阿玛丽亚是惟一能和父母随意交谈的人,我愈按照我自己的办法推行父亲原来的计划,阿玛丽亚就愈不理睬我,在你或别人面前,她还跟我讲话,我们单独在一起的时候,她从不和我讲话。在贵宾饭店,我是那帮跟班肆意蹂躏的玩物,在这两年里,我没有和他们任何一个人说过一句知心话,听到的尽是些花言巧语、谎言或傻话,所以只有巴纳巴斯还和我在一起,而巴纳巴斯还很年轻。我把那些事情讲给他听的时候,看到他眼睛闪闪发光,从此以后他的眼睛就一直保持着这种光芒,我感到吃惊,但我并没有住手,我觉得事关重大。当然,我没有我父亲那种大而空的计划,我没有男人的那种果断,我只想弥补那个信差所受到的侮辱,甚至还想要别人把我做的这么一点事情看做是功劳。可是我自己没有做成的事,现在我想通过巴纳巴斯以另一种方式有把握地来完成。我们侮辱了一个信差,并把他从前面的公事房里吓跑了;那么,我们就把巴纳巴斯送去当新的信差,让巴纳巴斯去干那个受侮辱的信差的工作,使那个受侮辱的人可以安安静静地留在远处,愿意待多久便待多久,使他有足够时间忘掉那次侮辱。难道还有比这更明白的事情吗?当然我知道,这个计划虽然十分简单,但也含有狂妄的意味,会给人一种印象,似乎我们想指令当局如何处理人事问题,或者我们怀疑当局是否能自行作出最好的安排,怀疑当局甚至在我们只是想到这儿能采取什么措施之前就早已安排妥当。但是后来我又想,当局不可能对我产生那么大的误会,或者说,如果他们真是那样,那么他们是有意要这样,也就是说,他们不做进一步调查,从一开始就否定了我所做的一切。因此我不会罢休,巴纳巴斯的虚荣心也起了作用。在这段准备时间里,巴纳巴斯变得非常高傲,觉得鞋匠工作对他这个未来的公事房雇员来说未免太下贱了;他甚至敢顶撞阿玛丽亚,老是同她唱反调,而阿玛丽亚是难得和他说上一句话的。我很高兴让他享有这短暂的快乐,因为他第一天去城堡后,他的快乐和高傲就消失了,这也是不难预料的。这时他开始干我对你说过的那种表面上的差使。说来奇怪,巴纳巴斯第一次走进城堡,或者更确切地说,走进那个公事房,并没有费什么事。那个公事房可说已成了他的办公室。晚上巴纳巴斯回家后悄悄地把这个消息告诉我,这一胜利当时使我欣喜若狂,我马上跑到阿玛丽亚那儿,一把抓住她,把她推到一个角落里,用嘴唇和牙齿吻她,吻得她又疼又怕,哭了起来。我激动得说不出话来,况且我们又有很久彼此没有说过话了,我想过几天才对她讲。可是以后几天就再也没有好讲的了。第一次马到成功以后就再也没有什么收获了。有两年之久,巴纳巴斯过的就是这种单调而抑郁的生活。那些跟班一点也不管用,我写了一封短信让巴纳巴斯带在身上,请那些跟班多多关照他,同时也提醒他们许下的诺言,巴纳巴斯看到一个跟班就掏出信给他看,尽管他有时遇到的跟班并不认识我,尽管他那种一言不发出示那封信的做法——因为他在上面不敢说话——使我认识的人恼火,然而,没有一个人帮他的忙,这真是可耻。后来有个跟班,也许已有好几次被缠着看信,便把信揉成一团,扔进了字纸篓。这倒是一种解脱,不过我们自己早就可以这样做了。我想起来,他几乎可以说:'你们也是常常这样处理信件的。'尽管这段时间在其他方面毫无收获,但对巴纳巴斯却起了好作用,也可以说是好事:巴纳巴斯过早地变得老成持重了,过早地成为一个男子汉,在某些方面,他甚至比大人还要稳重和明智。看到他成了这副样子,想到他两年前还是个孩子,我常常很伤心。作为男子汉,他也许能给我安慰和支持,可我并没有得到。没有我,他就很难进城堡,可是自从他进入城堡以后,就不再依靠我了。我是他惟一的知心人,可是他肯定只告诉我一小部分心里话。他对我讲了许多城堡里的事,可是从他所讲的情况中,从他介绍的那些细小的事情中,你一点也不能理解,那些事怎么会使他变成这副样子。尤其不能理解的是,他小时候胆子很大,有时简直使我们大家感到震惊,现在长大成人,在那儿上边,怎么就变得这么胆小了呢?当然,毫无益处地站在那儿等候,一天又一天,老是重新开始,没有一点改变的希望,这种情形会使人心力交瘁、满腹疑团,最后甚至什么事也不会干了,只会绝望地站在那儿。可是,为什么他早先也毫不反抗呢?尤其是他很快就认识到我是对的,在那儿没有可能实现他的虚荣心,但是也许有可能改善我们家的处境。因为在那儿,除了跟班们喜怒无常的脾气之外,一切都十分简单,虚荣心在工作中寻求满足,由于工作本身压倒一切,虚荣心就会完全消失,幼稚的愿望在那儿没有立足之地。话虽如此,巴纳巴斯告诉我,他认为他看得很清楚,即使是准许他进去的那间屋子里的那些相当可疑的官员也有着极大的权力和高深的学问。他们口授指示时说得很快,眼睛半睁半闭,做着简单的手势,只消举起食指,一句话也不必说,就把那些嘀嘀咕咕的跟班治得大气也不敢出,还满脸堆笑;或者他们在书里找到一处重要的段落就拍案叫绝,而其他那些官员,只要在那块狭窄的空间里有此可能,便赶紧跑过来,伸长脖子去看。这一类事情使得巴纳巴斯觉得这些人很了不起,他有这样的印象,如果他能引起他们的注意并能和他们交谈几句,不是以一个陌生人,而是以公事房同事——尽管是下级同事——的身份,那就有可能给我们家庭带来难以估量的收获。可是事情就是还没有到达这种地步,巴纳巴斯也不敢做什么可能使他接近这一目标的事情,虽然他已一清二楚,他年纪虽小,但是由于那些不幸的遭际,他在我们家里已上升到一家之主这个责任重大的地位。现在我还要作最后的坦白:一个星期前你来到这里。我在贵宾饭店听到有人提起这件事,但并没有放在心上;来了一个土地测量员;我连土地测量员是干什么的都不知道。可是第二天晚上,巴纳巴斯回家比平常早。我通常都是在固定的时间去迎接他一段路。他看见阿玛丽亚在屋子里,就把我拉到街上,把头伏在我的肩上,哭了好几分钟。他又成了当年的那个小男孩了。他遇到了什么他对付不了的事。好像在他面前突然展现了一个新的世界,他忍受不了这个新变化带来的幸福和忧虑。而他所遇到的事情,不过是他拿到了一封信,叫他送给你。可这毕竟是他得到的第一封信,第一件工作啊。"

奥尔加说到这里打住了。屋子里静悄悄的,只有两位老人粗重的、有时呼噜呼噜响的呼吸声。K像要补充奥尔加的话,只是漫不经心地说:"你们都对我装模作样。巴纳巴斯送信来的那副神气,俨然是个忙忙碌碌的老信差,而你和这一次与你们意见一致的阿玛丽亚都装得好像信差工作和那些信只是无关紧要的事情。""你得把我们区别开来,"奥尔加说。"巴纳巴斯由于那两封信又变成了一个快活的孩子,尽管他对他的工作也有种种疑问。这种怀疑只有他自己和我知道,可是在你面前,他寻求他的荣誉,表现得像真正的信差,像他心目中的真正信差。比方说,虽然现在他得到一套公家衣服的希望更大了,但是他还要我在两小时内替他改一条裤子,使它至少像公家服装那样的紧身裤子,他好穿着去见你;当然你在这方面还是很容易蒙蔽的。这是巴纳巴斯的情况。可是阿玛丽亚真的瞧不起信差工作,现在巴纳巴斯似乎有了一点成就——她从巴纳巴斯和我以及我们坐在一起叽叽咕咕的样子很容易看出这一点——她比以前就更瞧不起这种工作了。所以她说的是真话,你不要想错了,怀疑这一点。至于我,K,有时我贬低信差工作,那倒不是有意欺骗你,而是出于担心。巴纳巴斯经手的这两封信是我们家三年来第一次看到的当然还相当可疑的宽恕预兆。如果说,这是一个转折,而不是假象——假象常常多于转折——的话,那么这个转折和你来到此地有关,我们的命运在某种程度上取决于你了,也许这两封信只是个开端,巴纳巴斯的工作还会扩展,超出与你有关的信差工作,我们希望这样,只要我们还能这样做;可是目前一切都集中在你身上。在那儿上边,我们只好听天由命,人家叫我们干什么就干什么,可是在这儿下边,我们或许自己也能做点什么,那就是:博取你的欢心,或者至少不让你讨厌我们,或者,最重要的是,尽我们的力量和经验来保护你,使得你和城堡的联系不至于中断,这样我们也许能沾点光。现在怎样才能最好地着手进行这一切呢?那就是,在我们接近你的时候,要使你不致对我们产生怀疑,因为你在这儿人地生疏,因此就难免对各方面都满腹疑云,满腹合理的疑心。此外,我们受人鄙视,你会受舆论的影响,特别是受你未婚妻的影响;我们在努力接近你的时候,怎样才能比方说不得罪你的未婚妻——尽管我们根本无意于此——因而也就冒犯了你。那两封信,在你收到以前我都仔细看过;巴纳巴斯没有看过,当信差的是不允许看的。乍一看,这两封信似乎并不很重要,已失去时效,本身就失去了重要性,因为它让你去见村长。在这种情况下,我们该怎样对待你呢？如果我们强调其重要性，人家就会怀疑我们过高估计显然并不重要的事情，作为传递这些消息的人向你吹嘘，这样做是追求我们自己的目的，而不是你的目的，是的，这样我们就会使这些消息本身在你的心目中掉价，因而就欺骗了你，这完全违背我们的本意。可是，如果我们不太看重那两封信，我们同样会受到怀疑，因为人们会问，既然这样，那我们为什么要投送这些无关紧要的信件呢，为什么我们的言行互相矛盾，为什么我们这样做就不仅欺骗了你这个收信人，而且也欺骗了我们的委托人。他们叫我们去送信，肯定不是要我们向收信人说明这些信件无关紧要。在这两种极端之间采取折衷的态度，也就是正确评价那些信件，这是不可能的，它们自己就在不断地改变其价值，它们所引起的思考是无穷无尽的，一个人正好产生什么想法，完全是偶然的，也就是说，人的看法也带有偶然性。如果再加上对你的担心，一切就都弄乱了，你不要把我的话看得过于认真。比如说，正如有一次曾经发生过的那样，如果巴纳巴斯带来一个消息，说你对他的信差工作不满意，一惊之下，不幸也像信差们那样敏感，便提出辞职不干了，在这种情况下，为了弥补这个错误，我就会蒙人、骗人、撒谎，只要有用，什么坏事都干。不过，我这样做，那既是为了我们自己，也是为了你，至少我是这样想的。"

　　有人敲门。奥尔加跑去开了门。一缕光线从一盏遮光灯里射进黑暗。

　　那个深夜来客低声问什么并得到低声的回答，但是还不满意，想闯进屋来。奥尔加看来已挡不住了，便喊阿玛丽亚，显然是希望她会竭力把来客拒之门外，以免打扰两位老人的睡眠。阿玛丽亚果然也跑了过去，把奥尔加推到一边，走到街上，随手把门关上。不大一会儿工夫，她又回来了。奥尔加办不到的事，她很快就办成了。

　　之后K从奥尔加那儿获悉，来人是来找他的。那是他的一个助手，奉弗丽达的命令前来找他。奥尔加不想让那个助手看到K，倘若他以后愿意向弗丽达承认他到这儿来过，他可以这么做，但不能让那个助手发现这件事。K表示同意，可是他拒绝了奥尔加请他在这儿过夜等巴纳巴斯回来的建议；本来他也许会接受的，因为夜已深了，而且他觉得，不管他愿意不愿意，现在他和这一家人已连在一起了，如果出于其他原因留宿也许会令人难堪，但是考虑到这种联系，这儿是全村最适宜他过夜的地方。尽管如此，他还是拒绝了。助手跑来找他，使他大吃一惊。他感到不可理解的是，既然弗丽达明白他的心愿，助手们也已经知道怕他了，他们怎么又这样串通一气，弗丽达竟毫无顾忌，派一个助手来找他，而且只派一个，另外一个很可能正留在她身边。他问奥尔加有没有鞭子，她说没有，但是她有一根很好的柳条。于是他把它拿在手里，接着他又问这所房子是否还有别的出口。奥尔加说，穿过院子还有一个出口，不过得翻过邻居家花园的篱笆，穿过花园才能到街上。K愿意走这条路。在奥尔加领着他穿过院子走向篱笆时，K匆匆地劝她不必发愁，说他对她所说的那些小花招一点都不生气，他对此完全理解，感谢她推心置腹地把那些事情讲给他听，并且嘱咐她，等巴纳巴斯一回家，就让他到学校去，哪怕天还没有亮。虽然巴纳巴斯带来的信息并不是他惟一的希望，不然的话，他就糟了，但是他也决不肯放弃这些信息，他要抓住这些信息不放，同时他也不会忘记奥尔加，因为在他看来，几乎比那些信件更重要的是奥尔加本人，是她的勇敢、谨慎、聪明、她为家庭作出的牺牲。假如要他在奥尔加和阿玛丽亚两人中选择一个，他用不着多想便能作出抉择。在翻越邻居家花园的篱笆时，他还亲切地握了握她的手。

第十六章

　　K 过后走到街上,在茫茫的夜色中隐约看见在上边不远的地方那个助手还在巴纳巴斯家门口走来走去,有时停下步子,想要从已拉上窗帘的窗户里往屋里探望。K 叫了他一声;他并没有流露出吃惊的样子,不再窥视那所屋子,向着 K 走来。"你找谁?"K 问,同时在自己腿上试试那根柳条的韧性。"找你,"助手在走近时说。"你究竟是谁?"K 突然说道,因为此人看来不像是他的助手。他看上去年纪更大、更疲乏,脸上的皱纹也更多了,可是面孔更丰满,走路的样子也和那两个助手轻快的、关节像是通电似的步伐大不相同。他慢慢吞吞的,有一点儿跛,文弱得像有病似的。"你不认得我啦?"那人问道。"我是你的老助手杰里米亚。""原来如此,"K 说,一面又把那根藏在背后的柳条抽出一点。"可是你看起来完全不像。""那是因为我一个人在这里,"杰里米亚说。"我一个人的时候,也就会失去青春活力。""那么阿图尔在哪儿?"K 问。"阿图尔?"杰里米亚问。"那个小宝贝吗? 他不干这个差使了。你对我们也有点严厉粗暴。他这么一个柔弱的人受不了啦。他回城堡告你去了。""那么你呢?"K 问。"我可以留下,"杰里米亚说,"阿图尔也代我去告状。""你们究竟告我什么呢?"K 问。"告你不懂开玩笑,"杰里米亚说。"我们究竟做了些什么? 开了一点玩笑,笑了几声,和你的未婚妻闹着玩而已。再说一切又都是奉命而为。加拉特派我们到你这里来的时候——""加拉特?"K 问。"是的,加拉特,"杰里米亚说。"他那时正代理克拉姆。他派我们到你这里来的时候说——我记得一清二楚,因为我们就以此作为根据:'你们去当土地测量员的助手。'我们说:'可我们对测量工作一窍不通。'他答道:'这不是最重要的;倘若必要的话,他会教你们的。最重要的是,你们要叫他开心一些。根据我接到的报告,他把什么事情都看得太严重。他现在到村里来了,就以为这是了不起的事,其实这根本算不了什么。你们应当使他明白这一点。'""好吧,"K说,"加拉特说得对不对?你们执行了他的任务没有?""这我就不知道了,"杰里米亚说。"在这么短的时间内,那也是不可能的。我只知道你很粗暴,我们告的就是这一点。我不懂,你也只是一个雇员,而且还不是城堡的雇员,怎么会不明白这种差使是一件苦差使,像你那样故意地、几乎是幼稚地给工人的工作难上加难,那是大错而特错的。你那么冷酷无情,让我们在栅栏旁挨冻,你一拳差点儿没有把躺在垫子上的阿图尔打死,而阿图尔是个听到一句难听的话便会难过几天的人,还有你下午在雪地里把我赶来赶去,累得我歇了一个钟头才恢复过来。我又不年轻了!""亲爱的杰里米亚,"K说,"你说的这些都不错,只不过你该去对加拉特说。是他自作主张派你们来,而我并没有请他派你们来。我既然没有要你们来,也就可以再把你们送回去。本来我也宁愿不用强制手段,而是和和气气地把你们送走,可是你们看来还非这样不可。再说,你们刚来的时候,你为什么不像现在这样坦率地对我讲呢?""因为我那时还在当差,"杰里米亚说,"这是不言而喻的事。""你现在不再当差了吗?"K问。"现在不干了,"杰里米亚说,"阿图尔已经向城堡辞掉这个差使,或者说,使我们能最后摆脱这个差使的程序至少正在进行之中。""可是你还来找我,好像你在当差似的,"K说。"不,"杰里米亚说,"我来找你,只是为了让弗丽达放心。你为了巴纳巴斯家的姑娘而离开了她,她十分伤心,倒不是因为失去了你,而是因为你无情无义;不过她早就料到这一点了,已经为此忍受了很多痛苦。我正巧又跑到学校窗口前面,想看看你也许已经变得明白事理一些。可是你不在那儿,只有弗丽达坐在课桌上哭。于是我走到她身边,我们取得了一致意见。一切都已办妥了。我去贵宾饭店当客房服务员,至少在城堡处理完我的事以前先这样干,弗丽达回酒吧去。这样对弗丽达要好些。对她来说,成为你的妻子是不明智的。你也不懂如何评价她甘心情愿为你作出的牺牲。可是她这个心地善良的人一直还心存疑虑,生怕冤枉了你,也许你并没有和巴纳巴斯家的人在一起。虽说你人在什么地方当然是毫无疑问的,但我还是跑来把它彻底弄清楚,因为经过这一番风风雨雨,弗丽达终究也该睡个安生觉啦,我当然也一样。于是我就来了,不但找到了你,而且还附带看到那两个丫头和你难舍难分。尤其是那个黑姑娘,真是一只野猫,她为你付出了全力。好吧,人各有所好。可是,不管怎样,你用不着绕圈子从邻居家花园溜出来嘛。我知道那条路。"

这么说,可以预料而无法防止的事现在到底还是发生了。弗丽达离开了他。这不至于就是最后的定局,事情还没有坏到那个地步;弗丽达是能够被夺回来的,她很容易受外人的影响,甚至连这两个助手都能影响她,他们认为弗丽达的地位与他们相似,既然他们已辞职不干了,于是现在也怂恿弗丽达这样做,可是 K 只要走到她面前使她想起对他有利的一切,她就会后悔,回到他身边,尤其是如果他能证明他去拜访那两个姑娘很有必要,多亏了她们才有所收获。可是,尽管他为了弗丽达的缘故想要用这种想法来宽慰自己,但是却一点也放心不下。刚才他还在奥尔加面前夸过弗丽达,称她是自己的惟一支持者;然而,这个支持者并不是最坚定的支持者,用不着一个有权有势的人来插手,别人就从 K 手中把弗丽达夺走了,这个并不很精神的助手也就够啦——这个木头人有时会给人一种印象,似乎不像是个大活人。

杰里米亚已经转身走了;K 又把他叫了回来。"杰里米亚,"他说,"我想对你打开天窗说亮话,你也坦白地回答我一个问题。我们现在已不再是主仆关系了,不仅你感到高兴,我也感到高兴,因此我们没有理由互相欺骗了。现在我当着你的面折断这根原来准备对付你的柳条,我并不是因为怕你才选择了花园里的那条路,而是想叫你措手不及,用柳条抽你几下。好了,你就别再见怪了,这一切全都过去啦;倘若你不是官府强加给我的跟差,而只是一个熟人,我们一定会相处得很好的,即使你的模样有时会使我感到有点不舒服。不过我们现在还可以弥补这一方面的失误。""你是这样想的吗?"助手打着哈欠,闭上困倦的眼睛说,"我本可以详细地向你解释这件事,可是我没有工夫,我得到弗丽达那儿去,小姑娘正在等我,她还没有开始工作,她本想立刻投入工作,或许是为了忘记过去,但是在我的劝说下,老板还给了她一点休息时间,我们想要至少在一起度过这段时间。至于你的建议,我当然没有理由欺骗你,可我也没有理由向你吐露什么。因为我的情况跟你不一样。只要我给你当差,你在我眼里自然是非常重要的人物,不是看你的品德,而是因为职责所在,你要我干什么,我都会为你做的,可是现在你在我眼里已无所谓了。你折断这根柳条,也感动不了我,它只会使我想到我曾经有过一个多么粗野的主人,并不能使我对你产生好感。""你这样和我说话,"K 说,"好像十分肯定你今后再也不用怕我了。可是事实上并非如此。你大概还没有摆脱我,这儿处理事情不会那么快的。""有时还更快呢,"杰里米亚插嘴说。"有时,"K 说,"但是没有什么可以表明这一回是这样的,至少你和我手中都没有书面通知。由此可见,手续刚刚开始办,我还没有利用我的关系来过问,但是我会那么做的。如果事情结果对你不利,那么你并没有事先就努力博取你主人的欢心,甚至折断这根柳条也许是多此一举。虽然你弄走了弗丽达,就自以为了不起了,可是,尽管我很尊重你个人——即使你对我已不再尊重,我仍尊重你——,我知道,只要我对弗丽达讲几句话,就足以把你用来俘虏她的谎言揭穿,而只有谎言才能使弗丽达疏远我。""你这些威胁吓不倒我,"杰里米亚说,"你根本不想要我当助手,你害怕我当你的助手,你就是害怕任何助手,你只是因为害怕才打好心的阿图尔的。""也许是吧,"K 说。"难道因此就不那么疼了?也许我还会经常用这种方式来表示我怕你。我看你并不怎么喜欢做助手,那么不管是不是害怕,我也要迫使你当助手,这会使我非常开心。而且这一次我要尽力留你一个人,不要阿图尔;这样我就可以更多地关照你了。""你以为,"杰里米亚说,"我对这一切会感到丝毫害怕吗?""我相信你不用说有点怕,假如你聪明的话,你便会非常害怕。不然的话,那你为什么不立即到弗丽达那儿去呢?你说,你是不是爱她?""爱她?"杰里米亚说。"她是个聪明善良的姑娘,是克拉姆从前的情妇,无论如何是值得尊敬的。既然她一直在恳求我把她从你的手里救出来,那我何乐而不为,帮她这个忙,特别是因为我这样做也不会伤害你。你不是和巴纳巴斯家的臭妞儿打得火热吗?""现在我看到你害怕了,"K 说,"怕得要死,你想用谎话来蒙我。弗丽达所要求的,只不过是帮助她甩掉你们这两个没规矩的色胆包天的助手;不幸我没有时间完全满足她的愿望,现在这就是我疏忽的结果。"

"土地测量员先生,土地测量员先生!"有人在巷子里喊叫。那是巴纳巴斯。他上气不接下气地跑过来,但并没有忘记向K鞠躬敬礼。"成啦,"他说。"什么成啦?"K问。"你把我的请求向克拉姆提出来了吗?""这不行,"巴纳巴斯说。"我尽了很大的努力,但是办不到,我挤到前面去,站了一整天,也没有人叫我,离大桌子那么近,有一次一个文书甚至把我推开,因为我挡住了他的光线。当克拉姆抬起头来看的时候,我举手报到,而这是禁止的。我留在公事房里时间最长,只剩下我一个人和跟班们在那儿,还高兴地看到克拉姆又转回来了,但不是为我而来,他只想匆匆地再在一本书里查找什么东西,马上又走开了,因为我一直站在那儿不动,最后跟班们差一点用扫帚把我扫出门外。我如实汇报,一点也不隐瞒,以免你又不满意我的工作。""你这么卖力气,巴纳巴斯,"K说,"但一无所获,那对我又有什么用呢?""可我有收获,"巴纳巴斯说,"我走出我的公事房——我称它为我的公事房——时看见一位老爷从远处走廊里慢慢走来,走廊上除他以外已空无一人;那时确实已经很晚了。我决定等他;这是留在那儿的好机会,我本来就情愿留在那儿,免得给你带来失望的消息。不过除此之外,这位老爷也是值得一等的,他就是埃朗格。你不认识他?他是克拉姆的主要秘书之一。一位瘦弱矮小的老爷,腿有一点跛。他立刻认出了我,他以记性好和知人之明而著名,他只要眉头一皱,就能认出每一个人,常常也能认出他未见过面只是听说过或读到过的人,比如说,他就不大可能见过我,尽管他能够立刻认出每一个人,但他总要先问一下,好像他没有把握似的。'你不是巴纳巴斯吗?'他对我说。接着他又问:'你认识土地测量员,是吗?'接着他又说:'好极了;我正要到贵宾饭店去。让土地测量员到那儿去见我。我住15号房间。不过他得马上就去。我在那儿只有几个会谈,清早五点钟就回来。告诉他,我很重视和他谈话。'"

杰里米亚突然拔腿就跑。巴纳巴斯因为情绪激动,一直没有怎么注意他,便问:"杰里米亚究竟想干什么?""抢在我前面去见埃朗格。"说罢,K便跑去追杰里米亚,追上了他,抓住他的臂膀,说:"你是不是突然想弗丽达了?我也一样,那我们就齐步走吧。"

第十七章

在昏暗的贵宾饭店前站着一小群人,有两三个人提着灯,因此有些面孔能认出。K只发现一个熟人:车夫盖斯泰克。盖斯泰克和他寒暄道:"你还在村里没有走?""是的,"K说,"我上这儿来是打算久留的。""这和我没有关系,"盖斯泰克说着猛烈地咳嗽起来,随后向别人转过身去。

原来这些人都在等埃朗格。埃朗格已经到了,但是他在接见这些当事人以前先和莫穆斯商谈。大家都在埋怨不让他们到屋子里去,只能站在这儿外面的雪地里等。天气虽然并不很冷,但是让当事人夜里在屋前站上也许好几个钟头,那也未免太冷酷无情了。不过这不能怪埃朗格,他倒是很和气的。这事他不知道,如果有人向他报告,他准会非常生气的。这事得怪贵宾饭店的老板娘,她有一种一味追求高雅的病态心理,不肯让许多当事人同时跑进贵宾饭店。"如果绝对必要,他们非来不可的话,"她常说,"天哪,让他们一次只进来一个。"她贯彻了她的意图,最初她让当事人干脆就在走廊里等,后来在楼梯上等,再后来在前厅里等,以后在酒吧里等,最后又把他们统统赶到巷子里去。即使这样,她还不满意。用她的话来说,她受不了在自己家里老是被人"包围"。她不明白为什么会有当事人上访之事。有一次,有一个官员大概恼火了,回答她说:"为的是弄脏大门口的台阶。"可是她却认为这句话讲得很明白,她很喜欢一再引用这句话。她竭力主张在贵宾饭店对面盖一座房子,好让当事人在那儿等候,这一点倒也符合当事人的愿望。她最希望让接见当事人和审问都到贵宾饭店之外去进行,可是官员们反对这样做,如果官员们真正反对的话,老板娘当然就不能得逞,尽管在一些次要的问题上,凭着她那不屈不挠加上女性温柔的热诚,也能实行一种小小的专制统治。但是老板娘很可能还得继续容忍接见和

由革命而生

审问在贵宾饭店进行，因为从城堡里来的老爷在村里办理公务时不肯离开贵宾饭店。他们总是匆匆忙忙，只是非常勉强地到村里来，除了绝对必需的时间以外，他们丝毫没有兴趣在这儿多待一分钟，因此不可能要求他们仅仅为使贵宾饭店保持清静而暂时带上他们的全部文件过街到别的房子里去，从而浪费时间。官员们最喜欢在酒吧或自己的房间里办公，尽可能在吃饭的时候，或是睡觉前在床上，或是早上困得不能起床，还想在床上伸一伸懒腰的时候处理公事。然而修建一所候见房的问题看来就要得到圆满解决了，但是正因为要造候见房，就需要进行许多会谈，使得客栈的过道里简直就没有清静的时候，这对老板娘是一个严厉的处罚，使人们感到有点好笑。

人们小声谈论这些事情，使 K 感到奇怪的是，虽然存在着强烈的不满情绪，但是没有一个人对埃朗格半夜召见当事人有意见。他问别人，得到的答复是，他们感谢埃朗格还来不及呢，哪会有意见。他肯到村里来，纯粹出于好意和高度敬业精神；倘若他愿意的话，他可以——而且这甚至可能更加符合规定——派一个小秘书来，让他作记录。可是他通常不肯这样做，他要亲自耳闻目睹一切事情，为此就得牺牲晚上的睡眠时间，因为他的公务日程上没有规定来村里出差的时间。K 提出异议说，克拉姆也是白天到村里来，而且甚至一来就呆好几天；埃朗格不过是个秘书，难道上面就更少不了他？有几个人温厚地笑了，其他的人尴尬地沉默着，后者占了上风，几乎没有一个人回答 K。只有一个人犹犹豫豫地说，克拉姆当然是少了他不行的，在城堡里和村子里都是这样。

这时大门打开了，莫穆斯出现在两个提着灯的跟班之间。"秘书埃朗格先生最先接见的人，"他说，"是盖斯泰克和 K。这两人在这儿吗？"他们报了到，可是杰里米亚抢在他们前面，说了一句"我是这儿的客房服务员"就钻进屋里，莫穆斯还笑吟吟地拍了拍他的肩膀招呼他。我得更加留心杰里米亚，K 对自己说，同时他也清楚，杰里米亚大概远不及正在城堡里告他的阿图尔那么危险。也许，让他们当助手，受他们折磨，比让他们这样无拘无束地逛荡，自由自在地搞阴谋——他们似乎有搞阴谋的专长——甚至要聪明些。

K走过莫穆斯身边的时候,后者装作好像现在才认出他是土地测量员。"啊,土地测量员先生,"他说,"您是那么不愿意接受审问,如今却急着要去接受审问了。那时要是让我审问,我会简单一些。是啊,要挑选合适的审问,可真不容易。"当K听到这些话想停下不走时,莫穆斯说:"去吧,去吧!我那时需要您回答,现在不要了。"尽管如此,被莫穆斯的态度惹火了的K说:"您只想到自己。我只是因公才不回答的,那时不回答,现在也不会回答。"莫穆斯说:"那么我们该想到谁呢?还有谁在这儿?您去吧!"在前厅里,一个跟班迎接了他们,领着他们走过K已知道的那条路,穿过院子,然后走进大门,进入一条有点向下倾斜的低矮过道。楼上儿层显然只有高级官员才能住,而秘书们都住在这条过道两旁,埃朗格也住这儿,尽管他是级别最高的秘书之一。跟班把灯吹熄,因为这儿有电灯照明。这儿什么东西都很小,但布置得小巧玲珑。空间得到充分的利用。过道仅有一人的高度,刚够人直立着行走。过道两旁几乎是门挨着门,两边的墙壁没有砌到天花板,很可能是为了通风的缘故,因为在这条像地窖似的低矮过道中,那些小房间大概是没有窗子的。墙壁没有完全封死的缺点是,过道里乱哄哄的,房间里必然也是如此。许多房间似乎都有人住,大多数房间里的人还没有睡,可以听到说话声、锤击声和碰杯声,不过给人的印象并不像是特别开心的样子。那些说话的声音是压低的,有时可以勉强听懂一两句话,那也不像是在谈话,可能只是有人在口授或朗读什么,从发出杯盘丁当声的房间倒听不见一句说话声,而锤击声使K想起,不知在什么地方曾听人说过,有些官员有时搞些木工、精密机械之类的活,以便在连续不断的紧张的脑力劳动后得到休息。过道本身空荡荡的,只有一位又高又瘦、脸色苍白的老爷坐在一扇门前,他穿着一件皮大衣,里面露出睡衣;可能是他觉得房间里太闷,便坐到外面来看报,不过他看得并不专心,常常打着哈欠放下报纸,身子向前倾,沿着过道望去;也许他在等待他召见的当事人,而那人却忘记来了。他们走过他身边时,跟班对盖斯泰克说:"这是平茨高尔!"盖斯泰克点点头。"他已有好久没有下来啦。"他说。"已有好久没来啦。"跟班证实说。

最后他们走到一扇门前,那扇门和别的门没有什么不同,可是据跟班说,埃朗格就住在那间屋子里。跟班叫 K 把他举到肩膀上,从上面的空隙处向房间里看。"他躺在床上呢,"跟班一面爬下来一面说,"不过没有脱衣服,可我还是觉得他在打瞌睡。在这儿村子里,生活方式改变了,他常常会累成这副样子。我们只好等。他醒了会打铃的。不过以前发生过这样的事,他待在村子里的时间全都睡掉了,醒来后马上又得回城堡去。当然,他在这儿的工作是他自愿的。""现在最好是让他睡到底,"盖斯泰克说,"因为他醒来后还有一点时间可以工作的话,他会非常生气把时间睡掉了,就想急忙处理一切事情,你就没法把话说完。""您是来谈盖房子的材料用谁的车运输的事吧?"跟班问。盖斯泰克点点头,把跟班拉到一旁,和他低声交谈,可是跟班并不怎么听,目光超过盖斯泰克——他比盖斯泰克高出一头多——望着别处,神情严肃地慢慢抚摩着自己的头发。

第十八章

　　正当K漫无目的地东张西望的时候,他看见弗丽达在远处过道的转角。她装作没有认出他来,只是呆呆地望着他,她手里端着一只放在茶托上的空杯子。他对跟班说,他马上就回来,便向弗丽达跑去;跟班根本没有注意K说什么,你愈是对他说话,他似乎愈是变得心不在焉。K跑到弗丽达身边,一把抓住她的肩膀,好像又夺回了她,问了她一些无关紧要的问题,同时审视着她的眼睛。可是她那僵硬的态度并没有软下来,她心不在焉地把茶托上的杯子调换了几次位置,一面说:"你究竟想要我干什么?你找她们去吧——嗯,你知道她们叫什么。你是刚从她们那儿来的,我看得出来。"K迅速转移话题;谈话不能这样突如其来,而且不能从最棘手、对他最不利的这一点开始。"我以为你在酒吧里呢。"他说。弗丽达惊讶地望着他,然后用空着的一只手温柔地抚摸他的额头和脸颊,好像她已经忘记了他的模样,想这样再回忆起来,她的眼睛也流露出吃力回忆的迷惘神色。"我又被录用在酒吧工作了,"接着她慢吞吞地说,似乎她所说的并不重要,可是在这话里还有话,而这才是更重要的,"这个工作不适宜于我,别人也都能干;凡是会铺床叠被,和颜悦色,不在乎客人骚扰,甚至还招惹客人的女人,都可以当客房女侍。可是酒吧却不一样。我也是立刻就被派到酒吧去工作的,虽然我那时候不太光彩地丢了这个工作;不过有人帮我说话。店主很高兴有人帮我说话,因此他就不必为难,重又录用我。甚至可以说,他们不能不催我接受这个位置;只要想一想酒吧会使我想起什么,你就会明白了。最后我接受了这个位置。我在这儿只是临时帮忙。培枇恳求我们不要叫她马上离开酒吧,免得她丢脸,我们给了她二十四小时的期限,因为她勤勤恳恳,什么都尽力而为。""这一切都安排得很好,"K说,"但你是为了我的缘故而离开酒吧的;现在我们快要结婚了,你倒又要回酒吧去吗?""我们不会结婚了。"弗丽达说。"是因为我不忠实吗?"K问;弗丽达点了点头。"可是你看,弗丽达,"K说,"对这所谓不忠实,我们已经谈过多次,结果每次你都认识到你的怀疑是不公正的。从那以来,我这一方面毫无改变,我所做的一切都像从前一样清清白白,将来也不可能不这样。所以一定是你这方面有了变化,受了外人的挑唆或是别的什么。不论怎么说,你冤枉了我;你瞧,那两个姑娘究竟是怎么一回事?皮肤黑的那一个——我必须这样一五一十地为自己辩护,几乎使我感到羞愧,可是你逼得我非这样做不可——皮肤黑的那一个,她叫我感到难堪,可能并不亚于叫你感到难堪;我总是尽量离她远远的,她倒也叫我不难做到这一点,没有人能比她更不爱与人来往了。""对。"弗丽达叫道,这句话好像违背她的本意脱口而出,K看到已把她的注意力分散,心中感到高兴;她说的并不是她想说的话:"你可以认为她不爱与人来往,你说所有人当中最不要脸的那个女人不爱与人来往,这真叫人没法相信,不过你说的倒是真心话,你没有口是心非,这我知道。桥头客栈的老板娘说你:'我不喜欢他,但是我也不能抛开他不管,一个人看到一个小孩子还不会走路就想跑,就忍不住非管不可。'""这一次你就听一听她的劝告吧,"K微笑着说,"不过那个姑娘究竟是不爱交际还是不要脸,我们可以撇开不谈,我对她不感兴趣。""可你为什么说她不爱交际呢?"弗丽达不依不饶地问。K认为这种关注倒是对他有利的征兆。"你是领教过这一点还是想以此来贬低别人呢?""都不是,"K说,"我这样说她,是出于感激之情,因为她使我容易做到不理睬她,我没有勇气再去,即使她偶尔同我说话。这对我会是一个很大的损失,因为你知道,为了我们俩的共同前途,我非去不可。因此我也得和另一个姑娘说话,虽然我很欣赏她的能干、谨慎和无私,但是没有人能说她很迷人。""那些跟班有不同的看法。"弗丽达说。"在这一点以及其他许多问题上,"K说,"你想凭跟班的欲望来推断我不忠实吗?"弗丽达默不作声,听任K从她手里接过杯碟放在地上,挽着她的手臂,在那块小地方慢慢地踱来踱去。"你不懂什么叫忠实。"她说,有点不愿意他挨得太近。"你对那两个姑娘采取什么态度,这倒不是最重要的;你到这一家去,回来时衣服沾上他们家的气味,这件事本身对我就是奇耻大辱,无法忍受。而且你一句话也没有说就跑出了学校,甚至在她们那儿待了半宵。有人去找你,你又让那两个姑娘说你不在那儿,一口咬定你不在那儿,尤其是那个无与伦比不爱交际的姑娘。你从一条秘密小道溜出屋子,也许就是为了保全她们的名声,那两个姑娘的名声!不,我们就别再谈这些了!""不谈这些,"K说,"但谈别的,弗丽达。这事也没有什么可说的。你知道我为什么要去。这对我来说并不是容易的事,但是我勉为其难。你不要使我更加为难。今天我只是想去一会儿,打听一下巴纳巴斯到底回来了没有,因为他早就该送来一个重要的信息。他没有回来,但是他一定很快就会回来的,她们这样向我保证,而且这也可信。我不想让他到学校来找我,免得你看见他会感到不快。几个钟头过去了,不幸他没有来。可是来了另一个人,一个我很讨厌的人。我不想让他来盯梢,于是就从邻居的花园里走出来,但我也不想躲他,到了街上我就坦然向他走去,我承认,我手里拿着一根非常柔韧的柳条。就是这些,因此再也没有什么可说的了;但是别的事还有可说的。那两个助手究竟是怎么一回事?提起他们,我就感到恶心,几乎就像你听到别人提起那家人一样。不妨把你和他们的关系同我对那家人的态度比较一下。我理解你对那家人的反感并且可以有同感。我去找他们,只是就事不就人,有时我几乎觉得我是在委屈他们,利用他们。你和那两个助手却不然!你根本不否认他们在跟踪你,你承认他们对你有吸引力。我并没有因此生你的气,我看得出这儿有一股你敌不过的力量在活动,看到你至少在反抗,我就很高兴,我帮助你自卫,只因为我相信你坚贞不渝,不过我也以为屋子一定已锁上,助手也终于被撵走了——我怕我还是把他们估计过低了——于是就放松了几个钟头,只因为我放松了几个钟头,这个杰里米亚——仔细看一看,他是个并不很健康的老家伙——竟敢跑到窗前,只因为这一点,弗丽达,就要我失去你,听到这种招呼:'我们不会结婚了。'其实能提出指责的不正是我吗?我没有提出指责,一直还没有提出指责。"说罢,K又觉得该分散一下弗丽达的注意力了,于是就央求她给他拿点东西来吃,因为从中午到现在他还没有吃过任何东西呢。弗丽达显然也因为这个请求而松了一口气,点了点头,便跑去拿吃的东西。K猜测沿着过道往前走便是厨房,可是弗丽达并没有走这条路,而是从旁边走下几级台阶。不多一会儿,她便端来一盘肉食和一瓶酒,可这明明是别人吃剩的:肉片草草地重新摆放了一下,以免让人看出,甚至香肠的皮还在里面,被忽略了,那瓶酒也只剩下四分之一。但是K没有说什么,就津津有味地吃起来。"你去过厨房吗?"他问。"没有,去过我自己的房间,"她说,"我在那下边有一间屋子。""你本该带我一起去的,"K说。"我想下去吃,这样就可以坐一会儿。""我去给你拿一把椅子来。"弗丽达说着就想走。"谢谢,"K拉住她说,"我既不下去,也不再需要椅子了。"弗丽达极不情愿地让他抓住自己,咬着嘴唇低下头。"那好吧,他在下面。"她说,"你难道就没有料到?他正躺在我的床上,他在外面受了风寒,正冷得发抖,几乎什么都没有吃。归根结底,这全都是你的过错;假如你不赶跑助手,不去追求那种人,我们这会儿就能平安无事地坐在学校里。然而你破坏了我们的幸福。你以为,只要杰里米亚还当着差,他敢把我拐跑吗?这样的话,你完全不了解这儿的规矩。他想找我,他折磨自己,他窥视我,可是这仅仅是一场游戏,就像一只饿狗转来转去,却不敢跳上桌子一样。我也一样。他吸引我,他是我童年的游戏伙伴——我们一起在城堡山的山坡上游玩,那是美好的时光,你从来没有问过我的过去——但是,只要杰里米亚受到公务的约束,这一切就不是决定性的,因为我知道我作为你未来的妻子的义务。可是后来你把助手们赶跑了,还自吹自擂,好像这样做是为我好似的;嗯,在某种意义上来说,这也不错。就阿图尔而言,你的意图是实现了,不过只是暂时的,他弱不禁风,没有杰里米亚那股天不怕地不怕的劲头,而且你那天晚上的那一拳——那一拳也是对我们的幸福的打击——几乎要了他的命,他逃到城堡去诉苦,即使他很快就会回来,毕竟他现在离去了。但是杰里米亚却留了下来。他当差的时候,看到主人眨一眨眼都害怕,可是不当差的时候他就什么也不怕了。他来带我走;你抛弃了我,他——我的老朋友——来支配我,我抵挡不住。我并没有打开学校的大门,他是打破窗子把我拽出去的。我们逃到这儿。店主看重他,客人们也十分高兴有这样一个客房服务员,于是我们就被录用了,他不是住在我这儿,而是我们俩共有一个房间。""尽管如此,"K说,"我并不遗憾叫这两个助手卷铺盖。情况果真像你所说的那样,你的忠实仅仅取决于这两个助手的职务约束,那么,事情就此了结,倒也不坏。婚后要在那两头只屈服于皮鞭的猛兽中间生活,是不会非常幸福的。这样我倒还得感激那一家人无意中帮忙拆散了我们。"他们沉默下来,重又肩并肩地走来走去,说不上这一次是谁先举步的。弗丽达紧挨着K,因为他没有再挽着她的臂膀,她似乎生气了。"这样一切似乎都没有问题了,"K继续说,"我们可以告别了,你到你的主人杰里米亚那儿去,他很可能还是在校园里着的凉,考虑到这一点,你让他一个人呆着时间已经太长了,而我就一个人回学校,或者到有人收留我的其他地方去,因为没有你,我在学校里也就无事可干了。尽管如此,现在我还在犹豫,这是因为我对你讲的话还有一些怀疑,这样做是完全有根据的。杰里米亚给我的印象正相反。只要他还在当差,他就一直在追求你,我不相信这个职务能够长此以往制止他不对你下手。可是现在,自从他认为已经结束当差以后,情况便不同了。请原谅我以下列方式进行解释:自从你不再是他主人的未婚妻以后,你对他就不像从前那样具有诱惑力了。尽管你是他童年的朋友,但他——其实我只是从今天晚上短短的谈话中才了解他——,依我看,并不太看重这类情分。我不明白为什么他在你心目中是一个多情的男儿。相反,在我看来,他的头脑特别冷静。他从加拉特那儿接受了一个与我有关、也许对我不太有利的任务,他便努力执行,工作中带有一定的热情,我承认这种热情在这儿并不罕见,其中包括破坏我们的关系;他也许采用过不同的方法来完成他的任务,其中之一便是用他那淫荡的目光来勾引你,另一个方法——在这方面他得到女店主的支持——就是捏造我对你不忠,他的阴谋得逞了,他不知怎么使人想起克拉姆,这一点可能也帮了他的忙,他虽然丢掉了那个职位,但也许正是在他不再需要它的时候丢掉的,现在他收获了他的劳动果实,把你从学校的窗口拽了出来,可这样一来他就完成了他的任务,失去了工作热情,感到疲倦,宁愿同阿图尔换个位置;阿图尔并没有在告状,而是在接受表扬和新的任务,不过总得有人留下来注视事态的进一步发展。对他来说,照料你是个有点麻烦的义务。他对你没有一点儿爱,这是他向我坦白承认的,你是克拉姆的情妇,他当然是尊敬你的,在你的房间里住下来,体会一下当个小克拉姆的滋味,他当然感到舒服,但仅此而已,你本身现在对他毫不重要,他把你安置在这儿,这只是他的主要任务的一个补充;他自己也留下了,免得你感到不安,但只是暂时的,只要他还没有得到城堡的新消息,只要他的感冒还没有被你治好。""你竟这样中伤他!"弗丽达对捶着两个小拳头说。"中伤?"K说。"不,我并不想中伤他。也许我冤枉了他,这倒是可能的。我所说的关于他的情况,并不都是完全公开暴露在表面的;也可以作不同的解释。可是中伤?中伤只能有一个目的,也就是破坏你对他的爱。假如有这个必要,假如中伤是合适的手段,我就会毫不犹豫地中伤他。没有人会因此谴责我,他的委托人使他占有比我有利的地位,而我只能完全孤军奋战,所以我也可以稍稍中伤他一下。这是一种比较无辜的、说到底也是软弱无力的自卫手段。你就放下你的拳头吧。"K把弗丽达的一只手握在自己手里;弗丽达想把手抽回来,不过脸上露出笑容,并没有十分使劲。"但是我用不着中伤他,"K说,"因为你并不爱他,你只是以为你爱他,你会感谢我让你摆脱这一错觉。你瞧,倘若有人想把你从我手中抢走,不用暴力,只依靠尽量周密的算计,那他就得通过这两个助手才能做到。表面上他们是善良、天真、快活和无责任心的小伙子,是从上面来的,从城堡吹来的,还带着一点点童年的回忆,这一切当然都很讨人喜欢,尤其是我和这一切正相反,总是在为一些事情奔走,这些事情你并不完全理解,惹你生气,使我和你认为可恨的人走到一起,他们也使我受到一点感染,尽管我毫无过错。这全都是恶毒而又非常聪明地利用了我们关系中的弱点。人与人的关系都是有其弱点的,我们的关系更是如此;我们来自两个完全不同的世界,走到一起来了,自从我们相识以后,我们每个人的生活都走上了一条崭新的道路,我们还感到不踏实,因为这条路太新了。我不是说我自己,这并不那么重要,其实从你首次把目光投向我以来,我就一直在受惠,而习惯于受惠并不困难。可是你呢,别的且不说,你是被我从克拉姆手里夺过来的;我无法估计这一点对你意味着什么,不过我逐渐有所了解,你晕头转向,不能适应,虽说我准备随时拉你一把,但是我又不能一直守在你身边,而当我在你身边的时候,你又被你的梦想或更生动的东西例如女店主迷住;

总之,有时候你的心不在我的身上,你渴望着某个地方半明半暗的东西,可怜的孩子,在这种时候,只要有合适的人进入你的视线,你就会迷上他们,受到蒙蔽,其实那只是一时的东西,是鬼怪,是往日的回忆,是实际上已经过去和正在日益消逝的昔日的生活——而你以为这些仍然是你现在的实际生活。这是一个错误,弗丽达,那不过是阻碍我们最终结合的最后一个障碍,正确地看来,也是不足挂齿的困难。你清醒清醒吧,镇静点;即使你以为这两个助手是克拉姆派来的——这根本不是真的,他们是加拉特派来的——,即使他们凭着这种假象完全迷惑了你,使你甚至在他们的肮脏下流行径中以为看到了克拉姆的影子——就像一个人以为在粪堆里看到一颗已丢失的宝石,即使它真在那里,实际上也根本找不到——但他们不过是马厩里跟班那样的家伙,只不过不像他们那么健康,一点点新鲜空气便会使他们病倒在床上,不过他们却善于以跟班的机灵给自己挑选床铺。"弗丽达把头靠在K的肩上,他们互相搂着,默默地踱来踱去。"要是我们,"弗丽达慢悠悠地、心平气和地、几乎愉快地说,好像她知道她只有很短的一段时间能靠在K的肩上,但她要尽情享受一下,"要是我们那一天晚上就远走他乡,我们就可以在某个地方太平无事,永远在一起,你的手总是在近处,我可以随时紧握它;我多么需要你在我身边呀;自从我认识你以后,你不在我身边,我就感到多么孤独;相信我,我惟一的梦想便是和你在一起,再也没有别的了。"这时有人在旁边的过道里叫唤,那是杰里米亚,他站在那儿最低一级的台阶上,只穿着衬衣,不过身上披着弗丽达的一条围巾。他站在那儿,头发蓬乱,稀稀拉拉的胡子好像被雨水淋湿了似的,眼睛吃力地张大着,露出恳求和责备的神情,脸颊黑里透红,但脸上的肉软绵绵的,赤裸着的双腿冻得直哆嗦,使围巾长穗也随着颤动,那副模样活像一个从医院里溜出来的病人,只能叫人想到再把他送回到床上去。弗丽达也是这样理解的,她甩掉K,马上就下去跑到他身边。她挨着他,细心地替他裹紧围巾,匆匆忙忙地敦促他立即回到房间里去,这一切似乎就已使他变得强壮一些,他好像这会儿才认出K来。"哦,土地测量员先生,"他一面说,一面摸摸弗丽达的脸蛋使她平静下来,因为她不想让他再说下去,"对不起,打扰了。我很不舒服,实在不得已。

我觉得我在发烧,我得喝一杯茶,出出汗才行。校园里那该死的栅栏,它还会叫我念念不忘,我已经受凉了,还在夜里到处奔波。一个人为了的确不值得的事情牺牲了自己的健康,当时却不知道。可是,您,土地测量员先生,就不必让我打扰您啦,您到我们的房间里来吧,探望一个病人,同时对弗丽达讲还要讲的话。两个在一起相处惯了的人一旦分手,在最后时刻彼此自然都有很多话要说,第三者是无法理解的,尤其是躺在床上等着别人答应送茶来的时候。您就请进吧,我一定安安静静不说话。""行啦,行啦,"弗丽达拽着他的胳膊说。"他在发烧,不知道自己在说些什么。K,你可别进来,我求你。这是我和杰里米亚的房间,或者不如说只是我的房间,我禁止你跟我们进去。你在跟着我,啊,K,你为什么要跟着我?我决不、决不会回到你的身边,想到有这种可能就会使我不寒而栗。到你的姑娘们那儿去吧;人家告诉我,她们只穿衬衣挨着你坐在炉前长凳上,有人来接你回去,她们就训斥他。既然那个地方对你有那么大的吸引力,你在那儿一定像在自己家里一样。我一直不让你到那儿去,没有什么效果,不过我总还是尽了力,现在这已成为过去,你自由啦。你将要过上美好的生活,为了其中一个,你也许还得和跟班们争上一争,不过谈到另外那一个,天上地上没有一个人会吃你醋的。这真是天赐良缘。别否认了,当然,你可以抵赖一切,但是最后却是一样也抵赖不掉。想一想,杰里米亚,他把什么事情都抵赖掉了!"他们会心地点头一笑。"不过,"弗丽达继续说,"就算他把什么事情都抵赖掉了,那又会得到什么,跟我又有什么相干呢?在她们家发生的事情完全是她们的事和他的事,又不是我的事。我的事就是护理你,直到你身体康复,像K为了我的缘故而折磨你以前那样健康。""那么,您真的不跟我们来了,土地测量员先生?"杰里米亚问,可是这时弗丽达终于把他拉走了,她甚至没有转身再看K一眼。下面有一扇小门,比过道里的门还要矮,不仅杰里米亚,就连弗丽达进去时也得弯腰。屋里似乎很亮、很暖和;还可以听到一些低声细语,很可能是弗丽达在哄杰里米亚上床,接着门就关上了。

这时K才发现,过道里已经变得那么寂静,不仅是他和弗丽达呆过的、看来属于后勤业务房的这一段过道,就连这条很长的过道——它两边的房间里早先是很热闹的——也是静悄悄的。这么说,那些老爷到底还是睡着了。K 也困得要命,也许因为他太困了,所以才没有像他本该做的那样跟杰里米亚斗一场。学杰里米亚的样也许更聪明些,他显然把他的感冒夸大了;他那副可怜相并不是因为得了感冒,而是天生的,喝什么药茶都不管用。刚才倒不如聪明点,完全学他的样子,也大大表现一番自己真是疲惫不堪,倒在这儿过道里,这一来一定会很舒服,然后小睡片刻,这样说不定也会有人来照看呢。只不过这样做不会有像杰里米亚那样好的结果,在这场争取同情的竞赛中,杰里米亚无疑已取得胜利,这大概也是理所当然的;在其他一切斗争中,他显然也是如此。K 困极了,心想是否可以试试走进一间客房,在一张漂亮的床上好好睡一觉,反正那些客房中有一些没有人住。在他看来,这能使他在经历了许多事情以后得到一点补偿。他也有现成的安眠酒。弗丽达留在地上的那个托盘里有一小瓶朗姆酒。K 不怕辛苦走回到原来地方,把那小瓶酒喝个精光。

现在他感到至少能打起精神去见埃朗格了。他寻找埃朗格的房门,可是跟班和盖斯泰克都已不在那儿,而所有的门又都是一样的,因此他找不到埃朗格的房门了。但他自以为还记得那扇门大约在过道的什么地方,于是决定去推开他认为很可能就是自己要找的那扇门。这样试一下不可能捅太大的娄子,如果是埃朗格的房间,埃朗格就会接见他,如果是别人的房间,还可以表示歉意再退出来,如果房里的客人正在睡觉,这是最有可能的,那就根本不会注意到 K 的光临;只有碰上一间空房才会糟糕呢,因为那样的话,K 就会抵挡不住诱惑,躺到床上去睡个没完没了。他又一次朝过道左右两边看看,会不会有什么人来,可以向自己提供情况,使他不必去冒这个险,但是那条长长的过道静悄悄的,一个人也没有。于是 K 就倚门偷听,这里也没有客人。他轻轻敲了敲门,轻得吵不醒正在睡觉的人,这时也没有什么动静,于是他就极其小心地打开了门。可是这会儿迎接他的却是一声轻轻的叫喊。

那是一个小房间,一张大床就占了大半间,床头柜上的电灯亮着,旁边放着一个旅行手提包。床上有个人蒙头藏在被窝里,不安地挪动着身子,从被子和床单之间的缝隙中低声问道:"谁?"现在 K 无法干脆再一走了之。他心怀不满地观察那张硕大而不幸并非空着的床,然后才想起人家的问话,就自报了姓名。这似乎很起作用,床上的那个人把被子从脸上掀开一点,但又怯生生地做好准备,万一外面的情况不对头,就立即再把头蒙上。不过接着他就毫无疑惧地掀开被子,坐了起来。此人肯定不是埃朗格。那是一个身材矮小、外貌俊秀的老爷,他的面孔有些矛盾,圆圆的脸蛋像小孩,眼睛笑眯眯的也像小孩,可是高高的额头,尖尖的鼻子,窄窄的嘴巴,几乎闭不拢的嘴唇,还有几乎看不见的下巴,一点也不像小孩子,倒显得很有心计。也许是他对这一点很得意,自鸣得意,才使他保留几分活泼的孩子气。"您认识弗里德里希吗?"他问。K说不认识。"可是他认识您。"这位老爷笑吟吟地说。K点点头;认识他的人真不少,这甚至是他的道路上的主要障碍之一。"我是他的秘书,"这位老爷说。"我叫比格尔。""对不起,"K说,伸手去抓门把,"对不起,我找错门了。召见我的是埃朗格秘书。""多可惜。"比格尔说。"我并不是指别处要召见您,而是指您找错了门。因为我正在睡觉,一旦被吵醒,肯定就再也睡不着了。好了,不过您倒用不着太难过,这是我个人的不幸。为什么这儿的门也闩不上,不是吗?这当然有其道理。因为有句老话说:秘书房门应当永远敞开。不过话又说回来,对这句话也不必这样死抠字眼嘛。"比格尔用询问的眼光高高兴兴地看着K,与他的抱怨相反,他显示出已休息得不错的样子;比格尔可能还从来没有像K现在这样疲劳过。"您现在究竟想去哪儿?"比格尔问。"现在是四点钟。不管您想找谁,都得把人叫醒,并不是每个人都像我一样给吵惯了的,也不是个个都能这样容忍的,做秘书的都是神经质的人。所以您就再呆一会儿吧。这里的人五点左右开始起床,那时你去应召最好。所以请您终于放开门把,找个地方坐下来,这里地方的确不大,您最好是坐在床沿上。我这里没有桌椅,您是不是觉得奇怪?好吧,当时要我选择,要么是住一间设备齐全的房间,睡一张小床,要么是睡这张大床,除了盥洗台就别无其他。我选择了大床,在卧室里,床毕竟是最主要的!啊,谁要是能够伸直身子,睡得香就好了,这张床对一个睡得好的人来说真是棒极了。就是对我这样一个永远感到疲劳但又睡不好觉的人来说也很不错,我一天大部分时间都在床上度过,在床上处理一切信件,传讯当事人。这样做挺不错。当事人自然没有地方坐。但他们想得开,不在乎,他们站着,让做记录的舒舒服服,终究也比他们舒舒服服地坐着,让人训斥自己来得愉快些。在这种情况下,我就只能让人坐在床沿上这个地方,不过这不是正式坐位,只是夜里聊天时坐坐罢了。您怎么一句话也不说,土地测量员先生?""我很累。"K说,他听到邀请,立刻就粗鲁地、毫不客气地在床上坐下,倚在床柱上。"当然,"比格尔笑道,"这儿人人都叫累。比方说,我昨天办的事,还有今天已经办的事,都不是什么小事。现在我是完全不可能睡着的,不过,万一发生这种极不可能的事,当您在这儿的时候我仍然又睡着了的话,那就请您保持安静,也别开门。不过您不用担心,我是不会睡着的,要睡也顶多只睡几分钟。因为我的情况是这样的:有人作伴,我反倒最容易睡着,大概是因为我和当事人打交道已完全习以为常了。""请睡吧,秘书先生,"K听到这番话很高兴,便说,"如果您允许,我也要睡一会儿。""不,不,"比格尔又笑了,"可惜我不会仅仅因为有人请我睡就能睡着,只有在谈话过程中才会有这样的机会,最能使我昏昏欲睡的是谈话。是的,干我们这一行,神经真受不了。比如说,我是一个联络秘书。您不知道联络秘书是干什么的吧?好吧,我是弗里德里希和村子之间"——说到这儿,他不由乐得急忙搓手——"最重要的联系人,我是他的城堡秘书和村秘书之间的联系人,经常呆在村子里,但不是永远呆在村子里;我必须随时准备坐车子到城堡去。您看这旅行手提包,生活不安定,不是人人都干得了的。另一方面说来也不错,我已离不开这种工作了,所有其他工作我都觉得平淡乏味。土地测量工作怎么样?""我没有做这种工作,我没有受雇当土地测量员。"K说,他的心思并没有放在这件事上,实际上他一心只想比格尔快点睡着,不过这么想也仅仅是出于某种对自己的责任感,在心底里,他觉得比格尔睡着的时刻还遥遥无期呢。"这倒奇怪了,"比格尔使劲一甩头说,并从被窝里掏出一个笔记簿准备记什么。"您是土地测量员,却没有土地测量工作做。"K机械地点点头,他伸出左臂搁在床柱高处,把脑袋枕在胳膊上,他已试过不同的姿势,想坐得舒服些,只有这种姿势最舒服,现在他也可以留一点神听听比格尔说些什么。"我准备进一步追究此事,"比格尔接着说,"我们这里绝对不会有埋没专门人才这种事。您一定也很伤心;难道您就不感到痛苦?""我感到痛苦。"K慢吞吞地说,自己也觉得可笑,因为正是现在他一点儿也不感到痛苦。比格尔自告奋勇,也没有给他留下什么印象。这完全是外行话。比格尔一点也不了解K是在什么情况下受聘用的,在村里和城堡里遇到哪些困难,K在此地逗留期间已经产生或者即将会产生何种纠葛,他对这一切一无所知,甚至没有表示他至少有所了解,而人们都以为做秘书的至少会了解一些情况,他居然主动提出靠他那个小笔记簿就能轻而易举地在上面理顺这件事。"看来您已有过几次失望。"比格尔说,这句话倒又证明他有一些知人之明。K从一走进房间起便一再提醒自己不要低估比格尔,但是在他目前这种状况下,除了对自己的疲惫以外就很难再对什么作出公正的判断了。"不,"比格尔说,仿佛在回答K的想法,体贴入微地想要免去他花力气说出口来,"您不要被几次失望吓住了。这里有不少事情似乎是专门用来吓唬人的,一个人初来乍到,会觉得这些障碍是完全难以克服的。我不想追究这究竟是怎么一回事,也许现象真的与实际相符,处在我的地位,我不能站在客观的立场上作出判断,不过请注意,有时毕竟也会碰到和一般情况几乎完全不同的机会,这时只要说一句话、瞅一眼、做一个表示信任的手势,就有可能比辛辛苦苦努力一辈子得到的收获还要大。不错,就是这么回事。但是,如果有这种机会而从不利用,那就又和一般情况没什么不同了。可是为什么不利用这种机会呢?我一再地问。"K不知道为什么;虽然他觉察到比格尔所说的很可能与他密切相关,可是他现在对一切和他有关的事都十分讨厌,他把头稍稍移向一边,仿佛这样就可以避开比格尔的问题,不会再与他的问题接触了。"秘书们,"比格尔接下去说,他伸了伸懒腰,打个哈欠,那副样子和他一本正经的言语大为矛盾,叫人摸不着头脑,"秘书们经常埋怨村里大多数审讯不得不在夜里进行。可他们为什么埋怨这一点呢?是因为太辛苦吗?是因为他们宁愿用夜晚来睡觉吗?不,他们埋怨的决不是这一点。在秘书中间当然有工作积极的和工作不太积极的,这到处都一样;但是他们谁也不会埋怨太辛苦,尤其不会公开埋怨。这根本不是我们的作风。我们在这一方面是不分平常时间和办公时间的。我们不知道这种区别。那么,秘书们为什么反对夜审呢?是不是他们体贴当事人?不,不,也不是。秘书们对当事人是不讲情面的,不过并不比对他们自己更无情,而只是一模一样无情。其实这种铁面无私不过是秉公办事、严守职责罢了,是当事人求之不得的最大关怀。这样做说到底也是受到充分肯定的,目光短浅的人当然看不到这一点;是的,这里就拿夜审来说吧,当事人是欢迎的,原则上没有人反对。那么,为什么秘书们还是不喜欢呢?"K 也不知道为什么,他知道得太少了,甚至分不清比格尔果真要求他回答还是仅仅表面如此。他心想,只要你让我在你床上躺下,明天中午,或者最好是明天晚上,我就会回答你的全部问题。但是,比格尔看来并没有在意他,一心只考虑向自己提出的那个问题:"就我所知,根据我切身的体会,秘书对夜审有以下几点顾虑:夜里不适宜和当事人谈判,因为夜里很难或者根本不可能完全保持谈判的官方性质。问题并不在于表面形式,夜里自然也能如同白天随心所欲,严格遵守形式。由此可见,问题并不在这里,而是因为官方的判断在夜里会受影响。人们在夜里会不由自主地倾向于更多地从个人角度来判断事物,当事人的陈述所受到的重视会超过应有的程度,在判断事物时会掺杂与此无关的对当事人其他情况、对他们的痛苦和忧虑的考虑;当事人和官员之间必要的界限,即使表面上完美无缺地存在,也会松动,本来理应一问一答,有时却非常奇怪,似乎反客为主,这是完全不适当的。至少秘书们是这样说的,当然,他们由于职业关系对这种事情具有特别细腻的感觉。可是就连他们——我们圈子内已常常谈论这一点——在夜审中也不大注意那些负面影响;相反,他们从一开始就竭力抵消这些影响,而且最后以为已收到特别好的效果。但是,如果你事后查阅记录,常常会对其显而易见的缺陷感到吃惊。这些都是错误,总是使当事人捞到不太合理的好处,至少根据我们的规章已无法通过通常的简短程序来加以纠正。这些错误某个监督部门以后肯定还会予以纠正,但这仅仅对法制有利,对当事人却再也奈何他不得了。在这种情况下,秘书们的埋怨难道不是很有道理的吗?"K 已经半睡半醒地假寐了一会儿,现在又被惊醒了。他问自己:这一切都是为什么?这一切都是为什么?他想并从低垂的眼睑下看着比格尔,仿佛比格尔并不是一个和他讨论棘手问题的官员,而只是妨碍他睡觉的一样东西,那东西还有什么用意,他就不摸头了。可是比格尔一心一意地在想心思,微微一笑,好像他刚才把K搞得有点迷糊了。"好吧,"他说,"话又说回来,也不能直截了当地说这些埋怨是完全有道理的。虽然没有任何规定要进行夜审,所以,如果想要避免夜审,那也并不违反规定,但是种种情况,有大量工作要做,官员们在城堡里忙得不可开交,难以脱身,条例上又规定,要在其他调查全部结束之后才能审讯当事人,但是又得立即进行审问,这一切以及其他种种原因,使得夜审成为必不可少了。既然如今夜审已经必不可少——这话是我说的——这也是规章制度的产物,至少是间接如此,挑夜审的毛病,几乎等于是——当然我有些夸大其词,作为夸张,我可以说出来——等于是甚至挑规章制度的毛病。

"另一方面,不妨让秘书们在规章制度范围内尽量避免夜审,避免其也许只是表面上的流弊。事实上他们也是这么做的,而且尽了最大的努力。他们让谈话的内容只限于从任何方面来说都尽可能不用担心的问题,在谈话之前先仔细地考察一下自己的能力,如果考察的结果不佳,他们也会在最后一刻取消一切审讯,在真正处理事情之前常常先把当事人召来十次,以便加强自己的声势,他们喜欢把事情交给不主管此事的同僚去办,因此便可以更加轻松地去办,把谈话的时间至少安排在天刚黑或天快亮的时候,避开中间的那几个钟头。这类办法还有很多,他们可不是好对付的,当秘书的几乎都很顽强而又脆弱。"K睡着了,但并不是真睡,他听见比格尔的话,也许比先前困得要死勉强醒着的时候听得还要清楚,一字一句都能听见,但是那种厌烦的意识已经消失了,他觉得自由自在,比格尔再也抓不住他了,不过他有时还在摸索着向比格尔走去,他还没有睡得很熟,但已进入梦乡。谁也不会再来剥夺他这种享受啦。他觉得他好像取得了伟大的胜利,已经有一伙人在欢庆胜利,他或者还有别人举起香槟酒杯庆贺这场胜利。为了要让大家都知道是怎么一回事,就把这场斗争和胜利再重演一次,或者也许根本不是重演,而是现在才进行,先前早已庆祝过了,但仍在不断地庆祝,因为最后的结果幸而是肯定无疑的。一位秘书,赤身裸体,活像一尊希腊神像,在这场搏斗中正被K步步紧逼,样子非常滑稽。那个秘书在K

的进逼下总是吓得忘掉自己的骄傲态度,不得不急忙地举起胳膊,握紧拳头来遮挡身上裸露的部分,可总是太慢,K看到这种情景,在睡梦中温柔地微笑起来。这场搏斗的时间不长,K步步进逼,那是非常大的步子。这算得上一场搏斗吗?没有什么严重的障碍,只有秘书时不时发出吱吱的叫声。这位希腊神像一个被人搔痒的女孩那样吱吱叫。最后他走了,K独自一人在一间大屋子里,他转过身来寻找对手,准备再战一个回合;可是那儿已经没有人了,那伙人也已作鸟兽散,只有那只香槟酒杯摔破在地上。K把它踩得粉碎,可是碎片戳痛了他,他吓了一跳,又醒了过来,他觉得很不舒服,犹如一个被叫醒的小孩。虽然如此,他看到比格尔裸露的胸膛,梦中的情景就掠过他的心头:这就是你的希腊神!把他拖下床来!"可是,"比格尔说,若有所思地仰起脸望着天花板,好像在记忆中搜索例子,但又找不到,"可是,尽管有种种预防措施,当事人还是可以钻空子,利用秘书们在夜里的这个弱点——总是假定这是一个弱点。当然,这种可能性非常罕见,或者不如说,几乎从来就不存在。那就是当事人在半夜三更未经通报就闯进来。您也许会奇怪,这种事看来可想而知,却又难得发生。是啊,您对这里的情况不熟悉。但是您可能也已注意到官方组织的完美无缺。可是其结果便是:每一个有什么请求或是为了其他原因要传讯的人会毫不迟延地立时接到传唤,常常甚至在本人还没有作好准备,甚至在本人还不知道那件事情的时候就已接到传唤。这一次他还不会受到审问,往往还不会受到审问,通常事情还没有到这个地步,但他已经被传讯了,他再也不能不召自来啦,至多能在不合适的时刻来,好吧,那么他就只会被提醒注意传唤的日期和钟点,如果他后来在约定的时间再来的话,通常就会被打发走,这不会再造成什么困难;当事人手中的传票和档案中的预约,这些是秘书们的防御武器,尽管并不总是足够的,但却是强大的。不过这只是指正好主管这件事的秘书而言;可是任何人还可以在夜里出其不意地求见别的秘书。但是几乎没有一个人会这样干,因为这几乎是毫无意义的。一来这会使那位主管秘书十分恼火;我们做秘书的虽然在工作上绝不会互相妒忌,因为每个人的工作太多,肩上的担子确实毫不轻松,但是面对当事人,我们决不能容忍侵犯自己的职权范围。有人以为在主管部门没有取得进展，便试图在非主管部门蒙混过关，这样做就已先输了一局。再说，这种企图必定会失败，那也是因为一个非主管秘书，即使在夜里出其不意受到打扰，而他也非常愿意帮忙，但正由于自己不主管此事，几乎不能比任何一个律师进行更多的干预，或是说其实作用要比律师小得多，因为他没有——即使他通常是能有所作为的，因为他比所有的律师老爷都更了解法律上的秘密门路——他没有一点工夫去管不属于他管的事情，他抽不出一点时间去管这种事情。所以，在这种前景下，还有谁会用自己的夜晚去充当非主管秘书的角色呢？而且当事人如果除了本职工作外还要听从主管部门的传讯和示意的话，也是忙得不可开交的，不过'忙得不可开交'是就当事人而言，当然这和秘书们'忙得不可开交'还远不是一回事。"K笑吟吟地点点头，他相信现在一切全都完全明白了，倒不是因为那和他有关，而是因为他如今确信，再过一会儿他就会完全进入梦乡，这一回不会做梦，也不会被人打扰；一边是主管秘书，另一边是非主管秘书，他夹在当中，面对着一群忙得不可开交的当事人，他会沉沉入睡，用这种方式逃避一切。如今他对比格尔那微弱、自得、显然徒劳地促使自己入睡的声音已习以为常，它不会影响他睡不着，反倒会催他入眠。说吧，老兄，说吧，他想，你只是在为我叨叨。"嗯，那么，"比格尔说，两个手指摆弄着下唇，睁大着眼睛，伸长着脖子，好像是经过辛苦的步行，现在正在接近一个迷人的景点了，"嗯，那么，刚才提到的非常罕见、几乎从来就不存在的可能性又在哪儿呢？秘密就在有关职权范围的规章中。规章中并没有规定每一件事只由某一位秘书主管，在一个庞大而生气勃勃的机构中也不可能这样做。只是这样的，有一个秘书主要掌管，其余许多秘书在某些方面也有权管，虽然权限小一些。即使是工作最勤奋的人，又怎么可能独自一人在自己的办公桌上掌握哪怕是最细小的事情的方方面面呢？就连我刚才说的主要掌管，也是说得太过分了。在最小的权限中不也包含着整个权限吗？处理事情时的热情在这里不是关键吗？难道这种热情不是始终如一、始终饱满吗？在任何方面，秘书们之间可能都有差别，这种差别多得不可胜数，但是在有热情这一点上却毫无差别；如果要求他们处理某个案件，即使他们只有最小的权限，也没有一个会克制自己的热情的。不过对外必须建立一套正规的调查程序,因此每个当事人都有某一个秘书出面接待,必须通过官方途径去找这个秘书。不过出面的秘书并不一定就是对这个案子权限最大的,这要由组织上及其当时的特殊需要来决定。实际情况就是这样。现在,土地测量员先生,您不妨想一想这种可能性;尽管存在这些已向你描述过,一般说来完全足够的障碍,仍会有一个当事人不知由于什么情况在半夜三更冷不防地去求见一个对有关案件有一定权限的秘书。您大概还没有想到这种可能性吧?我愿意相信您。实际上也没有必要去想它,因为它几乎从来不会出现。要想从这无与伦比的筛子中漏过去,这当事人一定是个造形奇妙独特、小巧灵活的小谷粒吧。您认为这样的事根本不会发生吗?您对了,它根本就不会发生。但是有一天夜里——谁能对什么事都打保票?——它居然发生了。不过我不知道我认识的人当中有谁碰到过这样的事情,虽然这并不能说明什么,因为我的熟人和这儿考虑到的人数比起来是有限的,再说,一个秘书碰到这种事,肯不肯承认,也是根本说不准的事,这毕竟是一件纯属个人的事情,而且在一定程度上严重地触犯了官方的羞耻心。但是我的经验也许至少证明,这种事如同凤毛麟角,难得发生,实际上只是风闻有这样的事,根本没有其他任何证据,所以说,害怕这种事,实在是非常夸大其词。即使真的发生了这种事,也叮以——应当相信——大事化小,小事化无,证明天下本无事,庸人自扰之,这样做是轻而易举的。碰到这种事就吓得躲在被窝里,看都不敢往外看一眼,不管怎么说,那是不正常的。即使这种完全不可能的事突然出现在眼前,难道一切就都完了吗?恰恰相反。一切都完了这种事比最不可能发生的事还要不可能。当然,当事人在房间里,事情就大为不妙。这会叫人把心都收紧了。——你能抵抗多久?你会问自己。但是根本就不会有抵抗,这您知道。您只要正确地想象一下情况。从未见过,总是在期待他来,真正是渴望他来而且总是有理由认为见不到的当事人就坐在那儿。他默默地坐在你面前,就是邀请你深入他可怜的生活,摸清情况,就像摸清自己的财产一样,并且在那儿由于他毫无结果的要求和他一起感到痛苦。在万籁俱寂的夜晚,这种邀请是很迷人的。你会答应他,这时候你实际上就已经不是官方人士了。在这种情况下，要想拒绝什么要求马上就变得不可能啦。确切地说，你毫无办法；说得更确切些，你非常快乐。说你毫无办法，那是因为你无法抵抗，只能坐在这儿等当事人提出请求，而且你也知道，当事人一旦说出他的请求，你就得答应，哪怕这请求——至少就你本人所能判断的而言——真会把官方组织搞垮：一个人在实践中所能遇到的最坏情况大概莫过于此吧。撇开其他一切不谈，最主要的是因为你此时此地强行给自己大大地提高了级别。按照我们的职位，我们根本无权答应这儿所说的那类请求，可是由于这个深夜求见的当事人近在咫尺，我们的职权似乎也变大了，我们就答应做不属于我们主管的事；是的，我们也会说到做到。当事人在夜里，就像强盗在森林里，逼迫我们做出平时决不可能做出的牺牲；好了，现在就是这样的情形，当事人还在那儿给我们打气，强迫我们，鼓励我们，一切都还在半知不觉的情况下进行着；可是以后呢，当事情已经过去，当事人心满意足、无忧无虑地离我们而去，剩下我们自己，面对着滥用职权的罪名无法自卫，那时候又会怎样呢——真不堪设想！话虽如此，我们还是很快乐。快乐能变得多么富于自杀性啊！我们本来可以竭力向当事人隐瞒实情。他自己是不会自动看出什么名堂的。他自己以为很可能只是由于某种无关紧要的偶然原因——过于疲劳，失望，由于过度疲劳和失望而无所顾忌、满不在乎——闯进一个他本不想进去的房间，糊里糊涂地坐在那儿，要是他心里想什么的话，那也是在想自己的错误或疲劳。难道不能离他而去吗？不能。人一高兴，话就会多起来，就会把所有的事都说给他听。你就会毫不顾惜自己，详详细细地告诉他，发生了什么事，为什么会发生这事，这个机会是多么难得，又是多么重要，一定要告诉他，虽然当事人是在万般无奈的情况下碰上了这个机会，这事别人都做不到，只有一个当事人才能做到，可是现在，只要他愿意，土地测量员先生，他就可以控制一切，为此什么都不用做，只要用某种方式提出他的请求，人家早在等着去满足他的请求，是的，他的请求正在得到满足，这一切都得讲清楚；这是当官的困难时刻。可是，当你把这一点也做到了，那么，土地测量员先生，最该做的事就已做了，你就得感到满足，听候下文了。"

K睡着了，对发生的一切全然不知。他的头起初枕在他搁在床柱上的左臂上,在他睡着的时候滑下来了,现在无依无靠,慢慢地越垂越低;上面那条胳膊撑不住了,K不由自主地用右手顶住被子,重新撑住自己的身体,恰巧一把抓住比格尔在被窝里跷起的脚。比格尔看了看,虽然感到难受,但还是由他去了。

这时有人在隔板上猛力拍了几下。K惊醒了,看着隔板。"土地测量员在那儿吗?"有人问。"在。"比格尔说,把脚从K的手中抽出来,突然像个小男孩一样放肆而任性地伸直四肢。"那他终究该过来啦。"那个声音又说;根本不顾及比格尔,不考虑他是否可能还需要K。"是埃朗格。"比格尔低声说;看来他并不奇怪埃朗格就在隔壁房间里。"您快去见他吧,他已经生气啦,想法子平息他的怒气。他睡觉很好;可是我们说话的声音还是太大了;谈起某些事情,就不能控制自己,控制不住自己的声音啦。好了,您去吧,看来您醒不了啦。去吧,您还呆在这儿干什么?不,您用不着为你的困倦道歉,何必呢?一个人的体力总有个限度;正是这个限度在其他方面也很重要,这有什么法子呢?不,谁也没法子。这个世界就是这样在运行过程中纠正偏差,保持平衡的。这确实是个绝妙的安排,总是好得想象不出,即使从其他方面来看是很不像话的。好了,去吧,我不知道您干吗那样看着我?您要是再不去,埃朗格就会来找我算账,我可不想惹这麻烦。您还是去吧;谁知道那儿有什么在等着您,这儿什么事情都充满机会。当然,只是有些机会几乎大得利用不上,有些事情坏就坏在事情本身。是的,那是令人惊叹的。再说现在我希望能睡一会儿。不过现在已是五点啦,很快就会开始有吵闹声了。您就快走吧!"

K在沉睡中突然被惊醒,脑袋昏昏沉沉,还困得不得了,由于那个不舒服的姿势,现在全身酸痛,有好久下不了决心站起来。他用手托着额角,俯视着膝部。就连比格尔一次次催他走都没法使他走,只是他感到再在这间屋子里呆下去也毫无用处,这才慢慢地起身。他觉得这间屋子沉闷得难以形容。是变成这样的呢,还是一向如此,他就不知道了。他在这儿甚至没法再睡着了。这种信念甚至起了决定性的作用;他对比格尔一笑,站起来,摸着床,摸着墙,摸着门,只要是能扶的地方就往上扶,不打一声招呼就走出门去,好像他早已和比格尔道别过似的。

第十九章

要不是埃朗格站在敞开的门口招呼他,K很可能也会漫不经心地走过埃朗格的房间。埃朗格只是用食指勾了一勾。[27]他已完全做好了外出的准备,身上穿着一件黑色裘皮大衣,紧紧的领子高高地扣上。一个跟班正给他递上手套,手里还拿着一顶皮帽。"您早该来了。"埃朗格说。K想道歉。埃朗格厌烦地闭上眼,表示他不想听。"是这么一回事,"他说,"以前酒吧有一个叫弗丽达的女招待;我只知道她的名字,不认识她本人,她跟我不相干。这个弗丽达有时侍候克拉姆喝啤酒。现在那儿似乎换了个姑娘。这个变动自然无关紧要,大概对任何人都是如此,对克拉姆更是如此。但是,一个人的工作越重要,而克拉姆的工作当然最重要,就越没有精力对付外界,因此最不要紧的事情的任何一个无关紧要的变动,都有可能产生极大的干扰。办公桌上最细小的一个变化,一块一直留在那儿的污渍被擦掉了,都能产生干扰作用。换一个女招待也是如此。不过,这一切即使会干扰其他任何人和任何工作,却不会干扰克拉姆;那根本谈不上。话虽如此,我们仍有责任关心克拉姆的舒适,排除哪怕对他来说不成其为干扰的干扰——很可能根本没有什么能对他形成干扰——,如果我们感到可能会产生干扰的话。我们排除这些干扰,并不是为了他,不是为了他的工作,而是为我们自己,为我们的良心,为我们自己可以心安理得。因此,那个弗丽达必须立刻回到酒吧去,也许恰恰因为她回去了,反倒会产生干扰;好吧,那我们就会再把她打发走,不过目前她必须回去。据说您和她同居了,因此请您立刻叫她回去。这可不能照顾个人的感情,这是不言而喻的,因此我对这件事一点儿也不想再讨论了。要是您在这件小事上表现良好,对您的前途也许会有好处。我提到这一点,就已经是说得太多了,讲了不必讲的话。我要对您讲的就是这些。"他向K点头道别,把跟班递给他的皮帽戴上,在跟班的跟随下迅速而有一点瘸地走下过道。

这里有时下的命令很容易执行,但这种轻而易举却叫K很不高兴。不仅因为这个命令涉及弗丽达,它原意虽是命令,但K听起来却像是一种嘲笑,尤其是因为K眼看自己就要前功尽弃。这些命令都不把他放在眼里。不利的也罢,有利的也罢,而有利的命令可能骨子里也是不利的,反正所有的命令都不把他放在眼里,他人微言轻,不能干预,更不用说请他们别下命令,听听他的意见了。要是埃朗格挥手叫你走,你能有什么办法呢?要是他不挥手叫你走,你又能对他说什么?K始终很清楚,他的疲倦今天比一切不利的情况给他带来的损害还要糟糕,他本来以为身体行,要是没有这个信念,他就根本不会来啦,可是几夜睡不好,一宵没有睡,为什么他偏偏在这儿就受不了呢?在这儿,没有一个人感到累,或者不如说,人人时时刻刻都感到累,但这并不影响工作,是的,反倒好像能推动工作。由此可断定,这种疲劳和K的疲劳性质完全不同。在这儿,那是在愉快的工作中的一种疲劳,表面上看起来像是疲劳,实际上却是不可摧毁的平静,不可摧毁的安宁。如果你在中午感到有点累,那是一天快乐自然过程中的一部分。这儿那帮老爷永远在过中午,K对自己说。

果然一点都不错,现在是五点钟,过道两旁到处都已活跃起来。房间里的嘈杂声带着十分欢乐的味道。一会儿听起来像是孩子们准备出去远足的欢呼声,一会儿又像天亮时的鸡窝,那种欢乐和朝阳初升的气氛完全相合,不知什么地方甚至还有一位老爷在学公鸡叫呢。过道本身虽然还是空荡荡的,但是房门已经在动起来,不时有人把门拉开一条小缝,又急忙再关上,过道里开门关门的声音哗啦哗啦地直响,在隔板墙和天花板之间的空隙处,K也已不时看到清晨头发乱蓬蓬的脑袋伸出来,马上又消失了。一个跟班从远处推着一辆放档案的小车缓缓而来。另一个跟班随着车走,手里拿着一份清单,显然是在核对房间号码和档案号码。小车推到大多数房门前都停下,通常房门也会打开,该送的档案被递到房里去,有时也就是一张条子,碰到这种情况,房间里的人就会对过道讲几句话,很可能是在责怪跟班。如果房门仍然不开,跟班就认真仔细地把档案堆放在门口。碰到这种情况,K 觉得周围开关房门的次数好像并未减少,反倒增加了,虽然档案在那儿也已分发完毕。也许别人正在贪婪地窥视着那些莫名其妙还放在门口未被取走的档案,他们无法理解,有人只要打开房门就可以拿到他的档案,却不那么做;也许甚至有这个可能,最后无人取的档案以后会分发给其他老爷,这些老爷现在就已一再伸出头来看那些档案是否还放在门口,也就是他们是否还有希望。再说放在那儿没有人取的档案多半都是特别大的捆;K 猜想,那些档案暂时放在那里不取,可能是出于某种虚荣心,或是出于恶意,或是出于一种激励同僚的正当的自豪。有时,每当 K 正好不注意的时候,那包为让人看而搁在那儿时间够长的档案突然火速被拖进房去,之后房门又和以前一样一动不动了,周围的房门也安静下来,对这个不断叫人眼馋的东西终于被清除而感到失望,也可能感到满意,可是后来房门逐渐又动了起来,这一事实使 K 益发认为自己的猜想没有错。

  K 看着这一切,心里不仅好奇,而且还带着参与感。他自己置身于熙熙攘攘之中几乎感到很舒服,东看看,西瞧瞧,跟着——虽然保持着适当的距离——跟班走,看着他们分送档案,不过这两个跟班已有多次低着头、噘着嘴,掉过头来,狠狠地瞪他一眼。档案分发工作越往前走就越不顺利,不是清单不大对,便是跟班对档案分不清,不然便是老爷们由于其他原因而提出异议;不管怎样,反正有些已分发的档案还得收回,于是小车就向后退,隔着门缝交涉退回档案。这种交涉本来就已困难重重,可是常会发生这种情况,一涉及到退回档案,正是那些原先开来开去、闹得最欢的房门现在却紧紧关闭,死也不肯开启,好像根本不想再过问此事了。这时候才开始碰到真正的困难。自以为有权拿到档案的人会十二分不耐烦,在房间里大吵大嚷,拍手顿足,一再从门缝里向着过道叫出某一个档案号码。这一来,小车往往就给扔下没人管了。一个跟班忙于劝那位沉不住气的老爷息怒,另一个在关着的房门外为收回档案而奋斗。两人都不容易。沉不住气的人往往越劝越沉不住气,再也听不进跟班的空话,他不要安慰,他要他的档案;有这么一位老爷,有一次竟从隔板墙上面的空隙中把满满一脸盆水泼到跟班身上。

另一名跟班显然级别要高一些,可是吃的苦头却大得多。如果有关的老爷压根儿不肯接受交涉,就会进行一番就事论事的讨论,跟班就会依据他的清单,那位老爷就会依据他的预约记录和正是要他退回的那些档案,可是他暂时还把这些档案紧紧抓在手里,弄得那个眼巴巴地想看一眼的跟班连档案的一个角也看不到。于是跟班也就只好跑回到小车那儿去找新的证据,小车已在有些倾斜的过道上自动向下滑行了一段路,或者他只好到那位索取档案的老爷那儿去,向他报告现在持有档案的老爷所提出的反对意见,那位索取档案的老爷又会针对这些意见提出新的异议。这样的交涉会拖得很长,有时会达成协议,那位老爷交还一部分档案,或者得到别的档案作为补偿,仅仅是因为出了一次差错;不过有时也有人二话不说只好放弃所有该退的档案,不管是因为跟班提出的证据将他逼入困境,还是因为他懒得再多费口舌,但是这时他不是把档案交给跟班,而是突然狠一狠心,把档案远远地扔到过道里,以至捆扎档案的绳子松脱,纸片四下飞散,跟班们费了好大的力气才把一切重新整理就绪。不过,和跟班恳求退还档案而根本无人理的情形比起来,这一切还算是比较简单的呢。遇到那种情形,跟班就会站在紧闭的房门外苦苦哀求,引证清单,依据规定,可是全都白费力气,房内一声不响,而跟班分明又无权擅自跑入房内。这时就连这位出色的跟班往往也会沉不住气,走到小车旁,坐到档案上去,擦去额头上的汗水,有一阵子什么也不干,只是无可奈何地晃动双腿。周围的人对这件事都非常关注,到处都有人在嘀嘀咕咕,几乎没有一扇门是安静的,在隔板墙顶上出现一张张稀奇古怪地用围巾几乎全部蒙住的面孔在观察动静,而且还转来转去,一刻儿也静不下来。在这阵骚动中,K 注意到比格尔的房门一直关着,跟班已经走过那一段过道,但并没有给他分发档案。也许他还在睡觉,在这一片吵吵嚷嚷声中居然还睡得着,说明他是一个睡觉很正常的人,可他为什么没有收到任何档案呢? 只有极少数几间房间没有分到档案,而且很可能还是无人居住的。另一方面,埃朗格的房间里已经来了一位特别烦躁的新客人,埃朗格一定是在夜里被他赶出来的,这和埃朗格沉着谨慎的性格不大相合,但是他刚才不得不站在门口等 K,这一事实表明确实是这么回事。

K的注意力一再被别的东西吸引，但他总是立刻又把目光收回到那个跟班身上；过去K听说过一般跟班的情况，说他们无所事事、生活舒适、趾高气扬，这些与这个跟班确实对不上号。跟班中自然也有例外，或者更可能的是，他们之中有不同之处，因为K在这儿注意到许多至今几乎一点也没有察觉的差别。他尤其喜欢这个跟班的不屈不挠精神。在和这些顽固的小房间——在K看来，常常是在和房间作斗争，因为他几乎看不见房间里的人——进行斗争时，这个跟班从不松懈。虽然他有时很累——谁会不累呢？——但他很快又会打起精神，从小车上滑下来，挺直身子，咬紧牙关，又去冲击那扇有待征服的房门。他会接二连三地被击退，对方的办法也很简单，仅仅是死不答理，但是他并没有给打败。眼看正面攻击一无所获，他便改用其他的方法，比方说——如果K没有看错的话——耍花招。这时他就假装放弃那扇房门，在一定程度上让它沉默到无法再坚持下去，转向其他房门，过一会儿再回来，叫唤另一个跟班，这一切全都做得引人注目，声音很大，并开始把档案堆放在紧闭着的房门口，好像是他已经改变了主意，没有理由从那位老爷那儿拿走什么东西，反倒有东西要分发给那位老爷。然后他就向前走，不过眼睛仍旧盯着那扇门，这时通常那位老爷不久就会小心翼翼地打开门，想把那档案拖进屋去，跟班马上三下五除二地飞奔过去，一脚伸进门和门柱之间，这样逼得那位老爷至少要面对面地和他交涉，在这种情况下通常可以取得算得上令人满意的结果。要是这一着不灵，或者他觉得这样做对某一扇门不合适，他就另想其他办法。例如他会转向那位索取档案的老爷。于是他把另一个跟班——那个跟班只会机械地干活，是个没有多大用处的助手——推到一边，自己开始悄悄地鬼鬼祟祟地劝说那位老爷，并把头伸进房间许多，很可能是在向他许愿，还向他保证，下次分发档案时一定给那另一位老爷以相应的惩罚，至少他常常指着那个对手的房门，在笑得动的情况下就笑一笑。不过也有一两回，他放弃了一切努力，但K也认为这只是表面上放弃，或者至少是因为有正当理由才放弃的，因为他冷静地向前走，不回头地忍受着那位吃了亏的老爷的吵闹，只是有时把眼睛闭上较长时间，表明这种吵闹使他感到痛苦。但是后来那位老爷也渐渐平静下来，就像孩子的不停哭闹渐渐变成越来越轻的啜泣那样，他的叫喊也是如此，但是即使已变得十分安静以后，有时还会再听到一声叫喊或是匆忙开门和关门的声音。总之，事实表明，跟班在这一方面大概做得也完全正确。最后只剩下一位老爷不肯安静下来，他久久默不作声，但只是为了歇一歇，过后又嚷起来，劲头并不比先前小。他为什么这样大吵大嚷，原因不大清楚，也许根本不是因为分发档案的事。在这当儿，跟班已经完事；只有一份档案，由于助手的过错还留在小车上，其实那只是一张小纸片，一张从笔记本上撕下的纸条，现在他们不知道该分给谁。那很可能是我的档案，K 脑子里闪过这个想法。村长口口声声说这是最最小的一件事。K 虽然自己其实也觉得他的猜测未免太武断可笑，但他还是设法走近那个若有所思地浏览那张纸条的跟班；这并不是那么容易，因为跟班并不感激 K 的好感，甚至在工作最忙累的时候也总是抽空恶狠狠地或不耐烦地扭头看一眼 K。直到现在，他分发完毕以后，才似乎稍稍忘了 K，而且对其他什么也变得更加冷漠了，这是因为他已筋疲力竭的缘故，他对那张纸条也并不上心，也许根本就不是在浏览，只是假装在看而已，虽然他在这儿过道里把这张纸条分给任何房间里的客人，谁接到都会高兴，但他决定不这样做，他对分发工作已感到腻烦，他把食指搁在嘴唇上，示意他的同伴不要出声，把纸条——K 这时离他还远——撕成碎片，塞进口袋。这可能是 K 在这儿的公务活动中看到的第一桩舞弊行为，不过可能是他又理解错了。即使这是一桩舞弊行为，那也是情有可原的；在这儿的这种情况下，跟班做事不可能没有差错，心中积压的怒气、积压的不满总有一天会爆发，如果只是表现为撕碎一张小纸条，那还算不了什么。那位老爷的刺耳叫喊声仍响彻过道，无论用什么办法都不能使他安静下来，而他的同僚们，在其他方面彼此之间并不十分友好，对于这种吵闹却似乎意见完全一致；情况渐渐变得好像是那位老爷承担了代表大家吵闹的任务，别人只是用喝彩和点头的方式怂恿他闹下去。可是现在跟班已不再理会，他已经完成任务，指指小车的车把，示意另一个跟班扶住车把，这样他们就像来时那样又走了，只是更加心满意足，步子快快使小车在他们前面蹦跳起来。只有一次他们还大吃一惊，回过头来看，那就是当那位不停地嚷嚷的老爷——现在 K

正在他的门前转悠,想要弄清楚那位老爷究竟想要什么——发现嚷嚷显然已不管用,大概是发现了电铃按钮,这样就可以减轻负担,不免心花怒放,于是就停止叫嚷,不停地按起电铃来。接着其他房间里就开始响起一片嘀嘀咕咕声,似乎表示赞同,那位老爷似乎在做大家早就想做只是由于不知道的原因而只好不做的事。那位老爷按铃也许是想叫服务员,也许是叫弗丽达?那就让他一直按下去吧。因为弗丽达正忙着用湿被单把杰里米亚裹起来,就算他病已经好了,她也没有工夫,因为那时她就会躺在他的怀抱里。不过铃声一响却立竿见影。贵宾饭店的老板立时亲自从远处匆匆赶来。他穿着一身黑衣服,像平常一样扣紧钮扣,可是好像忘了自己的尊严,跑得那么快,两臂半伸,好像出了什么大祸,叫他来把祸事一把抓住,马上将其扼杀在胸前。每当电铃响得有点反常,他就像是短短地向上一跳,跑得更快了。现在他的妻子也露面了,离他还有一大段路。她也张开两臂跑着,不过步子很小,扭扭捏捏。K心里想,等她赶到也就太晚了,老板会把该做的事都做完。为了给奔跑的老板让路,K就贴墙站着。可是老板恰好在K面前站住了,好像K就是他的目标,一会儿老板娘也赶到了,两口子对他横加指责起来。由于事情来得匆忙突然,K不明白是怎么回事,尤其是这里头还夹杂着那位老爷的铃声,甚至其他房间的电铃也都响了起来;现在按铃已不是表示有什么急事,而只是闹着玩,开心得过分罢了。K很想弄清楚自己究竟错在何处,便甘心听凭老板挽起胳臂,随着他离开了这片嘈杂声。那喧闹声还在不断地变本加厉,因为在他们身后——K根本就没有转过身去,因为一边是老板,另一边还有老板娘在对他进行规劝——现在房门全都敞开了,过道里热闹起来了,似乎人来人往多起来了,就像在一条热闹的小胡同里。他们前面的房门显然在不耐烦地等K终于走过去之后才能把那帮老爷放出来。在这一片嘈杂声中,电铃一再地响个不停,仿佛在庆祝胜利。他们已经又走到静悄悄、白花花的院子里,有几辆雪橇正等在那儿。现在K才终于渐渐弄清楚是怎么一回事。老板和老板娘都无法理解K怎么敢做出这等事来。"可我究竟做了什么呀?"K一再地问,但是很久也问不出一个所以然来,因为对这两口子来说,K的罪过太明显了,因此他们一点也没有想到他是真心诚意这样问的。K 慢慢地才弄明白了一切。原来他无权到过道里来,一般说来,他至多只能到酒吧去,而且这也只是格外开恩,随时都可以撤消。如果有一位老爷传他去,他当然要到传讯的地方去,但他必须念念不忘——他起码总该有普通常识吧?——他去的地方其实是他不该去的,只是有一位老爷由于公务需要,非常勉强地才把他召去。因此,他应该赶快前去接受审问,然后尽可能更快地离开。难道他一点也不觉得呆在那儿过道上是非常不得体的行为吗?如果他有这样的感觉,又怎么会像一头牲口在牧场上那样在那儿乱串呢?难道他不是应召去接受一次夜审么?难道他不知道为什么进行夜审么?夜审——K 在这儿了解到对夜审意义的新解释——的目的只是为了听取当事人的申诉,那帮老爷白天看到他们会受不了,夜里可以速战速决,在人工的光线下,有可能在审问后在睡梦中忘却他们的种种丑态。可是 K 的行为却和所有的预防措施唱对台戏。就连鬼怪到天亮时也会销声匿迹。可 K 却还留在那儿,双手插在口袋里,好像是因为他自己不走,便期望整个过道连同全部房间和老爷都会走开似的。只要有任何可能,这倒也——这点他也可以放心——肯定能实现,因为那帮老爷是极其体贴别人的。谁也不会来把 K 撵走,甚至连他终究该走了这种当然不言而喻的话都不会说一句;没有一个人会那样做,虽说他们看到 K 在那儿大概会气得发抖,清晨的兴致全给败坏了,而清晨是他们最宝贵的时间。他们并不采取行动对付 K,宁愿自己受罪,这里头自然也存在这样一种希望,即 K 终于也一定会慢慢明白这显而易见的事,自己也因为大清早就那么不知趣地在众目睽睽之下站在这儿过道里而感到活受罪,简直受不了,就像那帮老爷感到痛苦一样。但这个希望落了空。他们不知道,或者是因为太仁慈迁就而不肯承认,世上也有麻木不仁的铁石心肠,不会因为受到尊敬而软下来。就连夜间的飞蛾这种可怜的动物不是一到白天也要找个僻静的地方缩成一团,巴不得能无影无踪,却因为不能这样做而伤心吗?与此相反,K 却站在最易被人看见的地方,如果这样就能阻止红日东升,他是会这样做的。他不能阻止红日东升,可是不幸却能推迟它,妨碍它。他不是看到分发档案了吗?除了直接参与其事的人之外,这种事是谁也不许看的。这种事就连老板和老板娘在自己的饭店里也是不许看的。他们只是隐隐约约地听人说起过,比方今天就是从跟班们那里听说的。难道他就没有注意到,分发档案是在何种困难的情形下进行的?这事真叫人无法理解,因为每一位老爷都只是为公家办事,从不考虑个人得失,因此一定会尽力使分发档案这一重要的根本性工作做得又快又方便,不出任何差错。分发档案工作不得不在房门几乎都关着的情况下进行,那帮老爷没有可能彼此直接交往,本来他们相互之间自然转眼之间就可以取得一致,而通过跟班转达就难免要拖上几个钟头,而且从来不能顺顺当当地进行,对老爷们和跟班们都是没完没了伤透脑筋的事,并且很可能还会在以后的工作中造成有害的后果。这就是一切困难的主要原因,难道 K 站在远处也果真对此一点都没有察觉?那帮老爷为什么不能彼此来往呢?是啊,难道 K 一直还不明白?类似这样的事老板娘还从来没有碰到过,老板证实他自己也是如此,而他们却是同形形色色难缠的人打过交道的。通常他们不敢说的事情,现在得坦率地告诉他,因为否则他就不会明白最最要紧的事情。好吧,既然非说不可,那就说吧:为了他的缘故,完全只是为了他的缘故,那帮老爷不能走出他们的房间,因为在大清早,刚刚睡醒,就给陌生人看见,未免太难为情,太容易受到伤害;无论他们穿戴多么整齐,他们总是感到简直像是赤身裸体,见不得人。的确很难说他们为什么怕难为情,他们这些一天到晚忙个不停的人,也许只是因为睡了一觉而不好意思。不过,看见陌生人也许比出头露面更叫他们难为情;他们用夜审的办法幸而得以避免看见那些叫他们如此难以忍受的当事人,他们并不愿意这种人现在在大清早突然令人猝不及防地活生生地重又闯到自己的面前。他们完全受不了。不尊重这一点的人该是什么一种人啊!总之,那一定是像 K 那种人。这种人麻木不仁、迷迷糊糊,不顾一切,不顾法律和最普通的人情,根本不在乎自己几乎使档案分发搞不成和损害饭店的名声,引起一场前所未有的风波,逼得那帮老爷走投无路,挺身自卫,作出了平常人难以想象的自我克制之后按铃求救,叫人来把这个别无办法对付的 K 撵走!他们这帮老爷居然会求救!老板、老板娘以及他们手下的全体人员,只要敢于未经呼唤在大清早出现在老爷们面前,哪怕只是来帮忙,然后马上就退下,他们岂不早就会跑来了吗?他们对 K 气得发抖,又因为自己无能为力而难过,等在过道尽头,万万没有想到竟响起了铃声,使他们得到了解脱。好了,最糟糕的事已经过去了!你只要看一看那帮终于摆脱 K 的老爷高高兴兴的忙活劲儿!对于 K 来说,这件事当然并没有结束,他肯定必须对他在这儿闯的祸负责。

这时他们已经走进酒吧,老板尽管十分恼火,但还是把 K 带到这儿来,其中原因就不大清楚了,也许他看到 K 累成那副样子,暂且还离不开饭店。K 没有等人叫他坐下,就一下子瘫倒在一只酒桶上。那儿在黑暗之中,他感到舒服。在这间大屋子里,现在只有啤酒龙头上方亮着一盏昏暗的电灯。屋外也仍然是一片漆黑,似乎风雪交加。留在这儿享受温暖就得感恩不尽,要提防给人家撵出去。老板夫妇仍旧站在他面前,好像他总还是某种祸害,好像因为他完全不可靠,保不住会突然动手,试图再闯进过道里去。他们自己因为夜里受惊和提前起床也感到困倦,尤其是女店主。她穿着一件棕色宽下摆连衣裙,像丝绸一样窸窸窣窣作响,钮扣和衣带有点不太整齐——不知她匆忙之中从哪儿找出来的?——脑袋耷拉着枕在丈夫肩上,用一条精致的手帕轻擦眼睛,时不时像孩子般狠狠地瞪 K 一眼。为了让这两口子放心,K 说,他们现在讲给他听的那些事情他以前一点也不知道,尽管他不知情,但他在过道里本来也不会呆那么久的,他在那儿确实无事可干,也绝对不想折磨什么人,只是因为他过于疲累,才发生了这一切。他感谢他们结束了这难堪的一幕,如果要他为此承担责任,他将会十分欢迎,因为只有这样才能使大家不致对他的行为产生误解。不能怪别的,只怪他太累了。不过,他之所以这么疲惫,是因为他还不习惯紧张的审问。他来此地毕竟还没有多少天。等到他有了一些经验,就不可能再有类似的情况发生。也许他把审问看得太认真了,不过这么做本身并没有什么不好。他不得不接受两次审问,一次挨着一次,起先受比格尔审问,后来受埃朗格审问,特别是第一次弄得他筋疲力尽,不过第二次时间并不长,埃朗格只是请他帮个忙,可是两次加在一起,他一下子还是吃不消。换了别人,比如说老板吧,兴许对这种事情也会吃不消的。他在第二次审问之后,走路时其实就只是跟跟跄跄、跌跌撞撞,几乎像是喝醉酒似的；他这是头一回见到这两位老爷，头一回听到他们讲话，并且还得回答他们的问题。据他所知，一切都相当顺利，可是后来便发生了那件不幸的事情，不过在先前发生的那些事情以后，这大概是不大能怪罪他的。不幸只有埃朗格和比格尔才觉察到他的状况，他们本来一定会照顾他的，以后的种种事情也就不会发生了，可是埃朗格在审问后必须立刻出门，显然是要去城堡，比格尔大概就是因为那次审问而感到困倦——可见 K 受过审问又怎能不伤元气呢？——已进入梦乡，甚至在分发档案那段时间里一直熟睡未醒。如果 K 有类似的机会，他一定会高高兴兴地加以利用的，乐意不去看那些不准看的事情，这样做并不困难，因为他实际上根本看不到什么，因此连最敏感的老爷本来也可以出现在他面前而不会感到不好意思。

提到那两次审问，尤其是埃朗格的那一次，还有 K 谈到两位老爷时的那副恭敬的神态，使老板对他产生了好感。看来他已打算答应 K 的请求，让他在那些酒桶上放一块木板，准许他在那儿至少睡到天亮，可是老板娘显然反对，一个劲地摇头，一面在她的连衣裙上无济于事地东拉拉西扯扯，现在她才注意到自己衣衫不整；一场显然由来已久的有关饭店整洁的争论又要爆发了。K 困得要死，因此这两口子的谈话对他就有了过于重大的意义。在他看来，再从这儿给撵出去，将是莫大的不幸，超过迄今所经历过的一切。即使老板夫妇取得一致，联合起来对付他，也不能让这样的事情发生。他在酒桶上缩成一团，偷偷地看着这两口子，一直到老板娘极其敏感地——K 早就注意到她极其敏感——突然走到一边去——她很可能已跟老板谈到别的事情了——大声喊道："瞧他盯住我看的那副样子！快打发他走！"K 如今几乎满不在乎地完全深信自己会留下来，乘此机会说："我不是在看你，只是在看你的衣服。"

"干吗看我的衣服？"老板娘激动地问。K 耸一耸肩。

"来吧！"老板娘对老板说。"他喝醉了，这个流氓。让他在这儿睡一觉醒醒酒！"她还吩咐培枇扔个枕头什么的给 K。培枇一听到她召唤就从黑暗中走出来，头发蓬乱，满脸倦容，手中懒洋洋地拿着一把扫帚。

第二十章

一觉醒来，K起先还以为自己几乎没有睡过；房间里照旧空荡荡、暖烘烘，四壁漆黑，啤酒龙头上面那盏电灯已经熄灭，窗外也是一片夜色。但是当他伸了伸懒腰，枕头掉了下来，床板和酒桶嘎吱嘎吱地响的时候，培枇马上就走来了，这时他才知道现在已是黄昏，他睡了十二个多钟头。白天老板娘曾来问过他几次，盖斯泰克也来看过他，早晨K和老板娘谈话时他喝着啤酒在这儿暗处等着，但是后来不敢再来打扰K。还有，据说弗丽达也来过，在K身边站了一会儿，不过她并不是为K而来，而是因为她晚上要重操旧业，有好些事要在这儿准备。"她也许已不喜欢你了吧？"培枇端来咖啡和蛋糕时问了一句。不过她已经不像从前那样出于恶意，而是语带悲伤，仿佛她在这段时间内已看破红尘，与人世间的恩恩怨怨相比，个人的恩怨算不了什么；现在她以同是天涯沦落人的姿态和K说话。K尝了一口咖啡，她觉得K嫌咖啡不够甜，就赶紧跑去给他拿来满满一罐糖。她的悲伤并没有妨碍她今天打扮得比上次更漂亮；她在头发上编了好多蝴蝶结和丝带，额上和鬓角的头发用发钳仔细烫过，颈上挂着一根项链，一直垂到衬衣的大领口里。K总算睡了一大觉，现在又能喝到一杯好咖啡，不免心满意足，偷偷地伸出手去，想解开一个蝴蝶结，这时培枇厌烦地说了句"别动我"，便在他身旁的一个酒桶上坐下。甚至不用K问她有什么烦恼，她自己立刻就打开了话匣子。她目不转睛地看着K的咖啡壶，仿佛连讲话时也需要分分心，仿佛连诉苦时都不能完全专心致志，因为这不是她力所能及的。K首先听到的是，培枇的不幸其实都怪他，但她并不怀恨他。她讲话时一个劲地点头，不让K提出异议。当初他把弗丽达从酒吧带走，这使培枇有了出头的日子。不然的话，你根本想象不出还有什么法子能使弗丽达放弃她的职位，她稳稳地坐在酒吧里，就像蜘蛛守在蛛网中,到处都有她的网丝,只有她才清楚这些网丝;要想违背她的意愿把她弄走,那是完全不可能的,只有她爱上一个下等人,也就是和她的地位不相称的人,才能把她撵下她的宝座。至于培枇呢?难道她想过夺取这个职位吗?她是一个客房女侍,地位低,没多大出息,她也像任何一个女孩一样梦想自己会有远大的前程,不让自己做梦是不可能的,可是她并没有真正想到自己会高升,她满足于现状,别无他求。可是弗丽达突然从酒吧消失了,事情来得太突然,老板手头一时没有合适的替身,他找来找去,目光便落到了培枇身上,培枇自己当然也往前挤。那时她爱上了K,从来也没有像爱他那样爱过任何人;她曾有好几个月坐在下面她那间又小又黑的房间里,并准备在那儿过上几年,万不得已就在那儿度过一生,这时K突然出现了,一位英雄,少女的救星,给她打开了升迁的道路。虽然他对她一无所知,并不是为她而那样做的,但她还是感恩不尽,在她被任用的前一天晚上——虽说还未最后定下来,但已有八成把握——她花了好几个钟头和他谈话,悄悄地向他表示感激。在她眼里,他偏偏背上弗丽达这个包袱,这一举动就更了不起;为了成全培枇,他让弗丽达充当自己的情妇,这里面包含着令人费解的无私精神。弗丽达不过是个并不漂亮的老姑娘,皮包骨头,头发又短又稀,外加诡计多端,总是心怀鬼胎,这或许和她的相貌有关;既然她的面貌和身材毫无疑问丑得要命,她就至少得有其他的隐私,谁也无法核实,比如据说她和克拉姆相好。当时培枇甚至还产生过这种想法:K真可能爱弗丽达吗?他不是在欺骗自己,或者也许只是在欺骗弗丽达?这一切的惟一结果,也许只会是培枇的提升吧?到那时K就会觉察到这个错误,或者不想再掩盖错误,不想再见到弗丽达,只想见培枇吧?这并不一定是培枇异想天开、想入非非,因为作为女孩对女孩,她完全可以同弗丽达较量一番,没有人会否认这一点,而且当时也主要是弗丽达的地位和弗丽达善于利用这一点来抬高自己,才一时把K弄得眼花缭乱的。所以培枇梦想,等到她得到那个职位的时候,K就会来求她,她可以答应K的请求而失去这个位置,或是拒绝他的请求,继续往上爬,两者任选其一。她已经想好,她会放弃一切,下嫁给他,叫他懂得什么是真正的爱情,他从弗丽达那儿永远也不会得到真正的爱情,真正的爱情并不取决于世界上的任何荣华富贵。可是后来的情况却不一样。这怪谁呢？首先得怪K，其次当然得怪弗丽达诡计多端。首先得怪K；他究竟想干什么？他是一个多么奇怪的人啊！他在追求什么，有什么要紧的事使他操心，把最切身、最美好的事都丢在脑后？培枇成了牺牲品，一切都很荒唐，一切都完了；谁有力气放一把火把贵宾饭店全都烧光，烧得片瓦不剩，像是在火炉里烧一张纸那样烧得精光，毫无痕迹，今天他就会是培枇的意中人。唔，培枇是在四天前将近中午时来到酒吧的。这儿的工作并不轻松，几乎辛苦得要死，可是收获也不小。培枇从前也不是一个混日子的人，虽然她做梦也不敢想得到这个职位，但她曾经留心观察，知道这个差使多么重要，她接手干这个工作并不是心中无数的。心中无数是干不了这个工作的，否则要不了几个小时就会丢掉差使。要是在这儿按照客房女侍的样子去做，那就更糟！当客房女侍的，随着时间的推延会有一种被埋没被遗忘的感觉，就像是在矿井下干活，至少在秘书们的那条过道里是这样，在那儿除了很少几个白天前来的当事人不敢抬头轻轻地走来走去，以及其他两三个心里同样愤愤不平的客房女侍外，一天到晚连个人影都看不见。早晨根本不准你走出自己的房门，因为老爷们希望独自清静，他们的饭菜由跟班从厨房送去，客房女侍通常不管这种事，在吃饭的时候也不准到过道里去。只有老爷们办公时才准许女侍去打扫，不过当然不是打扫有人住的房间，只能打扫刚好空着的房间，而且打扫时必须轻手轻脚，免得打扰老爷们的工作。可是，那帮老爷在他们的房间里一住好几天，加上跟班那帮邋遢家伙来来去去，等到终于让女侍进去收拾时，房间已经脏得连洪水也冲不干净啦，又怎么可能在打扫时不出声音呢？不错，他们都是贵人大老爷，可是你得强令自己克服恶心，才能在他们走后打扫房间。客房女侍的工作倒并不太多，但很棘手。从来听不到一句好话，所听到的只是指责，尤其是说她们在打扫时把档案弄丢了这种指责最常听见，也最叫人烦恼。其实什么东西也丢不了，连捡到一张小纸条也都交给老板，可是档案的确也会丢失，只是偏偏不是女侍的过失。于是就来了调查组，女侍们都得离开自己的房间，调查组搜查床铺，女侍们并没有什么财物，她们那几件衣物一只背篓就装得下，可是调查组还是会搜查好几个钟头。他们当然什么也找不到,档案怎么会跑到那儿去呢?女侍们谁会希罕档案?但结果总是一样,失望的调查组连骂带吓唬地嚷嚷一通,老板再一五一十地加以转达。无论白天黑夜,永远得不到半刻清静,吵吵嚷嚷直到半夜三更,天刚一亮又乱起来。要是不必住在这儿就好了,可又非住不行,因为在休息时间,尤其是夜里,客人要吃点心,女侍就得上厨房去拿来。总是突然在女侍房门上响起捶门声,口头布置要些什么,女侍跑到下面的厨房里去,摇醒正在睡觉的小厨师,把客人点的那盘点心放在女侍房门外,由跟班来取走,这一切令人多么伤心。但这还不是最糟的。最糟的是没有人来要东西,也就是到了半夜三更,大家都该睡觉而且大多数人也终于真的睡觉的时候,有时在女侍的房门口会响起蹑手蹑脚来回走动的声音。这时姑娘们爬下床——那儿地方很小,因此是床上叠床,整个房间其实无非是一个大三屉柜罢了——倚门偷听,跪在地上,吓得互相搂抱在一起。她们不断地听到门前的轻轻走路声。如果这人终于走进屋来,她们都会感到高兴,可是什么事也没有发生,没有人走进来。同时你又得暗自承认,也许并不一定有什么大祸临头,或许只是有人在门外走来走去,考虑是否要叫点什么东西吃,可后来还是拿不定主意。或许就是这么回事,或许完全不是这么回事。实际上她们根本不认识那帮老爷,她们几乎没有见过他们。总之,姑娘们在房间里怕得要死,等到外面终于没有声音了,她们倚在墙上,没有力气再爬上床去了。这种生活现在又在等待着培枇,就在今天晚上,她又要回到下房里她原来的位置上去。为什么呢?因为K和弗丽达的缘故。她好不容易才脱离这种生活,虽然多亏K帮忙,但她自己也尽了最大的努力。现在又要去过那种生活了。干那种差使时,姑娘们都不注意自己的仪表,连本来最讲究的人也都如此。她们打扮给谁看呢?谁也看不见她们,至多是厨房炊事人员;谁满足于这一点,尽可以去打扮自己。此外通常她总是呆在自己的小房间里或老爷们的房间里,穿上干净衣服即使只是走进那些房间也是轻率和浪费。老是在灯光之下和有霉味的空气之中——老是生着炉子——实际上人总是疲惫不堪。每周休息一个下午,最好是在厨房的库房里安安静静、无忧无虑地睡一觉。所以说,何必要打扮呢?甚至连衣服都不怎么穿。如今培枇突然被调到酒吧工作,假定你想保住这个位置,就免不了要做恰恰相反的事情。那儿,你总是在众目睽睽之下,其中有非常讲究、细心观察的老爷,因此你总得打扮得美观大方、令人愉快。总之,这是一个转折。培枇可以说自己没有出什么差错。至于以后情况会怎么样,培枇并不担心。她具备干这差使所必需的能力,这她知道,她对此毫不怀疑,现在她也有这样的信心,谁也动摇不了,即使在今天,她失败的日子,也是如此。难只难在一开始的时候怎样才能经受考验,因为她毕竟只是一个贫穷的客房女侍,没有衣服首饰,而那帮老爷没有耐心等着你慢慢来,而是要求不经过过渡立刻就有一个合格的酒吧女侍,否则他们便会转身就走。你会想,既然弗丽达都能使他们满意,那他们的要求并不算高。这就错了。培枇常常想这个问题,她也常常和弗丽达在一起,有一段时间还和她同榻共眠。要发现弗丽达的底细还真不容易,谁稍不留神——又有哪一位老爷是特别留神的呢?——就会受她蒙蔽。没有人比弗丽达本人更清楚,她长得多么难看,比如说,你要是第一次看到她松开头发,就会觉得她可怜而心中替她叫苦,这样一个姑娘按说就连当个客房女侍也不够资格;她自己也知道,有许多夜晚,她紧挨着培枇,把培枇的头发绕在自己的头上,为此哭个不停。不过一到上班时,她的一切疑虑就一扫而光,她自以为比谁都漂亮,而且善于用恰当的方式让别人都这么看。她了解人们的心理,这就是她真正的本领。她善于说谎骗人,使人来不及更仔细地观察她。从长远来说,这当然不行,人都长着眼睛,终究会看清楚的。可是,一看到有这种危险,她立刻就会有另一条妙计,比如说,最近她就搬出她和克拉姆的关系。她和克拉姆的关系!你要是不相信,可以去核实嘛;找克拉姆去问好了。多狡猾,多狡猾。要是你不敢去找克拉姆问这样一个问题,也许你有比这重要不知多少倍的问题,也不会让你去见他,甚至你根本就见不到克拉姆——只有你和你这样的人才见不到他,因为比如弗丽达爱什么时候就可以什么时候蹦进去见他——即使是那样的话,你还是可以核实的,只要等着瞧好了!克拉姆对这种流言蜚语是不会容忍很久的,因为他肯定非常急于知道酒吧和客房里在讲他什么闲话,这一切对他关系重大,如果讲得不对,一定会立即辟谣的。

可是他并没有辟谣;好吧,那就是说,没有什么好驳斥的,统统都是事实。别人所见到的,只是弗丽达把啤酒端进克拉姆的房间,再拿着钱出来;可是别人没有看到的,却是听弗丽达讲的,就只好相信她的话。其实她根本就不讲,她是不会泄露这种秘密的;不,在她周围,秘密会自动泄露出来,既然秘密已经泄露了,她自己当然也就不再避而不谈了,但谈得很少,什么也不断言,只提反正都是尽人皆知的事。她并不是什么都说,比如说,有一件事她就不说,那就是,自从她到酒吧以后,克拉姆喝的啤酒比以前少了,并没有少很多,但显然是少了,这也可能有种种原因,或者说这阵儿克拉姆不大爱喝啤酒了,或者说是弗丽达使他忘掉喝啤酒了。总之,不管这事是多么奇怪,反正弗丽达成了克拉姆的情妇。可是,克拉姆看中的人,别人又怎么会不欣赏呢?这一来,转眼间弗丽达就成了一个大美人,正是酒吧所需要的那种人;是的,几乎太漂亮、太威风了,连酒吧也都快容纳不下她啦。事实上——人们也都觉得奇怪,她怎么还呆在酒吧里;做酒吧女侍的确是了不起的事,由此看来,和克拉姆的关系似乎十分可信,可是既然酒吧女侍成了克拉姆的情妇,他为什么还让她留在酒吧,而且还留那么久?他为什么不提升她呢?你可以对人们说一千次:这里并没有什么矛盾,克拉姆这样做有一定的理由,或是说,有朝一日,也许就在眼前,弗丽达会突然高升的。这些说法都起不了多大作用,人们自有一定的想法,时间一长,无论你说得天花乱坠,他们也不会改变看法的。谁也不再怀疑弗丽达是克拉姆的情妇,连那些显然更了解情况的人也已经疲于去怀疑了。活见鬼,当克拉姆的情妇去吧,他们想,不过既然你是克拉姆的情妇,我们也就想要从你的提升上看出这一点。可是一点影子也没有,弗丽达还像从前一样留在酒吧,心里还十分高兴,一切都照旧。但她在人们心目中的威信降低了,这她当然不会注意不到,她通常颇有先见之明。一个真正漂亮可爱的姑娘,一旦在酒吧习以为常,就用不着使什么手段;只要她漂亮一天,她就会当一天酒吧女侍,除非发生什么特别不幸的事情。可是像弗丽达那样的姑娘却无时无刻不在担心自己的职位,当然她明智地不表现出来,反倒常常抱怨诅咒这个差使,但私下里却时时刻刻在观察人们的情绪。这样,她看到人们变得冷淡了,她一露面,甚至不再使人觉得值得抬起眼睛瞅她一眼,连跟班们也不再理会她,他们明智地去缠住奥尔加之流的姑娘,从老板的举止上,她也看出自己越来越不吃香了,也不可能老是编造克拉姆的新故事,什么事情都有限度,因此好样的弗丽达就决心来一个新招儿。谁要是能一眼看穿就好了!培枇有所预感,但不幸没有看穿。弗丽达决心引起轰动,她这位克拉姆的情妇要投身到随便哪一个人的怀抱中去,尽可能是个最最低贱的人,那就会轰动一时,人们会议论不休,到头来,人们又会想起,当克拉姆的情妇意味着什么,因迷恋新欢而抛弃这种荣耀又意味着什么。难只难在找到一个合适的人来合演这场聪明的把戏。那人不能是弗丽达的熟人,甚至不能是个跟班,因为那样的人很可能会瞪她一眼就走开,尤其是不会当真下去,不管她如何伶牙俐齿,也不可能散布这样一种说法:弗丽达受到他的袭击,无法抗拒,在昏迷的时候失身于他。虽说那个男人该是一个最最低贱的人,但也得让人相信,尽管他生性粗鲁迟钝,却除了弗丽达以外不想得到别人,除了想娶弗丽达——我的老天爷!——以外没有更高的要求。可是,虽说那个人该是个普通人,最好比跟班更低贱,比跟班还要低贱得多,但又不能是每个姑娘都会笑话的人,而是一个或许让另一个有头脑的姑娘也能动心的人。可是到哪儿去找这种人呢?换一个姑娘,也许一辈子也找不到。可弗丽达运气好,或许就在她第一次想到这个计划的当天晚上,土地测量员就来到了酒吧。土地测量员!是啊,K心里在想什么呢?他心里有着什么特别的打算?他会干出什么了不起的事情吗?一个好工作,一种荣誉?他是不是想要得到这一类东西?好吧,那他从一开始就该另起炉灶。他毕竟什么都不是,看看他的处境,真叫人伤心。他是土地测量员,这也许有点名堂,也就是说他是学过什么的,可是如果不知道怎么去派用场,就又是一文不值了。而他又没有任何靠山,却提出要求,他并不是直截了当提出来的,但人家看得出他在提什么要求,这可是叫人恼火的事。他知不知道,就连一个客房女侍,如果和他谈话谈久了,都是有失体面的。他怀着所有这些特殊要求,第一天晚上便一头栽进了最拙劣的陷阱。难道他就不害臊吗?弗丽达究竟有什么迷住了他?那么一个瘦弱的黄脸丫头,难道真能中他的意?啊,不会的,他根本就没有看她,她只是告诉他,她是克拉姆的情妇,对他来说那还是新闻,这便起了作用,于是他就完了!可是这时她就得搬走,如今贵宾饭店当然再也没有她的容身之地啦。在她搬走的那天早晨,培枇还见过她;饭店员工纷纷跑来,毕竟人人都想看热闹。她威力还不小,别人都为她惋惜;大家都为她惋惜,连她的对头也不例外;她的算计从一开始就证明分毫不差;她委身于这样一个人,大家都觉得不可理解,认为这是她命不好。那帮小厨娘当然对每一个酒吧女侍都很钦佩,这时都十分伤心。连培枇也受到感动,虽然她的心思其实都在别的事情上,也不能无动于衷。她发现弗丽达实际上并不怎么伤心。降临到她头上的终究是天大的不幸,她装出好像是非常难过的样子,但装得并不够,这种把戏瞒不过培枇的眼睛。那么是什么在支撑着她呢?难道是新欢的幸福?嗯,这种可能不用考虑。那么,还能是别的什么吗?是什么给予她力量,甚至对当时已经被认为是她的接班人的培枇也像平常一样冷静而亲切?培枇当时没有工夫去想,她忙于准备接任那个新职位,要做的事太多了。她很可能过几个钟头就要走马上任,可是还没有漂亮的发型、时髦的衣服、精致的内衣、像样的鞋子。这一切都得在几个钟头内准备好;如果没有合适的行头,还不如就别干这差使,因为不出半个钟头,差使管保就会丢掉。总之,办成了一部分。她做头发天生有一手,有一次连老板娘都让她去做头发,那需要手指特别灵巧,她生就一双巧手,当然她那一头浓密的头发也是爱怎样做就可以怎样做的。衣服嘛,也有人帮忙。她的两个同事对她讲义气,而且,她们这一群人当中有人当上酒吧女侍,她们脸上也光彩嘛,何况培枇掌权以后还会给她们不少好处。有个姑娘有一块贵重的衣料,珍藏了很久,那是她的宝贝,常常拿出来让其他姑娘欣赏,梦想有一天能为自己派上大用场,现在培枇需要,她居然割爱了,她真是太好啦。两个姑娘都非常热心地帮她缝制新衣,即使是给自己缝制,也不会更起劲了。那甚至是一件非常高兴愉快的工作。她们坐在各自的床铺上,一个在上,一个在下,一面缝一面唱,把缝好的部分和附件递上递下。培枇想到这情景,想到一切都白费力气,现在又要空着双手回到朋友那里,心情更觉沉重!多么不幸啊!这主要是由于 K 的轻率造成的。那时她们三人对这件衣服是多么的喜欢,仿佛它是成功的保证,即使事后发现还有地方可以再缝上一条细带子，最后一点疑虑也化为乌有了。这件衣服，难道不真是漂亮吗？如今已经压皱了，而且还沾上了几点污斑，就因为培枇没有第二件衣服，白天晚上都得穿它，但是现在仍旧看得出它有多漂亮，连巴纳巴斯家那个该死的丫头也做不出一件更好的。而且它可以在上面或下面要紧就紧，要松就松，因此，衣服虽然只有一件，却可以变成几种式样——这是个特殊的优点，实际上是她的发明。当然，给她做衣服也不难，培枇并不是自吹自擂；年轻健壮的姑娘穿什么都合适。要弄到内衣和靴子，就难得多了，其实失败就是从这儿开始的。在这一方面，她的朋友也尽量帮忙，但心有余而力不足。她们只拼凑一些粗布内衣，没有高跟鞋，就只好穿便鞋，穿这种鞋子真丢人现眼。她们安慰培枇说：弗丽达穿得也不很漂亮，有时很邋遢，客人宁愿要酒窖伙计来侍候，也不要她侍候。事实的确如此，可是弗丽达可以这么做，她已经享有恩宠和声望；一位贵妇人偶尔有一次不修边幅，反倒会显得更加妩媚，可是一个像培枇这样初出茅庐的新手倘若如此，别人又会怎样想呢？再说弗丽达怎么穿也不好看，她一点也没有审美观念；如果有人生来就是黄皮肤，那也是没办法的事，只好认命，却用不着像弗丽达那样，再穿上一件大开领的奶油色衬衫，弄得别人看来看去都是一片黄色，眼睛都看得难受了。即使不是这样，她也太抠门儿，舍不得花钱买好衣服；她挣的钱一个子儿都舍不得花，谁也不知道为什么。她干这个差使用不着花钱，她说说鬼话、耍耍花招就行了。培枇可不想学她那个样，也学不会，因此她有理由把自己打扮得漂漂亮亮，以便一开始就给人一个好印象。只要她能有更多的钱来这样做，那么，不管弗丽达多么狡猾，也不管 K 多么愚蠢，她也会永远保持胜利的。开始情况也很不错嘛。干这差使所必需的几样诀窍和知识，她先前早就打听清楚。她一到酒吧便已驾轻就熟。弗丽达不在酒吧工作，谁也没有惦记她。第二天才有一些客人问弗丽达究竟到哪儿去了。培枇没有发生任何差错，老板很满意。第一天他放心不下，一直呆在酒吧里，后来只是有时来看看，最后，看到钱账一分不差——平均收入甚至比弗丽达在的时候还稍多一点——于是他就把一切都交给培枇了。她搞了一些革新。原先弗丽达连跟班也要管，至少有一部分是如此，尤其是有人看着的时候,这并不是因为她勤勤恳恳,而是因为她小气,有统治野心,害怕把自己的权力分给别人,而培枇却把这项工作统统交给酒窖伙计去管,他们干也合适得多。这一来,她就有更多时间去照顾老爷们住的客房,客人一叫就到;尽管如此,她还能和每个人聊上几句,不像弗丽达,据说她把自己完全保留给克拉姆了,别人和她说一句话,接近她一下,她都认为是对克拉姆的侮辱。当然,这样做也很聪明,因为她如果让什么人接近自己,那便是天大的恩典了。可是培枇却讨厌这种手段,再说在开始时耍这种手段也没有用。培枇对每个人都客客气气,每个人对她也客客气气。显而易见,大家都对这次人事更迭感到高兴;忙得劳累不堪的老爷们终于能够小坐片刻喝杯啤酒,那时你说句话,瞟一眼,耸耸肩,都能使他们真正换个样。大家的手都热衷于抚摸培枇的鬈发,使得她一天要做十来回头发;看到这些鬈发和蝴蝶结,谁都爱不释手,就连平常总是心不在焉的 K 也是如此。令人兴奋的日子就这样飞逝而过,忙忙碌碌,但很有成果。倘若这种日子不是这样飞逝而去,要是再多几天就好了!尽管已经累得筋疲力尽,但是四天还是太少啦,也许再干一天就够了,但是四天未免太少了。在四天之内,培枇就已赢得了不少支持者和朋友,每当她端着啤酒杯走来,大家对她看的那种目光,如果可以相信的话,她确实是沉浸在友谊的海洋中。有一个名叫巴特迈尔的文书爱上了她,把这串项链和垂饰送给她,在垂饰里放上自己的照片,这当然也太鲁莽了。发生了诸如此类的事情,可那只是四天时间,如果培枇全力以赴,在四天之内就能使人们几乎忘掉弗丽达,但也不会完全忘记;要不是她存心闹那样大的丑闻,引起大家议论纷纷的话,说不定不要四天人们就会把她忘记;她通过这一手在大家眼里成了新闻人物,人们纯粹出于好奇,才想再见到她;由于一向冷漠的 K 的功劳,人们对本来已经腻烦得要死的一个人又发生了兴趣,当然,只要培枇站在那儿,她的在场产生影响,他们本来是不会为了弗丽达而放弃培枇的,但是他们多半是上了年纪的老爷,积重难返,他们需要几天时间才能对一个新的酒吧女侍习以为常,不论这次换人是多么合适,那帮老爷还是不由自主地要过几天才能习惯,也许只要五天,反正四天是不够的,不管怎样,培枇始终只是被看做是临时替工而已。此外,在这四天内,头两天克拉姆虽然在村里，但没有下楼到餐厅里来，也许这是最大的不幸了。要是他来的话，那会是对培枇的决定性考验，顺便提一下，她一点也不怕这场考验，而且还高兴地盼望它到来。她不会——这种事当然最好根本不要明说——成为克拉姆的情妇，她也不会说假话，胡吹自己已爬上那个地位，但是她至少也能像弗丽达那样讨人喜欢地把啤酒杯放到桌上，她也会彬彬有礼地问候和道别，不像弗丽达那样纠缠不休，如果克拉姆真想在一个姑娘的眼里寻找什么东西的话，他会在培枇的眼睛里心满意足地找到的。可是他为什么不来呢？是不凑巧吗？当时培枇也是这么想的。这两天她无时无刻不在盼望他来，夜里也在等着他来。现在克拉姆就要来了，她心里一个劲儿地在想，跑来跑去，无非是因为等得心里怪不耐烦，想在克拉姆一走进来就第一个看到他。一次又一次的失望弄得她疲惫不堪；她没有完全做到她能做到的事，原因或许就在于此。只要有一点工夫，她就偷偷溜到严禁饭店员工入内的过道里去，蜷缩在一个墙壁凹处等着。克拉姆现在要是能来就好了，她想，要是我能把这位老爷带出房间，把他抱到楼下餐厅里去就好了。不管多重，他也压不垮我。可是他没有来。楼上那条过道是多么安静。要不身历其境，根本是想象不出的。那儿静得叫人呆不住，那种寂静的气氛会把人赶跑。可是她再接再厉，被赶跑十次，又跑上去十次。那样做确实毫无意义。克拉姆要是想来，他就会来，要是不想来，培枇躲在那个角落里，即使心跳得快把人憋死，也不会把克拉姆引出来。那样做毫无意义，但他要是不来，几乎一切就都毫无意义的了。他没有来。今天培枇知道克拉姆为什么没有来。要是弗丽达能够看见培枇双手按着胸口，躲在楼上过道的那个角落里，她一定会十分开心。克拉姆没有下楼，是因为弗丽达不让他下来。她并没有求他这样做，她的请求到不了克拉姆的耳朵里。可是她这只蜘蛛有谁也不知道的种种关系。要是培枇对客人说什么话，她就公开地说，邻桌也能听见。弗丽达没什么要说的，把啤酒放到桌子上就走开；只有她那条绸裙子窸窣作响，她只有在这条裙子上才肯花钱。不过要是她一旦说什么话，也不是堂堂正正，而是弯下腰对客人耳语，邻桌客人要竖起耳朵听才行。她说的也许是鸡毛蒜皮的小事，但也不总是这样。她有的是关系，靠一个关系拉另一个关系，如果大多数关系都不成——谁会老为弗丽达操心呀?——可是有时总还会有一两个关系保持着。现在她开始利用这些关系啦。K给了她这样做的机会,他非但不和她呆在一起,看住她,反而很少呆在家里,到处乱转,跟这个谈谈,与那个讲讲,事事关心,惟独不关心弗丽达,最后,为了让她更加自由,竟然搬出桥头客栈,住到空荡荡的学校去。这一切真可说是蜜月开始得不错。好了,K无法和弗丽达共同生活下去,培枇肯定是最不会因此而责怪他的人;谁也无法和弗丽达共同生活下去。可是他为什么又不和她一刀两断?为什么还一再回到她身边?为什么东奔西走,使别人以为他是在为她奋斗呢?看起来真好像是他和弗丽达接触后才发现自己确实微不足道,希望自己能配得上弗丽达,希望能不择手段地向上爬,因此暂时不和她厮守在一起,为的是以后可以不受干扰地补偿现在所受的苦。与此同时,弗丽达也没有浪费时间,她守在学校里——当初很可能是她把K带到那儿去的——注视着贵宾饭店,注视着K。她有呱呱叫的信差供她使唤:K的助手。K把他们完全留给她使唤,这真叫人弄不懂,即使了解K的人也弄不明白。她派他们去见她的老朋友,使人想起她来,诉说自己被K那样的一个人关在家里,煽动别人反对培枇,声称她很快就会回来,请别人帮忙,恳求他们别对克拉姆透露半点风声,装得好像必须爱护克拉姆,因此千万不能让他下楼到酒吧来。她对别人说是爱护克拉姆,而对老板却利用这一点作为她的胜利,使他注意到克拉姆不再下楼来。既然楼下只有一个培枇在侍候客人,克拉姆怎么会下楼来呢?这并不能怪老板,这个培枇总算是他所能找到的最好替工,只是这个替工还不够理想,即使对付几天也不行。K对弗丽达的这一切活动一无所知;他不外出乱串的时候,便躺在她的脚边,被蒙在鼓里,而她呢,心里却在计算还有几个钟头就可以回酒吧去。那两个助手倒不光是为她跑腿,而且还使K吃起醋来,让他一直保持那股热情!弗丽达从小就认识那两个助手,彼此已无话不谈,但是为了做给K看,他们开始相互思念,使K认为他们之间的感情有变成一场热恋的危险。为了讨弗丽达喜欢,K什么都干,甚至做出最矛盾的事:那两个助手叫他吃醋,他却让他们三人待在一起,自己独自外出乱串。他几乎像是弗丽达的第三个助手。这时,弗丽达根据她的观察所得,终于决定采取关键的一着:她决定回酒吧。这真是时候,弗丽达这个小滑头能认识到这一点并加以利用,确实令人钦佩;这种眼力和当机立断的本领是弗丽达独有的能耐,别人无法模仿;要是培枇有这种本领,她一生的命运就会不同。假如弗丽达在学校里再呆上一两天,就不再有可能把培枇撵走,培枇当酒吧女侍就会成为定局,她就会博得大家的欢心和支持,就能挣到足够的钱去出色地补充那临时凑合的行头,再过一两天,任何诡计就再也挡不住克拉姆到餐厅里来,他会来喝酒,感到舒畅,如果他压根儿注意到弗丽达不在,也会对这一人事更动感到非常满意,再过一两天,人们就会把弗丽达和她的丑闻、她的关系、那两个助手以及一切都忘得一干二净,她再也出不了头啦。那时,她也许会把K抓得更紧。她会不会真的爱上K,假定她懂得爱的话?不,那也不可能。因为K也不用一天工夫就会对她生厌,就会看出她用一切手段,用她所谓的美貌、她所谓的忠贞、尤其是所谓的克拉姆的爱情来卑鄙地欺骗他;只要再过一天,用不着更长时间,他就会把她连同她和那两个助手的全部肮脏勾当赶出家门;想一想,连K也不消更长的时间就会这样。她正处在这两种危险之间,眼看只有死路一条了——K头脑简单,还给她留了最后的一条生路——她溜之大吉了——谁也没有料到,这不合情理——突然之间,她竟把仍旧爱她、仍旧追求她的K赶跑了,在她的朋友和助手的支持和逼迫下,在老板眼里竟成了他的救命恩人,由于那桩丑闻而比以前更加富有吸引力了,事实证明,地位最低的人和地位最高的人都渴望得到她,因为她只是一时落在地位低的人的手里,转眼间便恰如其分地把他甩掉了,对他和所有人来说,她又像从前一样可望而不可即;只是以前别人曾有理由怀疑这一切,如今却深信不疑了。她就这样回来了,老板瞟了培枇一眼,犹豫不决。培枇已经证明自己非常胜任,他是否该牺牲她呢?可是他很快就被说服了。要弗丽达回来的理由太多了,首先是她会让克拉姆再回到餐厅来。现在已是傍晚,我们就谈到这里吧。培枇不想等弗丽达得意洋洋地前来接班。她已把账目交给老板娘,现在她可以走了。下面女侍房间里那个床铺在等着她呢,她会去的,会受到哭哭啼啼的女友们的欢迎,她会扯下身上的那件衣服和头发上的丝带,统统塞到一个角落里去,藏得让人看不见，以免触景生情，想起那段应该忘掉的时光。然后她会拿起大桶和扫帚，咬紧牙关，开始干活。不过她暂时还得把这一切都原原本本讲给K听，让他明白他是多么对不起培枇，把培枇害得有多苦。要是没人指点，他到现在还不会明白是怎么一回事呢。不过，他在这件事情上也仅仅是受人利用罢了。

培枇讲完了。她舒了一口气，抹去眼中和脸颊上的几滴泪水，然后边点头边看着K，好像想说，其实问题并不在于她的不幸，她会逆来顺受，用不着别人的帮助或安慰，尤其不需要K的帮助或安慰。她虽然年纪轻轻，但已有人生阅历，她的不幸只证实了她的见识。可是问题在于K，她本来就想让他知道是怎么一回事，甚至在她的一切希望都化为泡影以后，她还认为有必要那么做。"你也太想入非非了，培枇，"K说。"你并不是现在才发现这一切的；这无非是你们做女侍的在下面又小又黑的房间里做的梦，在那儿做这种梦挺合适，可是在这儿宽敞的酒吧里就显得很奇怪了。你抱着这种想法是保不住这儿的职位的，那是不在话下的。你的衣服和发式，虽然你如此自夸不已，也不过是你们在那黑黢黢的房间里躺在床上胡思乱想的产物，在那儿的确很漂亮，可是在这儿，每个人都在偷偷地或公开地笑话它。你还说了些什么？我被人家欺骗利用了？不，亲爱的培枇，我和你一样，并没有被欺骗利用。不错，弗丽达目前离开了我，或是像你所说的，跟一个助手私奔了，你看到了一星半点真相，她还会成为我妻子的可能性也确实非常之小，但是要说我已经腻烦她，或者甚至第二天就会把她赶出家门，或是说她像通常女人也许会欺骗男人那样欺骗了我，那就完完全全不对了。你们客房女侍在钥匙孔里偷看惯了，因此就会有那种思想方法，从你们确实看到的一点小事便对全局作出绝妙而错误的结论。结果便是，比如我在这件事上远不如你知道得多。弗丽达为什么离开我，我远不能像你解释得如此头头是道。在我看来，最可能的解释就是我冷落了她，你略为提到了这一点，但没有加以发挥。不幸这倒是真的，我冷落了她，但这是有特殊原因的，用不着在这里说；如果她回到我身边来，我会很高兴，但又会立刻开始冷落她的。就是这么一回事。她和我在一起的时候，我老是在外面乱转悠，这受到你的嘲笑；现在她走了，我几乎没事干了，我累了,渴望越来越彻底的清闲。你没有什么忠告给我吗,培枇?""有的,"培枇说,她突然来了精神,一把抓住 K 的肩膀,"我们俩都上当受骗了。让我们在一起吧。和我一起下去到姑娘们那儿去吧!""只要你还抱怨什么上当受骗,我和你就说不到一块,"K 说。"你老是说你上当受骗,因为这话你爱听,使你感情冲动。可事实上你并不适合干那个差使。你认为我比谁都无知,可是连我都看得出来你不合适,可见这是多么明显的事。你是个好姑娘,培枇;不过并不容易看得出你好,比如我吧,最初还以为你心狠气傲,其实你并不是这样,只是那个差使把你搞糊涂了,因为你不适合干那活儿。我不想说这个职位你高攀不上;这个职位并没有什么了不起,仔细看看,也许比你以前的职位要体面些,可大体上并没有多大差别,简直难以区分,甚至几乎可以说,当客房女侍要比当酒吧女侍好,因为客房女侍总是在秘书们中间来来去去,可是在这儿,虽说可以到客房里去侍候秘书们的上司,但也得同小老百姓打交道,比如说同我吧;按理说我其他地方都不能去,只准到这儿酒吧坐坐,同我打交道,难道是莫大的光荣吗?好吧,你是这样看的,或许你也有理由这么想。可是,正因为你这么想,你才不适合干这活。这活跟其它活一样,可是你却把它看做是天堂,因此你干什么都过分热心,打扮得照你看像天使——其实天使并不是这样的——,你为这个职位提心吊胆,总是觉得有人在算计你,想用过分巴结的办法来拉拢所有你认为能支持你的人,可是这反倒使他们心烦和反感,因为他们在饭店里想要清静,并不想在自己的烦恼上再添上酒吧女侍的烦恼。弗丽达离开以后,没有一个贵宾真正觉察到这件事,这倒是很有可能的,可是今天他们全都知道了,确实很想念弗丽达,因为弗丽达不管做什么都大不一样。不管她平时怎么样,也不管她多么看重她的职位,她干起活来还是非常老练的,冷静沉着,你自己也强调这一点,但你并没有把这学到手。你有没有注意过她的眼神?那已根本不是酒吧女侍的眼神,几乎像是老板娘的眼神。她明察秋毫,一览无余,同时每个人又都在她眼里,她只要对某个人投去一瞥,就足以使此人拜倒在她的石榴裙下。她也许瘦了点,有点老气横秋,她的头发可以再整洁一些,可那又有什么关系呢?和她真正具有的优点相比,这些都是鸡毛蒜皮的小事,有谁对这些小毛病看不惯,只能说明自己目光短浅,看不到大处。当然不能说克拉姆目光短浅,只因为你这个姑娘少不更事,才会有这个错误的观点,不相信克拉姆爱弗丽达。你认为克拉姆是高不可攀的,那也不错,因此你就认为弗丽达也无法接近克拉姆。你错了。在这一点上,我只相信弗丽达的话,即使我没有可靠的证明。不管你觉得这事多么难以相信,不管这事和你对世界、仕途、高贵、女色魅力的看法多么格格不入,但它却是事实,就像我们现在并排坐在一起,我双手夹住你的手一样,克拉姆和弗丽达大概也曾这样坐在一起,好像这是世界上最明白不过的事情。他是自愿下楼的,甚至还是急忙跑下来的,没有人埋伏在走廊上等他而耽误了其他事情,克拉姆不得不自己不怕麻烦地走下来,对弗丽达衣着上的毛病毫不在意,换了你就会大吃一惊。你不相信她!你不知道你这样反倒使自己出丑,你这样恰恰说明你缺乏经验!就连一点也不知道她和克拉姆的关系的人,也会从她的风度上看出她受过什么人的熏陶,那个人胜过你我和全村老百姓,他们两人的谈话超出客人和女招待之间常有的打情骂俏,而这种打情骂俏看来是你一生追求的目标。可是我冤枉你了。你自己对弗丽达的优点看得很清楚,你看到她的观察能力、她的决断力、她对人的影响,只不过你把这一切都解释错了,你以为她自私自利,一切都只为自己打算,一肚子坏主意,甚至处处和你作对。不,培枇,即使她有这样的弓箭在手,她也不可能在这么近的距离内发射。自私自利?倒不如说,她牺牲了她已有的和将来会有的一切,给了我们两人机会在更高的岗位上经受考验,可我们两人却叫她失望,简直是逼她重操旧业。我不知道是不是这样,也一点不明白自己错在哪里,只有把我自己和你比较的时候,我才恍然大悟,这就好比我们两人努力想得到什么东西,其实只要像弗丽达那样沉着镇静、实事求是,就可以轻易地、神不知鬼不觉地达到目的,而我们两人却过于使劲,闹得太凶,太幼稚,太没有经验,就哭啊,抓啊,拉啊,像一个小孩扯桌布,结果一无所获,只不过把桌上的好东西都扯到地上,永远也得不到了;我不知道是不是这样,不过我知道,这比你说的要更符合事实。""就算是吧,"培枇说,"你爱上了弗丽达,因为她已离你而去;她不在的时候,要爱上她并不难。不过,你爱怎么着就怎么着吧,就算你什么都对,取笑我也罢,现在你想干什么呢？弗丽达已经离你而去,无论照我的说法还是照你的说法,你都没有希望使她回到你身边来了,就算她会回来,你也得先找个地方安身,天气很冷,你既没有工作,又没有床铺,到我们这儿来吧,你会喜欢我的女友的,我们会让你过得舒舒服服,你帮我们干活,这种活光叫姑娘家干确实太重,以后我们姑娘家就用不着样样都靠自己啦,夜里也不会再担惊受怕了。到我们这儿来吧！我的两位女友也认识弗丽达,我们会把她的事讲给你听,让你听个够。来吧！我们还有弗丽达的照片,会拿给你看的。那时弗丽达还不像今天那样神气,你几乎不会认得出她,至多从她的眼睛上可以认出她来,那时她的眼睛里就已流露出窥探的神情。好吧,你来吗？""这行吗？人家昨天还因为发现我在你们的过道里而闹翻了天。""那是因为你给人家发现了,可是你和我们在一起,就不会被人发现。除了我们三人,谁也不会知道你在那儿。啊,那会很开心的。现在我就已觉得那儿的生活比片刻之前要好受多了。我不得不离开这儿,对我来说现在也许算不上是多么大的损失。听我说,我们三个人在一起也没有感到无聊,日子过得很苦,我们得苦中取乐,我们年纪轻轻就吃苦,总之,我们三人相依为命,尽量使日子过得美好,特别是亨丽黛会使你喜欢,不过埃米莉也会使你喜欢,我对她们讲过你的事,那种事在那儿都是姑妄听之,好像在房间之外其实不可能发生什么事似的。那儿又暖和又狭小,我们就可以更紧地挤在一起;不,虽说我们相依为命,但是彼此之间并不感到厌烦;相反,当我想到我的女友时,我几乎为我又要回去而感到高兴;我为什么要比她们爬得更高？当初我们相依为命,正是因为我们三人都没有出头的日子,如今我却出了头,和她们分手了。当然,我并没有忘记她们,我最关心的事就是怎样能为她们做点事;我自己的位置还不牢靠——究竟如何不牢靠,我当时一点都不知道——就已和老板谈亨丽黛和埃米莉的事了。关于亨丽黛,老板并没有完全固执己见,至于埃米莉,她年龄比我们大多了,和弗丽达差不多,老板并没有给我什么希望。可是你想想吧,她们根本就不愿离开,她们知道在那儿过的是贫困的生活,但她们已经适应了,真是好人啊,我们分别时,她们掉了眼泪,我想这多半是为我感到难过,因为我得离开我们共同的房间,到外面的严寒中去——在我们看来,我们房间以外的一切都是冷冰冰的——并在陌生的大房间里和陌生的大人物打交道,无非是为了混口饭吃,可是我们三人一起过日子时我也过得不错呀。现在我回去,她们很可能一点也不会惊讶,只是为了顺我的意,也会掉几滴眼泪,哀叹我的命不好。但是等到她们看到你,就会明白我这一走倒也不错。现在我们有一个男人帮助我们,保护我们,会使她们非常高兴,而且一切都得保密,这个秘密会使我们比以前更加心心相印,这会使她们欣喜若狂。来吧,哦,请到我们这儿来吧!你不会承担任何义务,不必像我们那样永远离不开我们的房间。等到来年春天,你在别处找到住处,不愿再和我们一起住的话,你就可以走;不过到那时你也得保守秘密,不要出卖我们,否则我们在贵宾饭店就再也呆不下去了。此外你和我们一起过时,当然也得谨慎小心,除非我们认为安全的地方,哪儿也别去,处处都得听我们的劝告;这是对你的惟一的约束,你也得像我们一样把它放在心上。除此之外,你是完全自由的,我们分给你的活不会太重,你不用担心。好了,你来吗?""到春天还有多久?"K问。"到春天?"培枇重说了一遍。"我们这儿冬天很长,冬天很长很长而且单调。可我们在下面并不抱怨冬天长,冬天奈何我们不得。嗯,春天总有一天会来到,还有夏天,夏天也会来的;可是,在我的记忆中,春天和夏天似乎都很短,好像并不超过两天,即使是最美好的日子有时也会下雪呢。"

  这时门开了。培枇吓了一跳,她人在这儿,心早就不在酒吧了。不过进来的不是弗丽达,而是老板娘。她看到K还在这儿,装出一副吃惊的样子。K替自己找了个借口,说是在等她,同时感谢她允许他在这儿过夜。老板娘不明白K为什么等她。K说,他以为老板娘还有话要和他说,如果他错了,就请求原谅,再说他现在也得走了,他是校役,离开学校已太久了,这都怪昨天的传讯,他对这种事情还太缺乏经验,他肯定再也不会像昨天那样给老板娘添麻烦了。他鞠了一躬,准备离去。老板娘用一种眼神看着他。好像是在做梦似的。她这种眼神也使K不禁多留了一会儿。现在她还微微一笑,看到K脸上露出惊讶的神色才有所清醒;好像她在等人家回报她的一笑,现在人家没有反应,这才如梦方醒似的。"我想,你昨天竟敢议论起我的衣服来了。"K记不起来了。"你记不起来?先是气壮如牛,然后又胆小如鼠。"K以昨天过于疲劳为自己辩解说,他很可能昨天说过什么闲话,现在怎么也想不起来了。他能议论老板娘的衣服什么啊?他还从来没有见过那么漂亮的衣服呢。至少他还从来没有见过哪个老板娘干活时穿那种衣服。"别跟我来这一套!"老板娘迅速地说。"我不想再听你议论衣服。我的衣服和你没有什么关系。往后永远不许你提起衣服。"K又鞠了一躬,便向门口走去。"你说你还从来没有见过哪个老板娘干活时穿那种衣服,"老板娘在他背后大声嚷道,"这话究竟是什么意思?说这种没来由的话,是什么意思?完全没有道理。你想要说明什么?"K转过身来,请老板娘不要激动。那话当然毫无道理。他对衣服也一窍不通。处于他那种情况,任何没有补丁、干干净净的衣服在他眼里都是珍贵的。他只是很惊奇,老板娘怎么在夜里穿着那么一件漂亮的晚礼服跑到过道里跟那帮几乎不穿衣服的男人在一起,如此而已,岂有他哉。"好啊,"老板娘说,"看来你到底还是想起你昨天的话来了。你又添枝加叶,胡说一通。不错,你对衣服一窍不通。既然如此,你就别——我要一本正经地请求你——说三道四,什么衣服珍贵或穿晚礼服不适合等等……压根儿,"说到这儿,她似乎打了一个寒战,"我的衣服用不着你来管,你听见了吗?"当K一声不吭,又要转身走开时,她问道:"你对衣服的知识究竟是从哪儿学来的?"K耸耸肩膀说,他没有这方面的知识。"你没有知识,"老板娘说,"那就别充什么内行。到账房间去,我给你看点东西,希望你看过以后永远不再乱发议论。"她走在前面出了门;培枇借口要和K结账,跑到K跟前,两人迅速商量好,那很容易,因为K知道院子里有一扇通向横街的大门,大门旁边有一扇小门,大约一个钟头以后培枇就站在小门后面,听到敲三下就把门打开。

专用账房间在酒吧对面,只要穿过前厅就到了。老板娘早已站在灯火通明的账房间里不耐烦地等着K。可是又出了点干扰。盖斯泰克一直在前厅等着想和K说话。要摆脱他可不容易,老板娘也过来帮忙,责备盖斯泰克纠缠不休。"上哪儿去?上哪儿去?"门关上后,还听得见盖斯泰克在嚷嚷,话里还夹杂着叹息和咳嗽,不堪入耳。

账房间并不大,火生得太热了。靠横向内墙放着一张账台和一只铁钱箱,靠纵向内墙放着一个大衣柜和一张无靠背长沙发。大衣柜占的地方最大,不但把一面纵墙都占了,而且也很厚,使房间显得很窄,有三道拉门,可以把衣柜完全打开。老板娘指了指长沙发,示意K坐下,她自己坐到账台后面的转椅上。"你没有学过裁缝?"老板娘问。"没有,从来没有学过。"K说。"那你究竟是干什么的?""土地测量员。""那是干什么的?"K解释给她听,使她听得昏昏欲睡,连打呵欠。"你没有说真话。你为什么不说真话?""你也没有说真话呀。""我?你也许又要耍贫嘴了吧?就算我没有说真话——难道我还得向你解释?我哪一点没有说真话?""你假冒老板娘,其实何止是个老板娘。""瞧你说的!你老是有新发现!那么我还是什么?你真是胆大包天。""我不知道你还是什么。我只看到你是老板娘,而且还穿着不合老板娘身份的衣服,另外据我所知,这儿村子里再没有别人穿这种衣服。""好了,我们现在谈到正题啦。你肚子里藏不住啦,也许你根本不是胆大无礼,你不过像个孩子,知道什么蠢事,肚子里怎么也藏不住。那就说吧!这些衣服有什么特别?""我说了,你会生气的。""不,我会觉得好笑,那是小孩子家的胡说八道。说吧,衣服怎么样?""你想知道。好吧,衣料很好,挺贵重,可是款式过时,装饰过多,常常翻新,已经穿旧,和你的年纪、身材和地位全都不相称。大约一周以前我在这儿前厅里第一次看见你的时候,你的衣服就引起了我的注意。""这下到底讲出来了!款式过时,装饰过多,还有什么来着?你这一切又是怎么知道的?""这我看得出来,这用不着学。""你一眼就能看出来。你用不着到任何地方去打听,就知道现在流行什么款式。这下我缺了你就不行啦,因为我确实爱穿漂亮衣服。这个衣柜里满都是衣服,你又会怎么说呢?"她把拉门拉开,只见衣服一件挨一件,把衣柜塞得满满当当的,多半是深色、灰色、棕色和黑色的衣服,全都仔仔细细地摊开挂着。"这是我的衣服,照你看来,全都款式过时、装饰过多了。但这不过是我楼上房间里放不下的衣服,那儿我还有满满两衣柜呢,每个都和这个差不多大。你可没料到吧?"

"不,我早就料到了;我不是说过,你何止是个老板娘,你另有所求呢。"

"我只求穿得漂漂亮亮罢了,而你不是傻瓜就是孩子,再不就是个十分危险的坏人。滚,现在给我滚开!"

K已经走到前厅,盖斯泰克又一把抓住他的袖子,这时老板娘在他身后嚷道:"明天我会得到一件新衣服,也许我会让人把你叫来呢。"

附 录

一 开篇的异文

　　客栈老板迎接客人,二楼有一间房间已准备停当。"贵族间,"老板说。那是一间大房间,有两扇窗子,窗子之间有一扇玻璃门,屋子空落落的,大得令人难受。房间里寥寥无几的几样家具都是细腿的,令人感到奇怪,人们会以为是铁制的,其实都是木制的。"请不要到阳台上去,"当客人从这儿一扇窗子眺望屋外的夜色以后向玻璃门走近的时候,老板说,"横梁已不太结实。"女侍走了进来,收拾盥洗台,并问屋子里炉火暖和不暖和。客人点点头。可是,虽然他至今对房间无可挑剔,他仍没有脱下大衣,手里拿着拐杖和帽子来回走着,好像尚未肯定他会留下来。老板站在女侍身旁。突然客人走到两人后面喊道:"你们为什么咬耳朵?"老板吃惊地说:"我只是在对她交代有关床上用品的事情。很抱歉,我现在才看到,这间屋子并没有像我所要求的那样认真准备好。不过马上就会统统弄好的。""这完全谈不上,"客人说,"我原来期望的无非是一间肮脏的破屋子和一张令人作呕的床。别想分散我的注意力。我只想知道这一点:是谁通知你我要来的?""没有人,先生。"老板说。"你是在等我来。""我是客栈老板,在等候客人光临。""这间房间早已准备好了。""跟通常一样。""那么好吧,你什么都不知道,可我不在这儿住。"说着用力打开一扇窗子,向着窗外喊道:"别卸牲口,我们继续赶路!"可是当他匆忙向门口走去的时候,女侍挡住他的去路。她是一个瘦弱的、确实太年轻太温柔的姑娘。她低下头说:"别走;是的,我们是在等你来,只是因为我们不善于回答,不知道你有什么要求,我们才没有说。"姑娘的样子激起客人的同情;他觉得她的话有可疑之处。"让我和这个姑娘单独在一起。"他对老板说。老板犹豫不决,然后走了。"来吧。"客人对姑娘说,他们在桌旁坐下。"你叫什么名字?"客人隔着桌子抓住姑娘的手,问道。"伊丽莎白。"她说。"伊丽莎白,"他说,"仔细听我说。我面临着一个艰巨的任务,为此奋斗了终生。我这样做感到很快活,不要求任何人同情。可是因为这就是我拥有的一切,也就是这个任务,所以我毫不留情地压制一切会妨碍我去实现这个任务的东西。听着,我毫不留情,什么都会不顾的。"他紧握她的手,她望着他,点了点头。"那你明白我的意思啦,"他说,"现在告诉我,你们是怎么知道我要来的。我只想知道这一点,我并不问你们的看法。我到这儿来是为了进行斗争,但是我不想在我到来以前就受到攻击。那么,在我来以前是怎么一回事?""全村都知道你要来,我无法解释这一点,早在几个星期以前大家就知道了,大概是从城堡里传出来的,再多我就不知道了。""是不是城堡里有人来过这儿,通知我要来的事?""不,没有人来过这儿,城堡里的老爷们不和我们打交道,不过上面的跟班们可能谈起过这事,村里人可能听到了,或许就这样传开了。到这儿来的陌生人非常少,来一个陌生人,人们就会议论纷纷。""陌生人很少?"客人问。"啊,"姑娘微微一笑,同时显得既亲切又陌生,说,"没有人来,就像是全世界都把我们遗忘了。""人们又为什么要来呢?"客人说,"难道这儿有什么值得一看的东西?"姑娘慢慢地从他手里抽回她的手,说:"你还一直不信任我。""理所当然,"客人说着并站起来。"你们全都是一帮贱民,而你比老板更危险。你是城堡专门派来侍候我的。""城堡派来的?"姑娘说。"你多不了解我们的情况!你由于猜疑而要走,现在你大概要走了吧。""不,"客人甩掉大衣,扔在一把椅子上,说:"我不走了,就是你赶我走,我也不走了。"突然他摇晃起来,还坚持走了几步以后就倒在床上。姑娘赶忙走到他身边:"你怎么啦?"她轻声问道,说罢就跑到洗手间去打来水,跪在他旁边给他洗脸。"你们为什么要这样折磨我?"他吃力地说。"我们并没有折磨你,"姑娘说,"你想从我们身上得到什么,我们不知道是什么。坦白地告诉我,我会坦白地回答你。"

二 残章断篇

昨天 K 把他和比格尔见面的情况讲给我们听。恰恰是碰上了比格尔,这太可笑了。你们知道,比格尔是城堡官员弗里德里希的秘书,而弗里德里希的光辉近几年来已黯淡了许多。为什么会这样,这是另一回事;我也可以讲若干情况。不管怎样,有一点是肯定的:弗里德里希的记事本是今天周围这一带最不重要的一本,而比格尔甚至还不是弗里德里希的首席秘书,而是排名相当靠后的一位秘书。他究竟能算老几,当然人人都看得清楚。人人都看得清楚,只有 K 不知道。他现在在我们村里住的时间也够长的了,不过他在这儿人地生疏,好像昨天晚上才来似的,会在村里的三条巷子里迷路。他尽力全神贯注,像一条猎狗那样追求自己的目标,可是他不善于适应这儿的生活。比如说,今天我向他介绍比格尔的情况,他听得很认真,凡是涉及城堡官员的情况,他都很感兴趣,他会提出内行的问题,对什么都会深刻理解,不仅是表面上的,而是真正的;可是,相信我,到第二天他就会忘得一干二净。或者不如说,他记得这些,他什么也不会忘记,可是他受不了,那么多官员,使他眼花缭乱,他所听到的什么也没有忘记,他听到很多情况,因为他利用每一个机会增加自己的见识,在理论上他也许比我们更了解官员们,在这一点上他是值得钦佩的;可是一等他运用这种知识的时候,他不知怎么就会晕头转向,像是丈二和尚摸不着头脑,他就不能运用这种知识,就会弄错。不过说到底,大概全都是因为他不是本地人的缘故。因此,他在自己的事情上也无所成就。你们知道,他声称他是被伯爵聘请来这儿当土地测量员的,这件事详细说来是非常离奇的,现在我在这儿就不想谈它了,总之,他是作为土地测量员受聘的,如今在这儿也想当土地测量员。为了这件小事,他至今已做了巨大的努力,但毫无结果,你们至少也有所耳闻。换了另一个人,在这段时间内早就把十个国家都测量完了,可他仍在这儿村子里在秘书们之间来回奔波,他根本不再敢去找官员们,不过他大概也从来不曾希望别人会放他进城堡公事房。他满足于求见从城堡来到贵宾饭店的秘书们,一会儿接受白天审讯,一会儿接受夜间审讯,他一刻不停地蹑手蹑脚地围绕着贵宾饭店转,就像狐狸围绕着鸡窝转一样,只不过实际上秘书们是狐狸,他是鸡罢了。这只是顺便提一下,我本想讲比格尔。言归正传,昨天夜里 K 又被传唤到贵宾饭店去见秘书埃朗格,他主要是同这位秘书打交道。这种传唤总是使他心花怒放,在这一方面屡次失望并没有使他心灰意冷,要是别人都能像他这样就好了! 每一次新的传讯都只会使他加强原有的希望,而不是增加原有的失望。在这次传讯的鼓舞下,他赶忙前往贵宾饭店。不过他的情况不妙,他并没有料到会受传讯,因此在村子里为自己的事进行了种种活动,他在这儿已经建立的联系甚至超过了在这儿生活了数百年的家庭,所有这些联系仅仅用来为他当土地测量员的事服务,由于这些联系来之不易而且必须一再重新去争取,所以不能放松。你们得正确地想象一下,所有这些联系确实时时刻刻都有摆脱他的可能,所以他老是一门心思考虑这些联系。同时他还抽空与我或别的什么人大谈特谈一些完全不着边际的事情,之所以这样,只是因为照他的看法没有一样事情会不着边际到与他的事情无关。他总是这样干;实际上我还从来不曾想到他也会睡觉。可是情况就是如此,睡觉在同比格尔的那档子事中甚至起了主要作用。也就是说,当他去贵宾饭店见埃朗格的时候,他已困得要命,他并没有想到会被传讯,轻率地对待自己,头一天晚上根本就没有睡过,前天和大前天两个晚上都只睡了两三个小时。因此,虽然埃朗格传唤他半夜前去,使他感到高兴,如同任何一张这样的条子一样,但同时也使他对自己的状况忧心忡忡,担心自己也许不能像平时那样胜任会谈的要求。于是他来到贵宾饭店,寻找秘书们居住的过道,不幸的是在那儿遇到了他认识的一个客房女侍。他的风流韵事也不少,全都为了他的事业。这个姑娘要把另一个他也认识的姑娘的一些情况告诉他,把他拉进她的小屋,他听她的话——这时还不到午夜时分——他的原则是不放过一次能了解新鲜事的机会。不过,这除了有好处外,有时,也许常常还有很大的害处,比如这一次,因为当他困得要命,离开那个快嘴姑娘,走到过道里的时候,已是四点钟了。他一心只想不要错过同埃朗格的谈话。他在一个角落里一个被人遗忘的托盘上找到一瓶朗姆酒,喝了下去,恢复了一些体力,也许甚至太多了,悄悄地经过那条平时非常热闹而现在像一条公墓道路一样静谧的长廊,走到他认为是埃朗格房间的门前,没有敲门,怕埃朗格万一睡觉了会把他吵醒,而是立即极其小心地把门打开。现在我想尽力把这件事原原本本讲给你们听,就像 K 昨天满脸绝望讲给我听时那样仔仔细细。但愿后来又有新的传讯使他得到了安慰。可是这件事本身太可笑了,你们听着:真正可笑的却是那些细枝末节,因此你们在我的复述中会听不到许多东西。如果我能做到,你们对 K 就会全面了解,不过对比格尔就一无所知了。如果我能做到——这是前提。因为这件事通常也有可能变得十分无聊,它也包含这种因素在内。不过我们不妨试一试。

……握手道别,"能和您谈话,我非常高兴,确实使我心头轻松。也许我不久能再见到您。"

"我大概还要来的。"K 说,他向米齐的手弯下身子,想强令自己去吻它,但米齐轻轻地惊呼一声,从他手中抽回自己的手,把它藏在垫子下面。"米齐,米齐。"村长会心体贴地说,并抚摸她的后背。

"您什么时候来我们都欢迎,"他说,也许是为了让 K 忘掉米齐的表现,他接着又说,"特别是现在,只要我还病着。等到我病好后重又能办公的时候,当然就会公务缠身,没有时间了。"

"你这是想说,"K 问,"今天您也不是以官方的身份和我谈话?"

"不错,"村长说,"我没有代表官方和您谈话,大约可以称之为半官方的。正如我已说过的,您低估了非官方的身份,但是您也低估了官方的身份。官方的决定可不像比如这儿桌子上的这个药袋,一伸手就能拿到。在作出一项真正的官方决定之前,要进行无数次小的调查研究,为此需要最优秀的官员多年的工作,即使这些官员从一开始就已知道最后的决定也是如此。难道压根儿会有什么最后的决定吗?为了不让最后的决定问世,便设立了那些监察机关。"

"是啊,"K 说,"一切都安排得很出色,谁还会怀疑呢?可是您泛泛地一说,却对我有很大的吸引力,使我现在要尽全力去了解其细节。"

接着是鞠躬,于是 K 走了。助手们还以耳语和微笑进行了特殊的告别,但很快就追上来了。

在客栈里,K 发现他的房间完全变了样,简直认不出来了。这都是弗丽达干的,她在门口用一个吻迎接他。房间已通过风,炉子生得够旺,地擦洗干净,床铺得整整齐齐,女佣们的东西包括她们的照片全都消失了，只有一张新照片现在挂在床上面墙上。K 走近，照片……

……不如说我想上哪儿去，并且还像小孩子一样热烈。在匆忙来回当中，我恰好走到阿玛丽亚身边，轻轻地从她手中夺过正在编结的袜子，扔到桌子上；这一家的其他人都已经坐在桌子旁边。"你干什么呀？"奥尔加喊道。"啊，"我一半生气一半微笑地说，"你们全都叫我生气。"我在炉边长凳上坐下，把一只在那儿打瞌睡的小黑猫搂在怀里。我在那儿既陌生却又像在自己家里一样，我还没有和那两位老人握过手，和姑娘们没有怎么说话，和巴纳巴斯也没有怎么说话，我觉得他在这儿似乎变了一个人，但我在这儿坐在温暖之中，无人理会，因为我已和姑娘们吵了几句嘴，那只不认生的猫从我胸口爬到肩上。尽管我在这儿也感到失望，但从这儿开始也重又有了希望。巴纳巴斯现在没有到城堡去，但是他会早早去的，尽管从城堡里来的不会是那个姑娘，但会是另一个姑娘。

弗丽达也在等人，但不是等 K；她注视着贵宾饭店，注视着 K；她可以放心，她的处境比她自己所期望的要有利一些，她可以毫不忌妒地冷眼观察培枇忙来忙去，看到培枇的威信在提高，她会在适当的时候了结此事，她也可以冷眼观察 K 远离她在转悠，她是不会让他完全摆脱她的。

三 作者删除的文句和段落

〔1〕可是，他认识的这些人能算是熟人吗？他听到过一星半点肺腑之言吗？这也是他所需要的。因为他明白，只要在此地虚度几天光阴，就会使他永远不可能采取决定性的行动。尽管如此，他还是不能仓促从事。

〔2〕但是过了一会儿他就又镇静下来，说道："我的主人问他明天什么时候到城堡来？"回答是："告诉你的主人，可是别忘记向他转达每一个字：即使他让十个助手询问他什么时候来，他也永远只会得到这个

回答:既不是明天,也不是另一次。"K 真想马上就撂下听筒。这样的谈话不能使他取得任何进展。他明白,他必须采用别的方式,采用与例如这种谈话完全不同的方式。采用这种方式,他不是在跟别人作斗争,而是在跟自己作斗争。当然,他是昨天来到此地的,而城堡自古以来就已存在。

〔3〕K 对此人始终抱有一些连他自己也觉得不符合实际的想法,比如他不是一个人而是两个人,而且只有 K 能分清他们,实际上他们是分不清的。现在 K 认为并不是自己的计谋,而是自己一脸忧心忡忡、抱有微弱希望的样子——尽管是黑夜,他一定也能看见——促使他带自己走的。他的希望就寄托在这上面。

〔4〕K 转身去找他的外套,他想穿上湿漉漉的外套回客栈去,不管多么困难。他认为有必要坦白地承认自己搞错了,他觉得惟有回客栈才是充分承认这一点。但他主要是不愿自己内心产生一种没有把握的情绪,不想迷恋一件起初看来大有希望而现在却已表明毫无希望的事。他甩脱了一只在轻轻扯他袖子的手,也不看这是谁的手。

这时他听到那个老头子对巴纳巴斯说:"城堡那个姑娘到这儿来过。"接着他们就放低声音交谈起来。K 早就满腹疑云,于是便观察了他们一会儿,以便弄清这句话是不是故意讲给他听的。不过看来情况并非如此,那位唠唠叨叨的父亲没头没脑地对巴纳巴斯讲了好多,母亲有时也补充几句,巴纳巴斯弯下腰去听他讲,边听边对 K 微笑,好像要他同他一道对他父亲感到高兴似的。K 当然没有这样做,但他仍有片刻之久惊讶地看着他笑。然后他转向那两个姑娘问道:"你们认识她吗?"她们不明白他的意思,她们也有些吃惊,因为他无心地问得很快而又生硬。他向她们解释说,他指的是城堡来的那个姑娘。奥尔加——两人中比较温柔的那一个,她也流露出一丝姑娘家的羞答答神情,而阿玛丽亚却用一种严肃、坦率、冷漠,也许还有点发呆的目光盯着 K——回答说:"城堡来的那个姑娘?我们当然认得她。今天她来过我们这儿。你也认识她吗?我想,你是昨天才来此地的。""是昨天,不错。可我今天就已遇见过她,我们交谈了几句,但后来就被打断了。我很想再见到她。"为了使人不觉得那么突兀,K又补充道:"她有什么事想讨教。"现在阿玛丽亚的目光使他讨厌起来,于是他说:"你究竟怎么啦?请你别老这么盯着我看。"阿玛丽亚并不道歉,而只是耸了耸肩走开了,她走到桌旁,拿起一只正在编结的袜子,就不再理睬K。奥尔加想弥补阿玛丽亚的无礼,便说:"明天她大概还会来我们家的,那时你就可以跟她谈了。""好吧,"K说,"那我就要在你们家住上一夜了;当然,我也可以在鞋匠拉塞曼家跟她谈,不过最好是在你们家。""在拉塞曼家?""不错,我就是在那儿遇见她的。""那我们弄拧了。我说的是另一个姑娘,不是在拉塞曼家的那一个。""你怎么不早说!"K嚷道,在屋子里来回走起来,毫无顾忌地从一头走到另一头。他觉得这些人的本性是一种奇怪的混合物;尽管他们有时和蔼可亲,但他们又冷若冰霜、沉默寡言,甚至可以不怀好意、诡计多端地以无名老爷的名义出现,然而这一切却又至少部分地得到了调和——当然也可以说:得到了加强。但K并不这么看,这不符合他的本性——因为他们笨手笨脚,考虑问题就像孩子那样迟缓,像孩子那样胆怯,甚至有某种唯唯诺诺的习性。如果能利用他们本性中那友好的一面,避开那敌对的一面——为此当然需要十分机灵,为此恐怕可惜甚至需要他们自己的帮助——,那么他们就不再是绊脚石,就不会再拖K的后腿,就像他至今屡屡遇到的情况那样,那时他们就会成为他的后盾了。

〔5〕K更多地想到的是克拉姆而不是她。既然赢得了弗丽达的芳心,就需要修改他的计划;这里他得到了一件法宝,它也许会使在村里花费的全部时间都成为不必要的了。

〔6〕……然后就躺在那一摊摊啤酒里,几乎脱光了衣服,因为各人都用双手和牙齿把对方的衣服扯开了。

〔7〕他早就掌握对付这部官府机器的本领,善于弹奏这一精巧的、总是注意平衡的乐器。其诀窍基本上就在于什么也不干,让机器自

己运转,而且只要以自己躯体的全部重量岿然不动地站在这儿,就可以迫使这部机器转动起来。

〔8〕"村长先生,请允许我打断您的话,向您提一个问题,"K 说,舒适地靠在他的椅子里,不过已不像先前那样舒畅了;他一直力求鼓动村长想把一肚子的话全说出来的欲望,但村长一说起来便没完没了,使他感到受不了,"您先前不是提到过有一个监督机构吗?……"

〔9〕我当然不可能拿着官府的每一封公函跑到村委会去,可是索迪尼不知道那封信,否认有过那封信,不过这样一来就好像是我错了。

〔10〕我的解释不一样,尽管我还有完全不同的斗争手段,但我仍然坚持这种解释,并将竭力促使它得到承认。

〔11〕"从某种意义上说,我们已经问过他了,"女店主说,"结婚证上有他的签字,当然这纯属偶然,因为他那时代理另一个部门的主管,所以结婚证上写的是:'克拉姆代理。'我还记得当时我拿着这张证书从户籍登记处跑回家,连婚纱也不脱就坐到桌旁,把结婚证摊开在桌上,一遍又一遍地念那个珍贵的名字,满怀着一个十七岁姑娘那种幼稚可笑的热情试图模仿他的签名,我花了不少劲,写满了整张整张的纸,竟没有发觉汉斯正站在我的椅子后面,不敢打扰我,静静地看着我写。可惜那张结婚证在有关人士都签完字以后不得不送交村公所了。"

"可是,"K 说,"我的意思并不是这样的问法,根本不是什么官方的手续,不是说一定要找当官的克拉姆谈,而是同以私人身份出现的克拉姆谈。这种事找官方谈十有八九满拧;如果您,比方说今天也像我一样,看到扔在地上的村公所档案就好了!您那张心爱的结婚证也许就在那里面,假定它不是保存在谷仓里老鼠中间的话——我相信,您会同意我的意见的。"

〔12〕也许它除此之外也是一种传说,但那样它就一定仅仅是那些

被遗弃的女人编造的一生中聊以自慰的东西。

〔13〕"我很乐意这么做,"K 说,"好吧,现在说说我想对他讲什么。我大致会这样说:'我们,弗丽达和我相爱了,我们想要结婚,越快越好。可是弗丽达不光爱我,她也爱您,当然方式完全不同,我们的语言太贫乏,对这两种感情使用了同一个字眼,这不能怪我。弗丽达心里也有我,这一点她自己也不明白,她只能相信,只有您愿意才有可能发生这样的事。听完弗丽达讲的全部情况,我只能同意她的意见。不管怎么说,这仅仅是一种猜测,除了这种猜测,就只剩下一种想法,那就是:我,一个外乡人,按老板娘的说法,一个什么也不是的人,插足在弗丽达和您中间。为了核实这一点,请允许我问您,实际情况究竟如何?'这就是我要问的第一个问题;我以为,这样问是够尊重他的了。"

女店主叹了一口气:"您是什么样的人啊,"她说,"表面上看够聪明的,可是同时又极其无知。您打算像跟未来的老丈人那样同克拉姆谈,就像您跟老巴纳巴斯谈那样,假如您爱上了奥尔加——可惜您并没有爱上她。您决不会有可能去同克拉姆谈话,这是多么明智啊。"

"这一段插话,"K 说,"我同他谈话——这谈话无论如何只能两人私下进行——时是不会听到的,因此我也不必受其影响。至于他的回答,却有三种可能,他或者说:'那不是我的意思'或者说:'那是我的意思'或者闭口不言。第一种可能我暂不考虑,部分原因也是为了照顾您;但要是闭口不言,我就会认为是同意我的说法。"

"还有别的可能,大得多的可能,"女店主说,"如果我接受您会和他会面的无稽之谈的话。比方说,他丢下你扬长而去。"

"这也毫无关系,"K 说,"我会挡住他的去路,强迫他听我讲。"

"强迫他听您讲!"女店主说,"强迫狮子吃草!多么伟大的英雄行为!"

"您老是爱冲动,老板娘,"K 说,"我可只是回答您的问题,并没有硬要您承认什么。而且我们也不是在谈什么狮子,而是在谈一位办公室主任,如果说,我从公狮那里把母狮娶走,那么公狮大概也不会对我毫不理会,至少会听听我说些什么吧。"

〔14〕"土地测量员先生,您在我们这里什么都不摸门儿,"女店主说,"您所说的一切都是错误百出。也许弗丽达当您的老婆会使您在这儿呆下来,但是这个任务对这个软弱的孩子来说过于艰巨了。她也知道这一点;当她觉得没有人看见她时,她就唉声叹气、热泪盈眶。不错,我丈夫也是我身上的包袱,可是他并不想掌舵,而且即使他想这样做,即使他会干出一些傻事,但是作为本地人,他不会闯什么大祸;而您却尽是犯最危险的错误,永远也改不了。克拉姆以私人身份出现?有谁见过克拉姆以私人身份出现?有谁会哪怕只是想到他以私人身份出现?您会反驳说您就会,但这正是不幸的事。您会这样做,因为您压根儿想象不出他是什么人。因为弗丽达当过克拉姆的情人,您就以为她见过他以私人身份出现,因为我们爱他,您就以为我们把他当做普通人来爱。可是,对一个真正的官员来说,是不能说他有时更像官,有时不像官,不论什么时候他都是十足的官员。不过,为了让您至少有所理解,我现在不想谈这个,我只能说:当年在我很幸福的那段日子里,他比任何时候都更像是官,我和弗丽达看法都一致:我们爱的就是当官的克拉姆,是大官、非常非常大的官克拉姆。"

〔15〕但是,此刻K看到她坐在这儿,坐在弗丽达的椅子上,旁边就是那间屋子……也许今天克拉姆仍住在那儿,看到她那双肥短的小脚踩在他和弗丽达曾经躺过的地板上,在贵宾饭店这家专为当官的老爷们服务的酒店里,这时他不得不承认,如果那天他在这里碰到的是啬枇而不是弗丽达,并且猜想她同城堡有某种关系——很可能她也真有这种关系——,那么他就会设法用同样热烈的拥抱把这个秘密弄到手,就像他当时不得不对弗丽达所做的那样。不管她多么幼稚无知,她也很可能同城堡有关系,等等。

〔16〕现在他就只好等在这儿了。克拉姆一定会经过这儿;在这儿见到K,他也许会有点吃惊,但倒更有可能听取他的诉说,甚至还会回答他。对当地的那些禁令不必过于认真对待。如此说来,K已经有不

少收获了。虽然他只被允许进酒吧,但尽管如此他现在站在这儿,在院子的深处,离克拉姆的雪橇只有一步远,马上就要面对他本人,于是便津津有味地吃起东西来,吃得比哪儿都香。

突然,到处都亮了起来,屋里过道里和楼梯上,外面所有入口处上方电灯都亮了,地面的积雪更增强了亮光。这一切使 K 感到不快,原先站在幽静的暗处,现在好像暴露在光天化日之下,不过另一方面这似乎预示克拉姆即将出现,当然 K 早就可以料到,克拉姆是不会为了减轻 K 的任务而摸黑下楼来的。可惜来人不是克拉姆,而是老板,后面跟着老板娘,他们稍许弯着腰从过道深处走出来,本来这也是意料中事,他们当然要来送别这样一位贵宾。可是 K 就不得不后退几步躲到暗处去,因而也就只好放弃观察楼梯动静的那个有利地形了。

[17] K 认为没有理由这样做,就让他们离开他好了,几乎有了新的希望;卸马当然是个令人伤心的迹象,但那儿的大门还开着,锁不上,这是一种持久的许诺、一种持久的期望。这时他又听到楼梯上有脚步声,于是他小心翼翼地急忙一只脚迈进门厅,随时准备把脚收回来,并抬头向上看。使他惊奇的是,来人是桥头客栈的老板娘。她似乎若有所思,但仍很平静地走下楼来,手在栏杆上有规律地抬起放下。到了楼下,她亲切地向 K 问候,在这儿别人的地方,先前的争论似乎都烟消云散了。

那位老爷与 K 又有什么相干!让他走好了,越快越好;尽管他伤心地目送着雪橇也同时离去,但这仍是 K 的胜利,只是可惜无法加以利用。"要是我现在马上离开这儿,"他突然果断地转身对那位老爷大声说道,"雪橇就可以回来吗?"说这话时,K 并不觉得自己是迫不得已——要不他就不会这样做——,而是觉得自己是在向一个比自己弱的人让步,因而可以为自己做的好事略感欣慰。可是,他从那位老爷带命令口气的回答中马上认识到,他以为自己的行动出于自愿,说明自己的感情紊乱到了什么地步;他刚才明明在祈求那位老爷发出强制性的命令,这怎能说是自愿呢?"雪橇可以回来,"那位老爷说,"但这仅仅取决于您是否马上跟我走,不犹豫,无条件,不变卦。您干不干?我这是问最后一遍。您一定会相信我说的话:在这个院子里维持秩序其实并不是我的职责。""我走,"K说,"但不是跟您走;我走这道门,"——他指了指院子的那扇大门——"到大街上去!""好吧,"那位老爷说,语气又夹杂那种让步和严厉,让人很不舒服,"那么我也上那儿去。不过您得快些。"

那位老爷回到K身边,他们并行,穿过院子中央尚无人走过的雪地;那位老爷匆匆转身向马车夫示意,马车夫又把雪橇拉到门口,再次爬上马车夫的座位,看来又开始等待了。可是使那位老爷恼火的是K也在等待,因为他一出门就又站住不走了。"您固执得叫人受不了。"那位老爷说。但是K,离自己罪过的见证雪橇越远就感到越自在,实现自己目标的决心就越坚定,同那位老爷就愈平等,甚至在某种意义上胜过他,于是便完全转过身去对他说:"真是这样吗?您不是想骗我吧?固执得叫人受不了?这话真是再好不过了。"

这时K感到脖子后面有点儿痒痒,他想把那东西赶走,便用手向后打去,并转过身去。雪橇!一定是K还在院子里时雪橇便已起动,在深深的雪地上悄悄地行驶,没有铃声,没有灯光,现在从K身边疾驰而过,车夫开玩笑地用鞭子在K的脖子上轻轻蹭了一下。现在,两匹马——两匹骏马,刚才它们站着等候时K无法判断其优劣——已经使劲而又轻松地绷紧全身肌肉,急转弯时也不减速,朝着城堡驰去,还没有等人明白过来是怎么一回事,一切就已消逝在黑夜中。

那位老爷掏出怀表,用责备的语气说:"克拉姆不得不等了两个小时。""是因为我吗?"K问。"是的,一点不错,"那位老爷说。"他看见我就受不了吗?"K问。"是的,"那位老爷说,"他看见您就受不了。好吧,现在我要回家去了,"他补充说,"您根本想象不出那儿有多少事等着我去做;因为我是克拉姆的本地秘书。我叫莫穆斯。克拉姆是个实干家,他身边的人必须仿效他,尽力而为。"这位老爷变得话多起来,即使K问他各种各样的问题,他大概也有兴致回答,但K闭口不语,他看来只是在仔细观察那位秘书的脸,好像在设法探明克拉姆看见受得了的脸是按照什么规律构成的。但是他什么也没有发现,于是便转过身去,没有理睬秘书向他道别,只是看着他现在从院子里走出来的一群人中间开出一条路向院中走去。那一群人显然是克拉姆的跟班,他们成双成对地走着,此外就既无秩序也无走相,边走边聊,经过 K 身旁时有的便交头接耳起来。在他们身后,院门徐徐关上了。K 渴望温暖和光明,渴望听到一句亲切的话,在学校里他大概也能得到这一切,但他有一种感觉,即在目前的情况下他是找不到回家去的路的,更不用说他现在站在一条完全陌生的街上了。而且学校对他也没有足够的吸引力,因为当他把可能在那儿遇到的一切都想象得极其美好时,他觉察到这些东西今天是不会使他满足的。可是此地他不能久留,于是他就上路了。

〔18〕K 并不怕女店主的威胁。他并不太看重他们想要用来使他就范的那些希望,但这记录现在却开始对他有吸引力了。它倒不是无关紧要的;女店主说 K 不能放弃任何东西,按她的意思这话并不正确,但泛泛地说却是对的。在受到失望的打击如同今天下午的遭遇之前,K 自己也一直是这样看的。可是现在他渐渐恢复过来,女店主的攻击增强了他的力量,因为尽管她一再地说他无知和不听劝告,但她的激动不正好证明,她认为正是教他怎样做是多么重要;尽管她想用回答他的语气来贬低他,但她这样做时的盲目热心不正好表明他提出的那些小问题对她具有多么大的威力。难道要他放弃这种影响?对莫穆斯的影响也许就更大了;莫穆斯虽然话说得不多,一旦开口就喜欢大声嚷嚷,但是,这种沉默难道不是谨慎,难道他不是想不运用自己的权威,难道他不是为此目的才把女店主带来,由于她不必承担任何官方责任,就可以不受约束,仅仅根据 K 当时的表现,一会儿灌米汤,一会儿吹冷风,想要诱使他上那份记录的圈套?这记录又是怎么回事?毫无疑问,它是到不了克拉姆手里的,然而在克拉姆之前,在通往克拉姆的路上,难道 K 就无所作为?今天下午的经历不是恰恰证明,谁要是以为靠冒险就能见到克拉姆,那他就大大低估了自己和克拉姆之间的距离?如果说见到克拉姆并非完全不可能,那也只有步步为营,而在这条路上也会碰到比如说莫穆斯和女店主;难道今天不是只有这两个人挡住 K,不让他去见克拉姆,至少表面上是如此?先是女店主通知他要来,后是莫穆

斯从窗口确证K来了,马上就发出必要的命令,所以车夫知道在K离开以前不能起程,因此他以责怪的口气抱怨说,等到K离开看样子还要很久,K当时听了还不明白是什么意思。由此看来,一切都是安排好的,虽然正如女店主几乎已经不得不承认的那样,不可能是克拉姆的敏感——人们喜欢在这一点上大做文章——阻碍他接见K。如果女店主和莫穆斯不跟K作对或者至少不敢流露出这种对立情绪,谁知道会发生什么事情?有可能、很有可能K在那种情况下也到不了克拉姆跟前,又会出现新的障碍,障碍也许是无穷无尽的,不过K会感到知足,因为一切都按自己所知作了应有的准备,而今天呢,他却不得不应付女店主的干预,而为使自己免受这种干预却什么也没有做。但是K只知道自己犯了什么错误;至于事先应该如何避免这些错误,他并不知道。他接到克拉姆的信之后的第一个打算即在村里当一个普普通通的不起眼的工人是非常明智的。可是,当巴纳巴斯的虚假外表使他以为可以轻而易举地进入城堡,犹如星期日作一次小小的散步走上一座小山头一样,更有甚者,这个信差的微笑、他的眼睛甚至在要求他这样做,他就必然不得不放弃这一打算。紧接着,没有思考的余地,弗丽达便来了,随之而来的就是今天也仍然不能完全放弃的信念,即通过她的中介,同克拉姆便有了一种几乎亲近的、直至可以通过耳语进行交谈的关系,这种关系也许最初只有K知道,但只要有一个小动作、一句话、一个眼色,它就会首先在克拉姆面前,然后在所有人面前显露出来,虽然这事叫人难以置信,却由于为生活所迫,为两情相依所迫,使人觉得是理所当然的。不过,事情并非那么简单,K并没有暂且满足于当工人,而是长时间而且一直仍在迫不及待地、毫无结果地摸索求见克拉姆。可是在这段时间里,几乎没有他的参与,出现了其他的可能性:家里的那个小小的校役职位——也许这不是合适的位置,从K的要求来看,它太为K的特殊情况考虑,太显眼,太临时,太受许多上司特别是那个教师的牵制——不过它毕竟是个牢靠的起点,此外它的欠缺由于他即将结婚而得到很大的弥补。结婚的事K至今几乎不曾想过,而现在他却突然明白这事十分重要。没有弗丽达,他又能算什么?什么都不是,只能跟在巴纳巴斯或那个城堡来的姑娘之类闪着丝绸光泽的鬼火后面晕头转向。当然,赢得弗丽达的芳心,也还不等于像通过一次突袭一举征服克拉姆,他仅仅在妄想中以为或几乎确信自己已做到这一点,尽管这种期望仍然存在,似乎在事实面前到处碰壁也不受影响,但他在自己的计划中至少不想再这样指望了。他也不需要这样做;通过结婚,他获得了另一种更好的保障——村民——享有权利和义务——不是外乡人——,结婚后他就只需要防止所有这些人的自满情绪,有城堡在眼前,要做到这点是容易的。比较难的是俯首听命,是在小人物那儿做不起眼儿的事;他愿意开始做,先接受作记录。然后他就转变话题,也许可以从另一方面来获悉真情;好像他们之间还没有过意见分歧似的,他平心静气地问道:"关于今天下午,已经写了这么多吗?这些文件都是记载这件事的吗?""都是,"莫穆斯和气地说,似乎在等着他这样问,"这是我的工作。"如果有力量连续不断地、几乎眼皮也不眨一下地看东西,就可以看到许多;但只要松懈一次,闭上了眼睛,那么所有的东西马上就会变成漆黑一团。"我能不能稍许看一看这些文件?"K 问。莫穆斯翻阅起文件来,似乎想看一看有什么可以给 K 看,然后说道:"不行,很遗憾,这不行。""这给我一种印象,"K 说,"似乎文件中有我可以驳倒的不实之词。""您如想反驳就得费点劲儿,"莫穆斯说,"是的,文件中是有这一类材料。"说罢拿起一支蓝铅笔,面带笑容在一份文件的几行字下面画上了几道粗线。"我并不想知道,"K 说,"您就尽管画线好了,秘书先生。您尽管心安理得地、不受监督地记下有关我的种种丑行好了。我不在乎档案里记载着什么。我只是想,文件里也可能有某些东西对我有教育意义,告诉我一位本乡本土的官员是如何诚实地对我作出具体判断的。这我很想看看,因为我很想受教育,不想犯错误,不想惹麻烦。""而且很想装出一副无辜者的模样,"女店主说,"您还是听一听秘书先生的话吧,您的愿望有一部分就可以实现。通过那些问题,您至少会间接地获悉一些记录的内容,而通过回答,您又能影响整个记录的精神。""我非常尊重秘书先生,"K 说,"所以无法相信他会通过问题违心地把他本来决计不告诉我的事情透露给我。我也不想用我肯回答问题并让人把我的回答附在敌视我的文字之后这种做法来在某种程度上确认也许是不正确的、冤枉我的东西,哪怕只是形式上确认。"

莫穆斯边考虑边抬头看女店主。"那我们就把我们的文件全都收起来吧,"他说,"我们犹豫的时间已经够长的了,土地测量员先生不能埋怨我们没有耐心了吧。土地测量员先生刚才怎么说来着?'我非常尊重秘书先生等等。'由此可见,他对我太尊重了,尊重得简直说不出话来了。如果我能减少他对我的尊重,我就会得到回答。然而可惜我得增加他对我的尊重,我承认这些文件根本就不需要他的回答,因为它们既不需要补充,也不需要修正,而他自己倒很需要这份记录,既需要提的问题,也需要他的回答,如果说我请求他回答问题,那这完全是为他的利益着想。可是现在呢,如果我离开这间屋子,他也就会永远失去这份记录,这份记录也永远不会再向他敞开了。"女店主慢悠悠地向K点点头,说:"这一点我当然早就知道,但我只能暗示,也尽力这样做了,但您不明白我的意思。您在后面院子里白等了克拉姆,在这份记录里您让克拉姆白等了。您多糊涂,多糊涂啊!"女店主眼里噙着泪水。"可是,"K说,主要是受了这眼泪的影响,"秘书目前还在这里,记录也还在啊。""但我这就要走了,"秘书说,将文件装进公文包,站了起来。"您现在到底愿不愿意回答问题,土地测量员先生?"女店主问。"太晚了,"秘书说,"培枇终于得开门了,早就到跟班们进来的时候了。"通向院子的门上早就响起砰砰的敲门声,培枇站在那儿,手放在门栓上,只等同K的谈话一结束就开门。"您尽管开门吧,小鬼!"秘书说,于是如K所见过的身穿土色制服的一群人便毫无顾忌地穿过门蜂拥而入。他们板着面孔,因为等得太久,毫不理会K、女店主和秘书,从他们中间挤过去,似乎这三人也跟他们一样只是顾客,幸亏秘书已把文件装进包里夹在腋下,因为那张小桌子在这帮人进来时就被撞倒,还没有扶起来,那伙人一个个地从它上面迈过去,表情严肃认真,好像非这样做不行。只有秘书的啤酒杯马上得救,有一个人用喉音发出一声欢呼,把它抢到手中,向培枇冲过去,但培枇这时已经完全消失在人群之中。只看得见她周围有许多高举的手臂指着挂钟,要她明白这么晚开门对他们是多么不公。虽然迟开门不是她的责任,其实罪魁祸首是K,尽管不是自愿的,但培枇看来在他们面前有口难分,她年轻,没有经验,要她拿出较好的做法来对付这伙人确实不易。换了弗丽达,她一定会翻脸无情,把他们全都甩掉!而培枇却怎么也无法从他们当中脱身;这当然也不是这帮人的初衷,他们主要想要有啤酒喝。可这帮人已失去自制,结果反倒使自己喝不上酒,而他们又都是那样馋涎欲滴。挤来挤去的人群不断地把这个小姑娘推来推去,只有一点培枇表现得很勇敢,那就是她不嚷嚷,既看不到她在做什么,也听不到她的声音。还有人不断穿过大门挤进来,屋子里已水泄不通,秘书走不出去,通往前厅的门和通往院子的门他都无法走近,三个人紧紧挤在一起,女店主紧挨着秘书的手臂,K 站在他们对面,被挤得几乎跟秘书脸贴着脸了。可是,无论是秘书或女店主都对这种拥挤不觉得奇怪或恼火,他们忍受着,好像面对一次常见的自然现象,只是设法保护自己以免被冲撞得太猛烈,必要时靠在人们身上随大流移动,需要低头时就低头,以避开那些始终不满地要酒喝的人们呼噜呼噜的喘气,但除此以外,两人看上去仍很平静,并且还有点心不在焉。此刻 K 离秘书和女店主非常近,同他们——虽然他们两人表面上看似乎不愿承认——已结成一个团体面对屋里的其他人,因此他觉得他与他们两人的整个关系都已改变,他们之间的一切公务关系、个人关系、等级界线等似乎都已荡然无存或者至少暂时推迟到以后去了。那份记录现在对 K 来说也决不会是可望而不可即的了。"现在您到底还是走不成。"K 对秘书说。"是啊,眼下是走不成了。"秘书回答说。"那么那份记录呢?"K 问。"一直在包里。"莫穆斯说。"我很想看一眼。"K 说,同时几乎不由自主地伸手去抓公文包,而且已经抓住包的一头了。"不行,不行。"秘书说,一面摆脱他。"您究竟在干什么呀!"女店主说,轻轻打了一下 K 的手。"难道您以为您能用暴力夺回由于轻率和傲慢而失去的东西吗? 真是个可怕的恶人! 这份记录到了您手里难道还会有什么价值? 就像是一朵鲜花插在牛粪上。""那它就毁了,"K 说。"既然人家现在不愿再自愿把我的话写到记录中去,那我就打算至少把它毁掉,您看怎么样? 我很乐意这样做。"说着便果断地从秘书腋下拽出公文包拿到自己手里。秘书乐意地让他把包拿走;他甚至很快地松开了胳膊,要不是 K 马上伸出另一只手去接,公文包就会掉到地上去了。"为什么现在才这样做呢?"秘书问。"用暴力您早就可以拿到它的。""这是以暴力对付暴力,"K 说。"您现在毫无道理地拒绝对我进行您早先提出的审讯,或者至少是拒绝让我看文件。仅仅是为了迫使您同意其中一项,我才把包夺过来的。""不过是作抵押。"秘书莞尔一笑地说。女店主接着说:"接受抵押品,这一手他很在行。秘书先生,这一点您在记录中已经证明过。能不能把那一张给他看看?""当然可以,"莫穆斯说,"现在可以给他看了。"K 举起公文包,女店主在包里翻寻,看样子找不到那一张纸。她不再寻找了,只是精疲力尽地说了句:一定是编号 10 的那一张。于是 K 自己找起来,并且马上就找到了。女店主把那一张纸拿过去看看对不对;对,不错。为了自己寻开心,她又把它浏览了一遍,秘书也弯腰凑近她的胳臂跟着看。然后他们把它递给 K,他看到:"土地测量员 K 首先得争取在村里立足。这并非易事,因无人需要他的工作;除了遭他突然袭击的桥头客栈店主,无人愿接纳他,无人——除了官老爷的几句玩笑话以外——理睬他。于是他就表面上看来到处乱逛,除扰乱地方安宁外无所事事。但实际上他十分忙碌,他在等待时机,不久便找到了机会。贵宾饭店的年轻酒吧女侍弗丽达相信了他的许诺,上了他的钩。

  要证明土地测量员 K 的罪过并非易事。因为惟有强迫自己——不管这多么难堪——完全按照他的思路去想,才能识破他的诡计。如果在这样做的过程中发现一桩从外表看令人难以置信的卑劣行径,也不能动摇,相反,走到这一步肯定没有走错,这时才算是找对地方了。就拿弗丽达的情况作例子吧。显而易见,土地测量员并不爱弗丽达,不会出于爱情娶她为妻,他非常清楚,她是一个其貌不扬、专横跋扈的姑娘,又有一段名声不佳的历史,他也用相应的态度对待她,到处闲逛,并不把她放在心上。这是事实。然而对此可以作不同的解释,把 K 说成是或软弱、或愚蠢、或高尚、或卑鄙的人。但是这些说法全都不符合实际情况。惟有一丝不苟地追踪我们在这里所揭示的从他到达起直至与弗丽达结合的全部踪迹,才能弄清事实真相。一旦找到那令人毛骨悚然的真相,我们当然还得强使自己相信它,舍此别无他法。

  K 完全出于极端卑鄙龌龊的算计才去追求弗丽达,而且只要他的盘算尚有实现的希望,他便不会放过她。因为他以为占有她就是夺得了主任大人的情妇,从而占有一件抵押品,只有付出最高的价钱才能赎回它。与主任大人谈判这个价钱,现在是他惟一的奋斗目标。由于他对弗丽达毫不在乎,而那个价钱对他就是一切,因此涉及弗丽达时他乐于作出任何让步,而在那个价钱的问题上却极其顽固。眼下除了他的种种猜想和建议令人生厌以外,他还没有什么害处,一旦他发现自己大错特错、丢人现眼时,他甚至会祸害人,当然是在他那微不足道的能力的限度之内。"

　　那一张纸到这里就结束了。边上还有一幅像是小孩画的虚线画:一个男人搂着一个姑娘,姑娘的脸低垂在男子胸前,但这个身材高得多的男人两眼却越过姑娘的肩看着握在自己手中的一张纸,并乐滋滋地把几笔数目记在纸上。当K从这张纸上抬起头来时,已经只剩他、女店主和秘书三人站在房间中央。原来店主已经来了,这时大概又恢复了屋里的秩序。他沿着墙壁走,用他那优美的姿态举起双手安抚大家,人们都已在墙边啤酒桶上或桶旁的地上各得其所,人人都有了啤酒。现在也可以看清,其实人并没有起初以为的那样多得不得了;只是因为大家都向培枇挤,情况才变得那样糟。现在仍有一小群还没有得到酒喝的粗人围着培枇,在极端艰难的情况下她一定是作出了非凡的成绩,她脸上还流着泪水,漂亮的辫子散乱了,甚至胸前的衣服也被撕破,衬衣也露了出来,但她不顾自己,大概也是由于店主在场而受到影响,不知疲倦地给人斟酒。这副动人的模样,使K完全原谅她曾给他造成的种种烦恼。"是啊,这张纸,"K后来说,把那张纸放进公文包,把包递给了秘书。"请原谅我刚才操之过急,把公文包从您那儿拿走。这也要怪那拥挤、激动;嗯,您一定会原谅的。另外,您和老板娘也有一种特殊本领,能激起我的好奇,这一点我必须承认。可是这张纸却令我失望。它确实像老板娘说的,只是草地上一朵非常普通的花。嗯,作为工作来看,它也许有一定的官方价值,可是对我来说,它仅仅是风言风语、添油加醋、空空洞洞、可悲可耻的女人闲话,是的,写这份材料的人肯定得到过女人的帮忙。嗯,这儿大概还有一定的公道可讲,我可以到某个部门去就这份材料提出控诉,但是我不会这样做;不仅因为这样做太可怜,还因为我感激你们。你们弄得我对这份记录有些毛骨悚然,现在这种感觉已荡然无存了。使我感到毛骨悚然的只剩下一点,那就是这种东西居然会被当做审讯的根据,甚至为此盗用克拉姆的名义。""如果我是您的敌人,"女店主说,"那么您这样评论这份文件我真是求之不得。""是啊,"K 说,"您不是我的敌人。为了讨我喜欢,您甚至让人诬蔑弗丽达呢。""您大概不会认为那上面说的是我对弗丽达的看法吧!"女店主嚷道。"可那是您的看法;您就是这样轻视那个可怜的孩子的。"K 不再回答,因为这只是骂人的话罢了。秘书竭力掩饰收回公文包的喜悦,但是没有做到;他笑嘻嘻地望着公文包,仿佛这不是他自己的包,而是别人刚送给他的一个新包,一眼看不够似的。他把公文包紧紧抱在胸前,好像它散发着一种特殊的温暖,使他感到舒适。他甚至借口要把它放好,把 K 看过的那张纸拿出来重读一遍。读的时候他对每个字都像对一个不期而遇的老相好那样笑脸相迎,读完一遍他才相信自己永远夺回了这份记录。他也巴不得再给女店主读一遍。K 听任这两人彼此爱干什么就干什么,他几乎一眼都不看他们。从前他们在他的心目中毕竟具有一定的重要性,现在他们对他是一文不值,这真是有天壤之别。瞧他们这两个同伙站在一起,用他们那点少得可怜的秘密互相帮忙那副德性!

〔19〕"我知道,"弗丽达突然说,"我离开你,对你会好些。可是如果一定要我那样做,我是会心碎的。但如有可能,我会那样做,然而这是不可能的,我感到高兴,至少在这个村子里这是不可能的。正如那两个助手也不可能离开你一样。你以为你已永远把他们赶走了吗?那是妄想!""我倒是这样希望的,"K 说,对弗丽达的另外那些话不置可否,某种心中无数的感觉在阻碍他作出反应,他觉得这双现在正在慢慢地摆弄咖啡磨的柔弱的小手和手腕变得越来越可怜了。"你说那两个助手再也回不来了,这究竟是怎么回事?"

弗丽达这时已经停下了手中的活计;她望着 K,由于眼里噙着泪水,目光模糊不清。"最亲爱的,"她说,"你要明白我的意思。决定这一切的并不是我,我只是向你说明,因为你要求我这样做,另外我也可以为我的某些表现辩护,不然你就会无法理解,就会觉得同我爱你是矛盾的。你是外乡人，在此地没有资格要求什么，也许此地的人对外乡人特别严格或不公平，这个我不清楚，但你没有资格要求什么却是事实。比方说，一个本地人如果需要助手，就可以自己找人，如果他长大想结婚了，就可以找个老婆。官府对这些事也有很大影响，但主要还是每个人可以自由决定。而你是外乡人，就得靠赏赐；官府高兴给你助手，就会给你派助手，高兴给你一个老婆，就会给你一个老婆。当然这也不是专断独行，但这完全是官府主管的事情，就是说，作出决定的原因是秘而不宣的。不过你也许可以拒绝接受这赏赐，这一点我不很清楚，也许你可以拒绝；但是你一旦接受，那么这上面就有官府的压力，因此你身上也有官府的压力；只有官府愿意，才能从你身上去掉这种压力，没有任何别的办法。老板娘就是这样对我说的，这些我全都是从她那儿听来的，她说，在我结婚之前，她要让我明白一些事情。她特别强调说，凡是了解情况的人都会劝外乡人满足于这种已经接受的赏赐，因为决不可能甩掉它们；如果硬要这样干，惟一的结果只能是把这些在最坏的情况下也总还表现一丝善意的赏赐变成一辈子也摆脱不了的仇人。这都是老板娘的话，我只是把它转达给你而已；老板娘没有什么不知道的，我们必须相信她。"

"有些话是可以相信她的。"K 说。

[20]"使我吃惊的不是那只猫，而是我感到内疚。猫跳到我身上时，我感觉好像有人在撞我的胸口，表示我已被人看透了。"弗丽达拉上窗帘，关上里面的窗子，一面求着一面把 K 拽到草垫子上。"后来我点蜡烛也不是为了找猫，而是想快些叫醒你。实际情况就是这样，亲爱的。""他们是克拉姆派来的。"K 说，把弗丽达拉近些，吻她的后颈，这使她吃一惊，在他身边跳了起来，接着两人都滑倒在地，互相在对方身上乱拱，匆匆忙忙，上气不接下气，胆战心惊，好像都想藏到对方怀里，好像他们所享受的欢乐属于第三者，他们是从他那里偷来似的。"要不要我去开门？"K 问。"你会跑去找他们吗？""不！"弗丽达喊道，挽住 K 的手臂。"我不想去找他们，我要留在你身边。你要保护我，把我留在你身边。""可是，"K 说，"如果像你说的，他们是克拉姆派来的人，那

么关门有什么用,我的保护又有什么用,即使有用,难道这种用处是什么好事?""我不知道他们是什么人,"弗丽达说,"我说他们是克拉姆派来的,因为克拉姆是你的上司,这两个助手又是公家派来的;此外我就什么也不知道了。最亲爱的,你就再接受他们吧,别得罪那个也许派他们来的人。"K摆脱了弗丽达,说:"两个助手呆在外面,我不愿让他们再呆在我身边。什么?你说这两个人有本事带我去见克拉姆?我对这个表示怀疑。即使他们能这样做,我也没有能力跟他们去;是的,他们呆在我身边,就会使我失去熟悉此地环境的任何能力。他们使我晕头转向,而且我现在听说,不幸他们也使你晕头转向。我让你在我和他们之间选择,你既然决定要我,现在就让我来处理其他一切吧。我希望今天就能得到重要消息。他们已经动手了,先把你从我身边拉走,至于是不是有责任,我认为无关紧要。弗丽达,难道你真的相信我会给你开门,让你通过吗?"

〔21〕再者,看来弗丽达很乐意干活,好像恰恰是任何脏活累活,任何要求她全力以赴,使她可以不去思考、不去梦想的工作她都爱干。

〔22〕屋子里面蜡烛刚刚熄灭,吉莎就出现在大门口;显然她是在蜡烛还亮着的时候离开屋子的,因为她很重视守规矩。一会儿施瓦采也出来了,现在他们走在积雪已经扫净的路上,看到路上已没有雪,他们感到惊喜。当他们走到K面前时,施瓦采拍了拍他的肩膀:"要是你能保持这儿屋子里的整洁,"他说,"你就可以指望得到我的帮助。但是对你今天早上的表现,我听到对你的意见很大。""他在改正嘛。"吉莎说,既不看K,也不停步。"这个人也迫切需要这样。"施瓦采说着便加快脚步,以便跟上吉莎。

〔23〕"那我就不明白你的意思了,奥尔加,"K说,"我只知道我很羡慕巴纳巴斯能做所有这些你觉得那么可怕的事。当然,要是他已得到的一切也肯定无疑,那就更好了,就算他只是到了那些公事房中最没有价值的接待室,那他至少也还是到了那个接待室;比方说同我们现在

坐着的炉边长凳相比，他不知高多少了。我很奇怪，你为了安慰巴纳巴斯，虽然表面上也能赏识这一点，但实际上你自己看来还是不明白。在这方面——这一点使我对你就更加莫名其妙了——看上去你又是巴纳巴斯做所有那些事情的推动力，顺便提一下，这一点是我在我们认识的那第一个晚上以后万万没有料到的。""你错看我了，"奥尔加说，"我并不是他的推动力，不是的；如果巴纳巴斯做的事不是必要，那我就会第一个在这儿拦住他，把他永远留在这儿。难道他不也已到了结婚成家的年龄了吗？他不这样做，反倒把精力花费在一会儿搞手工活，一会儿干信差上，站在上面那张大桌子前面，急切地等着那位长得像克拉姆的官员看他一眼，到头来拿到一封满是灰尘的旧信，一封对谁都没有用处、只能在世界上制造混乱的信。""可这又完全是另一回事了，"K说，"巴纳巴斯送的信毫无价值或者有害无益，这可以作为理由去控告公家，也许还会对收信人比方说我造成极其不良的后果，但对巴纳巴斯来说却无伤大雅，他只是奉命来回传递信件，常常连信的内容也不知道，他不受影响始终是官方的信差，如同你们所希望的那样。""好吧，"奥尔加说，"也许是这样吧。有时我一个人坐在这儿——巴纳巴斯在城堡，阿玛丽亚在厨房里，可怜的父母亲在那边打瞌睡，我用我这双完全不会干这种活的双手开始替巴纳巴斯补鞋，后来又把鞋放下思考问题，无依无靠，因为就我一人，想这些事我这脑子远远不够用——，这时我心里就会乱成一锅粥，连害怕和担心也都忘了。""他们究竟为什么看不起你们呢？"K问，他想起第一天晚上这一家人给他留下的恶劣印象，那天他们全家挤在小油灯下桌子周围，一个挨一个地背朝着他，显得背都很宽，老两口的脑袋差点奔拉到汤盘里，等着人来伺候他们。这一切当时多么令人恶心，而且由于根本说不清为什么会这样而更加令人恶心，因为具体细节虽然已作为根据——列举，但这些细节并不是很能说明问题，产生厌恶感是另有说不出的原因。直到K在这个村子里了解到一些情况，使他对最初的印象持审慎态度，而且不仅对最初的印象，也对第二次印象以及更进一步的印象都持审慎态度，直到这个统一的家庭对他来说化成单个的人，其中一部分他能理解，但首先是能像朋友一样同他们产生了共鸣，除他们之外他在村子里还没有找到什么朋友——直到此时,原先那种反感才开始消失,但一直还未完全消失。缩在角落里的老两口,小油灯,还有这屋子本身,要平心静气地忍受这一切并不容易,要有与此相反的印象如奥尔加讲的事情才能略为抵消这种反感,而且仅仅是表面上的、仅仅是暂时的抵消。想到这里,K补充道:"现在我确信人们冤枉了你们,这一点我想一开始就讲清楚。不过要想不冤枉你们也很难做到,我不知道是什么原因。要想摆脱成见,就必须是一个处在我这种特殊地位的外乡人。而我自己也有好长一段时间受其影响,使得我觉得人们反对你们的情绪——不仅是蔑视,也有恐惧——是不言而喻的,我没有去想这问题,也没有去问是什么原因,我压根儿不想为你们辩护,当然,整个这件事也与我沾不上边,似乎与我沾不上边。可是我现在完全不这样看了。现在我相信那些看不起你们的人不仅不说他们为什么这样做,而且也真的不知道为什么;对你们要有了解,特别是对你,奥尔加,要有了解,才能摆脱那种妄想。人们指责你们的显然只是你们想比别人高出一头,巴纳巴斯当上了城堡信差或者说想当城堡信差,人们就对你们耿耿于怀,为了不必对你们表示钦佩,就白眼看你们,并且做得这样狠,把你们也给压垮了,你们的忧虑、害怕、怀疑,不就是这种普遍蔑视的结果吗?"奥尔加微微一笑,以一种机警的目光看着K,使得K几乎感到吃惊,那情形就好像他说了什么十分荒唐的话,奥尔加现在得向他逼问,纠正他的错误,而她对做这件事感到十分开心似的。K又觉得为什么大家都反对这家人的问题并没有解决,非常需要作出明确的回答。"不,"奥尔加说,"情况并非如此,我们的处境并没有那么好,你是想弥补你没有在弗丽达面前为我们辩护,所以现在就来为我们辩护,辩护得过头了。我们并不想比别人高出一头。想做城堡信差就是一个崇高的奋斗目标吗?凡是会跑路、能记住几句口信的人,都有当城堡信差的本领。这也不是什么有报酬的工作。人们似乎是这样来看待当城堡信差的请求的,这就好像没事干的小孩子硬要为大人跑跑腿、办点事,完全只是为了争光和有事可做。这里的情况也是这样,只是有所不同,就是没有多少人争着要干,而且那个真的或表面上被录用的人不像孩子那样受到友善对待,而是备受折磨。不,因此没有人会羡慕我们,人们反倒是因此而同情我们,不管对立情绪有多大，有时仍还会表现出一星半点同情心。也许你心里也是这样，因为如果不是这样，难道还会有什么吸引你到我们家来？仅仅是巴纳巴斯捎来的信吗？这我不能相信。你大概从来就没有怎么看重那些信，只因为同情巴纳巴斯，或者主要是因为同情他，你才坚持要这些信。这个目的你也达到了。虽然你提出的无法达到的高要求使巴纳巴斯感到苦恼，但与此同时他也因此而获得些许自豪、些许信心，你的信任、你的不断关怀稍稍消除了他在上面城堡里无法摆脱的没完没了的疑心。自从你到村里来以后，他的情况比从前好些了。你的信任也使我们其他人沾了点光；如果你来我们家更勤些，那就会更好。你不常来是为了弗丽达的缘故，这我能理解，这个我也对阿玛丽亚说过。可是阿玛丽亚心神不定，近来我有时几乎连最必要的事也不敢同她讲。别人跟她说话，她好像根本就没有听，就是听也好像不明白人家说什么，就是听明白了也好像嗤之以鼻，不屑一顾。但这一切她都不是有意的，不能生她的气；她越是冷淡，就越要对她温柔点。她这人是外强中干。比如昨天巴纳巴斯说你今天要来；由于他了解阿玛丽亚，为谨慎起见，又补充说你只是也许会来，还不能肯定。尽管如此，阿玛丽亚仍然别的什么都干不成，等了你整整一天，只是到了晚上她才再也站不动了，便只好躺下。""现在我明白，"K说，"为什么我对你们那么重要，其实这并不是我的功劳。我们有关系，正如信差和收信人的关系一样，但也仅此而已，你们不要夸大其词；我非常珍惜你们的情谊，特别是你的情谊，奥尔加，因此不愿让它由于过高的希望而受到危害；这就像是因为我对你们期望过多，使你们几乎跟我疏远了。如果说你们受人戏弄，那么我也同样受人戏弄，那么这完全是一场游戏，一场完全同样的游戏。从你讲的话中我甚至有一种印象，就是巴纳巴斯带给我的那两封信是到目前为止让他递送的仅有的两封信。"奥尔加点点头。"我羞于承认这一点，"她垂下眼帘说，"或者我怕这样一来你就会认为这两封信更没有价值了。""可是你们俩，"K说，"你和阿玛丽亚，却在拼命使我对这两封信越来越不相信。""对，"奥尔加说，"阿玛丽亚这样做，而我是效法她。因为我们感到绝望。我们以为，这两封信毫无价值是秃子头上的虱子——明摆着的事，所以再提一提这明摆着的事也不会坏什么事，反倒会增加你对我们的信任和怜悯,而这又是我们其实惟一希望得到的东西。你明白我的意思吗?这就是我们的思路。那两封信毫无价值,不可能从它们直接汲取力量,你是个聪明人,这一点蒙不了你,就算我们能蒙你,那么巴纳巴斯就只是个骗人的信差,而靠撒谎骗人是救不了自己的。""这么说来,你对我不诚实,"K说,"连你也不对我讲真话。""你还不了解我们的困境,"奥尔加说,一面怯生生地望着K,"也许这是我们的过错,我们不会同人打交道,正因为我们拼命想把你拉过来,也许倒把你推开了。你说我不讲真话?没有人比我对你更真诚了。要是我有什么事瞒你,那也只是因为害怕你,这种惧怕心理我并没隐瞒,而是真诚地表现出来,如果你能使我不怕你,那我对你就会毫无隔阂了。""你到底怕什么呢?"K问。"怕失去你,"奥尔加说,"你想一想吧,巴纳巴斯为争取他的位置干了三年,我们盼望他的努力获得成功也有三年了,全都是白费心思,没有一点收获,只有耻辱、痛苦、白费工夫,前途岌岌可危,可是有一天晚上他带着一封信回来了,就是给你的那封信。'来了一个土地测量员,像是为我们来的。他和城堡的全部联络工作都由我负责,'巴纳巴斯说。'看来有重要的事情在发生,'他说。'当然啦,'我说,'一个土地测量员!他一定会做很多工作的,会有很多信要送。现在你是真正的信差了,不久就会得到公家的衣服了。''这有可能,'巴纳巴斯说;连他这个已经自怨自艾的小伙子也说:'这有可能。'那天晚上我们都兴高采烈,甚至阿玛丽亚也以自己的方式关心此事,她虽然不听我们讲什么,却把她坐在上面织毛衣的小板凳挪近我们一些,时不时瞅我们一眼,看我们嘻嘻哈哈交头接耳。这种幸福为时不长,还在当天晚上就已到头。虽说后来巴纳巴斯意外地同你一起来,这种幸福似乎还在增长,但是同时我们也起了疑心,你来虽然是我们的光荣,但这事从开始起也让人纳闷。我们心里想,你想干什么呀?你为什么来?你很重视到我们这个穷家来,难道你真是我们心目中那个大人物吗?你为什么不呆在你住的地方,叫信差到你那儿去,交代完任务就让他们走,这样做不是符合你的身份吗?你来我们家,不是使巴纳巴斯信差位置的重要性有所下降吗?还有,虽说你是外乡人的模样,但衣着却很寒酸,当时我给你脱下来的那件湿外套,我伤心地把它翻来覆去地看。我们盼望已久才遇到第一个收信人,难道倒霉碰错了人?不过后来我们也看到你不与我们接近,呆在窗前,说什么也不肯到我们桌上来。我们并没有转过身去看你,可我们心里想的就只有这一件事。你来是不是只为了考察我们?看看你的信差出身于什么家庭?你是不是来到村里的第二个晚上就已经怀疑我们了?由于你一直阴沉着脸,对我们一言不发,急着又要离开我们,这考察结果是不是对我们很不利?你这一走,就向我们证明你不仅藐视我们,而且糟糕得多的是你也轻视巴纳巴斯送来的信。我们自己是不能看清这些信的真正意义的,只有你能,因为它们同你直接有关,涉及到你的工作。所以说,其实是你叫我们起疑心的;从那天晚上起,巴纳巴斯在上面公事房里开始了那令人伤心的观察。那天晚上还没有得到答复的问题到了第二天早晨就终于有了答复,那时我从马厩里出来,看到你同弗丽达和两个助手离开贵宾饭店,就是说你已对我们不抱希望,丢下了我们。当然我对巴纳巴斯没有透露一星半点,他那些心事就已经够他受的了。""可是我不是又来了吗?"K 说,"不是让弗丽达等着,听你讲你们家的祸事,就好像那是我自己的事吗?""是,你来了,"奥尔加说,"我们很高兴。你给我们带来的希望原先已经开始变小了,我们早就非常需要你再来。""我也需要来,"K 说,"这我明白。"

〔24〕"阿玛丽亚当然根本不过问这件事,虽然你暗示她比你更了解城堡的情况;是啊,也许她是造成这一切的主要罪魁祸首吧。""你的洞察力真棒,"奥尔加说,"有时你能用一句话向我点破,也许因为你是外乡人吧。而我们呢,有着种种伤心的经历和无穷无尽的忧虑,连木头喀嚓一声都会使我们吓一跳,毫无抵抗力,只要一个人吓一跳,另一个人也会马上吓一跳,甚至连到底为什么吓一跳也不知道。这样就不能对事情作出正确的判断。即使有对一切周密考虑的能力——我们女人从来不曾有过这种能力——,在这种情况下也会失去这种能力的。你来了,这对我们是多么大的幸福啊。"K 在这个村子里是第一次听到这样无限的欢迎,但是尽管他迄今为止多么想受到这种欢迎,尽管他觉得奥尔加多么值得信任,他却不乐意听到这样的话。他来的目的并不是

给某人带来幸福;碰巧,他也可以自愿帮忙,但是谁也不应该把他当做大救星来欢迎;谁这样做,谁就是使他误入歧途,硬要他去做他这样受逼迫决不会做的事情,他是无论如何也不能这样做的。然而奥尔加又纠正了自己的错误,接着说下去:"当然啰,当我后来以为我可以放下一切思想包袱,因为你会对一切作出解释、找到出路的时候,你突然又说出一些大错特错、令人痛心的话,比如:阿玛丽亚最了解情况呀,她没有过问呀,她是罪魁祸首呀。不对,K,我们比不上阿玛丽亚,尤其不能责怪她!你的友好、你的勇气,在你判断所有别的事情时都有帮助,但在判断阿玛丽亚时就不行了。要责怪她,首先必须知道她在忍受什么煎熬。恰恰近来她心神不定,心里藏着很多东西——其实她藏在心里的肯定只是自己的痛苦——,所以我几乎连最必要的事也不敢同她谈。刚才我走进来,看见你跟她平心静气地谈话,真是大吃一惊,实际上,现在没法跟她谈话,有时她也会有心情比较平静的日子,或者也许不是比较平静而只是比较疲倦吧,可是现在又是最坏的时候。别人跟她说话,她好像根本就没有听,就是听也好像不明白人家说什么,就是听明白了也好像嗤之以鼻,不屑一顾。但这一切她都不是有意的,不能生她的气;她越是冷淡,就越要对她温柔点。她这人是外强中干。比如昨天巴纳巴斯说你今天要来;由于他了解阿玛丽亚,为谨慎起见,又补充说你只是也许会来,还不能肯定。尽管如此,阿玛丽亚仍然别的什么都干不成,等了你整整一天,只是到了晚上她再也站不动了,便只好躺下。"K从这些话里又首先听出了这一家人对他提出的要求。在这家人中间,如果不小心,就会误入歧途。只是他感到很抱歉,因为正好面对着奥尔加,他考虑的尽是这种难以启齿的想法,影响了奥尔加首先创造的亲切气氛,这种气氛使K感到很舒畅,主要因为这一点他才留在这里,使他情愿把离开的时间无限期地推迟下去。"我们会很难取得一致,"K说,"这一点我已很清楚。我们还没有接触实质性问题,就已有这个那个矛盾了。如果只是我们两人,取得一致也许不难,同你我愿很快就取得一致看法,你无私、聪明;只是我们并不是全体,甚至算不上是主要人物,还有你的全家,对你们全家我们几乎无法取得一致意见,对阿玛丽亚就肯定不可能了。""你把阿玛丽亚说得一无是处吗?"奥尔加问。

"你不了解她就说她不好?""我并没有说她不好,"K说,"我也不是看不到她的优点,我甚至承认也许我冤枉了她,但是要不冤枉她很难,因为她高傲孤僻并且还喜欢发号施令;要不是她也很悲伤并且显然很不幸,就根本无法跟她言归于好。""这就是你对她的全部意见吗?"奥尔加问,现在她自己也悲伤起来了。"这些大概已足够了,"K说,现在他才看到阿玛丽亚已经又在屋里了,但离他们很远,在老两口的桌子旁边。"她就在那儿,"K说,话里违心地含有对这顿晚饭和所有的参与者的厌恶。"你对阿玛丽亚有成见,"奥尔加说。"我对她是有成见,"K说,"为什么我对她有成见?""你知道的话就告诉我。你很坦诚,我很赞赏这一点,但你只是在谈到你自己时才坦诚,而对弟弟妹妹,你就认为必须用沉默来保护他们,这是不对的。如果我不了解巴纳巴斯的全部情况,又因为阿玛丽亚在你们家也事事过问,所以如果我不同时了解她的全部情况,那么我就无法支持巴纳巴斯。难道你就愿意我去做什么事,由于对详细情况了解不够而且仅仅由于这个原因而把一切都毁了,对你们和我自己都造成不可弥补的损害吗?""不,K,"奥尔加停了一下,然后说,"我不愿意这样,因此让一切照旧更好。""我不认为这就更好,"K说,"我不认为巴纳巴斯继续过一个所谓的信差这种人不像人鬼不像鬼的生活,你们跟他一起过这种生活更好,你们都是大人了,靠吃小孩子吃的东西为生,如果巴纳巴斯同我联手,让我在这儿想出最好的办法和途径,那时他就会充满信心,不再孤立无援,处在不断的监督下,自己去做一切事情,为了他的利益,也为了我的利益继续深入公事房,或者也许不能向前进一步,但可以在他已经去到的那个房间里学会理解一切、利用一切。我不认为一切照旧比这样做更好。我不认为这样做不好,不值得为之作出某些牺牲。不过,当然也有可能是我错了,恰恰是你没有说的那些情况说明你正确。尽管如此,在这种情况下我们仍然是好朋友,我在这儿已经完全少不了你的友情,可是那样一来我就没有必要在这儿呆整整一个晚上而让弗丽达等着我,只有巴纳巴斯的要紧的、刻不容缓的急事才能成为我这样做的理由。"K想站起来,奥尔加拦住了他。"弗丽达有没有对你讲过我们什么?"她问。"没有讲过什么具体的。""老板娘也没有讲过?"她问。"没有,什么也没讲过。""这我早料到了,"奥尔加说,"村里谁也不会对你讲什么关于我们的具体情况,与此相反,每一个人,不管是知根知底的,还是一无所知、只信流言蜚语或自己编的谣言的,他们大体上都会以某种方式愿意表示看不起我们,显然他们认为,要是不这样做,那就得看不起自己了。弗丽达和所有的人都是这样,可是这种蔑视一般只是笼统地针对我们,针对我们全家,其实它的矛头只是对准阿玛丽亚一人的。因此,我也特别感激你,K,你虽然也受到普遍的影响,却既不蔑视我们,也不蔑视阿玛丽亚。你只是有成见,至少是对巴纳巴斯和阿玛丽亚,正是谁也不能完全不受环境的影响;但你能做到这个程度,就已经很了不起了,我的一大部分希望就寄托在这上面。"——"我不管别人怎么看,"K说,"我也不想知道别人为什么这么看。也许——那样就很糟,然而有可能——也许等我结婚,对这儿熟悉以后会发生变化,但目前我是自由的,向弗丽达隐瞒我到你们家来或说明我有理由这样做对我来说不会是一件容易的事,但是现在我还是自由的,我还可以不瞻前顾后地去做我认为很重要的事,如巴纳巴斯的事,想做多少就做多少。不过现在你一定会明白我为什么催促你们赶快作决定了:现在我还在你们家,但只是好像等待被叫走,随时都可能有人来把我叫走,以后什么时候能再来就不知道了。""可是巴纳巴斯不在这儿啊,"奥尔加说,"没有他又能作什么决定呢?""我暂时还不需要他,"K说,"我暂时需要别的东西。不过在我列举这些东西之前,要是我的话听起来有发号施令的味道,请你不要误会,我既不发号施令,也不好奇,我既不想叫你们听命于我,也不想套出你们的秘密,我只想像别人对待我那样对待你们。""你现在说话多么见外,"奥尔加说,"可你先前跟我们亲近得多,你的保留是完全不必要的,我从来就没有怀疑过你,今后也不会,可你也不要怀疑我啊。""如果说我现在说话跟以前不同,"K说,"那是因为我想比以前更亲近你们,我想在你们家像在自己家一样,要么我这样同你们联手,要么就一点关系没有,要么我们在巴纳巴斯的事情上同心协力,要么我们甚至避免任何草率的、使我丢面子也许也会使你们丢面子的、实际上毫无必要的接触。可是,我所希望的这种联合,以城堡为目标的这种联合,有一个很大的障碍:阿玛丽亚。因此我要先问:你能代表阿玛丽亚讲话,代表她回答问题,为她担保吗?""我可以部分代表她讲话,部分代表她回答问题,但不能为她担保。"

"你不想把她叫过来吗?""那就完了。你从她那里比从我这儿知道的更少。她会拒绝任何联合,不会接受任何条件,甚至会禁止我回答问题,她会巧妙地寸步不让地——你还从来没有见过她这样——强迫你中止谈话离开我们家,之后呢,不过之后等你到了外面,她也许会晕倒的。她就是这样的。""可是,没有她就啥都办不成,"K说,"没有她我们就会不上不下、不明不白。""也许,"奥尔加说,"现在你会对巴纳巴斯的工作做出更好的评价吧,我们俩,他和我,在单独干;没有阿玛丽亚,我们就像是在盖一所没有地基的房子。"

〔25〕"也许他因为写信的事还是受到官方的处分了吧?"K问。"因为他完全不露面吗?"奥尔加问。"恰恰相反。这种完全不露面是一种奖励,据说官员们都争取得到这种奖励,因为对外办公对他们来说简直是活受罪。""可是索提尼从前也不大管这种事,"K说,"或者说,写那封信也算是让他活受罪的对外办公?""K,请你不要这样问,"奥尔加说,"自从阿玛丽亚进来以后,你态度就变了。问这种问题又有什么用?不管你是当真还是闹着玩的,谁也无法回答这种问题。它使我想起阿玛丽亚在那些不幸的日子里最初一段时间的情形。那时她几乎什么也不说,但很注意周围发生的任何事情,比今天专心得多,有时她也打破沉默,提出一个这样的问题,也许会使提问的人感到羞愧,反正会使被问的人感到羞愧,毫无疑问也会使索提尼感到羞愧。"

〔26〕"城堡本来就已比你们强大不知多少倍,尽管如此,还是可以怀疑它是否会胜利,可你们不去利用这一点,而是似乎把全部努力都用在确证城堡会胜利上,因此你们在斗争中突然毫无根据地害怕起来,结果就使你们更加软弱无能了。"

〔27〕"请随便坐吧,"埃朗格说;他自己坐到写字桌旁,先草草翻阅一遍文件袋的封面,然后把文件重新整理好放进一个小旅行包里,这个

包与比格尔那只相似,但装那些文件却显得太小了。埃朗格只好把已经装进去的文件又拿出来,试着改变方式再装进去。"您早就该来了,"他说;他原先就已气不顺,如今再加上那些别扭的文件,就把气全都撒到 K 身上。来到新的环境,又领教了埃朗格那种爱答不理的样子——K 觉得那样子有点像那个男教师,只是地位不同而有所区别,并且外表上也有一些小小的相似之处,而他自己坐在这里的椅子上就像是一个小学生,左右两旁的同学今天全都缺席——K 一激灵就醒了,尽量小心谨慎地答话,首先提到他来时埃朗格正在睡觉,说他为了不打扰他便走开了,但接着闭口不谈他在这段时间内所做的事,然后从找错房门又开始讲,最后指出他今天困得要命,请他谅解。埃朗格马上就找到了 K 答话中的薄弱环节。"真奇怪,"他说,"我睡觉是为了休息好去做我的工作,而您在这段时间里却不知在什么地方闲荡,为了在审问该开始时拿困做借口。"K 想回答,埃朗格向他摆了摆手:"您的困看来也没有减弱您那爱唠叨的毛病,"他说,"在隔壁房间里嘀咕几个小时,也很难说是照顾我的睡眠吧,而您自称很关心我的睡眠。"K 又想答话,但埃朗格再次制止了他。"此外,我不会再占用您的时间的,"埃朗格说,"我只想请您帮个忙。"可是他突然想起了什么事,现在看得出来,他刚才一直是在迷迷糊糊地想着什么使自己分心的事,他对待 K 的严厉态度也许只是表面现象,其实只是不在意引起的。他按了一下写字台上的一个电铃按钮。从一道侧门里——可见埃朗格和他的跟班们住着好几个房间——立即走出一名跟班。他显然是官方听差,是奥尔加向他讲过的那些跟班之一,K 自己还不曾见过这么一个跟班。这是一个五短身材、肩背却很宽的男子,他的脸盘子也很大,这就使那双永不能完全睁开的眼睛显得更小。他的衣服式样有点像克拉姆的,只是已经穿旧,又不太合身,特别是两只袖子太短很显眼,因为这个跟班的胳膊也很短,那套衣服显然是给一个比他更矮小的人做的,大概跟班们穿的都是官员们的旧衣服。这可能也是使跟班们产生那种人人皆知的自负的原因之一吧;这个跟班似乎也认为他听到铃声前来就已干完了别人所能要求他干的全部工作,用严厉的目光看着 K,好像他的职责就是对 K 发号施令。埃朗格则默默地等着跟班去做某件他叫他来做的事,看来是件例行公事,现在不需要再发出明确的命令了。但是,由于跟班没有反应,只是一个劲儿气势汹汹或用责备的目光看着K,因此埃朗格生气地跺着脚,差一点儿把K——现在K又得当别人的出气筒——撵了出去。他叫K先在外面等一下,待一会儿再让他进来。后来,当K被以一种和蔼得多的态度叫回去时,跟班已经走了,K发现房间里惟一的变化是:现在有一道木制屏风挡住了床、盥洗台和柜子。"这些跟班真惹人生气,"埃朗格说,这话从他嘴里说出来,可以被看做是一种惊人的信任表示,当然,如果这不是仅仅自言自语的话。"叫人生气和操心的事本来就够多的了,"他继续说,坐着向后靠,双手攥成拳头,搁在离自己很远的桌子上。"我的东家克拉姆近来有点心神不定,至少我们这些生活在他身边、极力揣摩他每句话的意思的人感觉是如此。我们感觉是如此,并不是说他真是心神不定——他怎么会心神不定呢?——而是说我们心神不定,我们这些在他身边的人心神不定,并且工作时几乎无法再在他面前掩饰。这种情况再也不能继续下去了,尽可能马上就终止,否则就会对每个人、也会对您造成莫大的损失!我们寻找原因,发现了可能与此有关的不同因素。其中有一些极为可笑的东西,这倒是不足为奇的,因为极其可笑和极其严肃相距不远。尤其是办公室工作非常累人,因此只有细心注意到所有的细枝末节,尽可能在这方面不让出现任何变动,才能做好工作。打个比方:一个墨水瓶从它平时的位置移动了有一掌之远,这就有可能影响最重要的工作。照管这一切本来是跟班的工作,可是遗憾的是他们很不可靠,因此一大部分这种工作必须由我们来做,尤其是我更得操心,大家都夸我眼光特别敏锐。不过话又说回来,这是一项非常敏感机密的工作,如果让麻木不仁的跟班的手来做,转眼之间就可以完成,而对我却带来许多麻烦,远离我的其他工作,造成这种来回奔波的局面,对于一个神经只要比我稍许弱一点的人来说,这也许就会使他神经崩溃。您明白我的意思吧?"

四 第一版后记

写到此处——它意味着主人公遭到一次重大的、很可能是决定性的挫折——弗兰茨·卡夫卡的这部小说遗作尚未结束，还继续发展了一大段。紧接而来的是一次新的挫折。第一次有一位城堡秘书亲切地与 K 交谈——虽然这种亲切态度也令人产生某种疑虑，但是城堡的一个部门显示良好的意愿，甚至表示愿意过问这件并不由其主管（问题就出在这里）的事，帮 K 的忙，这毕竟是破天荒没有见过的事。可是 K 又困又累，无法哪怕只是好好考虑一下这个建议。在关键时刻他的身体吃不消了。在紧接着的几个场景中，K 晕头转向，越来越远离他的目标。——所有这些情节都只写了其前提和开始阶段，不再有结尾了，因此我把它们（类似长篇小说《审判》中的那些未完成章节）留待将来出版补遗时再用。

结尾一章卡夫卡没有写。但是有一次我问他小说将如何收尾时他曾讲给我听。所谓的土地测量员至少得到部分满足。他并没有放松斗争，但因疲惫不堪而死去。在他弥留之际，村民们聚集在他周围，这时下达了城堡的决定：虽然 K 无权要求在村中居住，但是考虑到某些次要情况，准许他在村里生活和工作。

由此可见，这与歌德的诗句"凡人不断努力，我们才能济度"（《浮士德》）是相似的（但其相似程度甚小，讽刺性地仿佛减少到最低限度），这部确实可以称之为卡夫卡的浮士德的小说本想以此告终的。不过这是一个故意衣着简朴乃至寒酸的浮士德，并且有本质的不同：推动这个新浮士德前进的不是对人类最终目标和最高认识的渴望，而是对最起码的生存前提、安居乐业、参加集体的需求。乍一看，这个区别似乎很大，但如果感觉到，对于卡夫卡来说这些原始的目标具有宗教意义并且全然是正当的生活、正确的道路（"道"），那么这个区别便会大大缩小。

在出版小说《审判》的时候，我在后记里故意对作品的内容不加任何评论，没有添加任何说明或类似文字。后来我在一些评论中常常看到极其不正确的解释，例如说卡夫卡在《审判》中意在抨击司法的弊端等，这时我就会对我的克制态度感到惋惜，但倘若我作了某种阐释，而粗心的或天赋不太高的读者仍会产生不可避免的误解，那么无疑我会更加后悔的。——这一回情况不同。《城堡》不同于《审判》，显然还没有到接近可以付印的程度，虽然《城堡》（与《审判》一模一样）纵使外在形态不完整，却在内在的精神上充分体现了作家想要表达的情感。对于卡夫卡几部未完成的伟大小说的真正读者来说，从情节发展的前提几乎已充分具备的某一点起，外在的结尾就失去其重要性，这一点是卡夫卡创作的秘密之一，也是其完全独具一格之处。不过《审判》处于那个阶段而没有完成，毕竟比起这一回更易为人们所接受。一幅图画接近外表的结尾，就不再需要辅助线了。如果它没有完成，那么人们完全可以利用辅助线和其它现有辅助手段，利用素描等等来展示这幅画以后可能会呈现的样子。当然人们决不会愿意让这件绘画艺术品与辅助线、支撑物、略图等等有丝毫混淆或掺和在一起。

我认为在《城堡》中这些辅助线不像在《审判》中那样可有可无，其中的一条可以追溯到《审判》这部小说。两部作品的相似之处是明显的。不仅主人公的名字相同（《审判》中的"约瑟夫·K"——《城堡》中的"K"）表明这一点。（这里要提到，《城堡》一开始是用第一人称写的，后来作者本人对头几章作了修改，把"我"都改成"K"，以后的章节全都改成了这样的写法。）关键的一点是，《审判》的主人公受到一个看不见的神秘的当局的迫害，受到法院的传讯，《城堡》的主人公受到一个同样的当局的拒绝。"约瑟夫·K"躲藏，逃跑——"K"强求，进攻。尽管方向相反，但基本感情是相同的。这个"城堡"及其奇怪的档案、玄妙莫测的官吏等级制度、变化无常和阴险狡诈、要求别人对它绝对尊重、绝对服从的权利（而且是完全正当的权利）究竟意味着什么呢？我们不排除作更加专门解释的可能，这些解释可能完全正确，但却全都包含在这个最全面的解释之中，犹如一件中国雕刻品的层层内壳包在其最外面的那一层壳之中——这座 K 不得其门而入、不可思议地甚至不能真正接近的"城堡"，正是神学家们称之为"圣恩"的东西，是上帝对人的（即村庄的）命运的安排，是偶然事件、玄妙的决定、天赋与损害的效果，是不该得到和不可得到的东西，是超越所有人的生命之上的"事态不明"。神的这两种表现形式（按照犹太教的神秘教义）——法庭和恩典——在《审判》和《城堡》中看来就是这样表现的。

马克斯·布洛德

K企图在城堡脚下的村庄里扎根落户来谋求与神的恩典挂钩——他为在一定的生活圈子里得到一个工作岗位而奋斗，他想通过选择职业和结婚来巩固自己内心的信念，想作为"外乡人"即从孤立的地位出发，作为一个与其他所有人不同的人去争取普通人简直不费吹灰之力唾手可得的东西。——有一次弗兰茨·卡夫卡向我提到福楼拜的外甥女在他的通信集的序言里谈到的一件轶事，给我留下很深刻的印象，这对我的上述观点具有决定性的作用。她这样写道："他（福楼拜）没有选择平平常常的生活道路，他在晚年对此没有感到遗憾吗？每当我想起有一次我们沿着塞纳河走回家时他脱口而出的那句感人的话，我便几乎相信他是感到遗憾的。那天，我们刚拜访了我的一个女友，看到她正在她那一群可爱的孩子们中间。'他们正过着真正的生活，'他说，他这话指的是这个可尊敬的美好的家庭。"——

如同在《审判》中那样，K仰仗那些能向他指明正确的方法、正确的生活道路的女人，当然是以一种排除一切虚情假意和半心半意的方式——不然K就不会接受这种生活道路，正是这种严格的态度使他争取爱情和争取参与社会生活的斗争变成一场带有宗教色彩的斗争。小说中有一处——在此处K却过高估计了他的成就——写到K自己阐明他的斗争目标："尽管这一切都微不足道，但是我已经有了一个家，有了职位和真正的工作，有了未婚妻，我有事的时候，她替我干我的本职工作，我要同她结婚，成为本村村民。"——这些妇女（用这部小说里的话来说）"跟城堡有关系"——她们之所以重要，就是因为她们有这种关系，但是这使双方，使男方和女方产生许多错觉，也使双方蒙受许多真真假假的冤屈。原稿有一处被删除了（卡夫卡的原稿中被删去的章节与所有其他部分一样优美和重要，这也能表明这位大作家的独一无二——无需多大的先知才能便可以预言，后代总有一天也会将那些删去的章节发表的），那个删去的地方是关于客房女侍培枇的，原文是这样的："他不得不承认，如果那天他在这里碰到的是培枇而不是弗丽达，并且猜想她同城堡有某种关系，那么他就会设法用同样热烈的拥抱把这个秘密弄到手，就像他当时不得不对弗丽达所做的那样。"

这全部事实——不过完全是用敌对的眼光来看的——反映在村秘

书莫穆斯的记录的一个(后来被删除的)片断里。这里不妨将它作为整体计划的一个良好的、但却十分片面的概要引述如下：

"土地测量员K首先得争取在村里立足。这并非易事,因无人需要他的工作;除了遭他突然袭击的桥头客栈店主,无人愿接纳他,无人——除了官老爷的几句玩笑话以外——理睬他。于是他就表面上看来到处乱逛,除扰乱地方安宁外无所事事。但实际上他十分忙碌,他在等待时机,不久便找到了机会。贵宾饭店的年轻酒吧女侍弗丽达相信了他的许诺,上了他的钩。

要证明土地测量员的罪讨并非易事。因为惟有强迫自己——不管这多么难堪——完全按照他的思路去想,才能识破他的诡计。如果在这样做的过程中发现一桩从外表看令人难以置信的卑劣行径,也不能动摇,相反,走到这一步肯定没有走错,这时才算找对地方了。就拿弗丽达的情况作例子吧。显而易见,土地测量员并不爱弗丽达,不会出于爱情娶她为妻,他非常清楚,她是一个其貌不扬、专横跋扈的姑娘,又有一段名声不佳的历史,他也用相应的态度对待他,到处闲逛,并不把她放在心上。这是事实。然而对此可以作不同的解释,把K说成是或软弱、或愚蠢、或高尚、或卑鄙的人。但是这些说法全都不符合实际情况。惟有一丝不苟地追踪我们在这里所揭示的从他到达起直至与弗丽达结合的全部轨迹,才能弄清事实真相。一旦找到那令人毛骨悚然的真相,我们当然还得强使自己相信它,舍此别无他法。

K是完全出于极端卑鄙龌龊的算计才去追求弗丽达的,而且只要他的盘算尚有实现的希望,他便不会放过她。因为他以为占有她就是夺得了主任大人的情妇,从而占有一件抵押品,只有付出最高的价钱才能赎回它。与主任大人谈判这个价钱,现在是他惟一的奋斗目标。由于他对弗丽达毫不在乎,而那个价钱对他就是一切,因此涉及弗丽达时他乐于作出任何让步,而在那个价钱的问题上却极其顽固。眼下除了他的种种猜想和建议令人生厌以外,他还没有什么害处,一旦他发现自己大错特错、丢人现眼时,他甚至会祸害人,当然是在他那微不足道的能力的限度之内。"——

"那一张纸到这里就结束了。边上还有一幅像是小孩画的虚线画：一个男人搂着一个姑娘,姑娘的脸低垂在男子胸前,但这个身材高得多的男人两眼却越过姑娘的肩看着握在自己手中的一张纸,并乐滋滋地把几笔数目记在纸上。"——

要是现在有人觉得K所体验、所猜想的女人和"城堡"即上帝的安排之间的那种关系难以理解,尤其是索提尼插曲——这位官员(即上天)明目张胆地要求那个姑娘去干不道德的龌龊勾当——不可思议,那么奉劝他去读一读克尔恺郭尔的《恐惧与颤抖》——再则这是一部卡夫卡非常喜爱、经常阅读并在许多信件中深刻评述过的作品。索提尼插曲可以说非常类似克尔恺郭尔的书。这本书的出发点是,上帝甚至要求亚伯拉罕去犯罪,牺牲自己的孩子。书中的这种荒谬性有助于我们作出成功的论断:决不能把道德的范畴和宗教的范畴想象成是一致的。——尘世活动和宗教活动是不能按同一标准衡量的:这一点直接通向卡夫卡小说的核心。同时也不可忽略,克尔恺郭尔这个基督徒从不能按同一标准衡量这一冲突出发,在以后的作品中越来越明显地走向放弃尘世生活,而弗兰茨·卡夫卡的主人公却顽固地直至精疲力尽地坚持按照"城堡"的指示去安排他的生活,尽管他遭到所有的城堡代表相当粗暴明确的拒绝。这诱使他对"城堡"发表了极不恭敬的意见和看法,但他在内心深处对它始终是十分敬畏的,这一点其实构成了这部无与伦比的小说的富有诗意的生活气息,构成了它的讽刺性氛围。因为所有诽谤的言论和意见只能表明人的理解和上帝的仁慈安排的差距,不过这是从井底之蛙的角度,从人的立场来看的,而人(K也好,巴纳巴斯的贱民家庭也好)表面上完全在理,实际上却总是不可思议地不在理。人和上帝的这种扭曲的关系,这种差距通过合理途径不可克服,再也没有比用迷人的幽默描述的下述事实表达得更好的了(因此如果进一步观察,小说表面上希奇古怪的写法却是惟一可行的写法):用人的理智来衡量,老天爷时而显得崇高,值得大家爱戴,正如克拉姆先生(命运之神?)备受爱戴一样,时而又受到讥讽的批评,有聪明的批评,也有愚蠢的批评;上天有时甚至呈现出一种极其可鄙(档案柜)、悲惨、混乱或乖戾或无意义的淘气(那两个助手)或庸俗、但始终难以捉摸的景象。卡夫卡对上天的细腻描写并不像教堂的风琴曲那样单调,而是像悲剧和悲喜剧那样千变万化、细致入微。他对上天安排的对立面即尘世的失败的表现力也很丰富。"怎么干都是错的"——K企图与村子和城堡建立真正联系的所有那些徒劳无益的尝试为这句话作了再生动再出色不过的旁注。不管援助一再在人们最意想不到的地方出现——与此相反,老老实实、诚心诚意地制订的计划却总是落得个悲惨的下场,比如以喝法国白兰地而告终,最小的诱惑导致毁灭(参看《乡村医生》:"一旦听从了半夜误打的钟声,事情便再也无法补救。"),以及人不知所措地倾听外面那个对他关于善恶的永恒的问题不予作答或是只作最含糊回答的世界,而心灵深处却不可磨灭地怀抱着对那条给我走而我注定要走的惟一光明的道路的希望(参看《在法的门前》)——我认为卡夫卡的小说《城堡》在思想上和情绪上(两者不可区分地交织在一起)简直炉火纯青地表现了上述种种评价和直觉对人的所有这些戏弄,表现了人生的一切精神上的抑制、模糊不清的事物、堂吉诃德式的行为、困境乃至不可能的事以及我们在混乱之中模模糊糊意识到的更高的上天秩序。在有些地方也许起初会令人感到奇怪的细腻描写也全然是这种完美性的一种表现,只有那些还从来不曾试图对生活中的任何一个事实(例如对拿破仑)及其在(这个人自己或人类的)"正确道路"上的地位作出判断的人才会不理解这一点。在所有被认真看待的生活条件中起作用的是奥尔加在谈到巴纳巴斯的那些信件时所说的话:"它们所引起的思考是没完没了的。"或者如同小说里(被删去的)一处所称:"如果有力量连续不断地、几乎眼皮也不眨一下看东西,就可以看到许多;但只要松懈一次,闭上了眼睛,那么所有的东西马上就会变成漆黑一团。"

作为一个有力量和很有才干,能以超常的毅力并在最深沉的爱情(一种往往充满辛酸而却又是如此温柔的爱情)的推动下始终睁着眼睛的人,卡夫卡——用他那颇有分寸的语言来说——"看到了许多东西";许多先前意想不到的东西。

在出版这部遗著的时候,就版本及出版方式而言,我仍遵循在《审判》后记里已说明过的原则。当然不作任何改动。只对明显的笔误加以纠正。此外我在少数几处划分了章节。再者,作者本人在原稿中对章节的划分有所提示。奥尔加插曲各节的标题也出自他的手笔。整部手稿没有标题。卡夫卡在谈话中总是把这部小说称作《城堡》。——我由于开头阐明的理由删去了原稿的最后几页,此外还删掉 K 和汉斯之间的那个场景和吉莎-施瓦采插曲中各一处,每处篇幅约一页,这些地方对下文并无关联,反正在情节发展的进一步过程中才会具有可看得见的意义。

马克斯·布洛德
（1926）

五　第二版后记

小说《城堡》的这个新版本是按照与《审判》相同的原则编纂的。第一版删除的两个段落如今已联系上下文纳入全文之中;从前未收录的最后几章也被采纳复位。开篇的一段异文以及一系列被作者删除的段落成为附录。这些补充中有几处引自几个较大的段落,这些段落作者自己后来曾改头换面使用过。我们称为《断章残篇》的那一部分……是正文中一段情节的改写,由于出入大而在这里刊登。这个片断是在《城堡》手稿第六册中发现的。——还要提一下,第一版后记的第一句话自然指的是第一版的结尾。——莫穆斯的信只是略提一下;第一版后记全文发表了这封信。

马克斯·布洛德
（1935）

六　第三版后记

我特别感谢海因茨·波里策在审定第二版文本时提供的帮助,他也参与了第二版 1—3 卷①的编纂工作。

---

① 指马克斯·布洛德与海因茨·波里策共同编纂的《卡夫卡文集》(1935 年出版)1—3 卷。

故事在手稿中比小说第二版版本还多出几行。

小说结尾的这几行在一页稿纸的中间突然中断（这一本稿纸还有几页空白页），全文如下：

"盖斯泰克怒气冲冲地挥手，好像想从远处要那个打搅他的女店主住口似的。他请求 K 和他一起走。起初他不肯多加解释。K 说他现在必须去学校，不能跟他走，但他几乎不予理会。当 K 抗拒他拽着他走的时候，盖斯泰克才对他说，他不必担心，他所需要的东西在盖斯泰克那里都会得到，他可以放弃校役工作，但愿他终于上他家去，他等他已经等了整整一天，他的母亲压根儿不知道他在哪儿。K 慢慢屈从于他，问他供给食宿想叫他干什么。盖斯泰克只草草答道，他需要 K 帮他照料马匹，他自己现在还有别的事，现在请 K 别这样拉拉扯扯，给他增添不必要的麻烦。他若要工钱，他也会给他的。可是这时 K 不管他怎么拽也站住不走了。他说自己对马完全一窍不通。盖斯泰克为了劝说 K 一起走，气得十指交叉，不耐烦地说，也没有这个必要嘛。'我知道你为什么想要我跟你走，'K 终于说道；盖斯泰克对于 K 知道什么并不在意。'因为你以为我能在埃朗格面前帮你一点忙。'——'不错，'盖斯泰克说，'不然我为什么要关心你。'K 笑了，挽住盖斯泰克的胳膊，让盖斯泰克领着他在黑暗中行走。

"盖斯泰克小屋中的起居室光线昏暗，只有灶火和一小截蜡烛头发出微光照亮屋子。有一个人在一个壁龛里在那儿凸出的斜屋梁下弯着腰就着烛光看一本书。那是盖斯泰克的母亲。她向 K 伸出颤巍巍的手并让 K 坐在她的身边，她说话很吃力，要费很大劲才能听懂她的话，但是她所说的"（手稿到此结束）

在前面被删掉的有好几页长的一个段落里有着同样的对话的下述异文。我披露这段异文，因为人们也许在一位母亲的和解之言中——尽管本书主人公起先对她避之惟恐不及——可以看到我在第一篇后记中根据卡夫卡的口头意见披露的最后一章的还算积极的解决办法的苗头。事实上，"不能让这个人堕落"这句话与小说《审判》结尾的得救幻想（"他是谁？一个朋友？一个好人？一个关心他人的人？一个愿意帮助别人的人？是单独一个人？是所有的人？……"）有着奇特而感人的相似之处。上文提到的与盖斯泰克的对话的那段异文是这样的:"现在盖斯泰克终于认为他的时机已到。虽然他一直在极力要K倾听自己的意见,现在他却——显然他不能不如此——相当粗暴地开始说:'你有工作了吗?'他问。'有了,'K说,'一个很好的工作。'——'在哪儿?'——'在学校。'——'可你不是土地测量员吗?'——'不错,这个工作也只是暂时的,我接到土地测量员的聘书就离开那儿。你明白吗?'——'明白,这还要很久吗?'——'不,不,聘书随时都有可能来,昨天我跟埃朗格谈过此事了。'——'跟埃朗格?'——'这你是知道的。别来烦我了。走吧。别管我。'——'是啊,你跟埃朗格谈过了。我还以为这是个秘密呢。'——'我不会把我的秘密告诉你。那天我困在你门前雪地里,是你对我耍威风来着。'——'可我后来还是用雪橇把你送到桥头客栈去了。'——'这倒不假,我没有付给你车钱。你要多少?'——'你有富余的钱吗?学校给你的工钱多吗?'——'够用了。'——'我知道有一个地方你会拿到更多工钱的。'——'是不是到你家去照料马?多谢!算了吧!'——'谁告诉你的?'——'你不是从昨晚起就迫不及待地想要抓到我吗?'——'你大错特错了。'——'错了更好。'——'我看到你处于困境,一位土地测量员,一个有学问的人,穿着又脏又破的衣裳,没有皮衣,穷困潦倒得叫人伤心,跟那个大概支持你的小丫头培杺串通一气,这时我才想起我母亲说过的那句话:不能让这个人堕落。'——'一句好话。正因如此,我就不到你家去。'"

另一处被删掉的段落中还有下面这段典型的文字值得一提:

"'你的洞察力真棒,'奥尔加说,'有时你能用一句话向我点破,也许因为你是外乡人吧。而我们呢,有着种种伤心的经历和无穷无尽的忧虑,连木头喀嚓一声都会使我们吓一跳,毫无抵抗力,只要一个人吓一跳,另一个人也会马上吓一跳,甚至连到底为什么吓一跳也不知道。这样就不能对事情作出正确的判断。即使有对一切周密考虑的能力——我们女人从来不曾有过这种能力——,在这种情况下也会失去这种能力的。你来了,这对我们是多么大的幸福啊。'K在这个村子里是第一次听到这样无限的欢迎,但是尽管他迄今为止多么想受到这种欢迎,尽管他觉得奥尔加多么值得信任,他却不乐意听到这样的话。他来的目的并不是给某人带来幸福；碰巧他也可以自愿帮忙，但是谁也不应该把他当做大救星来欢迎；谁这样做，谁就是使他误入歧途，硬要他去做他这样受逼迫决不会做的事情，他是无论如何也不能这样做的。然而奥尔加又纠正了自己的错误，接着说下去：'当然啰，当我后来以为我可以放下一切思想包袱，因为你会对一切作出解释、找到出路的时候，你突然又说出一些大错特错、令人痛心的话。'"

马克斯·布洛德
1946 年于特拉维夫

"名著名译丛书"书目
(按著者生年排序)

第 一 辑

书 名	著 者	译 者
荷马史诗·伊利亚特	[古希腊]荷马	罗念生 王焕生
荷马史诗·奥德赛	[古希腊]荷马	王焕生
伊索寓言	[古希腊]伊索	王焕生
一千零一夜		纳训
源氏物语	[日]紫式部	丰子恺
十日谈	[意大利]薄伽丘	王永年
堂吉诃德	[西班牙]塞万提斯	杨绛
培根随笔集	[英]培根	曹明伦
罗密欧与朱丽叶	[英]莎士比亚	朱生豪
鲁滨孙飘流记	[英]笛福	徐霞村
格列佛游记	[英]斯威夫特	张健
浮士德	[德]歌德	绿原
少年维特的烦恼	[德]歌德	杨武能
傲慢与偏见	[英]简·奥斯丁	张玲 张扬
红与黑	[法]司汤达	张冠尧
格林童话全集	[德]格林兄弟	魏以新
希腊神话和传说	[德]施瓦布	楚图南

书名	作者	译者
高老头 欧也妮·葛朗台	[法]巴尔扎克	张冠尧
普希金诗选	[俄]普希金	高 莽 等
巴黎圣母院	[法]雨果	陈敬容
悲惨世界	[法]雨果	李 丹 方 于
基度山伯爵	[法]大仲马	蒋学模
三个火枪手	[法]大仲马	李玉民
安徒生童话故事集	[丹麦]安徒生	叶君健
爱伦·坡短篇小说集	[美]爱伦·坡	陈良廷 等
汤姆叔叔的小屋	[美]斯陀夫人	王家湘
大卫·科波菲尔	[英]查尔斯·狄更斯	庄绎传
双城记	[英]查尔斯·狄更斯	石永礼 赵文娟
雾都孤儿	[英]查尔斯·狄更斯	黄雨石
简·爱	[英]夏洛蒂·勃朗特	吴钧燮
瓦尔登湖	[美]亨利·戴维·梭罗	苏福忠
呼啸山庄	[英]爱米丽·勃朗特	张 玲 张 扬
猎人笔记	[俄]屠格涅夫	丰子恺
包法利夫人	[法]福楼拜	李健吾
昆虫记	[法]亨利·法布尔	陈筱卿
茶花女	[法]小仲马	王振孙
安娜·卡列宁娜	[俄]列夫·托尔斯泰	周 扬 谢素台
复活	[俄]列夫·托尔斯泰	汝 龙
战争与和平	[俄]列夫·托尔斯泰	刘辽逸
海底两万里	[法]儒勒·凡尔纳	赵克非
八十天环游地球	[法]儒勒·凡尔纳	赵克非
马克·吐温中短篇小说选	[美]马克·吐温	叶冬心
汤姆·索亚历险记	[美]马克·吐温	张友松
爱的教育	[意大利]埃·德·阿米琪斯	王干卿
莫泊桑短篇小说选	[法]莫泊桑	张英伦
契诃夫短篇小说选	[俄]契诃夫	汝 龙
泰戈尔诗选	[印度]泰戈尔	冰 心 等
欧·亨利短篇小说选	[美]欧·亨利	王永年

名人传	[法]罗曼·罗兰	张冠尧 艾珉
童年 在人间 我的大学	[苏联]高尔基	刘辽逸 等
绿山墙的安妮	[加拿大]露西·蒙哥马利	马爱农
杰克·伦敦小说选	[美]杰克·伦敦	万紫 等
卡夫卡中短篇小说全集	[奥地利]卡夫卡	叶廷芳 等
罗生门	[日]芥川龙之介	文洁若 等
了不起的盖茨比	[美]菲茨杰拉德	姚乃强
老人与海	[美]海明威	陈良廷 等
飘	[美]米切尔	戴侃 等
小王子	[法]圣埃克苏佩里	马振骋
钢铁是怎样炼成的	[苏联]尼·奥斯特洛夫斯基	梅益
静静的顿河	[苏联]肖洛霍夫	金人

第 二 辑

威尼斯商人	[英]莎士比亚	朱生豪
忏悔录	[法]卢梭	范希衡 等
罪与罚	[俄]陀思妥耶夫斯基	朱海观 王汶
哈克贝利·费恩历险记	[美]马克·吐温	张友松
漂亮朋友	[法]莫泊桑	张冠尧
斯·茨威格中短篇小说选	[奥地利]斯·茨威格	张玉书
海浪 达洛维太太	[英]弗吉尼亚·吴尔夫	吴钧燮 谷启楠
日瓦戈医生	[苏联]帕斯捷尔纳克	张秉衡
大师和玛格丽特	[苏联]布尔加科夫	钱诚
太阳照常升起	[美]海明威	周莉

第 三 辑

神曲	[意大利]但丁	田德望
吉尔·布拉斯	[法]勒萨日	杨绛
都兰趣话	[法]巴尔扎克	施康强

书名	作者	译者
叶甫盖尼·奥涅金	[俄]普希金	智量
笑面人	[法]雨果	郑永慧
红字 七个尖角顶的宅第	[美]纳撒尼尔·霍桑	胡允桓
死魂灵	[俄]果戈理	满涛 许庆道
南方与北方	[英]盖斯凯尔夫人	主万
莱蒙托夫诗选 当代英雄	[俄]莱蒙托夫	余振 等
前夜 父与子	[俄]屠格涅夫	丽尼 巴金
白鲸	[美]赫尔曼·梅尔维尔	成时
米德尔马契	[英]乔治·爱略特	项星耀
小妇人	[美]路易莎·梅·奥尔科特	贾辉丰
娜娜	[法]左拉	郑永慧
一位女士的画像	[美]亨利·詹姆斯	项星耀
十字军骑士	[波兰]亨利克·显克维奇	林洪亮
樱桃园	[俄]契诃夫	汝龙
约翰-克利斯朵夫	[法]罗曼·罗兰	傅雷
我是猫	[日]夏目漱石	阎小妹
嘉莉妹妹	[美]德莱塞	潘庆舲
月亮与六便士	[英]威廉·萨默塞特·毛姆	谷启楠
人性的枷锁	[英]威廉·萨默塞特·毛姆	叶尊
人类群星闪耀时	[奥地利]斯·茨威格	张玉书
尤利西斯	[爱尔兰]詹姆斯·乔伊斯	金隄
好兵帅克历险记	[捷克]雅·哈谢克	星灿
城堡	[奥地利]卡夫卡	高年生
喧哗与骚动	[美]威廉·福克纳	李文俊
老妇还乡	[瑞士]迪伦马特	叶廷芳 韩瑞祥
金阁寺	[日]三岛由纪夫	陈德文
万延元年的Football	[日]大江健三郎	邱雅芬

扫码免费领取听书券

七十余部外国文学名著经典
0元订阅，无限畅听